TATORTSCHWEIZ

Sabina Altermatt: *Alpenrauschen*
Daniel Badraun: *Rheinfall*
Beat Portmann: *Durst*
Beat Portmann: *Alles still*
Gabriel Anwander: *Schützenhilfe*
Peter Mathys: *Die Steuersünder*
www.limmatverlag.ch/tatortschweiz

URS SCHAUB

DER SALAMANDER

Ein Tanner-Kriminalroman

Limmat Verlag
Zürich

Alle Figuren sind frei erfunden und Ähnlichkeiten mit lebenden Personen rein zufällig.

Im Internet
› Informationen zu Autorinnen und Autoren
› Hinweise auf Veranstaltungen
› Links zu Rezensionen, Podcasts und Fernsehbeiträgen
› Schreiben Sie uns Ihre Meinung zu einem Buch
› Abonnieren Sie unsere Newsletter zu Veranstaltungen und Neuerscheinungen
www.limmatverlag.ch

Das *wandelbare Verlagsjahreslogo* des Limmat Verlags auf Seite 1 stammt aus dem Büchlein «So schreibt man … Illustriertes Wörterbuch» aus dem Jahr 1962, herausgegeben und illustriert von Rudolf Blöchlinger im Verlag Arbeitskreis für ganzheitliche Unterrichtsgestaltung, St. Gallen: «Wird dir im *Meer* der Wörter bang, / dann frag von jetzt an nicht *mehr* lang. / Benutz' dies Buch mit sicherm Griff: / So schreibt man *schief* und so das *Schiff!*» Die wiedergegebene Zeichnung illustriert «der Koffer».

Umschlagillustration von Anna Sommer
Typographie und Umschlaggestaltung von Trix Krebs

ISBN 978-3-85791-684-7

PROLOG

Der Zug bremste scharf und ohne Vorwarnung, die Räder kreischten, dann stand der Zug bockstill. Tanner fiel das schwere Buch, das er gerade zu lesen begonnen hatte, aus der Hand.

Schnell hob er es auf, wischte die beschlagene Fensterscheibe frei und bemerkte überrascht, dass er bereits am Ziel war. Im ersten Moment hatte er an eine Notbremsung gedacht, aber er erkannte durch den Nebel den trostlosen Bahnhof mit der merkwürdigen Buchstabenfolge im Ortsnamen.

Drei aufeinander folgende Vokale in einem Wort waren ungewöhnlich. Allerdings sprach man sie heutzutage wie einen einzigen aus. Früher war das anders. Und so klang der Name des Dorfes heute wie «fou», *verrückt, geistesgestört,* auch wenn er ursprünglich etwas ganz anderes meinte. Die eigentliche Bedeutung des Dorfnamens – im Wappen war dies erkennbar – bezeichnete das einzige Auge in der Vogelwelt, das nicht sehen konnte. Eine Art natürliches *trompe-l'oeil.*

Da Tanner außer seinem dunklen Wollmantel nur das Buch und eine Ledertasche bei sich hatte, war er blitzschnell an der Tür, öffnete sie und verließ stolpernd den Zug, der sich sofort wieder in Bewegung setzte. Das Buch fiel ihm dabei noch einmal aus der Hand, diesmal in eine tiefe Wasserpfütze. Es hatte sich geöffnet und lag mit den Schriftseiten nach unten komplett unter Wasser.

Idiot!

Tanner murmelte es wütend vor sich hin, ohne die Ironie zu bemerken, denn der Titel des Buches hieß ebenso und schimmerte in Goldprägung durch das trübe Wasser der Pfütze.

Das tropfende Buch in der Hand, eilte er unter das Vordach des kleinen Bahnhofs, ließ Mantel und Tasche auf die abgewetzte Wartebank fallen. Dem Ledereinband konnte das Wasser nicht viel anhaben, aber die Papierseiten begannen sich sofort zu wellen und klebten aneinander fest. Eine Dünndruckausgabe.

Tanner stöhnte.

Ausgerechnet das Buch, das sie ihm in letzter Minute zum Abschied in die Hand gedrückt hatte. Er hatte es praktisch die ganze Reise über in seinen Händen gehalten, ohne es aufzuschlagen. Die meiste Zeit hatte er gedöst oder vor sich hingeträumt, manchmal mit geschlossenen, häufig mit offenen Augen. Immerhin hatte er ziemlich genau vierundzwanzig Stunden in Zügen verbracht. Die verschiedenen Landschaften und Städte waren an ihm vorbei geflogen, ohne dass er besonders Notiz von ihnen genommen hätte. Er fühlte sich eher von etwas Unbenennbarem durchdrungen und seelisch sonderbar aufgeweicht durch die unzähligen Eindrücke, die er mehr unbewusst in sich aufgenommen hatte.

Er musste über das Wort *aufgeweicht* lächeln.

Das Buch in seinen Händen war es auf jeden Fall.

Erst nachdem er im Bezirksstädtchen mit der Ringmauer ein letztes Mal umgestiegen war, beschloss er, das Buch aufzuschlagen. Er schaffte gerade mal den ersten Satz, denn einerseits war die Distanz zwischen dem Bezirksstädtchen und dem Dorf, in dem er seit einiger Zeit wohnte, ziemlich kurz, und andererseits hatte er zuerst versucht, die Widmung zu entziffern, die ihr Vater für sie geschrieben hatte. Er hatte es nicht geschafft, er war sich nicht einmal sicher, in welcher Sprache die Widmung geschrieben war. Das Problem hatte sich nun sozusagen von selbst gelöst, sogar wahrhaft *auf*gelöst, denn durch das Bad in der Pfütze hatte sich die handschriftliche Widmung in eine türkise Tintenwolke verwandelt, die an einen Salamander erinnerte. An einen, der allerdings nur drei Beine hat.

Fröstelnd bemerkte er jetzt, wie kalt und feucht es war, und er zog den Mantel über.

Gegen die dicken Nebelschwaden hatte das Tageslicht große Mühe, sich durchzusetzen, obwohl es bereits mehr als neun Uhr war. Trotzdem beschloss er, noch einen Augenblick sitzen zu bleiben.

Er blinzelte durch das gelbe Licht des trüben Novembertages

und versuchte, die dichten Nebelschwaden zu durchdringen, denn normalerweise waren von dieser Bank aus immerhin ein kleiner Ausschnitt des Sees und gleich dahinter sein geliebter sanfter Hügel, in noch weiterer Ferne die schneebedeckten Jurahöhen in Richtung Frankreich zu sehen. Davon existierte heute rein gar nichts, die ganze Welt schien wie von einem überdimensionierten Gummi ausradiert, der nichts als schmutziges Papier zurückgelassen hatte.

Dafür bemerkte Tanner jetzt, dass er offenbar nicht als einziger ausgestiegen war. Vielmehr tauchte aus dem Nebel eine Erscheinung auf, eine Gestalt, die leicht zu schwanken schien und sich mit langsamen, unsicheren Schritten näherte. Je näher sie kam, desto mehr Kontur gewann sie.

Es handelte sich um einen jungen Mann, der bloß einen dünnen dunkelgrauen Anzug trug, der ihm eindeutig zu weit war, dafür aber – wie zum Ausgleich – die Hosenbeine zu kurz. Er trug weder Schal noch Mantel, und seine schwarzen Halbschuhe schienen auch für wärmere Zeiten gedacht. Seine beiden Arme umklammerten vor der Brust einen kleinen Koffer, wie er schon lange nicht mehr in Mode war. Der junge Mann trug den Koffer so, als sei entweder der Inhalt des Koffers sehr wertvoll oder als solle er seine schmale Gestalt vor der feuchten Kälte schützen.

Tanner schätzte sein Alter auf etwa siebenundzwanzig, höchstens dreißig Jahre. Er war von mittlerer Größe, mit sehr hellem, dichtem Haar, eigenartig hohlen Wangen, unrasiert, was aber bei dem hellblonden Haar optisch kaum ins Gewicht fiel, außer dass sein Gesicht an möglicher Schärfe verlor und dadurch etwas Flüchtiges, etwas Ungefähres bekam. Seine Augen waren groß und sehr dunkel, fast schwarz. In ihrem Blick lag etwas Stilles, aber Bedrücktes. Tanner musste unwillkürlich an eine gewisse Art von Radiomeldungen aus seiner Jugendzeit denken, wo es um gesuchte Menschen ging, die irgendwie verloren gegangen waren und wo der Meldung am Ende wie das Amen in der Kirche jeweils diese Aufforderung folgte: *Es wird um schonendes Anhalten gebeten.*

Der junge Mann hatte jetzt Tanner bemerkt, und nach einem Moment des Zögerns lächelte er und kam direkt auf ihn zu. Sein Gang war holprig und unregelmäßig, als drücke ihn ein spitzer Stein im Schuh.

Guten Tag, äh … Entschuldigung … wenn ich Sie einfach so, äh … anspreche, aber ich kenne mich hier nicht aus. Sind Sie, äh … von hier?

Er sprach stockend und langsam, als ob er schon lange nicht mehr gesprochen hätte. Als ob er die Sprache vorsichtig tastend wieder finden müsste. Vielleicht hatte er sich auch länger in einer anderen Sprache ausgedrückt. Ein leichter Akzent war zu hören, den Tanner aber nach den paar Worten nicht zu lokalisieren imstande war.

Ich wohne zumindest hier. Womit kann ich Ihnen helfen?

Sind Sie auch gerade, hm … also, ich meine, hm … mit dem Zug angekommen?

Ja. Gerade eben.

Er schüttelte sich leicht. Den Koffer umklammerte er immer noch vor seiner Brust.

Es ist, äh … sehr kalt … und …

Er zuckte mit den Schultern, blickte sich um und lächelte erneut.

Sind Sie etwa aus einem wärmeren Land angereist?

Tanner fragte freundlich ins Ungefähre. *Schonendes Anhalten!*

Ja, ja. Ich komme direkt aus dem, äh … dem Ausland. Und ich wollte Sie fragen, hm …

Ja?

Ob Sie mir eine, hm … eine Unterkunft empfehlen könnten?

Ja, sicher. Hier im Dorf gibt es sowieso nur zwei Möglichkeiten.

Tanner überlegte, was er empfehlen sollte, eher den «Hirschen» oder …?

Wissen Sie was? Gehen Sie ins Restaurant Bahnhof. Die haben auch Zimmer.

Tanner stand auf und zeigte den Gleisen entlang.

Das Haus kann man heute wegen des dichten Nebels nicht sehen, aber wenn sie zweihundert Meter in diese Richtung gehen, werden Sie das Restaurant sofort erblicken.

Der Mann nickte freudig und machte die Andeutung einer Verbeugung.

Danke vielmals für die Auskunft. Kommen Sie, äh ... auch aus dem Ausland?

Ja, ich komme soeben aus dem Ausland, aber ich war ganz im Norden, da war es auch kalt. Und Sie? Aus welchem warmen Land kommen Sie?

Der Mann lächelte und machte noch einmal diese etwas altmodisch anmutende Andeutung einer Verbeugung, drehte sich um und ging in die Richtung, die Tanner ihm gezeigt hatte. Die Frage hatte er entweder nicht verstanden oder einfach überhört. Nach wenigen Schritten schluckte der Nebel seine schmale Gestalt.

Tanner zuckte mit Schultern.

Er nahm Buch und Tasche und ging in die andere Richtung, die Straße hinauf.

Oben im Dorf war der Nebel etwas weniger dicht, aber die Stimmung war genau so trostlos. Er sah kein einziges Lebewesen, weder Mensch noch Tier. Das Dorf lag wie ausgestorben. Bald erblickte er das mächtige Dach des Maison Blanche. Er beschleunigte seine Schritte. Jetzt freute er sich doch, nach Hause zu kommen.

Er öffnete das schwere Tor zur Einfahrt. Der Brunnen plätscherte wie eh und je.

Er blickte sich um.

Alles war genau so, wie er das Haus verlassen hatte. Kaum zu glauben, dass er so lange weg gewesen war. Die gleiche Jahreszeit. Derselbe Zustand der Vegetation. Die Bäume kahl. Der Himmel grau. Der See wahrscheinlich auch. Wie Blei. Zu sehen war er nicht. Alles lag still. Ohne das Geräusch des fließenden Wassers hätte man mit Fug und Recht von einer Totenstille sprechen können.

Wie aus Trotz näherte sich im nächsten Augenblick ein Traktor und fuhr mit knatterndem Motor vorbei. Ein Mann, den Hut tief ins Gesicht gezogen, saß zusammengekauert und offensichtlich frierend auf dem altertümlichen Gefährt. Der Klang verlor sich überraschend schnell in der Ferne.

Als es wieder ganz still war, ging Tanner zur Haustür. Seine Schuhe knirschten auf dem Kies. In seiner Wohnung angekommen, zog er die Schuhe aus, den Mantel nicht, legte sich im Wohnzimmer aufs Sofa und schlief sofort ein.

EINS

Als er wieder aufwachte, fror er, und draußen war es bereits stockdunkel. Er tappte durch die Wohnung, schaltete die Heizung ein (das hatte er heute Morgen vergessen) und ging mit Todesverachtung unter die kalte Dusche, denn das warme Wasser hing mit der Heizung zusammen. Immerhin war ihm danach nicht mehr kalt.

Nachdem er sich frische Kleider angezogen hatte, beschloss er, ins Restaurant zu gehen. Sein Kühlschrank war leer. Außerdem hatte er kein Brot im Haus, und ein Essen ohne Brot war kein Essen.

Erst als er bereits auf der Straße war, gestand er sich ein, dass ihn in Wahrheit einzig und allein die Neugier nach dem Verbleib des jungen Mannes trieb, dem er heute Morgen den Rat gegeben hatte, sich ein Zimmer im Bahnhofsrestaurant zu nehmen. Er lächelte zufrieden und schritt kräftig aus.

Diesmal war er nicht allein auf der Straße. Auf der Höhe von Friedhof und Kirche traf er sogar auf einige Grüppchen von Menschen, die offenbar alle der Kirche zustrebten. Er nickte höflich, obwohl er niemanden speziell kannte, oder wenn, dann nur vom Sehen. Aber schließlich herrschte hier auf dem Lande die schöne Sitte, sich zu grüßen, auch wenn man sich nicht kannte. Dann bemerkte er, dass auf dem ganzen Friedhof kleine Lichter brannten. Er begriff, dass heute Allerseelen war und dass die Leute ihrer Toten gedachten. Der Nebel verwandelte die Lichter in kleine Wölkchen, die in Bodennähe schwebten.

Er vergrub fröstelnd seine Hände noch tiefer in seinem Mantel.

Beim Bahnhof war der Nebel immer noch genauso dicht wie heute Morgen. Kein Wunder, denn die Bahngleise befanden sich praktisch auf Seeniveau.

Die paar schiefen Straßenlichter, drei erleuchtete Weichenlaternen und einige farbige Eisenbahnsignallampen verwandelten die Trostlosigkeit des Bahnhofs in ein surreales Bühnenbild von bestechender Schönheit.

Tanner bestaunte eine Weile diese Komposition, dann betrat er das Restaurant.

Kam man von der Straßenseite her, betrat der Gast zuerst eine dunkle, meist vollgequalmte Schankstube mit einigen altmodischen Wirtshaustischen auf schweren Eisenfüßen, mit robusten Stühlen, auf denen es sich gut stundenlang verweilen ließ. Die Stammgäste waren meist Arbeiter aus dem kleinen Gewerbequartier, das sich direkt hinter dem Bahnhof wie eine Flechte willkürlich wuchernd ausgebreitet hatte, und natürlich saß hier zu jeder Tages- oder Abendzeit eine Auswahl der obligaten Gelegenheitssäufer, meist Pensionierte, die endlose Stunden vor ihrem Wein oder ihrem Kaffee mit Schnaps verbrachten.

Als Tanner eintrat, verstummte die Runde keineswegs, nur Bodmer, der Wirt, erhob sich sofort zur Begrüßung und wies ihm den Weg in den gepflegteren, helleren Teil des Restaurants, wo man üblicherweise aß. Überdurchschnittlich gut aß, denn Frau Bodmer war eine ausgezeichnete Köchin. Normalerweise war es in der Gegend umgekehrt: der Mann war der Chef in der Küche, und die Frau war für die Gaststube zuständig. Auch in dieser Hinsicht war dieses Restaurant eine Ausnahmeerscheinung. Im Sommer saß man draußen unter einem herrlich schattigen Birnenspalier. Um einen schöneren zu finden, müsste man weit in der Weltgeschichte herumreisen, pflegte Bodmer stolz zu sagen. Und er hatte recht.

In der Gaststube saßen bereits zwei Männer, jeder für sich an einem Tisch. Den einen erkannte er sofort an seinen dichten blonden Haaren, obwohl er mit dem Rücken zum Eingang saß. Es war der junge Mann, der ihn heute Morgen nach einer Unterkunft gefragt hatte. Den anderen – offenkundig ein Geschäftsmann auf Durchreise –, mit schmalem Gesicht und in einen tadellos sitzenden Anzug gekleidet, kannte er nicht. Der Geschäftsmann hatte wohl schon gegessen, denn er saß vor einem Kaffee und zündete sich gerade eine Zigarre an. Der junge Mann, der am Fenster saß, wartete auf sein Essen und kaute eifrig an einem Stück Brot, was es in diesem Restaurant für jeden Gast reichlich gab.

Bodmer führte Tanner zu einem Tisch in der Ecke. Er setzte sich so, dass er den jungen Mann im Blickfeld hatte und den genussvoll rauchenden Mann halb schräg in seinem Rücken. In diesem Moment bemerkte der junge Mann den neuen Gast, erkannte ihn, lächelte mit vollem Mund und hob seine Linke zum Gruß. Mit seiner Rechten hatte er sich gerade ein neues Stück Brot geangelt.

Tanner grüßte zurück. Bodmer hielt ihm unterdessen die umfangreiche, in Leder gebundene Karte hin. Tanner lehnte lächelnd ab.

Ich esse das, was auf den Tisch kommt. Richten Sie Ihrer Frau einen lieben Gruß aus. Sie können ja sagen, Tanner sei zurück, und er habe großen Hunger.

Bodmer lachte.

Wie groß?

Bärenmäßig. Ich habe praktisch zwei Tage lang nichts Anständiges gegessen.

Gut. Ich verstehe. Und zum Trinken?

Tanner gab seine Bestellung auf, und Bodmer verschwand in Richtung Küche.

Der Mann hinter ihm räusperte sich.

Ja, so was kann man hier machen. Ich meine, essen, was auf den Tisch kommt.

Er wiegte seinen Oberkörper nach vorn, lachte kurz auf und wurde von einem heftigen Hustenanfall gepackt. Die brennende Zigarre fiel ihm aus der Hand. Als er sich nach ihr bückte, entwickelte sich der Husten zu einem Erstickungsanfall. Der junge Mann sprang auf, hob die Zigarre vom Boden auf und legte sie in den Aschenbecher.

Der Hustende dankte gestikulierend und rettete sich, in dem er die halbe Karaffe Wasser austrank, die auf seinem Tisch stand.

Danke. Danke, junger Mann. Das war sehr aufmerksam. Oje, oje!

Er schnäuzte sich kräftig und wandte sich dann wieder Tanner zu.

Gestatten Sie, mein Name ist Stauber. René Stauber. Das nenne ich persönliche Kundenbindung. In der Stadt können Sie das ja vergessen. Da lob ich mir die Landbeiz.

Da haben Sie ganz Recht, Herr Stauber. Ich heiße Tanner.

Stauber erhob sich kurz.

Sehr angenehm, Herr Tanner.

Tanner wandte sich dem jungen Mann zu.

Ich hoffe, Sie sind zufrieden mit ihrer Unterkunft.

Ja, ja. Sehr. Ich bedanke mich noch einmal für, hm … die gute Auskunft.

Stauber stutzte.

Aha. Man kennt sich?

Tanner wandte sich um.

Wir sind uns bloß heute Morgen auf dem Bahnhof begegnet.

In diesem Augenblick trat Bodmer ein und brachte das Essen für den jungen Mann. Er hatte Rösti mit Bauernbratwurst und brauner Zwiebelsauce bestellt.

Der junge Mann packte sofort Gabel und Messer und stürzte sich heißhungrig auf sein Essen. Auch Tanner lief das Wasser im Mund zusammen.

Ich wünsche Ihnen einen guten Appetit.

Danke sehr.

Der junge Mann lächelte zwar, aber seine dunklen Augen blieben ernst und bedrückt. Tanner überlegte, wie er mit ihm ins Gespräch kommen konnte.

Vorerst wollte er ihn aber in Ruhe essen lassen und schaute durch das Fenster in die dunkle Nacht. Der Nebel hatte sich offenbar etwas gelichtet, und man konnte immerhin bis zum Bahnhof sehen.

Der junge Mann räusperte sich, wischte sich den Mund ab und trank Wasser. Tanner blickte zu ihm hin. Dabei bemerkte er erst jetzt, dass er auch hier den etwas schäbigen Koffer mit dabei hatte, den er am Bahnhof mit seinen Armen so innig umklammert hatte. Jetzt hielt er den Koffer unter dem Tisch zwischen seinen Beinen eingeklemmt.

War es eine Art zwanghafte Marotte *(schonendes Anhalten …?)* oder enthielt der Koffer tatsächlich etwas so Wertvolles, dass der junge Mann ihn keinen Augenblick allein lassen wollte? Nicht einmal in seinem Zimmer, das man abschließen konnte? Der Zimmerschlüssel lag sichtbar auf dem Tisch.

In diesem Augenblick erhob sich der Mann, der sich als René Stauber vorgestellt hatte, und ging in Richtung Toilette. Tanner guckte ihm nach, bis sich die Tür hinter ihm geschlossen hatte. Dann traf sich sein Blick mit demjenigen des jungen Mannes.

Haben Sie eine weite Reise hinter sich? Sie haben mir am Bahnhof angedeutet, dass Sie direkt aus dem Ausland angereist waren, wo es offenbar weniger kalt war als hier.

Ja, ja. Das stimmt.

Er trank einen Schluck aus seinem Wasserglas.

Ich komme, äh … direkt aus dem Süden, hm … Spanien. Da war es natürlich auch nicht, äh … Sommer, aber bedeutend wärmer als hier war es schon. Ja, äh … wärmer. Und äh …

Bodmer kam mit Wein und Wasser, einem dampfenden Teller und einem großen Korb Brot. Er balancierte lachend das schwere Tablett zu Tanners Tisch. Der junge Mann wandte seine Aufmerksamkeit sofort wieder seinem Teller zu.

So. Schöne Grüße von der Chefin. Zufällig gibt es heute gerade Linsensuppe, und damit sollen Sie herzlich begrüßt sein.

Er lachte spitzbübisch.

Sie wissen ja … der verlorene Sohn und so. Sie waren ja eine Ewigkeit nicht mehr hier.

Tanner bedankte sich und sog den köstlichen Duft der Suppe ein.

Oh, die riecht fantastisch. Sagen Sie Ihrer Frau vielen Dank für die kluge Wahl.

Tanner sah, dass der junge Mann mit seiner Portion eben fertig wurde – was erstaunlich war, denn die Portionen waren hier großzügig –, die Reste der Sauce mit einem Stück Brot auftunkte und geradezu sehnsüchtig in Richtung Tanners Linsensuppe blickte.

Äh … Bodmer. Bringen Sie doch dem jungen Herrn auch einen Teller von dieser köstlichen Suppe. Auf meine Rechnung, bitte. Und ein Glas vom selben Wein.

Der junge Mann blickte sofort verwirrt auf den Tisch. Tanner hob beruhigend seine Hand.

Nehmen Sie bitte meine Einladung an. Ich hatte eben den Eindruck, dass Sie vielleicht noch hungrig sind. Schließlich sind wir heute Morgen beide von einer weiten Reise zurückgekommen.

Der junge Mann stand auf und verbeugte sich leicht. Genauso hatte er es auch schon auf dem Bahnhof gemacht.

Vielen Dank für die freundliche Einladung. Die Suppe nehme ich gerne an. Vergelts Gott. Aber Wein trinke ich nicht. Vielen Dank trotzdem. Ich bleibe lieber bei Wasser.

Bodmer nickte und ging in die Küche.

Vergelts Gott?

Diesen Ausdruck hatte Tanner zuletzt von seiner Großmutter gehört. Und das war jetzt schon eine gute Weile her. Aus dem Mund eines jungen Mannes klang es doch ziemlich fremdartig.

Die Tür ging wieder auf, und Bodmer brachte die zweite Suppe. Bodmer und Tanner wünschten gleichzeitig guten Appetit, und der junge Mann bedankte sich noch einmal. Eine Weile durchbrachen nur die Löffel, die an den Rand des Tellers stießen, die Stille.

Jetzt kam Stauber zurück. Die Zigarre hatte er offenbar auf der Toilette zu Ende geraucht und auch dort entsorgt. Er rieb sich die Hände und rief Bodmer, der auch sofort den Kopf durch die Tür streckte.

So. Jetzt leiste ich mir einen guten Cognac. Irgendetwas muss man ja gegen dieses Sauwetter unternehmen.

Bodmer nickte und verschwand wieder.

Stauber packte noch stehend eine neue Zigarre aus, verzichtete aber darauf, sie anzuzünden, denn es war ihm offensichtlich ein missbilligender Blick Tanners aufgefallen. Er seufzte und ließ sich auf den Stuhl fallen.

Aha. Der junge Mann fängt noch einmal von vorne an.

Tanner drehte sich um.

Das ist sehr zuvorkommend, Herr Stauber, dass Sie mit der Zigarre warten, bis wir mit dem Essen fertig sind. Der Geruch passt nicht so gut zu dem ausgezeichneten Essen.

Ist schon gut. Ich werde sie später rauchen, wenn es den Herren genehm ist.

Vielen Dank.

Der junge Mann war mit der Suppe schneller zu Ende als Tanner.

Vielen Dank, äh … die Suppe war wirklich köstlich. Ich habe schon lange nicht mehr so gut, hm … gege … gegessen.

Dann ist es ja gut. Waren Sie denn lange in Spanien? Ich meine, in Spanien kann man doch auch sehr gut essen, oder?

Ja, selbstverständlich, äh … Sie haben vollkommen Recht, hm … aber Sie müssen wissen, dass ich dort fünf Jahre im, äh … Gefängnis, äh … war, ja … im Gefängnis.

Der junge Mann lächelte dabei freundlich, als er dies ganz offen und treuherzig erzählte.

Und wissen Sie, im Gefängnis war das Essen eher ein, äh … eine Art hm …, also auf jeden Fall nicht sehr gut, wie Sie sich vielleicht vorstellen können.

Tanner schenkte sich ein Glas Wein ein und gab sich Mühe, es sich *nicht* vorzustellen. Er hatte vor längerer Zeit Gefängnisse in Marokko gesehen und auch im Süden von Spanien. Das waren Paradiese für Kakerlaken, aber keine Orte für Menschen.

Dann sind Sie sicher froh, dass Sie das überstanden haben.

Ja, ja, sehr froh. Natürlich. Obwohl jede Erfahrung, ähm … auch etwas, äh … Gutes hat.

Hat man Sie also auch gut behandelt?

Der junge Mann lächelte scheu und blieb stumm, als ob er sich das für einen Moment überlegen müsste. Tanner schwieg und schaute kurz zu Stauber zurück, der interessiert dem Gespräch gefolgt war.

Nein, das kann man so nicht sagen.

Tanner blickte wieder zum jungen Mann, hatte ihn aber nicht verstanden.

Ja, äh … Sie haben mich doch gefragt, ob ich auch gut behandelt wurde. Und ich habe gesagt: Nein, das kann man so nicht sagen.

Jetzt meldete sich Stauber zu Wort.

Ja, das ist sicher hart, so ein Aufenthalt im Gefängnis.

Er schüttelte sich.

Ich mags mir gar nicht vorstellen.

Dann lehnte er sich behaglich zurück.

Gut, ich meine, Strafe muss ja sein. Heute wird ja Gott sei Dank nichts mehr abgehackt oder so. Sogar Schwerverbrecher werden doch fair behandelt. Ich hatte letzthin Gelegenheit, ein Gefängnis zu besuchen. Das hatte ja schon beinahe Hotelcharakter.

Er nickte anerkennend.

Betten mit Qualitätsmatratzen. Mit genau so vielen Fernsehprogrammen, wie wir zuhause auch haben. Also, da kann man sich wirklich nicht beklagen. Gut. Die müssen dann ein paar Stunden in der Schreinerei arbeiten oder so, aber das ist doch zumutbar, oder?

Er drehte nervös an seiner Zigarre.

Irgendwie muss man doch die Verantwortung übernehmen für das, was man gemacht hat. Man kann die Leute, die sich nicht an die Gesetze halten, nicht auch noch belohnen. Und wir haben ja doch eigentlich vernünftige Gesetze. Wir sind ja keine Barbaren.

Er wandte sich direkt an den jungen Mann.

Wenn Sie sich etwas eingebrockt haben, dann müssen Sie es in Gottes Namen auch wieder auslöffeln. Sie sind ja noch jung und können ab jetzt ein sauberes Leben führen.

Jetzt meldete sich der junge Mann schüchtern zu Wort.

Aber ich kann Ihnen versichern, dass, äh …, dass ich gar nichts, äh … also gar nichts gemacht habe.

Jetzt lächelte Stauber milde.

Ja, ja, das habe ich auch schon gehört. Alle sitzen unschuldig im Knast.

Er nickte, sprach mehr zu sich selber und verdrehte dabei die Augen.

Die Gesellschaft ist schuld. Meine Eltern sind schuld. Die Umstände sind schuld. Ich wurde im Kindergarten von den anderen Kindern ganz schlimm behandelt. Also ich – ich kann eigentlich gar nichts dafür.

Tanner wandte sich an Stauber. Langsam ging er ihm auf die Nerven.

Herr Stauber, Sie haben ja sicher recht, so im Allgemeinen. Aber jetzt ist gut. Der junge Mann hat freiwillig und sehr offen erzählt, dass er fünf Jahre lang in Spanien im Gefängnis gewesen ist und dass er unschuldig gesessen hat. Wir haben keinen Grund, an seinen Worten zu zweifeln. Abgesehen davon …

Jetzt stand der junge Mann auf.

Streiten Sie bitte nicht meinetwegen, meine Herren. Das bin ich ja gar nicht, äh … also, ich meine, das bin ich nicht wert.

Zu Tanner gewandt.

Und der Herr hat recht, alle, die ich im, äh … im Gefängnis angetroffen habe, sind, äh … unschuldig, und sie beteuern es unentwegt. Ständig. Keiner hat je zugegeben, äh …, also, das habe ich gemacht, ähm … also muss ich jetzt büssen.

Jetzt lachte Stauber, stand ebenfalls auf, wandte sich an Tanner und zeigte mit der Zigarre auf den jungen Mann, als wollte er ihn aufspießen.

Na, na, sehen Sie! Er gibt es ja selbst zu. Also nur keine Aufregung.

Er wandte sich an den jungen Mann.

Okay, Sie saßen fünf Jahre unschuldig in Spanien in einem Gefängnis. Ist gut. Ich habe es verstanden. Entschuldigen Sie meine Bemerkung. Trinken Sie also auf meine Rechnung einen Kaffee, bitte.

Er wandte sich an Bodmer, der gerade mit einem Tablett mit dampfendem Teller und Schüsseln hereinkam.

Bodmer! Bringen Sie bitte dem jungen Mann einen Kaffee und ein Glas Cognac auf meine Rechnung.

Bodmer nickte, aber der junge Mann hob flehend die Hände.

Den Kaffee nehme ich gerne, aber Alkohol trinke ich keinen, bitte. Vielen Dank für die Einladung.

Gut, Bodmer, dann einen Cognac für mich und einen Kaffee für den jungen Mann.

Bodmer nickte und servierte Tanner Schweinefilet mit Speck und gedörrten Zwetschgen. Als Beilage Kartoffelgratin und Rosenkohl. Alle setzten sich wieder, und man wünschte Tanner einen guten Appetit.

Er begann zu essen. Die anderen schwiegen. Zwischendurch kam Bodmer und brachte den beiden ihren Kaffee.

Das Essen war ausgezeichnet und nach dem sich die allgemeine Atmosphäre wieder entspannt hatte, konnte Tanner die köstlich zubereiteten Speisen auch richtig genießen.

Als er zu Ende war, sich den Mund wischte und aus der Karaffe den Rest seines Weins ins Glas goss, entzündete Stauber zeitgleich ein Streichholz. Er hatte offensichtlich auf diesen Moment gelauert, hielt aber noch einmal inne, bevor er die Zigarre anzündete.

Ich darf doch jetzt? Oder gibt es irgendwelche Einwände?

Tanner machte eine einladende Geste mit der Hand, und der junge Mann nickte eifrig.

Na, da habe ich aber noch einmal Glück gehabt.

Jetzt hielt er das brennende Streichholz an die Spitze der Zigarre und zog so heftig daran, dass man das Knistern des brennenden Tabaks hören konnte.

Dann kam Bodmer, erkundigte sich bei Tanner, ob es geschmeckt hatte, und brachte eine gebrannte Creme mit Schlagsahne zum Dessert. Tanner bestellte einen Kaffee dazu.

Der junge Mann nestelte in seiner Jacke, brachte ein schmales Wachsbüchlein zum Vorschein und begann darin zu blättern. Offensichtlich suchte er eine bestimmte Stelle, und als er sie gefunden hatte, legte er den Finger darauf und blickte in die Runde.

Darf ich Ihnen kurz etwas vorlesen? Ich habe im Gefängnis versucht, ähm … alles aufzuschreiben, was ich im Laufe meines Lebens an, äh … schönen Gedanken, äh … gehört oder gelesen hatte. Verstehen Sie, aus meinem Gedächtnis. Vielleicht habe ich mich nicht in jedem Fall an alle Wörter korrekt erinnern können, aber … ähm …

Er zuckte mit den Schultern. Tanner lächelte ihm zu.

Ja, sicher, sehr gerne. Wir sind gespannt.

Auch Stauber nickte und blickte den jungen Mann erwartungsvoll an.

Also, hören Sie.

Er nahm das Büchlein in beide Hände. Dann las er mit leiser Stimme.

Ich hatte einen Traum, und es war nicht nur ein Traum. Die helle Sonne war erloschen, und die Sterne zogen verglimmend im ewigen Raum dahin.

Er richtete sich auf und schaute zu den beiden anderen.

Wissen Sie, wer das geschrieben hat?

Tanner schüttelte den Kopf.

Nein, aber es ist schön. Schrecklich traurig zwar, aber schön. Eine Art Endzeitstimmung.

Stauber hatte sich verschluckt und hustete.

Byron hat das geschrieben. Anfang Neunzehntes Jahrhundert.

Stauber hatte sich wieder beruhigt.

Die Sonne ist verschwunden und die Sterne? Wo und wann soll denn das gewesen sein?

Er lachte.

Wir haben zum Glück bloß ein Sauwetter, das ist auch alles.

Er schüttelte den Kopf.

So ein Unsinn!

Der junge Mann hob beschwichtigend seine Hände.

Erlauben Sie mir zu sagen, dass es persönliche Katastrophen gibt und solche, die die ganze Menschheit betreffen. Byron beschrieb eine objektive Situation in der Welt.

Wann soll denn die Sonne erloschen sein? Vielleicht als Sie

ganz und gar unschuldig im Gefängnis hockten und den Staat eine Stange Geld gekostet haben.

Der junge Mann blieb geduldig und antwortete mit leiser Stimme?

Sie haben ganz recht. Deswegen habe ich diesen Text auch in mein kleines Büchlein geschrieben, denn zeitweise fühlte ich mich genauso. Sie haben das ganz genau verstanden. Aber Byron, äh … hatte eine wirkliche, äh … Angst beschrieben.

Aha? Ja, von mir aus. Vor was hatte er denn Angst, dieser Baron?

Am Anfang des Neunzehnten Jahrhunderts flog in Indonesien ein ganzer Berg in die Luft. Der Berg hieß Tambora und lag auf der Insel Sumbawa. Es war einer der größten Vulkanausbrüche auf der Welt. Es ging soviel Rauch und Asche in die Luft, dass sich die Sonne verdunkelte und die Erde sich abkühlte. Der Frühling blieb aus und es starben viele Menschen: am Vulkanausbruch selbst, bei den Überschwemmungen, aber auch weil in der Folge davon Hungersnöte auf der ganzen Welt ausbrachen.

Der junge Mann hatte jetzt gesprochen, ohne zu stocken.

Stauber wiegte immer noch skeptisch seinen Kopf.

Aha. Man lernt nie aus. Aber, haben Sie auch etwas Lustiges in Ihrem Büchlein?

Der junge Mann schaute etwas schuldbewusst in die Runde.

Nein, nicht wirklich. Ich muss mich, ähm … entschuldigen. Es gibt Sachen mit mehr, äh … Gefühl, aber lustig? Nein.

Tanner beugte sich vor.

Ich würde sehr gerne noch ein Beispiel hören.

Der junge Mann blätterte in seinem Büchlein. Dann hatte er es gefunden.

Er blickte zu Tanner.

Es ist aber ziemlich lang.

Tanner lehnte sich zurück.

Wir haben Zeit. Bitte.

Auch Stauber zeigte mit einer Geste großzügig seine Bereitschaft an.

Es ist eigentlich ein Lied. Es heißt: Da unten im Tale. Ich habe vergessen, wer es geschrieben hat.

Der junge Mann holte tief Luft.

Da unten im Tale, läuft's Wasser so trüb. Und ich kann dir's nit sagen, I hab' di so lieb.

Er machte eine kleine Pause.

Sprichst allweil von Lieb', sprichst allweil von Treu'. Und a bissele Falschheit is au wohl dabei.

Hier stockte der junge Mann ein wenig.

Und wenn i dir's zehnmal sag', dass i dir lieb, und du willst nit verstehen, muss i halt weitergehen.

Er blickte auf.

Jetzt kommt der letzte Vers.

Er holte noch einmal tief Luft.

Für die Zeit, wo du g'liebt mi hast, dank i dir schön, und i wünsch, dass dir's anderswo besser mag gehen.

Er starrte weiter auf das Blatt, obwohl der Text offenkundig zu Ende war, dann blickte er zu Tanner. Tränen liefen ihm über seine Wangen. Er wischte sie weg und lächelte.

Das ist schön, oder?

Tanner seufzte.

Ja, das ist schön.

Stauber äußerte sich nicht und war mit seiner Zigarre beschäftigt. Dann erhob er sich.

So. Ich muss weiter. Die Herren entschuldigen mich. Herzlichen Dank für den beeindruckenden Vortrag, junger Mann. Ich wünsche Ihnen viel Glück in Ihrem neuen Lebensabschnitt. Bodmer, die Rechnung!

Er wandte sich an den jungen Mann und drohte spielerisch mit dem Finger.

Und – bleiben Sie sauber.

Dann holte er eine Geschäftskarte aus seinem Portemonnaie.

Hier meine Karte, falls sie eine Arbeit suchen. Ich habe ein Bauunternehmen.

Der junge Mann erhob sich überrascht.

Vielen Dank für das Angebot. Das ist sehr, äh … großmütig.

Stauber zog umständlich seinen Mantel an. Er blickte lächelnd zu Tanner.

Am Schluss kriegt man ja noch das heulende Elend.

Bodmer brachte auf einem kleinen Tablett die Rechnung. Der Geschäftsmann legte eine Note darauf.

Es ist dann recht so.

Er lachte in die Runde.

Nur nicht knausern, sage ich immer, nur nicht knausern.

Bodmer bedankte sich.

So. Meine Herren. Ich wünsche noch einen schönen Abend.

Stauber verließ mit Bodmer den Raum in Richtung Schankstube.

Wussten Sie, Bodmer, dass Ihr Gast direkt aus dem Gefängnis kommt? Ich würde Ihnen anraten, schließen Sie Ihre …

Der Rest seiner Worte ging im allgemeinen Stimmengewirr unter, und gleich darauf schnitt die Verbindungstür zur Schankstube alle Geräusche wieder ab.

Tanner blickte zum jungen Mann.

Machen Sie sich nichts draus. Sie haben ja gesehen …

Sie haben recht. Er ist sehr gefangen, äh … in seinen, mh … Sie verstehen, was ich meine, oder?

Ja, klar.

Beide schwiegen eine Weile.

Was hat man Ihnen denn in Spanien vorgeworfen? Sie müssen die Frage natürlich nicht beantworten.

Doch, doch. Das erzähle ich Ihnen gerne. Man hat bei der Einreise in meinem Gepäck für ungefähr zweihunderttausend Franken Drogen gefunden. Kokain. Das wars dann. Eine kurze, äh … Verhandlung am Gericht und ab in den Knast nach Salamanca.

Tanner pfiff durch die Zähne.

Und Sie haben natürlich keine Ahnung, wer Ihnen das Paket in Ihr Gepäck geschmuggelt haben könnte?

Der junge Mann blätterte eine Weile gedankenverloren in seinem Büchlein. Hatte er die Frage nicht verstanden? Plötzlich stand er auf und machte wieder diese kleine Verbeugung, die Tanner schon kannte.

Ich bedanke mich sehr für, äh die Suppe und die, ähm … ich meine, das Verständnis und die, äh … Anteilnahme, die ich bei Ihnen verspürt habe. Sie müssen mich jetzt entschuldigen, aber es wird Zeit für mich.

Er bückte sich, nahm seinen Koffer auf und ging quer durch den Raum. Kurz vor der Tür hielt er nochmals an, drehte sich aber nicht um.

Doch. Ich weiß, wer mir das angetan hat.

Er nickte noch zweimal mit seinem Kopf, wie zur Bestätigung, und dann ging er stumm durch die Tür.

ZWEI

Am anderen Morgen rief Bodmer an. Tanner schaute auf die Uhr. Es war kurz vor sechs. Draußen war es noch dunkel.

Es tut mir leid, dass ich so früh anrufe, aber die Sache ist mir nicht geheuer.

Tanner rieb sich die Augen.

Aha. Welche Sache denn?

Ja, eben … mit diesem Jean D'Arcy.

Wer soll denn das sein, Bodmer? Ach, so! Ist das der junge Mann, Ihr Gast?

Ganz genau. Kannten Sie seinen Namen nicht? *Sie* haben ihn doch zu mir geschickt, oder irre ich mich da?

Nein, ich kannte seinen Namen nicht. Ich habe ihn gestern Morgen am Bahnhof getroffen, das heißt, wir sind aus demselben Zug ausgestiegen. Er hatte mich nach einer Unterkunft gefragt.

Ach so.

Soll ich die Leute in Zukunft zur Konkurrenz schicken?

Bodmer lachte.

Nein, nein. So habe ich das nicht gemeint.

Tanner öffnete mit einer Hand ein Fenster und ließ die kalte Morgenluft herein.

Also, Bodmer, was ist Ihnen denn nicht geheuer?

Ja, wie soll ich sagen? Erstens haben wir in der Nacht merkwürdige Geräusche gehört, dann habe ich um halb sechs an seine Tür geklopft, und er antwortet nicht.

Was meinen Sie mit merkwürdigen Geräuschen? Und warum haben Sie denn um Gottes willen so früh an seine Tür geklopft?

Es klang irgendwie, als habe er die Möbel rumgeschoben.

Aha. Vielleicht wollte er in eine andere Richtung schlafen. Es gibt Menschen, die sind da sehr sensibel.

Ja, kann ja sein. Es klang aber irgendwie merkwürdig, auch der Zeitpunkt. Und wegen der frühen Stunde: Er hat mich gestern

Abend darum gebeten! Ich sollte ihn am Morgen um diese Uhrzeit wecken.

Und jetzt antwortet er nicht? Und die Tür ist abgeschlossen, nehme ich an – und der Schlüssel steckt von innen, oder?

Genau so ist es.

Vielleicht hört er einfach Ihr Klopfen nicht? Vielleicht hat er ein starkes Schlafmittel eingenommen und schläft tief und selig. Könnte doch sein, oder?

Ja, könnte sein, aber ich glaube es nicht. Äh …, Tanner, könnten Sie nicht vielleicht auf einen Kaffee vorbeikommen? Mir ist einfach nicht wohl.

Hat dieses Unwohlsein vielleicht etwas damit zu tun, dass Ihnen gestern Abend der andere Gast gesteckt hat, dass D'Arcy im Gefängnis gewesen ist?

Woher wissen Sie …?

Es war ja indiskret genug, nicht wahr. Abgesehen davon: wieso rufen Sie eigentlich *mich* an? Wenn Sie sich wirklich Sorgen machen, müssten Sie doch die Polizei rufen.

Bodmer schnaufte durchs Telefon.

Ja … aber Sie sind doch … äh, nein, natürlich nicht, aber äh … ich dachte, Sie kennen diesen jungen Mann und …

Gut Bodmer, jetzt bin ich ja eh schon wach. Ich bin in einer Viertelstunde bei Ihnen, wenn es Sie beruhigt.

Bodmer stand an der Tür, als Tanner den Platz vor dem Restaurant überquerte. Er hatte kurzerhand die Abkürzung durch den Garten des Hauses genommen, den steilen Abhang hinunter zu den Bahngleisen.

Meine Frau hat Ihnen bereits einen Kaffee zubereitet. Danke, dass Sie kommen.

Bodmer führte ihn in die Wirtsstube. Seine Frau stand hinter der Theke. Tanner begrüßte sie und nahm den Kaffee in Empfang.

Darf ich mal den ausgefüllten Meldeschein sehen?

Frau Bodmer holte den Meldeblock aus einer Schublade hinter der Theke.

Hier.

Tanner studierte den Zettel.

Außer dem Namen konnte man seine Nationalität lesen und dass er gestern von Frankreich her kommend in das Land eingereist war. Bei *Wohnort* hatte er eine Wellenlinie gemacht. Die Rubriken *Datum, Unterschrift und Passnummer* waren ausgefüllt. Es war eine auffällig zarte Schrift mit kleinen, regelmäßigen Buchstaben, da und dort etwas zittrig. Aber es waren leider viel zu wenige Wörter, um sich wirklich ein Bild machen zu können.

Tanner blickte fragend zu Bodmer.

Haben Sie sich nicht gewundert, dass er keinen Wohnort angegeben hat?

Bodmer zuckte mit den Achseln.

Doch. Aber ich habe es erst nachträglich gesehen.

Tanner trank den Rest des Kaffees in einem Schluck.

Gut. Dann schauen wir jetzt mal, ob er immer noch schläft.

Bodmer ging voran.

Die fünf Gastzimmer befanden sich alle im ersten Stock. Zwei zur Straße, zwei zum See und eins im rückwärtigen Teil des Hauses. Genau genommen lag dieses eine Zimmer eigentlich schon außerhalb des Haupthauses, im ersten Stock eines angebauten Holzschopfs, war aber nur durch das Haupthaus erreichbar, über drei Treppen am Ende des Flurs. An der weiß gestrichenen Tür klebte, ein ganz klein wenig schief, die goldene Ziffer Fünf. Das war das Zimmer, in dem Jean D'Arcy schlief.

Bodmer zeigte stumm auf die Tür.

Tanner klopfte energisch. Dann rief er einige Male hintereinander den Namen.

Keine Reaktion.

Bodmer meinte in Zeichensprache, dass es vorher genau so gewesen sei.

Tanner legte sein Ohr an die Holztür.

Ich kann nichts hören.

Er versuchte durch das Schlüsselloch zu schauen, aber ergebnislos, ziemlich sicher steckte ja der Schlüssel.

Als letztes versuchte Tanner die Tür zu öffnen, aber sie war tatsächlich abgeschlossen.

Herr D'Arcy, wir machen uns Sorgen. Wenn Sie nicht antworten, müssen wir die Tür aufbrechen.

Tanner trat zurück.

Wie viele Fenster hat das Zimmer?

Nur ein einziges. Dafür ein großes.

Tanner nickte.

Ich möchte mir mal die Fassade von außen anschauen. Vielleicht ist das Fenster ja offen.

Bodmer nickte und ging voraus.

Mittlerweile dämmerte der Morgen. Der Nebel hatte sich offenbar über Nacht zum größten Teil gelichtet.

Hinter dem Haus befanden sich ein Obst-, ein Beeren- und ein großer Gemüsegarten. Frau Bodmer pflegte das alles sehr liebevoll. Das Obst, der Salat und das Gemüse kamen – je nach Saison – weitgehend aus eigener Produktion. Im Winter sahen die Gärten naturgemäß etwas trostlos aus.

Bodmer zeigte auf das Fenster.

Sehen Sie, es sieht so aus, als sei es geschlossen.

Tanner nickte und zeigte auf die ebenerdige Tür unterhalb des Fensters. Das Zimmer lag ja quasi im ersten Stock des Anbaus.

Was haben Sie denn im Schopf drin?

Gartenwerkzeuge. Holz. All die Tische und Stühle für die Sommerterrasse.

Tanner rief noch ein paar Mal den Namen zum Fenster hinauf. Dann wandte er sich zu Bodmer.

Gut. Ich denke, wir sollten die Polizei verständigen.

Muss das sein?

Ja, Bodmer. Das muss sein. Wenn wir die Tür aufbrechen, ist es einfach besser, wenn wir das nicht als Privatpersonen machen. Ich rufe jetzt einfach Michel an.

Bodmer nickte ergeben.

Ich geh dann mal zurück ins Restaurant und mach uns was zum Frühstück. Nehmen Sie auch ein Ei?

Tanner zückte sein Mobiltelefon.

Sehr gerne. Ich komme gleich nach.

Michel meldete sich sofort.

Ich glaub es ja nicht! Tanner ist zurück aus dem hohen Norden. Ich wollte eigentlich auch schon anrufen, nach dem ich gestern Nacht deine Nachricht gehört hatte. Aber ich hätte mich natürlich nie und nimmer getraut, den Herrn zu so einer unchristlich frühen Zeit zu stören. Na und? Wie war es? Bist du schon …

Entschuldige, wenn ich dich unterbreche. Ich werde dir alles erzählen. Ehrenwort. Aber jetzt rufe ich dich an, weil wir hier ein Problem haben.

Er fasste kurz die Situation zusammen. Michel stöhnte.

Natürlich schicke ich dir sofort einen Streifenwagen, aber gibt es wirklich solche Zufälle? Kaum tauchst du auf, schon gibt es wieder ein Problem in deinem Dörfchen.

Reg dich ab. Vielleicht ist es auch keins. Aber ich möchte nicht einfach so die Tür einbrechen, verstehst du?

Ja, ist ja klar. Ich guck mal, wer in der Nähe ist.

Tanner bedankte sich und beendete das Gespräch.

Er hatte gerade sein Ei gegessen, als der Streifenwagen vor der Tür hielt. Kurz darauf betrat eine uniformierte Polizeibeamtin die Wirtschaft.

Guten Tag.

Sie betrachtete die Frühstücksrunde und strich sich eine Haarsträhne aus dem Gesicht. Dann nickte sie Tanner zu.

Sie müssen Tanner sein. Kommissar Michel hat uns gebeten, bei Ihnen vorbeizuschauen. Wo ist das Problem?

Bodmer sprang auf.

Guten Tag, ich bin der Wirt. Wir haben einen Gast, den hätte ich um halb sechs wecken sollen, aber er antwortet nicht, und der Schlüssel steckt von innen.

Tanner hatte sich mittlerweile auch erhoben.

Ja. So ist es. Wir fänden es besser, wenn Sie dabei sind, wenn wir die Tür aufbrechen, Frau äh …

Wille. Mein Kollege Stoffel sitzt im Auto und telefoniert. Aber ich denke, wir schaffen das auch ohne ihn. Wo ist denn das Zimmer? Und wie heisst Ihr Gast?

D'Arcy. Jean D'Arcy. Das Zimmer liegt im oberen Stock. Ich gehe mal voraus.

Bodmer ging zur Treppe und nahm zwei Stufen aufs Mal.

Tanner und die Beamtin folgten. Bei der Treppe angekommen, wollte er ihr den Vortritt lassen.

Sie lächelte.

Bitte nach Ihnen. Sie wissen ja, bei Treppen und Restaurants geht der Mann vor.

Ach, ich wusste nicht, dass diese Regeln auch für Beamtinnen im Dienst gelten.

Er ging an ihr vorbei.

Jetzt lachte sie.

Darüber weiß ich nichts, aber Michel hat mich gewarnt.

Tanner blieb auf der Treppe stehen und wandte sich um.

Gewarnt. Vor was hat er Sie denn gewarnt?

Vor Ihnen, Tanner.

Er stutzte.

Machen Sie nicht so ein Gesicht. Gehen Sie bitte weiter. Wir werden erwartet.

Tanner seufzte und ging voraus, die Treppe hoch.

Tatsächlich – sie wurden erwartet. Bodmer stand mit hochrotem Kopf vor Jean D'Arcy, der sich verschlafen die Augen rieb – nur mit Leibchen und kurzer Hose bekleidet – und offenbar die Welt nicht verstand. Bodmer verstand sie offensichtlich auch nicht mehr und versuchte, sich wortreich zu entschuldigen, brachte aber nur unverständliche Laute zum Ausdruck. Erleichtert wandte er sich um, als er die Beamtin und Tanner bemerkte.

Schauen Sie! Das ist äh … Herr D'Arcy.

Ach ja? Was ist denn überhaupt passiert?

Die Beamtin fragte halb belustigt, halb verärgert.

Jetzt mischte sich Tanner ein.

Guten Tag, Herr D'Arcy. Verzeihen Sie die Störung, aber Herr Bodmer hat sich große Sorgen gemacht, da er Sie um halb sechs

Uhr wecken sollte. Jetzt ist ja bereits acht Uhr vorbei, und bis vor kurzem haben Sie kein äh … also, auf unser Klopfen und Rufen nicht reagiert.

Tanner wollte zuerst *Lebenszeichen* sagen, vermied aber im letzten Augenblick das Wort.

Es tut mir leid, wenn ich Ihnen so viele Umstände mache. Aber schauen Sie, äh …

Er öffnete seine linke Hand. Da lagen zwei kleine, gelbe Wattebällchen.

Aus alter Gewohnheit hatte ich die in den Ohren. Sie müssen wissen, wo ich, äh … herkomme, konnte man ohne dieses Zeugs nicht schlafen.

Die letzten Worte sprach er zu Tanner und lächelte hilflos. Jetzt war auch sein Gesicht rot angelaufen.

Oh je, oh je. Und es ist bereits nach acht Uhr, sagen Sie?

Tanner nickte. Der junge Mann machte ein unglückliches Gesicht und hob hilflos die Schultern.

Na, dann werde ich mal …

Tanner drehte sich zu den anderen um.

Gut, ich schlage vor, wir ziehen uns zurück und lassen Herrn D'Arcy in Ruhe aufstehen.

Bodmer zog sich noch so gerne zurück, und die Beamtin nickte seufzend.

Als sie alle drei wieder in der Wirtsstube standen, ging Bodmer in Richtung Küche.

Ich muss mal kurz zu meiner Frau, sie wartet natürlich auf Bescheid. Sie entschuldigen mich.

Tanner nickte und wandte sich an die Polizistin.

Frau Wille, trinken Sie einen Kaffee?

Sie lachte und strich sich erneut schwungvoll eine Strähne aus dem Gesicht.

Wille genügt. Ich bin hier in offizieller Funktion. Egal ob Frau oder Mann, oder?

Dann trat sie an eines der Fenster.

Mein Kollege telefoniert immer noch. Also bitte, einen Kaffee.

Sie verdrehte die Augen und setzte sich an einen der Tische.

Seine Frau ist schwanger. Stoffel hat das Gefühl, das Kind könne jeden Moment auf die Welt kommen, obwohl es noch mindestens ein Monat bis zum Termin ist.

Tanner ging hinter die Theke zur mächtigen Kaffeemaschine und ließ zwei Tassen Kaffee heraus. Als er die beiden Tassen auf den Tisch stellte, lächelte sie.

Ich sehe, Sie bewegen sich hier wie zuhause, Tanner.

Er setzte sich.

Schließlich hat mich Bodmer um sechs Uhr aus dem Bett geklingelt und hier hergebeten, das gibt mir ein gewisses Recht auf selbständiges Handeln, zumal sich der Herr Wirt ja verflüchtigt hat.

Sie nickte und leerte das ganze Zuckersäckchen in den Kaffee. Die Sahne ließ sie stehen.

Was meinte der junge Mann eigentlich … *da, wo ich herkomme?*

Tanner nippte an seiner Tasse, bevor er antwortete.

Er hat fünf Jahre in einem Gefängnis in Salamanca verbracht.

Salamanca? Wo ist denn das?

Im Norden Spaniens. Ich habe ihn gestern Morgen auf dem Bahnhof kennengelernt. Er hatte mich nach einer Unterkunft im Dorf gefragt.

Sie rührte gedankenverloren in der Tasse.

Essen Sie oft hier?

Nicht sehr oft. Gestern Abend war ich hier, weil ich wie gesagt erst gerade von einer Reise zurückgekommen bin.

Sie nahm einen kleinen Schluck, dann spitzte sie ihren Mund, blies in den Kaffee, so dass sich die Oberfläche kräuselte.

Haben Sie nicht vielleicht gestern Abend hier gegessen, weil Sie sich für den jungen Mann interessieren?

Tanner lachte abfällig, insgeheim bewunderte er aber ihre Intuition.

Nein, nein. Mein Kühlschrank war leer. Ich bin ja erst gestern von einer längeren Reise zurückgekommen und …

Sie unterbrach ihn.

Das sagten Sie bereits. Was hatte er denn in Spanien verbrochen? Fünf Jahre sind ja kein Pappenstiel.

Es tut hier zwar nichts zur Sache, aber …

Ich tippe auf Drogen.

Tanner stutzte. Sie fixierte ihn.

Liege ich falsch? Es geht doch um Drogen?

Aha. Wie kommen Sie jetzt darauf?

Ja, das ist mein Problem. Andauernd kommen mir Sachen in den Sinn, und dann weiß ich gar nicht, woher die kommen. Zum Leidwesen meiner Umgebung treffe ich meist ins Schwarze.

Tanner dachte unwillkürlich, dass sie mit *Umgebung* wahrscheinlich ihren Freund meinte, möglicherweise eine ganze Reihe ihrer letzten Partner. Einen Ehering trug sie auf jeden Fall nicht.

Das nennt man im Allgemeinen Intuition. Und ich kann auch verstehen, dass es die *Umgebung*, wie Sie sich auszudrücken pflegen, nicht immer als ganz angenehm empfindet, wenn man Ihnen auf so irrationale Art und Weise auf die Spur kommt.

Sie legte ihre schöne Stirn in Falten. Tanner hob beschwichtigend die Hand.

Im Übrigen haben Sie auch in diesem Fall recht. Aber anders, als Sie denken. Irgendjemand hatte ihm die Drogen untergejubelt.

Woher wissen Sie das?

Tanner atmete tief durch.

Er hat es mir glaubhaft versichert.

Sie sah ihn lächelnd an.

So. So.

Tanner hielt ihrem Blick stand.

Ja. Ja. Genau so.

Sie trank die Tasse leer und stellte sie zurück auf den Unterteller. Tanner griff nach ihr.

Soll ich nachfüllen?

Ja. Gerne. Wenn es Ihnen nichts ausmacht.

Tanner erhob sich. In diesem Moment kam Bodmer zurück.

Entschuldigen Sie, dass ich Sie so lange allein ließ. Geben Sie her, Tanner. Ich mache das schon. Für Sie auch?

Tanner nickte und setzte sich wieder hin. Sie schwiegen, bis Bodmer die beiden Tassen brachten.

Wie gesagt, es tut mir leid, dass ich so hysterisch reagiert habe und Sie beide vergebens hierher gebeten habe …

Sie winkte ab.

Vergessen Sie's. Ich schreibe ins Protokoll, dass ich mit dem berühmten Tanner einen Kaffee getrunken habe. Wir hätten uns sehr nett unterhalten, über Intuition und so …

Ich schulde Ihnen zum Dank für Ihre Bemühungen ein Nachtessen …

Er blickte von Tanner zur Beamtin und zurück.

… vielleicht passt Ihnen ja sogar ein gemeinsamer Termin?

Sie lachte.

Sie wissen aber, dass Kuppelei strafbar ist, oder?

Bodmer lachte.

Ich meinte ja nur, weil ihr im Grunde ja irgendwie – wie soll ich sagen? – Kollegen seid, oder? Immerhin war Tanner ja auch einmal …

Tanner winkte ab.

Geben Sie sich keine Mühe, Bodmer. Wir haben Sie verstanden. Wir danken Ihnen für Ihr Angebot. Wir werden darauf zurückkommen. Oder? Frau, äh … pardon, Kollegin wollte ich natürlich sagen.

Sie nickte lächelnd und erhob sich.

So. Jetzt muss ich aber.

Sie blickte zu Tanner.

Geben *Sie* Michel Bescheid?

Ja, ja. Das mach ich. Er wird mir zwar den Kopf abreißen, aber einmal mehr oder weniger, darauf kommt es auch nicht mehr an. Ich hoffe, man sieht sich wieder.

Sie hob die Hand zum Gruß.

DREI

Es war wie verhext. Am anderen Morgen erwachte Tanner wieder kurz vor sechs. Diesmal ohne Telefonanruf. Auf jeden Fall durch keinen realen. Er hatte noch unter der Dusche das vage Gefühl, dass er geträumt habe, Bodmer habe schon wieder angerufen und er deswegen um die gleiche Uhrzeit aufgewacht sei. Aber nach der Dusche war alles in seiner Erinnerung verblasst, und er wusste nicht mehr, ob er sich das bloß eingebildet hatte oder ob es wirklich ein Traum gewesen war.

Draußen herrschte noch tiefschwarze Nacht. Kein Mond und keine Sterne. Fröstelnd stand Tanner für einen Augenblick am offenen Fenster und zog die nasskalte Luft durch die Nase tief in seine Lunge. Immerhin klärte sich dadurch sein Kopf ein wenig. Plötzlich hatte er das Gefühl, er müsse irgendetwas tun, und sei es auch nur, die monatelang verwaiste Wohnung zu putzen. Er holte tief Atem und entschloss sich zu einer ausführlichen Putzaktion seiner nun monatelang verwaisten Wohnung. Gegen Mittag durchschritt er stolz und zufrieden sein auf Hochglanz poliertes Reich, und dachte, dass er jetzt wirklich angekommen sei. Das Reinigungsritual hatte ihn irgendwie erneut mit diesem Ort geerdet. Wie auf Verabredung klingelte in diesem Augenblick die Hausglocke.

Beschwingt trabte er hinunter, nahm zwei Stufen aufs Mal, und schloss die schwere Haustür auf.

Draußen stand, bibbernd vor Kälte, Jean D'Arcy. Immer noch bloß mit diesem dünnen grauen Anzug bekleidet. Den Koffer hielt er in der Hand.

Er hob linkisch die freie Hand zum Gruß und lächelte.

Guten Tag, Herr Tanner. Entschuldigen Sie bitte vielmals, äh … die Stör…

Tanner fasste ihn kurzerhand am Arm und unterbrach ihn.

Wissen Sie was? Sie kommen jetzt erst mal rein an die Wärme. Entschuldigen können Sie sich immer noch.

D'Arcy nickte und trat bereitwillig ins Haus. Tanner schloss die Tür und ging die Treppe hoch.

Kommen Sie. Ich gehe vor.

Setzen Sie sich einfach ins Wohnzimmer, ich mache uns einen Kaffee.

Als Tanner ins Wohnzimmer kam, saß D'Arcy am Tisch. Den Koffer hatte er am Boden zwischen die Beine gestellt.

Hier. Bitte bedienen Sie sich.

D'Arcy nahm Zucker und Milch. Seine Hand zitterte leicht. Dann atmete er mit geschlossenen Augen den Duft des Kaffees ein. Trank aber nicht.

Ja, äh … was ich sagen … ich meine, ähm … was ich Sie fragen wollte … es ist eine, äh … große Bitte.

D'Arcy blickte kurz zum Fenster und fuhr sich fahrig durch die blonden Haare.

Also, äh … vielleicht ist es schwer zu verstehen, aber …

Lieber Herr D'Arcy, sagen Sie mir einfach, was ich für Sie tun kann. Wenn es in meiner Macht steht, werde ich es tun.

D'Arcy blickte ihn mit großen Augen an.

Sie sind sehr liebenswürdig. Es tut mir leid, dass ich Sie störe, Sie haben sicher viel zu tun und äh …

Tanner fuhr mit der Hand durch die Luft.

Machen Sie sich keine Sorgen. Also, was kann ich für Sie tun?

D'Arcy griff unter den Tisch und brachte den Koffer zum Vorschein.

Darf ich Sie bitten, diesen, äh … Koffer für mich aufzubewahren? Es ist nur für ein paar Tage. Natürlich nur, ähm … wenn es Ihnen nichts ausmacht.

Tanner stand auf und wollte nach dem Koffer greifen. D'Arcy hielt ihn aber noch zurück.

Ich will Ihnen noch sagen, äh … dass in dem Koffer nichts ist, was äh … irgendwie illegal ist, verstehen Sie. Das schwöre ich bei meinem Leben. Und ich hoffe, Sie können mir glauben. Es ist etwas, was mir persönlich sehr wertvoll ist, aber ohne, ähm … materiellen Wert.

Dann überreichte er den Koffer. Tanner nahm ihn. Er war überraschend leicht.

Gut, ich glaube Ihnen. Wissen Sie was, D'Arcy? Kommen Sie, ich zeige Ihnen, wo ich ihn aufbewahre. Nur für alle Fälle.

Tanner ging in eines der praktisch leeren Zimmer seiner großen Wohnung. Es war ein relativ schmaler Raum mit nur einem Fenster zur Straße hin. Auf der einen Längsseite bestand das Zimmer aus lauter eingebauten Wandschränken mit massiven Türen. Er öffnete einen der Schränke, stellte den Koffer hinein und schloss den Schrank. Den Schlüssel nahm er ab und bot ihn D'Arcy an.

Schauen Sie, D'Arcy. All diese Schränke sind leer. Ich brauche den Schrank nicht. Nehmen Sie den Schlüssel mit. Wenn Sie den Koffer holen, müssen Sie allerdings den Schlüssel wieder mitbringen.

D'Arcy nahm den Schlüssel mit beiden Händen entgegen, als empfange er eine heilige Reliquie.

Das ist sehr großzügig von Ihnen, Herr Tanner. Sie können sich nicht vorstellen, ähm … wie froh ich bin, ja, wie erleichtert und froh.

Sie setzten sich beide wieder an den Tisch, und D'Arcy rührte erneut in seinem Kaffee, trank aber nicht. Er sah dabei gedankenverloren zum Fenster hinaus.

Tanner räusperte sich.

Haben Sie Familie, Herr D'Arcy? Ich meine, haben Sie jemanden, zu dem Sie gehen können?

Er lächelte.

Ja, wissen Sie, an Familie herrscht an sich kein Mangel. Im Gegenteil.

Jetzt lachte er gequält.

Die gibts sogar im Überfluss, aber äh …, die haben mich schon länger abgeschrieben, wissen Sie.

Weil Sie im Gefängnis waren?

Nein, nein, das hat andere Gründe.

Er nahm den Kaffeelöffel in den Mund. Dann hielt er ihn wie

einen kleinen Spiegel in Augenhöhe, als wolle er sein Gesicht darin beobachten.

Das hängt eher mit meiner, ähm … Lebenseinstellung zusammen. Zudem ist meine, äh … ganze Familie sehr katholisch, und ich – ich habe mich seit einiger Zeit davon losgesagt.

Tanner nickte.

Aha, ich verstehe.

D'Arcy hob jetzt die Tasse mit beiden Händen an seine Lippen und trank sie in einem Zug leer. Tanner blickte auf seine Uhr.

Herr D'Arcy, darf ich Sie zu einer kleinen Spazierfahrt einladen? Ich war seit über einem Jahr weg und hätte große Lust, ein bisschen übers Land zu fahren. Zudem will ich wissen, ob mein Auto überhaupt noch fährt.

D'Arcy lächelte und machte wieder diese Andeutung einer Verbeugung.

Ja, gut. Ich komme gerne mit. Das ist sehr liebenswürdig von Ihnen. An dem Ort, von dem ich komme, habe ich oft davon geträumt, einfach übers Land zu fahren ohne Ziel und ohne Zeitdruck.

Tanner nickte ernst.

Diese Sehnsucht kann ich gut verstehen. Übrigens habe ich da noch einen sehr guten Mantel. Den können Sie sich gerne ausleihen, nicht dass Sie noch erfrieren.

Tanner wartete gar keine Antwort ab, sondern ging den grauen Fischgratmantel aus einem Schrank im hintersten Zimmer seiner weitläufigen Wohnung holen.

Als Tanner zurückkam, stand D'Arcy bereits unter der Wohnungstür. Tanner warf ihm den Mantel zu.

Er müsste Ihnen eigentlich perfekt passen. Als ich ihn gekauft habe, war ich noch etwas schlanker. Kommen Sie, D'Arcy, kommen Sie.

Tanner nahm zwei Treppen aufs Mal. Unten angekommen, ging er direkt zur Garage und öffnete die schweren Flügeltüren. Dann blickte er zum Haus.

Kommen Sie, D'Arcy.

D'Arcy stand im Mantel unschlüssig unter der Tür. Der Mantel war ihm zwar etwas zu groß, aber immerhin musste er jetzt nicht mehr frieren.

Sie müssen die Tür nur hinter sich zuziehen.

Tanner setzte sich in den Wagen und war gespannt, ob der Motor nach so langer Ruhezeit überhaupt anspringen würde. Er tat es ohne Probleme. Er fuhr den Wagen aus der Garage und bedeutete D'Arcy einzusteigen.

Wir fahren durchs flache Land zwischen den Seen, wenns recht ist.

D'Arcy lachte.

Ob es recht ist, fragen Sie mich? Oh ja. Sehr sogar. Sie sind sehr großzügig zu mir, Herr Tanner.

Dann wiederholte er dieses schöne, altmodische Dankeswort, das seine Großmutter bisweilen zu sagen pflegte.

Schon waren sie aus dem Dorf heraus, am Schloss vorbei, das man zu dieser Jahreszeit sehr gut von der Straße aus sehen konnte, da all die alten Bäume kahl waren. Kurz darauf entschied sich Tanner für die Umfahrungsstraße um das Bezirksstädtchen.

Sie schwiegen beide. Erst als sie die pfeilgerade Straße erreichten, die sie tief ins fruchtbare flache Land bringen würde, räusperte sich D'Arcy.

Äh … das ist ein sehr schöner und bequemer Wagen, Herr Tanner. Einer meiner Onkel hatte auch so einen, vielleicht ein etwas älteres Modell. Aber auch mit diesen weichen Ledersitzen. Ich habe mir nie etwas aus Autos gemacht, müssen Sie wissen. Ich bin immer sehr gerne Fahrrad gefahren. Alles andere war mir irgendwie zu schnell. Wissen Sie, ich komme mit meinen Augen gar nicht mit.

Tanner schaute ihn fragend an. D'Arcy lächelte.

Ja, verstehen Sie, ich kann gar nicht so schnell schauen, wie man es beim Autofahren braucht. Oder vielleicht liegt es daran, dass ich nicht so schnell, äh … denken kann. Das war auch früher beim, äh … Sport so. Ich konnte die Bälle einfach nicht sehen. Meine Schulkameraden haben nie verstanden, äh … warum ich keine Bälle fangen konnte, dabei habe ich sie gar nicht gesehen, wenn sie geflogen kamen. So einfach war das. Ich habe sie nicht gesehen. Können Sie sich das, ähm vorstellen?

Tanner nickte, sagte aber nichts. Er konnte es sich sogar sehr gut vorstellen. Vor allem den Spott, dem D'Arcy sicher ausgesetzt gewesen war. Kinder waren in der Hinsicht gnadenlos.

Plötzlich kicherte D'Arcy.

Beim Militär war es dann natürlich ein Glück. Nach drei Tagen hat man mich als unbrauchbar wieder nach Hause geschickt.

Er korrigierte sich.

Nein, nein. Das Wort war nicht unbrauchbar! *Untauglich* wurde das damals genannt. Genau: untauglich. Und meine Familie, äh … schämte sich. Sie müssen wissen, in meiner Familie ist man einfach nicht untauglich. In meiner Familie wimmelt es nur so von, ähm … Eichenlaub und goldenen Spaghetti um die, äh … Hüte.

Er ließ seinen Finger um seinen Kopf kreisen.

Dafür war ich gut in allem, was äh … Geduld erforderte. Laut meiner Mutter konnte ich schon mit vier Jahren Puzzles mit Hunderten von Teilen zusammensetzen.

Tanner nickte bewundernd.

Was haben Sie denn für einen Beruf gelernt, Herr D'Arcy?

Uhrmacher. Ich habe Uhrmacher gelernt. Bei einem genialen, alten Meister …

Seine Miene verdunkelte sich.

… der leider nicht mehr lebt.

Tanner wartete eine Weile. Aber D'Arcy schwieg.

Erzählen Sie mir von Ihrem Meister?

Er nickte, begann zögernd zu erzählen und kam dann immer mehr in Schwung.

Als ich Aziz Haddad, so hieß er, kennenlernte, war er bereits ein älterer Mann, schlaksig bis hager, aber bei bester Gesundheit. Alle Welt nannte ihn Monsieur Adda. Er betonte immer, dass er sein Lebtag nie krank gewesen sei und dass er immer noch alle seine Zähne besitze und niemals ein Loch gehabt habe. Sein Vater sei Ringer gewesen, und auch er habe es in seiner Jugend ein wenig ausprobiert. Er führte gerne seinen starken Bizeps vor, der bei so einem schmächtigen Körper überraschte. Wenn er auf jemand eine Wut hatte oder sonst irgendwie schlecht gelaunt war, ging er in den Hof der Werkstatt und spaltete in kurzer Zeit einen riesigen Berg Holz. Ansonsten war er die Gutmütigkeit in Person, fast wie eine gütige Person oder eine Fee aus einem Märchen, wissen Sie.

Tanner nickte.

Am liebsten unterhielt er sich über das Uhrmacherwesen. Viele Leute hielten ihn für einen großen Gelehrten, dabei hatte er kaum eine Schulbildung. Er sagte immer: Es waren die Uhren, die mich alles gelehrt haben. Er war sicher einer der besten Uhrmacher weit und breit.

Jean D'Arcy lächelte.

Uhren waren für ihn Persönlichkeiten. Wie soll ich sagen? Ja, er behandelte Uhren, als ob sie lebendige Wesen wären. Er behandelte sie mit Ehrfurcht und Liebe. Brachte man ihm eine Uhr, die wirklich rettungslos defekt war, wurden seine Gesichtszüge ganz weich: Das Herz schlägt nicht mehr. Das Gehirn ist beschädigt, sagte er zum Beispiel, oder: Wie soll sie denn gehen, die arme, wenn beide Füße gebrochen sind.

Unterdessen hatten sie das flache Land durchquert. Die Anhöhen des sanften Hügels, der den See säumte, waren zum Greifen nahe. Tanner entschied sich für die Route am See entlang.

Tanner blickte kurz auf D'Arcys Gesicht. Er schien tief in Gedanken versunken. Er fragte sich einmal mehr, ob die Traurigkeit in den Augen D'Arcys vom Gefängnisaufenthalt kam oder ob es andere Gründe gab? Hatte er keine Frau, die auf ihn wartete? Was hatte er vor? Warum ist er ausgerechnet in dem kleinen Dorf am See ausgestiegen?

Unvermittelt schaute D'Arcy auf.

Darf ich Sie etwas fragen, Herr Tanner?

Ja, sicher. Fragen Sie.

Ich meine, äh … etwas, äh … Persönliches, verstehen Sie?

Ja, fragen Sie halt. Wir sehen ja dann, ob ich in der Lage bin zu antworten.

Gut.

Glauben Sie an Gott?

Tanner lächelte und lehnte sich zurück.

Nein, ich glaube nicht an einen Gott.

D'Arcy fuhr sich nervös durch die Haare.

Wenn Sie nicht an, äh … Gott glauben: An wen wenden Sie sich denn, wenn Sie, äh … allein sind und oder ähm … verzweifelt?

Lieber D'Arcy, seien Sie mir nicht böse, aber ich glaube, das ließe sich bei einem kleinen Kaffee besser besprechen. Meinen Sie nicht auch?

D'Arcy nickte.

Sie haben recht.

Im nächsten Weindorf hielten sie bei einem Restaurant mit einer kleinen Seeterrasse an. Sie setzten sich in die leere Gaststube, und Tanner bestellte zwei Kaffee.

Als der Kaffee vor ihnen stand, räusperte sich der junge Mann umständlich.

Wenn Sie also nicht an Gott glauben, dann glauben Sie auch nicht, dass er seinen, äh … Sohn, äh … auf die Erde geschickt hat, um uns zu erlösen.

Das vermuten Sie ganz richtig, D'Arcy. Das glaube ich auch nicht. Abgesehen davon sehe ich weit und breit keine Erlösung. Sie etwa?

Und was ist mit den Zehn Geboten?

Was soll damit sein? Meines Wissens haben wir unsere ganze Ethik den Griechen zu verdanken. Das sind Grundbedingungen für ein menschenwürdiges Zusammenleben. Ganz zuoberst steht: Die Würde jedes einzelnen Menschen ist unantastbar. Dazu braucht es meiner Meinung nach keinen Gott.

Tanner trank seinen Kaffee.

An wen wenden *Sie* sich denn, wenn Sie verzweifelt sind, D'Arcy?

Er zeigte lächelnd nach oben.

Ich bete. Und dann bin ich noch einer lieben Gemeinschaft verbunden, die nicht weit von hier ihr Zentrum hat.

Er zeigte vage in eine Richtung.

Eine religiöse Gemeinschaft?

Ja, ja. So was Ähnliches.

D'Arcy wiegte den Kopf. Offenbar wollte er nicht weiter darüber sprechen. Er rührte unentwegt in seinem Kaffee.

Wissen Sie, warum ich in dieses Dorf gekommen bin?

Nein. Wieso?

Mein alter Meister, äh … also mein Uhrmachermeister, Monsieur Adda, liegt hier begraben. Gott hab ihn selig. Er ist leider verstorben, während ich in, äh … in Spanien war. Ich konnte also nicht an seine Beerdigung.

Ach. War er denn von hier?

Nein, nein. Er ist in Algerien geboren. Aber seine Frau ist hier aufgewachsen, und somit liegen beide hier begraben.

Tanner stutzte.

Sagen Sie mal, D'Arcy, warum hätte Bodmer Sie eigentlich gestern so früh wecken sollen?

D'Arcy errötete und blickte auf seine Fingerspitzen.

Ja, wissen Sie, mein Meister liebte die frühen Morgenstunden. Und so wollte ich ihm äh … die äh … Ehre erweisen und ganz, ganz früh am Morgen zu seinem Grab gehen und sagen: Meister, hier bin ich endlich – und ähm … Sie sehen, ich bin früh aufgestanden.

Tanner lachte.

Aha, ich verstehe.

Wissen Sie, ganz früh am Morgen, wenn jeweils alles noch geschlafen hatte, liebte es mein Meister, seinen Uhren zu lauschen. Und ich, als sein Schüler, musste es ihm gleichtun. Da saßen wir dann beide und lauschten. Bei Armbanduhren hatten wir Stethoskope, so wie die Ärzte sie verwenden. Bei großen Uhren lauschten wir mit dem Ohr am Gehäuse. Auf der einen Seite mein Meister, auf der anderen ich. Zuerst habe ich wochenlang, ja monatelang nichts anderes gehört als tic-tac-tic-tac. Er sagte immer, man müsse so zuhören, dass man alles andere vergessen, sich ganz in die Uhr hinein versetzen könne. Man müsse quasi zur Uhr selber werden, dann könne man herausfinden, was dem Mechanismus fehlte, dann würde man die Seele der Uhr verstehen.

D'Arcy sprach jetzt ohne Stocken, seine Augen leuchteten.

Wie gesagt, zuerst hören Sie nur das Ticken einer Uhr, aber dann – plötzlich öffnet sich ein neues akustisches Universum. Plötzlich können Sie die Geräusche so zerlegen, dass Sie die Reibung jedes einzelnen Zahnrädchens hören, jedes Schleifgeräusch eines Lagers orten, das sich nicht ganz im Gleichgewicht befindet. Bei mir dauerte es allerdings über drei Jahre, bis ich alles hörte.

Drei Jahre lang? Sind Sie da zwischendurch nicht verzweifelt?

Doch, natürlich. Mein Meister verbot mir zudem, die Uhren zu öffnen, bevor ich hören konnte, was mit ihr los war. Ich habe natürlich gelernt, Uhren zu bauen. Aber die wertvollen Uhren, die mein Meister zur Revision oder zur Reparatur erhalten hatte, durfte ich erst öffnen, wenn ich ihm vorher genau beschreiben konnte, was drinnen los war.

Das ist ja interessant.

Sie schwiegen beide.

Konnten Sie im Gefängnis wenigstens etwas lernen oder von Ihren Fertigkeiten Gebrauch machen?

Ja, als der Direktor merkte, dass ich etwas von Uhren verstehe, belieferte er mich dann und wann mit Uhren, die ich reparieren musste –, und er strich das Geld ein.

Er lachte.

Die Werkzeuge musste ich natürlich immer wieder vollständig abgeben, denn damit hätte man auch allerhand anderes herstellen können.

Ja, ich verstehe.

Tanner überlegte, was er alles damit hätte herstellen können.

Hat man Ihnen, als man Sie gefasst hatte, eigentlich keinen Handel vorgeschlagen?

D'Arcy schaute ihn erschrocken an.

Handel?

Strafmilderung gegen Informationen. Zum Beispiel, woher Sie die Drogen hatten oder für wen Sie die geschmuggelt hatten?

Aber … äh … ich habe Ihnen doch … äh … man hat sie mir ja heimlich in die Tasche gesteckt!

Ja, das schon, aber Sie haben doch gesagt, dass Sie wüssten, wer Ihnen das eingebrockt hat.

D'Arcy wurde noch blasser und wandte sich schnell ab.

Ja, aber das ist etwas anderes. Das sind schließlich keine … äh … ja, wie gesagt, das ist etwas anderes.

Er räusperte sich.

Herr Tanner, seien Sie mir nicht böse, aber könnten wir langsam umkehren, ich hätte heute Nachmittag noch etwas zu erledigen.

Tanner nickte und verkniff sich die Frage, um was es sich denn handelte. Sonnenklar aber war, dass Jean D'Arcy über das Thema nicht reden wollte. Tanner blieb nichts anderes, als es zu akzeptieren. Er bezahlte den Kaffee. Beim Rausgehen zückte er sein Telefon, blickte nach der Uhrzeit und sah, dass er eine Sprachmitteilung hatte.

Nachtessen bei Bodmer. Habe interessante Informationen. Wenn Sie nicht kommen, bitte melden. Sonst 20.00 Uhr. Wille.

VIER

Wenn er etwas hasste, dann waren es diese verfluchten Schießübungen. Schon zweimal war es ihm dieses Jahr gelungen, sich davor zu drücken, heute hatte er daran glauben müssen. Dass er in seinem Beruf schießen können musste, leuchtete ihm ein. Aber er hasste die Atmosphäre im Schießkeller. Die Art von Kameradschaft erinnerte ihn fatal an die Polizeirekrutenschule, die er längst als ein übles Kapitel in seinem Leben abgehakt hatte.

Seine Schießresultate waren denn auch alles andere als berauschend gewesen. Der Verantwortliche hatte die Stirn gerunzelt und ihm nur zögernd den Stempel aufs Formular gedrückt. Ein Punkt weniger, und er wäre reif gewesen, und zwar für den ganzen Rattenschwanz von medizinischen Untersuchungen, Augentests und so weiter und so fort. Wer all die Tests nicht besteht, wird in den Innendienst versetzt. So einfach war das. Und davor graute Michel.

Der Beamte hatte mit schiefem Maul gegrinst.

Gerade noch die Kurve gekriegt, mein Lieber. Wünsche viel Glück für den Ernstfall. Besser, du kommst in *keinen!*

Ja, ja, bla … bla … bla.

Michel winkte ab. Im sogenannten *Ernstfall* – die Kollegen liebten das Wort über alles – ist sowieso alles ganz anders. Außerdem hatte er sich längst zur Regel gemacht, so lange wie möglich zu verhandeln und dann die Einsatztruppe zu bestellen, wenns denn unumgänglich war.

Nach diesem verlorenen Morgen – und auch ein bisschen zur Belohnung – leistete er sich ein saftiges und kunstvoll arrangiertes Wildmenu beim Stocker auf der anderen Seite des Sees.

Das Restaurant war wie immer ziemlich voll, trotzdem fand der Chef Zeit, sich zu Michel an den Tisch zu setzen.

Ich habe gehört, dass Tanner wieder in der Gegend ist. Der hohe Norden soll ihm nicht so gut bekommen sein!

Michel grunzte.

Wer behauptet denn so was? Stimmt doch alles nicht. Wer erzählt denn so einen Bockmist?

Ach, die Spatzen, die Spatzen. Du weißt ja, wer alles bei mir isst. So was spricht sich schnell herum, zumal im Winter, wo sich die ganze Welt zu Tode langweilt. Weißt du denn, wie es unserer lieben Solveig geht?

Ich weiß nur, dass sie ihre kranke Mutter pflegt, den Rest musst du Tanner fragen. Früher oder später wird er hier ja wieder auftauchen.

Mein Gott, bist du schlecht gelaunt! Schmeckt dir mein Essen nicht?

Doch, doch, Stocker. Nimms nicht persönlich. Ich hatte heute mein persönliches Schießprogramm zu absolvieren. Ist nicht gerade mein Tag.

Aha. Ich verstehe. Wenn du beim Kaffee bist, komme ich noch einmal zu dir. Ich spendier dir, wenn du willst, auch gerne ein Dessert. Ich muss dich nämlich dringend etwas fragen.

Als Stocker wieder in seine Küche verschwunden war, stocherte Michel lustlos in seinem Teller. Musste dieser Scheißkerl auch noch Solveig erwähnen? Mein Gott, war er damals in sie verknallt gewesen! Und dann diese kalte Abfuhr. Es gab ihm immer noch ein Stich, und zwar an der Stelle, wo es empfindlich wehtat.

Das Ego – das unsichtbarste, aber zugleich empfindsamste Organ vor allem der Männer –, wie es die neue Polizeipsychologin nannte, die letzthin, auf Anordnung von ganz oben, einen ewig langen Vortrag vor der ganzen Mannschaft gehalten hatte.

Na, wenn schon, dann hats mich halt am Ego getroffen. Wen geht das etwas an! Ist ja schließlich mein Ego!

Irgendwie mochte er es Tanner gönnen, dass es offenbar nicht ganz so geklappt hatte mit ihr. *Wenn* es denn so war. Aber warum sonst wäre Tanner freiwillig zurückgekommen? Er wollte es ihm ja partout nicht erzählen. So eine Frau lässt man doch nicht allein. Keine Stunde. Schon gar keinen ganzen Tag. Na ja, wenn schon.

Gleichzeitig schämte er sich für diese kleinen hämischen Gefühle. Ging es ihm denn besser? Um diese aufkommenden Gedanken zu verdrängen, trank er den Rest des Bieres in einem Zuge aus und bestellte sich per Handzeichen kurzerhand ein neues, obwohl er mit sich ausgemacht hatte, dass er am Mittag nur noch ein einziges Bier trinken wollte. Aber heute war sowieso ein Ausnahmetag – Schießtag eben –, und zudem wartete im Büro nichts Dringendes auf ihn. Im Gegenteil: seit ein paar Wochen dümpelte das Kommissariat vor sich hin, als habe sich auf einen Schlag die Menschheit gebessert – zumindest im Bereich seiner Abteilung Leib und Leben. Er konnte sich nicht erinnern, dass es während seiner ganzen Dienstzeit jemals über so lange Zeit so ruhig gewesen wäre. Sämtliche Schreibtische waren aufgeräumt wie nie. Die Aktenberge verschwunden. Die Bleistifte gespitzt. Er fragte sich allen Ernstes, ob es so etwas wie die Ruhe vor dem Sturm gab? Er versuchte ein wenig zu ergründen, wie denn so ein Sturm aussehen könnte, kam aber auf keine besonders einfallsreiche Idee. Vielleicht finden demnächst schreckliche Terrorakte statt mit Dutzenden von Geiseldramen oder weiß der Teufel was.

Freudig nahm er das frisch gezapfte Bier entgegen, das die Bedienung ihm brachte, und er gönnte sich einen tiefen ersten Schluck. Er war der Meinung, dass er sich den redlich verdient hatte. Seine Laune hellte zunehmend auf.

Das einzige Geschäft, das er sich für heute Nachmittag vorgenommen hatte, war die Akte Wille. Sie war letzthin bei ihm vorstellig geworden, denn sie wollte partout weg von der Straße, aus der Uniform raus und in seine Abteilung. Sein Chef hatte ihm erstaunlicherweise freie Hand gelassen – auch so ein Wunder. Immerhin war seine Abteilung unterbesetzt, was in dieser ruhigen Zeit kein Schaden war, aber sobald die Abteilung wieder auf gewohnten Hochtouren laufen würde – und dieser Tag würde kommen –, fehlte mindestens ein Mitarbeiter oder eben eine Mitarbeiterin. Die Wille hatte genug Dienstzeit auf Streife und Innendienst und wohl auch sämtliche notwendigen Kurse absolviert – mit Bravour, wie man munkelte. In der Akte würde ja dann alles zu finden sein.

Ja! Und sie war ziemlich attraktiv. Nicht unbedingt schön, es war eher ihre Art sich zu bewegen. Und sie hatte dieses aufreizende Lachen.

Saufrech ist sie. So ist es.

Seine Miene verfinsterte sich.

Wenn er mit ihr sprach, hatte er immer das Gefühl, sie nehme ihn nicht besonders ernst. Er war irgendwie sauer auf sie, ohne genau zu wissen, warum.

Sie ist eine eingebildete Kuh.

Plötzlich erschien Stocker und setzte sich ihm schwungvoll gegenüber.

Wolltest du was bestellen oder führst du schon Selbstgespräche?

Michel winkte ab. Stocker ließ sich nicht beirren.

Na, Gott sei Dank. Ich sehe, die Laune hat sich mächtig gebessert. Kann wirklich mein Essen so etwas bewirken, oder denkst du gerade an etwas Schönes? An etwas, was man weniger essen als vielleicht abschlecken kann? Du hattest gerade so einen verzückten Glanz in deinen Augen …

Ach wo. Du bist und bleibst ein Spinner, Stocker. Aber dein Essen ist Spitze, das muss dir der Feind lassen.

Gut. Dann gebe ich dir noch meine neueste Kreation mit Feigen in Vanille und Schokolade zum Kosten.

Er machte ein Zeichen zu seiner Frau, die an der Theke stand und formulierte mit den Lippen lautlos seinen Wunsch. Sie nickte und verdrehte die Augen. Stocker schickte ihr einen Kuss per Flugpost.

Michel verzog seinen Mund zu einem Grinsen.

Schön zu sehen, wie auch ältere Ehepaar noch miteinander schnäbeln.

Ach Michel, du bist ja nur neidisch, gib es zu. Und was heißt hier älter? Ich bin sicher mindestens eine Generation jünger als du.

Ja, aber seit mindestens zwanzig Jahren verheiratet. Damit seid ihr ein älteres Ehepaar.

Michel lachte dröhnend. Er war ziemlich stolz auf seine Schlagfertigkeit.

Ja, lach nur. Wenn du wüsstest …

Wenn ich was wüsste?

Was unser Geheimnis ist. Na ja, wahrscheinlich jeder guten, langjährigen Beziehung.

Und was wäre das Geheimnis?

Kennt das die Polizei nicht? Das magische Dreieck!

Wie bitte.

Michel beugte sich vor. Sein Interesse war nicht geheuchelt.

Was ist denn das magische Dreieck?

Stocker lehnte sich zurück.

Ich verrate dir das Geheimnis, wenn du mir versprichst, dass du dir nachher in Ruhe meine Geschichte anhörst.

Michel hob indianermässig die Hand.

Versprochen! Was ist denn jetzt dieses Geheimnis?

Stocker beugte sich vor und dämpfte seine Stimme.

Es sind die berühmten drei Gs.

Michel runzelte die Stirn.

G wie *G*uter Sex. G wie *G*roßzügigkeit. G wie gemeinsames *G*eschäft. Verstehst du? Die Reihenfolge ist wurscht. Aber alle drei müssen stimmen.

Michel konnte seine Enttäuschung nicht verhehlen.

Ist das alles?

Stocker lachte.

Ja, bist du noch bei Trost, Michel? Was hast du denn erwartet? Irgendwas mit Hokuspokus?

Stocker stippte mit seinem Finger in Richtung von Michels mächtiger Stirn, als ob er dort ein Loch bohren wollte.

Was ich dir beschreibe, *ist* die hohe Kunst, das sage ich dir. Geht das nicht in deinen Schädel?

Michel nickte.

Doch, doch.

Er schielte zur Frau vom Stocker, die sich gerade abwandte, sodass er ihr zugegebenermassen verlockendes Profil sehen konnte.

Stocker warf die Hände in die Luft.

Ich sprach von gutem Sex. Mein Gott, den kann man nicht sehen. Das kann man nur erleben. Bist du so, oder tust du gerade ein bisschen kompliziert? Das Aussehen zählt vielleicht am Anfang, wusstest du das nicht?

Ja, ist ja gut, Stocker. Reg dich ab. Wenn bei euch wirklich alles so gut läuft wie das Geschäft, dann ist ja alles gut. Das verstehe sogar *ich*, stell dir vor. Ist ja sicher auch schön für dein Ego. Falls du weißt, was das ist.

Ja, was meinst du, was du denn heute gegessen hast. Gebratenes Ego!

Sie lachten herzhaft.

Also, was ist das für eine Geschichte, die du mir unbedingt erzählen willst?

In diesem Augenblick brachte Frau Stocker persönlich das Dessert und den Kaffee für Michel.

Ich wünsche einen guten Appetit.

Sie ging betont Hüfte schwingend in Richtung Theke. Dann wandte sie sich lächelnd noch einmal um.

Stocker grinste übers ganze Gesicht und schaute Beifall heischend zu Michel.

Ja, ja, Stocker. Ich habe es begriffen. So. Jetzt aber zum Dessert.

Michel nahm einen Löffel voll und roch daran.

Oh, das riecht ja fantastisch.

Dann steckte er den Löffel in den Mund.

Stocker, du bist ein Genie.

Der Angesprochene lachte.

Sag ich doch. Also, hör mal. Bevor ich die Geschichte erzähle, eine wichtige Frage: Verjährt Mord?

Michel schluckte erst runter, dann wischte er sich bedächtig den Mund mit der Serviette.

Nein, Stocker. Mord verjährt nicht. Warum? Hast du jemanden ermordet? Ich habe ausnahmsweise keine Handschellen dabei.

Mach jetzt keine Witze, Michel. Mord verjährt also nie, sagst du?

Ja. Genau so ist es. Mord verjährt nie.

Michel blickte ihn an.

Kommt jetzt die Geschichte oder was?

Ich erzähle dir eine Geschichte von einer ziemlich ärmlichen Familie aus dem Seeland da unten. Das ist auf der anderen Seite vom Hügel. Etwa eine halbe Stunde Fahrzeit von hier. Sie waren zu Pacht auf einem kleinen Bauernhof. Der Vater hatte zu seinen besten Zeiten nie mehr als sieben Kühe. Sie pflanzten ein bisschen Gemüse, ein bisschen Kartoffeln und so weiter. Sie hatten drei Kinder, und alle hatten ständig Hunger. Die Mutter pflegte zu sagen: Wir sind zwar arm, aber anständig und zufrieden.

Michel nickte.

Ja, den Spruch kenne ich. Weiter.

Direkt in unmittelbarer Nachbarschaft lag noch ein Hof, der war sogar noch kleiner. Da lebte Karst, Heinrich Karst, und zwar ganz allein. Sie nannten ihn Onkel Karst, obwohl sie nicht miteinander verwandt waren. Also, alt war er eigentlich noch nicht gewesen. Für Kinder ist jemand über dreissig alt, zumal er körperlich leicht behindert war. Er hatte es mit dem Rücken und lief etwas gekrümmt. Er war wohl früher längere Zeit im Ausland gewesen, aber die Kinder wussten nichts Genaues. Er lebte also allein und hatte weit und breit keine Familie. In dem Sinne waren *sie* seine Familie. Sie durften bei ihm drüben spielen, und der Vater half ihm in allem aus, als wäre der Karst sein eigener Bruder oder so. Wenn es nötig war, half er ihm im Wald oder auf dem Feld und erledigte wohl vor allem Karsts ganzen Papierkram und stritt auch mal mit der Gemeinde, wenn der Karst das Gefühl hatte, dass man ihn bescheißen wollte. Die Mutter pflegte den Karst, wenn er krank war und besorgte ihm Arzneimittel und so weiter. Kannst du dir die Situation vorstellen, Michel?

Klar kann ich.

Michel schleckte gerade liebevoll seinen Dessertlöffel ab, den Teller hatte er schon minutiös gesäubert.

Mmh, mmh … diese Suppe hat aber ganz besonders gut geschmeckt … hätte *meine* Mutter gesagt. Sie lebt übrigens schon lange nicht mehr. Also Stocker, du kannst weitererzählen. Ich verstehe bis jetzt alles. Nur eines noch: muss ich mir die beiden Höfe in einem Dorf vorstellen, oder lagen die sozusagen alleine abseits? Vielleicht spielt es ja keine Rolle, aber ….

Doch, doch, du hast recht, das ist nicht ganz unwichtig: Die lagen ziemlich abseits. Bis ins nächste Dorf waren es sicher zwanzig Minuten zu Fuß.

Gut. Und wie geht es weiter? Du hast einen Mord angekündigt.

Der kommt, sei mal nicht so ungeduldig. Willst du noch einen Kaffee?

Michel nickte und Stocker gab seiner Frau ein Zeichen.

Also: Eines Tages im Hochsommer fand das älteste der drei Kinder, ein Mädchen, den Karst auf dem Boden seiner Küche. Zuerst dachte sie wohl, er würde schlafen. Ab und zu hatte er nämlich einen über seinen Durst getrunken, insofern war es für das Kind nichts besonderes, ihn irgendwo am Boden zu finden. Manchmal schlief er seinen Rausch im Stall oder auch schon mal auf dem Miststock aus. Also, das kannten sie. Damit konnte man sie nicht mehr sonderlich beeindrucken. Aber da war Blut – und zwar ziemlich viel Blut. Das Mädchen hatte einen Schock. Sie lief schreiend in das Haus und alarmierte Vater und Mutter. Es dauerte allerdings eine Weile, bis sie erklären konnte, was sie gesehen hatte. Der Vater ging sofort rüber und sah, dass der Karst tot war. Er lag offensichtlich in seinem eigenen Blut. Angefasst habe er ihn nicht, sagte der Vater atemlos, als er wieder kam, er habe vielmehr einen kleinen Spiegel über seinen offenen Mund gehalten und so gesehen, dass er tot wäre. Die Mutter wollte es gar nicht erst sehen und verbot den Kindern strikte, ins Haus rüber zu gehen. Der Vater musste sich erst einmal setzen, und die Mutter hat ihm sofort die Schnapsflasche hingestellt und die Kinder in ihre Kammer im ersten Stock gescheucht. Sie hatten also nicht mitbekommen, was ihre Eltern in der Küche gemacht oder besprochen haben, aber es ging relativ lange, bis sie durch das Fenster sahen, wie der Vater mit seinem Fahrrad ins Dorf gefahren ist. Sie hatten ja kein Telefon.

Stocker unterbrach sich einen Moment und holte tief Atem.

Michel stutzte.

Das ist *deine* Geschichte, Stocker, oder?

Stocker nickte.

Dieses Bild werde ich mein Leben lang nicht vergessen, nämlich wie mein Vater irgendwie geschwankt hat auf dem Fahrrad und sich sehr langsam vom Haus entfernt hat. Er fuhr über die holperige Feldstraße, die von unserem Haus ins Dorf führte, und es schien, als komme er nicht vom Fleck, obwohl er sich offensichtlich anstrengte. Wir haben unseren Vater dann wochenlang nicht mehr zu Gesicht bekommen.

Michel stutzte.

Warum denn das? Ist er verhaftet worden?

Ja, genau. Aber nicht nur er, auch meine Mutter kam in Untersuchungshaft. Sie wurden beide verdächtigt, gemeinsam den Karst umgebracht zu haben. Das habe ich aber erst viele Jahre später begriffen.

Gab es denn Hinweise?

Wart mal, Michel. Ich erzähle der Reihe nach, sonst vergesse ich die Hälfte.

Als unser Vater also ins Dorf gefahren war, hat uns unsere Mutter gepackt und zu ihrer Schwester gebracht, die auf einem anderen Hof wohnte, nicht weit von uns. Sie fand es besser, dass wir die ganzen Umtriebe mit der Polizei und dem toten Karst irgendwie nicht mitkriegen würden.

Michel räusperte sich.

Ja, gut. Das kann ich quasi aus mütterlicher Sicht sogar verstehen. Es gab zum Beispiel bei uns zu Hause vor der Haustür eine Weile Verkehrsunfälle. Es war wie verhext: genau vor unserem Haus. Als erstes hat meine Mutter mich jeweils ins hinterste Zimmer verbannt, damit ich ja nichts mitbekam. Dafür hat sich dann alles in meiner Fantasie abgespielt. War auch nicht besonders lustig. Wahrscheinlich habe ich mir die Verletzten drastischer vorgestellt, als sie es in Wirklichkeit waren. Aber erzähl weiter.

Ja. Ich komme jetzt zu einigen Fakten. Der Karst hatte insgesamt sieben Messerstiche. Zwei im Rücken und fünf in der Brust. Jeder der einzelnen Stiche wäre bereits lebensgefährlich gewesen. Zusammen aber waren sie tödlich. Er sei wohl ziemlich schnell verblutet. Der Tod musste mitten in der Nacht eingetreten sein oder am ganz frühen Morgen. Da gab es zwei verschiedene Gutachten. Meine Schwester hatte ihn ungefähr um acht Uhr morgens gefunden. Wir hatten ja Schulferien.

Michel schaute ihn fragend an.

He ja, sonst wären wir schon längst in der Schule gewesen.

Aha. Ich verstehe. Und weiter?

Die Polizei fand ein Testament. Karst hatte alles meinem Vater vermacht. Den Hof und das Land und ein bisschen Geld auf der Bank. Und Geld, das er schwarz auf dem Hof versteckt hatte. Dazu komme ich noch. Somit hatten meine Eltern ein Motiv. Zweitens hatten sie in den Papieren meines Vaters ein Dokument gefunden, das Blutspuren aufwies.

Ja und?

Die Polizei fand heraus, dass es Blut vom Karst war.

Aha. Und auf dem Motiv und dem Blut bauten sie die Anklage auf. Verstehe. Oder gab es noch andere Hinweise?

Meines Wissens nicht. Aber die beiden Dinge wogen schwer: das Testament und das Blut.

Michel wiegte den Kopf.

Hatte man die Tatwaffe gefunden?

Nein. Das war ja das Übel. Keine Tatwaffe und keine fremden Fingerabdrücke. Es gab im ganzen Haus nur Karsts eigene Spuren und natürlich die von uns. Die von uns allen waren ja klar zu erwarten, denn wir alle waren tagtäglich in seinem Haus zugange.

Michel nickte.

Ja. Ich verstehe. Karst hatte nach deinen Aussagen keine Familie. Das heißt, es gab überhaupt keine Verwandten mehr, potenzielle Erben oder so? Ist eigentlich außergewöhnlich.

Ja, aber es war offenbar genau so. Karst stand menschenseelenallein im Leben und hatte praktisch nur uns. Insofern war es ja auch logisch, dass er uns – quasi seiner Ersatzfamilie – alles vermachte.

Ja, ich verstehe. Sind deine Eltern denn rechtsgültig verurteilt worden?

Nein, nein. Sie sind dann nach langem Hin und Her mangels Beweisen wieder entlassen worden. Es gab keine Beweise. Es gab nur das Motiv und diese Blutspuren. Mein Vater erklärte die übrigens damit, dass sich Karst sehr oft beim Rasieren geschnitten hatte, was auch stimmte. Das sahen wir alle immer wieder.

Michel guckte skeptisch.

Doch, glaub mir. Du kennst doch das bei diesen alleinstehenden Männern auf dem Land. Sie rasieren sich alle zwei Wochen mehr recht als schlecht, haben kein gutes Messer, sind ungeschickt, verwenden vielleicht sogar nur kaltes Wasser und haben keinen guten Spiegel, von Rasierschaum ganz zu schweigen.

Also gut. Karst rasiert sich ungeschickt, schneidet sich, das Blut tropft auf ein Dokument. Das Dokument wird unter den Sachen deines Vaters gefunden. Ja, das ist leider sehr ungeschickt. Hatte man denn eine genaue Vorstellung von der Tatwaffe?

Stocker stutzte.

Ja, ich meine, aufgrund der Wunden. Hatte die Polizei eine Vorstellung, was für eine Art Messer es hätte sein müssen? Ich meine diese Tatwaffe, die man nicht gefunden hatte.

Ach ja, genau. Es hätte ein Messer mit einer ungewöhnlich breiten Klinge sein müssen. Und aufgrund der Wunden sogar zweischneidig. Bei meinem Vater fand man sicher das eine oder andere Messer, aber keines mit solch einer Klinge.

Aha. Ein zweischneidiger Dolch mit breiter Klinge. Sogar ungewöhnlicher breiter Klinge, sagst du? Das gehört sicher weder damals noch heute zur Standardausrüstung eines Bauernhofes, das glaube ich gerne. Lässt ja auch schon Rückschlüsse auf ein bestimmtes Täterprofil zu.

Den letzten Satz murmelte Michel mehr so vor sich hin.

Was meinst du, Michel?

Nichts. Nichts. Es ist eh zu früh für irgendwelche Rückschlüsse. Sag mal, Stocker, nichts für ungut, aber jetzt brauche ich noch mal ein Bier. Ich habe so einen Durst bekommen.

Ja, ja. Ich bestell dir eins.

Danke, Stocker. Sag mal, gab es denn überhaupt keine anderen Spuren oder Verdächtigungen in dem Fall?

Doch, doch. Zuerst konzentrierte sich die Polizei wohl ausschließlich auf meine Eltern. Wir Kinder kriegten dann auch mal Besuch von einer Art Polizeitante, die uns befragte, aber natürlich ohne Resultat.

Frau Stocker brachte das Bier für Michel. Und für ihren Mann eine Karaffe mit Wasser. Er schenkte sich ein.

Zum Wohl, Michel.

Sie hoben beide die Gläser.

Zum Wohl, Stocker.

Stocker räusperte sich.

Plötzlich kamen ganz verrückte Gerüchte auf. Ich habe keine Ahnung, woher die kamen.

Was für Gerüchte?

Um das zu verstehen, muss ich dir von einer äh … wie soll ich das sagen? Ja, von einer Eigenart Karsts erzählen.

Stocker nahm noch einmal einen großen Schluck Wasser.

Stell dir ein mageres Männlein vor. Fast ein bisschen das Klischee eines – oder noch besser: die Karikatur eines armen Bäuerleins. Krumme, magere Beine, zerfurchtes Gesicht, verstrubbeltes graues Haar, zwei listige, kleine Äuglein. Meckerstimme, wie bei einer Ziege. Er rauchte gerne Villigerstumpen. Seine spitzige Nase war ziemlich rot – und nicht von der Kälte …

Beide lachten.

Klingt nicht grad nach einem sympathischen Zeitgenossen.

Nein, nicht wirklich. Aber zu uns Kindern war er direkt – wie soll ich sagen – liebevoll. Ich glaube, er mochte uns. Wie auch immer – jetzt habe ich den Faden verloren …

Du wolltest von Gerüchten erzählen.

Ja, ja. Genau. Eben, er hatte eine Eigenart, von der jeder im ganzen Umkreis wusste. Er war neugierig.

Na ja, neugierig sind wir alle, oder?

Ja, aber bei ihm nahm es krankhafte Züge an. So weit wussten wir Kinder das natürlich nicht. Aber es muss wirklich massiv gewesen sein. Er war ja ganz allein. Weißt du, was er jahrelang als Lieblingsbeschäftigung an den langen Abenden in seiner Einsamkeit getrieben hat?

Nein. Aber du wirst es mir gleich verraten, nehme ich an.

Stocker grinste.

Er hat die ganze Umgebung ausspioniert. Und zwar systematisch und beharrlich. Er ist Abend für Abend rumgeschlichen, hat in die Fenster geguckt, hat gelauscht, hat sich die Ställe, die Scheunen angeschaut. Er wusste einfach immer alles. Er muss auch aus all dem Gesehenen und Gehörten oft die richtigen Schlüsse gezogen haben – die er dann am Tag darauf frisch fröhlich in der ganzen Gegend rumerzählt hat.

Ich sags ja: kein besonders sympathischer Zeitgenosse. Eine Art ländliche Sensationspresse, könnte man auch sagen.

Ja, stimmt. Das ist mir noch gar nie eingefallen. Bei einer gewissen Presse hätte er vielleicht mit dieser Eigenart eine Menge Kohle machen können.

Sie lachten beide.

Item, er hat mit diesem Rumerzählen viel Unfrieden in die Gegend gebracht. Mein Vater hat ihm oft ins Gewissen geredet. Behauptet wenigstens meine Mutter. Aber ich nehme an, es war für ihn wie eine Sucht und eine Art Ausweg aus seiner Einsamkeit. Vieles war ja auch harmlos. Er wusste zum Beispiel genau, wie viel Heu jeder in der Scheune hatte, wie viel Milch die Kühe gaben und so weiter, aber er war halt auch immer der Erste, der wusste, wann wer mit wem Streit hatte, welche Ehe kurz vor dem Abgrund stand. Er wusste wohl auch von heimlichen Liebschaften – alles eben, was die Leute lieber versteckt oder vertuscht haben wollten, hatte er halt irgendwie mitbekommen und es nicht etwa für sich behalten.

Michel hob sein leeres Glas in Richtung Theke und bat um Nachschub.

Das heißt, er hatte jede Menge Feinde im Dorf.

Stocker hob die Hände.

Genau. Vielleicht hatte er sogar gewisse Leute erpresst.

Vorsicht, Stocker. Das klingt mir jetzt aber zu sehr nach Spekulation. Um nicht zu sagen: nach Fantasie.

Stocker wehrte ab.

Nein, wart mal ab, Michel. Ich habe dir gesagt, dass mein Vater alles erbte, auch das Bargeld, das zu einem kleineren Teil auf der Bank lag und – jetzt kommts – zum größeren Teil im Haus in einer Stahlkassette verwahrt war. Verstehst du, worauf ich hinaus will? Woher sollte ein armes Bäuerchen denn Bargeld haben? Die Herkunft dieses Geldes konnte nämlich auch durch die Polizei nie geklärt werden. Offenbar wusste der Mörder nichts von dieser Kassette, oder es hat ihn eben nicht interessiert.

Michel nahm dankbar sein nächstes Bier entgegen.

Aha. Was hätte ihn denn sonst interessieren sollen, Stocker?

Eben. Entweder wollte der Mörder nicht mehr erpresst werden. Oder er wollte, dass der Alte kein Geheimnis verraten konnte. Oder – an diese Möglichkeit muss man auch denken: Rache.

Rache?

Stocker verdrehte die Augen.

Ja, eben für ein ausgeplaudertes Geheimnis.

Stocker stöhnte ziemlich dramatisch.

Findest du denn das alles so abwegig?

Michel winkte gelassen ab.

Lieber Stocker, *möglich* ist natürlich alles. Aber interessant sind natürlich in erster Linie die Fakten. Wobei ich dir mit der Rache recht geben muss, denn sieben Stiche mit einem breiten, zweischneidigen Dolch – mein lieber Schwan –, das könnte uns von einer großen Wut erzählen, die bekanntlich rot sieht. Spontan kann es aber auch nicht gewesen sein, denn wer trägt schon zufälligerweise so ein Messer mit sich rum? Aber genau dies sollen wir vielleicht denken. Damit wir nämlich in die Irre geführt werden.

Michel grinste und leerte sein Bier.

Und so weiter und so weiter. Du siehst, lieber Stocker, Spekulationen geben sich meist die Hände und gehen im Kreis herum. Am Ende sind wir so klug als wie zuvor.

Gut. Du hast recht. Ja, ja, sicher. Du hast ganz bestimmt recht.

Also, Stocker. Wie ist es? Kommt jetzt noch die Pointe, oder wars das?

Nein, nein, das wars. Eine Pointe gibt es nicht, außer dass man den Fall nie aufgeklärt, also den wahren Mörder nie gefunden hat und mein Vater an dem *mangels Beweisen freigelassen* zerbrochen ist.

Das tut mir leid, Stocker. Das ist wirklich eine schlimme Sache. Aber … warum erzählst du mir das jetzt? Ich meine, erst jetzt? Wir kennen uns doch schon …

Stocker verzog sein Gesicht zu einer wahren Leidensmiene und beugte sich flüsternd zu Michel.

Ich musste diese Tage meine Mutter ins Pflegeheim bringen. Das war eine schlimme Sache, wie du dir denken kannst. Zu meiner Überraschung war sie nur dazu bereit, wenn ich ihr versprechen würde, den Fall noch einmal untersuchen zu lassen.

Michel blickte ihn fassungslos an.

Ist das dein Ernst?

Stocker nickte.

Du hast es ihr versprochen?

Stocker nickte wieder.

Bist du denn wahnsinnig? Ein Fall wird praktisch nie wieder aufgenommen, außer wenn erhebliche neue … außerdem … mein Gott, wie lange ist denn das jetzt her?

Nicht ganz dreißig Jahre, äh …, ziemlich genau siebenundzwanzig Jahre.

Michel ließ sich erschöpft sinken.

Sag mal, wenn ich heute nicht zu dir ins Restaurant gekommen wäre …

Stocker unterbrach ihn.

Dann wäre ich morgen früh in deinem Büro gestanden. Als du heute Mittag gekommen bist, hatte ich gedacht, schau an: Der

Himmel schickt ihn, ja – und wo ein Wille ist, ist auch ein Weg, heißt es doch irgendwo, oder? Und eine Hand wäscht die andere. Denn eines verspreche ich dir, wenn es dir gelingen sollte, denn Fall wieder aufzunehmen …

Michel richtete sich auf.

Moment mal! Sagtest du, äh … Wille?

Stocker war ganz verdattert.

Ich sagte, wo ein Wille ist …

Gut. Gut. Ich glaube, äh … ich sehe da vielleicht einen Weg. Bring mir bitte die Rechnung. Ich muss schleunigst ins Büro.

Nein, nein, das geht selbstverständlich alles aufs Haus, das versteht sich doch von selbst.

Er winkte seiner Frau. Die brachte ihm sofort ein großes, gelbes Kuvert.

Hier, Michel. Ich habe dir alles, was ich dir erzählt habe, aufgeschrieben, inklusive sämtlicher Namen aller Beteiligten und so weiter. Für Fragen stehe ich selbstverständlich jederzeit zur Verfügung. Und meine Mutter auch.

Michel verschwand bereits durch die Tür.

Stocker rief ihm noch hinterher, dass er selbstverständlich auf Lebzeiten sein persönlicher Gast im Restaurant sei, aber dies konnte Michel längst nicht mehr hören.

Michel konnte sehr flink sein, wenn es sein musste.

FÜNF

Kurz vor ihrem Treffen hatte sie ihn per SMS wissen lassen, dass sie sich leider um eine ganze Stunde verspäten würde, da ihr Chef plötzlich noch eine dringliche Angelegenheit zu besprechen habe. Da er sich zwar noch in der Wohnung, aber bereits im Aufbruch befand, beschloss er, in der gewonnenen Zeit einen Spaziergang zu machen. Wie lange war er nicht mehr auf den gewohnten Wildwechseln spazieren gegangen!

Zudem brauchte er dringend eine Portion frische Luft, hatte er doch die letzten paar Monate vorwiegend draußen in der Natur verbracht. Er hatte sich sehr schnell an diese Lebensart gewöhnt, und sie fehlte ihm jetzt. Heute hatte er den ganzen Nachmittag lesend und schreibend in seiner Wohnung gesessen.

Was ihm außerdem schmerzhaft fehlte, war die Nähe zu Solveig. Er hatte sie heute erneut in einem langen Brief gebeten, ihre strikte Telefonverweigerung noch einmal zu überdenken. Schöner noch wäre natürlich, sie würde sich umgehend auf die Reise machen und zu ihm kommen. Aber dies war im Moment eine Illusion, der er sich nicht hingeben durfte, denn er wusste, dass sie bis auf weiteres ihre Mutter nicht alleinlassen würde. Und dass ihre Mutter bereit wäre, sich in eine Pflege in der Stadt zu begeben – da müsste wohl erst ein Wunder geschehen. Sie hatte sich nun mal in den Kopf gesetzt, in ihrem Haus auf den Schären entweder gesund zu werden oder zu sterben. Und um gesund zu werden, bräuchte es gerade noch einmal ein Wunder. Somit war die Situation ziemlich verfahren.

Eigentlich war die ganze Angelegenheit viel verfahrener, aber darüber nachzudenken, verspürte Tanner nun gar keine Lust, obwohl er wusste, dass er das Problem damit nur vor sich herschob. Er verschanzte sich einmal mehr hinter der Devise: Kommt Zeit, kommt Rat. Genau genommen, tröstete er sich mit der viel schöneren Formulierung Shakespeares desselben Gedankens – O Zeit, du musst dies entwickeln, nicht ich; es ist ein Knoten, der zu hart verschlungen ist, als dass ich ihn auflösen könnte – und war damit ziemlich zufrieden.

Um sich ganz abzulenken und um notabene das Versprechen einzulösen, das er ihr zum Abschied geben musste, hatte er heute vier Stunden lang in dem Buch gelesen, das sie ihm geschenkt hatte. Die nassen Seiten waren zum Glück wieder trocken, aber die Widmung ihres Vaters hatte sich nunmehr unwiederbringlich in einen Klecks verwandelt hatte.

Ganz erfüllt von all den merkwürdigen Gestalten, die diesen ausufernden Roman bevölkerten, der im winterlich nasskalten St. Petersburg spielte, stapfte Tanner durch das ebenso nasskalte Dorf. Damit endeten aber auch schon restlos alle Parallelen, denn hier gab es weder breite Straßen noch eine breite Front von hell erleuchteten Beletagen, weder Frauen in aufwendigen Roben noch spinnerte Exgeneräle oder bleiche Fürsten.

Das Dorf lag wie ausgestorben. Die Straßenbeleuchtung war wie eh und je eine jämmerliche Behauptung, die der feuchtkalten Nacht nichts entgegenzusetzen imstande war. Keines der Häuser war hell erleuchtet. Nirgends pulsierte das Leben. Nirgends wurde gefeiert und gelacht. Da und dort schimmerte eine ärmliche Pfunzel durch ein Fenster. Da und dort sah man das auf- und abschimmernde bläuliche Licht eines Fernsehers durch geschlossene Fensterläden hindurchscheinen. Das war alles. Ein wahrhaft trostloser Anblick.

In diesem Augenblick begann es zu schneien. Tanner blickte gen Himmel, schloss die Augen und spürte die zarten Flocken auf seinem Gesicht wie viele kleine, nasse Küsse. Na, wenigstens etwas.

Als er gegen neun Uhr ins praktisch leere Bahnhofsrestaurant kam (auch hier gähnende Trostlosigkeit, nicht einmal die obligaten Alkoholiker verließen heute offenbar ihre Wohnungen), empfing ihn Bodmer mit der frohen Botschaft, dass ihro Ankunft sich wahrscheinlich noch einmal um ein paar Minuten verzögern würde. Er betonte das *ihro* so, als würde er eine leibhaftige Hoheit ankündigen.

Na, dann beruhigen Sie sich mal, Bodmer.

Tu ich ja. Sie hat mich eben gerade angerufen. Sie seien irgendwie nicht erreichbar und eben … in der Hauptstadt muss es wahnsinnig schneien … und deswegen …

Danke Bodmer, ich habe verstanden.

Tanner suchte sein Telefon. Tatsächlich fand er es nicht. Er hatte es wohl zu Hause liegengelassen.

Merkwürdig …!

Er überlegte.

Na ja. Ist ja egal. Bodmer! Wo haben Sie denn für uns gedeckt?

Kommen Sie, Tanner. Meine Frau hat sich um alles gekümmert. Liebevoll, muss ich sagen.

Er zwinkerte ihm ganz verschmitzt zu.

Tanner verstand erst, als sie im kleinen Speisesaal standen und Bodmer ihn erwartungsvoll anschaute. Das Licht war sehr gedämpft. Ein einziger Tisch war gedeckt, inklusive Blumendekoration und Kerzenlicht.

Tanner lachte.

Ja, Bodmer. Da habt ihr euch aber was Schönes ausgedacht. *Nachtigall, ick hör dir tra…*

Er schüttelte den Kopf.

Seien Sie mir nicht böse, aber ich hätte es gerne ein bisschen weniger dramatisch.

Bodmer machte ein enttäuschtes Gesicht.

Seien Sie nicht beleidigt. Sie können ja von mir aus die Blumen und die Kerzen lassen, in Gottes Namen, aber machen Sie bitte die Beleuchtung heller. Und zwar deutlich.

Widerwillig ging Bodmer zum Schalter.

Gut so?

Ja. So ist besser. Übrigens – wie geht es Ihrem Gast? Hat er schon gegessen?

Nein. Er hatte sich für heute ganz abgemeldet. Er kommt wohl erst gegen morgen Mittag wieder.

Aha, schau an …

In diesem Moment kam sie im Restaurant an.

Er hätte sie kaum wieder erkannt. Sie trug keine Uniform, was sie um Jahre jünger erscheinen ließ, überdies war sie zwischenzeitlich beim Friseur gewesen und trug ihre Haare jetzt ganz kurz. Sie übergab Bodmer ihren Mantel und lachte.

Na, Herr Kollege, sind Sie mir böse, dass ich zu spät komme?

Tanner staunte immer noch.

Sie können den Mund übrigens gerne wieder zumachen und mich zu Tische führen, denn ich bin am Verhungern. Ich hoffe, Sie haben schon bestellt. Ich lasse mich nämlich am liebsten überraschen.

Tanner hatte natürlich noch nicht bestellt, machte aber das Spiel mit, reichte ihr den Arm und führte sie in den Speisesaal. Hinter ihrem Rücken gab er Bodmer Handzeichen, dass er ihm und seiner Frau die Wahl der Speisen überlassen würde. So wie immer.

Was möchten Sie denn gerne trinken, Kollegin?

Da ich heute keine Uniform trage, dürfen Sie mich gerne Lara nennen, denn so heiße ich im zivilen Leben.

Gut, Lara, was möchten Sie denn trinken?

Vielviel Wasser und wenigwenig Rotwein. Denn ich fahre ja Auto.

Bodmer nickte und schob ihr den Stuhl hin. Sie blieb aber stehen und klatschte entzückt in die Hände.

Lieber Bodmer, Sie haben ja den Tisch schön arrangiert, sogar Blumen und Kerzenlicht. Alles perfekt, das muss ich sagen. Einzig die Beleuchtung kommt mir etwas zu grell vor. Könnten Sie da noch ein bisschen dran arbeiten, bitte?

Bodmer schickte Tanner ein triumphierendes Grinsen, dann verneigte er sich ehrerbietig in ihre Richtung. Ganz die alte Schule.

Wird sofort gemacht, Madame.

Bodmers offensichtliche Sehnsucht, einem großen, vornehmen Hotel als altmodischer Hoteldirektor vorzustehen, war plötzlich unübersehbar.

Er drehte am Schalter.

Ist es recht so, Madame?

Jetzt ist es wirklich perfekt. Danke, Bodmer.

Sie setzte sich burschikos schwungvoll hin und griff sofort nach einem Stück Brot.

Entschuldigen Sie, Tanner, aber ich habe einen solchen Heißhunger.

Tanner setzte sich und betrachtete sie.

Sie trug zu engen Jeans eine weiße Hemdbluse, darüber einen gemusterten Pullunder mit farbigen Rhomben. Dann war da natürlich der neue Haarschnitt. Die Veränderung war wirklich verblüffend. Sie strich mit beiden Händen genussvoll durch ihre kurzen Haare.

Ich musste mir einfach die Haare abschneiden. Heute hat sich etwas außerordentlich Wichtiges entschieden, und dann muss ich so was immer auch äußerlich nachvollziehen. Können Sie das verstehen, Tanner?

Ja, das kann ich verstehen. Bei mir reicht meist eine gründliche Wohnungsreinigung.

Sie lachte herzlich.

Tanner putzt seine Wohnung! Das ist ja lustig! Das möchte ich sehen!

Ja, ja. Da staunen Sie. Was hat sich denn heute so Wichtiges entschieden?

Das sag ich Ihnen erst beim Kaffee. Jetzt will ich essen und trinken. Ah! Da kommt ja auch schon die Suppe. Gott sei Dank. Die Rettung naht.

Sie sprühte vor Energie.

Wissen Sie, Tanner, wenn ich Hunger habe, werde ich zum Raubtier, und dann kann ich auch nicht beides gleichzeitig.

Tanner schaute fragend.

Ja, ich kann nicht essen und reden. Schon gar nicht über wichtige Sachen. Aber ich kann zuhören. Wenn Sie also Lust haben, mir etwas zu erzählen – voilà. Wenn nicht – essen wir einfach gemütlich und reden danach.

Sie nahm den Löffel und wünschte ihm einen guten Appetit.

Sie könnten mir ja, zum Beispiel, erzählen, was Sie sich gedacht haben, als ich Sie zu diesem Treffen gebeten habe. Kam doch überraschend – gestehen Sie es ruhig.

Er gestand ihr freimütig, dass er überrascht gewesen sei und dass er genau so gespannt auf ihre Neuigkeiten sei. Sie gab sich mit der Antwort zufrieden und löffelte genussvoll die Kürbissuppe.

Er begann, ein bisschen aus Verlegenheit, denn er wusste wirklich nicht, was er ihr erzählen sollte, von dem Buch zu berichten, das er gerade zu lesen begonnen hatte. Sie hörte aufmerksam zu und war dann vor allem an Nastassja Filippowna interessiert, an dieser *gefallenen* Frau, in der sie sofort eine verwandte Seele vermutete.

Danach aßen sie eine Weile schweigend, unterbrochen nur von Ausrufen der Bewunderung über das Essen, denn Frau Bodmer hatte sich heute Abend wahrhaftig selbst übertroffen. Lara interessierte sich im Weiteren für Tanners beruflichen Werdegang. Er würde dann nachher schon verstehen, warum sie ihn das frage.

Er erzählte ihr eher widerwillig und stockend von seinen verschiedenen Stationen als Kommissar. In Schwung kam er erst richtig, als er von Marokko und dem Aufbau einer international tätigen Spezialabteilung sprach und – obwohl er das gar nicht vorhatte – vom furchtbaren Verbrechen an den Kindern berichtete und dass er aufgrund seiner Recherchen aus Marokko ausgewiesen worden und aus demselben Grund hierher zurückgekommen sei. Hier habe er nämlich die Spuren dieses Verbrechens aufgespürt und den Fall mit Michel zusammen lösen können. Seitdem arbeite er dann und wann mit ihm zusammen. Mehr oder weniger inoffiziell. Als so eine Art Berater.

Sie hörte ihm zu, ohne ihn zu unterbrechen. Als beide satt waren und der Kaffee vor ihnen stand, blickte Tanner sie erwartungsvoll an.

So!

Sie blickte ihn ernst an.

Ja. Ich weiß, jetzt bin ich dran. Danke für Ihre Geduld. Wenn es Ihnen recht ist, erzähle ich zuerst, warum ich mir die Haare geschnitten habe.

Tanner nickte.

Ich werde ab sofort keine Uniform mehr tragen. Ich arbeite ab jetzt in der Abteilung vom Michel, also in der Abteilung Leib und Leben.

An so etwas hatte Tanner überhaupt nicht gedacht.

Ach, das ist ja großartig. Ich gratuliere. Ich wusste natürlich nicht, dass Sie so etwas anstreben, aber …

Glauben Sie, ich will mein Leben lang Streife schieben? Sicher nicht! Deswegen bin ich nicht zur Polizei. Zudem habe ich alle Kurse gemacht und wirklich ziemlich gut abgeschnitten, ich muss es selber sagen.

Dann ist ja alles gut, und ich gratuliere wirklich von Herzen.

Ihr guter Freund Michel hat mich ziemlich lange hingehalten, wissen Sie. Und ich weiß aus gewöhnlich gut unterrichteter Quelle, dass er ein bisschen Angst hat vor mir.

Aha.

Tanner gab sich ganz erstaunt.

Wieso denn das?

Attraktive Frauen haben es im beruflichen Leben schwer. Wussten Sie das nicht, Tanner?

Er musste lächeln. An Selbstbewusstsein fehlte es ihr nicht.

Ich sehe, Sie lächeln, und Sie denken jetzt sicher, ein bisschen Bescheidenheit würde ihr auch nicht schlecht stehen, oder? Aber wissen Sie, ich habe meine Erfahrungen gemacht. Darunter einige sehr bittere, das können Sie mir gerne glauben. Die Polizeiwelt ist immer noch mehr oder weniger eine Männerdomäne, und reine Männerwelten reagieren auf Weibchen immer noch reflexhaft.

Sie lachte.

Und wenn das Weiblein kein Blaustrumpf ist, sondern einen knackigen Arsch und Brüste hat, die den Namen auch verdienen, dann – Sie können sich die Schwierigkeiten ja vorstellen. Wie gesagt, es hat eine Weile gedauert, bis …

Sie brachte dies alles in einem heiteren Ton hervor. Verbittert schien sie darüber auf jeden Fall nicht zu sein. Dann wischte sie mit einer Handbewegung einige Brosamen vom Tisch.

Lassen wir das.

Sie lachte.

Heute konnte es dem Herrn Hauptkommissar Michel plötzlich nicht schnell genug gehen, und er hat mir einen Fall hingeknallt, den ich selbständig lösen soll. Voilà. Sozusagen mein persönlicher Testfall. Er meinte, das Gute an dem Fall sei, dass nichts schief gehen könne, falls ich irgendwie versage. Wenn ich es hingegen schaffte, dann bekäme ich einen festen Platz in seinem Team. Ist das nicht großartig?

Tanner hatte kein besonders gutes Gefühl dabei.

Ja, das klingt gut. Um was für eine Art Fall handelt es sich denn?

Sie verzog ihre Miene.

Die Sache hat einen Haken: Es ist ein ziemlich alter Fall. Ein ungelöster Mordfall, der sich vor nicht ganz dreißig Jahren ereignet hat.

Tanner verdrehte die Augen.

Ach nein? Und *Sie* sollen ihn jetzt aufklären? Da wünsch ich aber viel Vergnügen.

Sie hob theatralisch ihre Hände in die Luft.

Sie trauen mir wohl gar nichts zu, Tanner. Danke für die Blumen. Statt dass Sie mir Mut machen …

Ach, Lara, so meine ich das doch nicht. Ihnen traue ich übrigens alles zu.

Darauf lächelte sie kokett – und verdrehte dann aber gleich ihrerseits die Augen.

Äh … wie meinen Sie das jetzt? Was trauen Sie mir denn alles zu?

Tanner ließ sich nicht beirren.

Hören Sie mir zu: Ich weiß, wie es sich mit Fällen verhält, die vor vielen Jahren nicht aufzuklären waren. Was soll sich denn mit dieser zeitlichen Distanz vereinfacht haben? Dass vielleicht die eine Hälfte aller Zeugen schon tot ist und die andere sich an nichts mehr erinnert?

Nein, aber vielleicht haben die Kollegen damals aus weiß was für Gründen irgendetwas übersehen, zudem gibt es heute Methoden, die damals noch nicht zur Verfügung standen und so weiter und so weiter.

Sie schlug mit ihren Händen einen Trommelwirbel auf den Tisch, worauf sofort Bodmer erschien.

Haben Madame gerufen?

Sie lachte.

Nein, Madame haben nicht gerufen. Sie streitet sich mit Monsieur.

Bodmer machte ein zutiefst unglückliches Gesicht.

Das ist aber schade.

Er schickte Tanner einen vorwurfsvollen Blick zu. Dann wandte er sich wieder besorgt an sie.

Darf ich noch ein wenig Wein eingießen? Oder darf ich vielleicht doch noch ein Dessert bringen? Bei Ihrer Linie!

Bodmer illustrierte diese Linie mit einer Handbewegung, als handle es sich um einen Strich mit oben einem Knick.

Sie dürfen. Wein ja, aber nur ganz wenig. Ich muss noch autofahren. Dessert nein. Wollen Sie mich eigentlich mästen, oder was? Zuerst verkuppeln und dann noch mästen. Und was heißt hier eigentlich Linie? Sie sind mir ja einer … der redet von meiner Linie und zeigt eine Linie mit *so* einer Kurve. Sollte dieser Knick etwa meine Oberweite darstellen?

Sie machte seine Bewegung nach und übertrieb natürlich schamlos.

Alle lachten. Bodmer schenkte Wein nach. Tanner brachte sein Glas in Sicherheit.

Mir lieber noch einen Kaffee, Bodmer.

Wird gemacht.

Tanner schaute sie auffordernd an.

Jetzt sagen Sie mir wenigstens in groben Zügen, um was für einen Fall es sich handelt, bitte.

Sie lächelte.

Deswegen habe ich mich ja auch zu diesem Treffen überreden lassen, sehr geehrter Herr Kollege, denn ich brauche Ihren erfahrenen Rat.

Tanner schmunzelte, behielt aber die Erkenntnis für sich, dass er sie bei einer kleinen Verdrehung der Situation ertappt hatte. Sogar bei einer doppelten Verdrehung. Tatsache war, dass sie ja von dem Fall erst seit heute Nachmittag wusste, zudem hatte *sie* ihn ja zu diesem Treffen aufgefordert.

Aber was solls. Er lehnte sich zurück und konzentrierte sich auf den Fall, den sie ihm jetzt wortreich zu erzählen begann.

SECHS

Tanner erwachte mit demselben Gefühl der Beunruhigung, mit dem er eingeschlafen war.

Im Schlaf verwandelte sich dieses Unbehagen in ein zähes, klebriges Gespinst, das ihn ganz und gar umwickelt hatte, und er konnte sich noch so viel herumwälzen, es hielt ihn die ganze Nacht fest in seinem Griff. Erst ganz früh am Morgen schien es sich wie ein Nebel aufzulösen, und er konnte immerhin noch eine Weile tief und fest schlafen.

Nachdem Lara Wille bis weit über Mitternacht ihren Fall (es war natürlich bereits *ihr* Fall) referiert hatte, und er ihr ein paar Ratschläge hatte geben können – nämlich wie man am gescheitesten an so was *nicht* herangehen sollte –, bequemte sie sich dann endlich, mit der angekündigten Information über Jean D'Arcy herauszurücken. Das war ja immerhin die eigentliche Begründung ihres Treffens gewesen.

Zuerst einmal hatte sie den Sachverhalt seiner Verhaftung vor über fünf Jahren geprüft und bestätigt erhalten. Jean D'Arcy sei tatsächlich an einem kleinen Grenzübergang zwischen Frankreich und Spanien von den spanischen Behörden wegen Besitzes und versuchten Schmuggels von Kokain im Wert von zweihundertfünfzigtausend Franken verhaftet worden. Er sei abseits der großen Grenzübergänge zu Fuß über die Grenze gegangen. Ein Grenzübergang in den Bergen, irgendwo in den Pyrenäen, wohlgemerkt! Auch dies sei doch merkwürdig und auffällig, meinte die frischgebackene Kriminalistin. Er sei dann ohne viel Federlesens zu sieben Jahren Haft verurteilt worden und wegen guter Führung nach fünf Jahren entlassen und abgeschoben worden. Nach Spanien dürfe er allerdings nicht so schnell wieder einreisen.

An dieser Stelle hatte sie kurz Atem holen müssen, was Tanner eine vorsichtige Anmerkung erlaubt hatte, im Sinne von … viel Anderes habe Jean D'Arcy ja auch nicht behauptet.

Ja, schon, hatte sie gekontert, aber er habe ja drauf bestanden, dass er unschuldig verhaftet worden sei. Man habe ihm die Drogen sozusagen heimlich ins Gepäck implantiert. Von wegen. Ihre Recherchen hätten ergeben, dass der ach so unschuldige Jean D'Arcy hierzulande ein behördlich bekannter Drogenabhängiger gewesen sei, mehrfach in Kliniken eingewiesen und vorbestraft – ebenfalls wegen Drogendelikten, und jetzt komme der Hammer, Tanner solle sich bitteschön festhalten: Er sei in ein Mordfall verwickelt gewesen! Also, Mord sei vielleicht etwas zu viel oder zu vorschnell behauptet, schränkte sie gleich etwas ein, aber: Er sei immerhin in eine dubiose Geschichte um eine verschwundene Frau verwickelt gewesen, deren Leiche man aber nie gefunden habe. Jean D'Arcy sei zeitweise verdächtigt worden, sie umgebracht zu haben. Dafür habe es Anschuldigungen durch Zeugen gegeben, aber mangels Beweisen und weil man eben die Leiche der Frau nie gefunden habe, sei der Fall als ungeklärt abgelegt und die Anklage gegen D'Arcy fallengelassen worden. Im Übrigen sei dieser Jean D'Arcy der Abkömmling einer der reichsten Familien in der welschen Schweiz, allerdings gehöre er nicht direkt zu dem reichen Zweig im Stammbaum, sondern zu dem verarmten – aber immerhin. Was sie mit ihrem auftrumpfenden *immerhin* meinte, ließ sich zur späten Stunde nicht eruieren. Tanner hatte auch bereits Mitleid mit Bodmer, der allein ihretwegen auf seinem Posten ausharren musste. Der Vater D'Arcys sei selbst schon früh irgendwie in Ungnade gefallen, wegen falscher Heirat oder so, und beide Eltern seien kurz nach der Geburt von Jean bei einem Unfall ums Leben gekommen und der Kleine bei einer Tante aufgewachsen.

Dies alles hatte sie praktisch ohne Atem zu holen berichtet, begleitet von einem Unter-, vielmehr einem Überton, den man nicht anders als triumphierend bezeichnen konnte. Warum dies bei ihr ein Gefühl des Triumphs ausgelöst hatte, wurde Tanner nicht klar.

Er hatte zu dem Zeitpunkt gedacht, dass sie vielleicht doch schon ein bisschen zu viel Wein getrunken habe, trotz ihrer mehrmaligen Versicherung, sie trinke nur ganz wenig. Spätestens zu diesem Zeitpunkt war ihm klar geworden, dass ihm nichts anderes übrig bleiben würde, als sie nach Hause zu fahren.

So war es denn auch geschehen, obwohl sie sich zuerst gesträubt hatte. Der Hinweis, dass es in ihrer Testphase kein gutes Bild abgäbe, käme sie in eine Polizeikontrolle, hatte dann den Ausschlag gegeben.

Sie wohnte in einem der besten Viertel der Hauptstadt, nämlich da, wo ausländische Botschaften stehen wie Pilze im Herbstwald. Tanner hatte es tunlichst vermieden, irgendetwas über ihr Privatleben zu erfragen, obwohl er sich natürlich wunderte, wie es sich eine Polizistin leisten konnte, hier zu wohnen.

Die Fahrt war schweigend verlaufen. Sie hatte die ganze Zeit die Augen geschlossen gehalten, und Tanner wusste nicht, ob sie eingeschlafen war. Exakt hundert Meter vor dem Ziel hatte sie plötzlich hellwach und ziemlich trocken bemerkt, sie hätte dann übrigens keinen Kaffee zuhause, nur im Falle eines Falles … also, sie wolle ihm nichts unterstellen, nur falls er an so etwas herumstudiere.

Tanner hatte über diese letzte Provokation nur müde lächeln können und stumm mit der Hand auf das Taxi gezeigt, das bereits vor ihrem Haus gestanden und darauf gewartet hatte, ihn wieder nach Hause zu bringen, denn sie waren ja mit *ihrem* Wagen gefahren.

Halten Sie direkt hinter dem Taxi. Ich kann das Auto selbst in die Parkgarage fahren. Sie ist gleich um die Ecke. Oder trauen Sie mir das nicht zu, Tanner?

Er hatte nur genickt und ein Gähnen unterdrückt.

Oh, Tanner ist müde.

Tanner lachte.

Ich habe immerhin auf meiner Reise zwei Nächte nicht geschlafen, das holt man nicht so schnell wieder auf.

Sie hatten sich eine Weile schweigend angeschaut. Sie hatte als Erste das Schweigen gebrochen.

Welche Abschiedszeremonie schlagen Sie vor, Tanner? Sie wissen ja, statistisch gesehen, fangen die meisten Verführungen beim Sich-Verabschieden an.

Sie hatte gekichert.

Vielleicht besser gar keine, liebe Kollegin. Ich sage ganz schlicht Auf Wiedersehen und bedanke mich für den unterhaltsamen Abend.

Er hatte kurz die Hand gehoben, sich auf dem Absatz umgedreht und war ins Taxi gestiegen. Die Fahrerin war sofort losgefahren.

Tanner hatte sich gezwungen, sich nicht umzudrehen. Es hatte ihn einige Überwindung gekostet, denn gar zu gern hätte er Lara Willes Verblüffung gesehen. Danach hatte er es sich bequem gemacht und die Augen geschlossen.

Er hatte sie aber gleich wieder geöffnet, denn vor seinem inneren Auge tauchte sofort ihr Gesicht mit dem frechen Lachen auf, aber er wollte sich partout nicht mit ihr beschäftigen. Er wollte lieber darüber nachdenken, was sie ihm über den jungen Mann erzählt hatte.

Tanner seufzte und blickte in die dunkle Nacht.

Hatte er sich in Jean D'Arcy so getäuscht?

Kriminelle Energie konnte er sich beim besten Willen nicht vorstellen. Andererseits wusste er aus Erfahrung, wie sehr man sich von einem Menschen ein katastrophal falsches Bild machen konnte. Grundsätzlich hatte ihn die Erfahrung gelehrt, dass man sowieso nur das sah, was man sehen wollte. Bis einen die Tatsachen eines Besseren belehrten. Er bereute jetzt tatsächlich, dass er ihm auch den Schlüssel des Schrankes mitgegeben hatte. Wie gerne würde er den Koffer öffnen, in der Hoffnung, dass ihm vielleicht der Inhalt weiterhelfen könnte.

Vielleicht hatte Lara in ihrer Unerfahrenheit einige Fakten falsch interpretiert, wo immer sie Einsicht genommen hatte. Wahrscheinlich hatte sie sich längst die notwendigen Autorisierungen für die nationalen und internationalen Archive und Informationskanäle besorgt, die der Polizei zur Verfügung standen.

Nachdem Tanner gefrühstückt hatte, wählte er kurz entschlossen die Nummer von Michels Büro.

Na, Tanner, brauchst du wieder einen Streifenwagen? Ach nein, du suchst sicher Lara.

Wer ist Lara?

So leicht wollte es Tanner ihm nicht machen.

Ha, ha. Guter Versuch.

Michel lachte seinen tiefen Bass ins Telefon.

Warst du gestern Abend nicht rein zufällig mit einer Kollegin namens Lara Wille zum Essen verabredet?

Ach so die! Die Kollegin Wille! Reden wir von deiner neuen Mitarbeiterin, die du einen fast dreißig Jahre alten Mordfall aufklären lässt?

Hat sie dir das erzählt?

Michel schnaubte ungehalten ins Telefon.

So viel also zum Thema Diskretion. Gut. Ich notiere fünf Minuspunkte für die Kandidatin. Nein, da sie es ausgerechnet *dir* erzählt hat, gibts gleich zehn Punkte Abzug.

Als Tanner nicht darauf reagierte, räusperte sich Michel ungehalten.

Es stimmt übrigens. Hast du was dagegen?

Nein, aber du könntest ihr ja auch direkt sagen, dass du sie nicht in dein Team aufnehmen möchtest.

Wie kommst du denn darauf?

Weil du die Lösung des Falles zur Bedingung für ihre Aufnahme gemacht hast.

Tja, das Leben ist hart und verfügt bekanntlich selten über ein Geländer.

Tanner wechselte das Thema.

Hast *du* ihr die Einsicht in die Akte D'Arcy verschafft?

Nein. Ich höre den Namen zum ersten Mal. Wer ist das, und was hat sie damit zu tun?

Sie hat damit gar nichts zu tun. Sie wollte mir wohl nur beweisen, dass ich naiv bin und dass sie mit ihrer Skepsis oder weiblichen Intuition – oder mit beidem – recht hatte.

Tanner erklärte in knappen Worten, wer Jean D'Arcy war. Den Koffer verschwieg er allerdings, ebenso D'Arcys rätselhafte Bemerkung, dass er wisse, wer ihm damals die Drogen untergejubelt habe.

Jetzt wurde Michel wütend.

Der werd ich aber den Kopf waschen! Was denkt sich diese Dame eigentlich! Wie kommt die dazu, einfach im Archiv zu wühlen. Eine offizielle Genehmigung hatte sie ganz sicher nicht. Auf jeden Fall nicht von mir. Ich werde sie mir gleich vorknöpfen. Danke, dass du es mir gesagt hast, Tanner. Das macht gleich noch einmal zehn Punkte Abzug.

Sei nicht so streng mit ihr. Sie nimmt ihre Arbeit sehr ernst.

Aha. Hat sie dich schon um den Finger gewickelt. Das hätte ich mir denken können. Ich muss ja zugeben, dass sie verflucht attraktiv ist, mit ihrem frechen Lachen. Und dann erst noch diese …

Hier unterbrach ihn Tanner, denn er hatte keine Lust auf Michels sprachlich delikaten Wortschatz, mit dem er über weibliche Körper zu schwärmen pflegte.

Ich würde die Akte übrigens auch gerne einsehen, lieber Michel.

Michel produzierte ein dramatisches Stöhnen.

Welche Akte?

Na ja, die von Jean D'Arcy.

Michel stöhnte dramatisch.

Oh je. Jetzt fängt das wieder an! Du kannst es einfach nicht lassen.

Dann schwieg er.

Tanner wartete geduldig.

Michel stöhnte.

Also gut. Unter zwei Bedingungen: Erstens gehen wir heute Abend bei Stocker essen, und zwar auf deine Rechnung. Und zweitens versprichst du mir, dass du der Wille nicht unter die Arme greifst, falls sie dich bittet, ihr bei dem Fall behilflich zu sein.

Gut, machen wir! Heute Abend um zwanzig Uhr.

Wie – machen wir? Versprichst du es?

Ja, ja! Ich verspreche es. Warum sollte ausgerechnet *ich* ihr bei dem Fall helfen?

Michel lachte.

Ach, Tanner … vielleicht, weil es dir Zugang verschaffen würde …

Zugang?

Tja … dahin und dorthin …

Blödmann.

Tanner hängte auf.

SIEBEN

Michel saß allein in seinem Büro und wartete.

Auf was er wartete, war ihm selbst nicht klar. Abgesehen davon, dass er die Wille in sein Büro bestellt hatte und sie – laut Sommer, der die Telefonzentrale hütete – nicht auffindbar war. Aber er wartete natürlich nicht wirklich auf sie. Er wartete auf etwas anderes. Aber worauf?

Seit Wochen gab es im Grunde nichts zu tun, und das war ihm in seiner ganzen Karriere als Polizist noch nie passiert. Nach dem Telefonat mit Tanner hatte er einen halben Morgen lang über dieses Phänomen nachgedacht, war aber zu keiner befriedigenden Antwort gekommen. Seine Gedanken kreisten zwanghaft um die Idee, dass es sich um so etwas wie die Ruhe vor einem Sturm handelte. Aber um welchen Sturm denn, um Gottes willen? Woher wird er kommen? Und wird er ihm gewachsen sein?

In der Nacht hatte er schon wiederholt von seinem eigenen Tod geträumt. Diese Träume, deren Bilder jeweils spätestens beim Duschen verblassten – als wären es Figuren am Sandstrand, und ein, zwei Wellen genügten, um sie zum Verschwinden zu bringen –, hatten trotz allem ihre Wirkung auf seine Tage. Er ertappte sich immer häufiger dabei, unbeweglich dazusitzen, ein Loch in die Luft zu starren und nachzudenken.

Jetzt hatte er aus schierer Verzweiflung begonnen, über sich selbst nachzudenken, und da das gänzlich ungewohnt für ihn war, denn er hatte keinerlei Übung in diesem Geschäft, quälte er sich langsam wie eine Schnecke auf ihrem Schleim von einem Gedanken zum nächsten.

Gegen Mittag kam er zum Schluss, dass er doch im Grunde ein durch und durch gutmütiger Mensch sei. Jawohl: durch und durch gutmütig.

Er lächelte mitfühlend bei diesem Gedanken, als rühre ihn die Person, über die er gerade so angestrengt nachdachte. Auch die

Formulierung gefiel ihm, sie erfüllte ihn mit einem seligen Glücksgefühl.

Durch und durch gutmütig!

Er wischte sich mit dem Handrücken über die Augen.

Er konnte zwar fuchsteufelswild werden, ja sogar toben, fluchen wie ein Bürstenbinder und wüten, dass der Boden zitterte, auf dem er stand, aber meist hatten diese Zustände eine sehr kurze Halbwertszeit. Seine zornigen und aufbrausenden Gemütszustände waren wie Gewitter: heftig und mächtig, theatralisch und laut, aber zeitlich begrenzt. Sie entwickelten sich selten zu Dauerregen und langen Schlechtwetterperioden.

An dieser Stelle seiner Analyse nickte er beifällig mit seinem mächtigen Haupt. Dann ergänzte eine Stimme in ihm: Und wenn er zornig wäre, hätte das sowieso immer einen triftigen Grund. Jawohl.

Er legte seine Stirn in Falten.

Was ihm allerdings in letzter Zeit immer häufiger passierte: Er hatte schlechte Laune. Und zwar eine alles durchdringende grimmig griesgrämige, bodenlos schlechte Laune. Dieser Zustand stellte sich schon ein, wenn er sich am Morgen schwer ächzend aus dem Bett hievte. Dieses Gefühl legte sich, so schien es ihm, wie eine zweite Haut um sein ganzes Wesen. Es umschloss ihn gar mit einem Panzer, der zäh, zerfurcht und wie aus hartem Leder schien.

Es hatte Zeiten gegeben, da hatte er zugebenermassen schlechte Laune quasi als Mimikry benutzt. Als ein Kostüm sozusagen, das er immer griffbereit zur Hand hatte. Gegen alle möglichen Ansinnen und Situationen konnte er sich beliebig hinter der Maske der schlechten Laune verkriechen, auch wenn er innerlich fröhlich und aufgestellt war. Was die Leute dann von ihm hielten, war ihm egal.

Aber jetzt war die miese Laune nicht gespielt. Sie hatte ihn fest im Griff. Es war ihm beinahe unheimlich, und er fühlte sich unfähig, diesen Zustand zu ändern. War das jetzt die Strafe für sein frevelhaftes Spiel? Hatte ihn seine Mutter nicht oft genug davor gewarnt, dass ihm seine Grimassen eines Tages bleiben würden, wenn er sie zu oft schneiden würde.

Michel stutzte.

Vielleicht könnte er jetzt ja den umgekehrten Weg gehen? Nämlich so tun, als hätte er *gute* Laune.

Er versuchte zu lächeln, aber er spürte, dass sich sein Gesicht nur zu einer weiteren Variante des Grimms verzerrte. Er versuchte, sich an etwas Lustiges zu erinnern, aber es war wie verhext, es wollte ihm nicht einmal ein Witz in den Sinn kommen. Er schlug verärgert mit der flachen Hand auf den Bürotisch, sodass die Bleistifte fröhlich ins Hüpfen kamen.

Heißt das, dass ich eintreten darf, Chef?

Zwischen Tür und Angel stand ein Wesen, das übers ganze Gesicht strahlte. Michel schaute verständnislos.

Sie hob die Hand und winkte, als wollte sie eine Nebelwolke wegwinken, die sich im Büro gebildet hatte.

Hallo, ich bins, Ihre neue Mitarbeiterin, Lara Wille.

Jetzt erst erkannte Michel sie.

Er glotzte sie weiter an. Dann schüttelte er seinen Kopf, als wolle er dadurch seine Starre lösen.

Was ist denn mit *dir* passiert? Bist du in Trauer?

Sie schüttelte fröhlich ihren Kopf.

Nicht dass ich wüsste. Wie kommst du denn darauf?

Ich dachte immer, Frauen schneiden sich nur die Haare freiwillig so kurz, wenn entweder jemand gestorben ist oder sie verlassen wurden.

Nein, ganz im Gegenteil.

Sie schüttelte unwillig den Kopf.

Das ist ja eine merkwürdige Theorie, muss ich sagen.

Er machte eine unwirsche Bewegung mit derselben Hand, mit der er gerade noch auf den Tisch gehauen hatte.

Es geht mich sowieso nichts an.

Ja. Das stimmt.

Sie lachte.

Darf ich mich setzen?

Michel konnte gerade noch verhindern, dass aus seinem Mund eine unfreundliche Bemerkung entschlüpfte.

Sie wartete nicht auf seine Erlaubnis. Sie setzte sich einfach.

Was kann ich denn für Sie, also äh … ich meine für *dich* tun, neue Mitarbeiterin Wille?

Im Grunde bereute er jetzt, dass er ihr so schnell das kollegiale Du angeboten hatte, obwohl es natürlich üblich war. Aber er hätte ja auch warten können, bis die Probezeit um war. Sie aber lachte ihn entwaffnend an.

Du hast mich doch bestellt. Wenigstens hat es Kollege Sommer mir so ausgerichtet.

Sie machte Anstalten, sich zu erheben.

Aber ich kann auch wieder …

Michel winkte ungeduldig ab.

Ja, ja, stimmt. Ich habe dich tatsächlich suchen lassen. Wo warst du übrigens?

Sie legte ihren Kopf schräg.

Erinnerst du dich, dass du geruht hast, mir einen Fall zu übergeben? *Übrigens …*

Sie betonte das Wort ziemlich frech.

Wusstest du, dass zu besagtem Fall keinerlei Akten mehr existieren, Michel?

Er guckte sie irritiert an.

Wie? Keine Akten? Das kann doch nicht …

Doch, doch. Es ist so. Der Fall ist zwar nie gelöst worden, aber nach fünfundzwanzig Jahren spätestens werden Papierakten entsorgt. Damals gab es ja noch keine elektronische Datenverarbeitung.

Das Letzte sagte sie achselzuckend mehr zu sich selbst.

Er verlagerte sein Gewicht in Richtung Stuhllehne, genussvoll, wie es schien, und – siehe da: jetzt konnte er plötzlich lächeln.

Tja, das macht deine Aufgabe natürlich nicht einfacher. Ich nehme an, du willst mir den Fall zurückgeben, Wille?

Sie beantwortete sein Lächeln und fing an, mit dem Stuhl zu kippeln.

Nein, nein, so einfach ist das nicht mit mir. Ich kann ziemlich hartnäckig sein. Ich habe nämlich auch schon etwas gefunden.

Aha. Und was hast du gefunden?

Genauer gesagt: Ich habe eine Person gefunden. Nämlich einen pensionierten Beamten, der damals an den Untersuchungen beteiligt gewesen ist. Und zwar in leitender Position.

Michel schnäuzte sich in eine seiner Windeln. Es klang wie bei der Morgentoilette im Elefantenhaus.

Ich gratuliere. Und wie hast du den aufgestöbert?

Sie ließ sich mit dem Stuhl wieder nach vorne kippen und nestelte in ihrer Tasche.

Ich habe in den Personalakten geguckt, wer denn damals in der Abteilung Leib und Leben so gearbeitet hatte. Und wer wann pensioniert wurde und wer wann gestorben ist.

Michel runzelte seine Stirn.

Wie bist du denn an die Personalakten gekommen?

Sie seufzte und verdrehte die Augen.

Keine Angst, Chef, alles nach Dienstvorschrift. Ich habe ganz brav in der Personalabteilung *nachgefragt*. Das ist ja nicht verboten, oder?

Michel wiegte zwar bedeutungsvoll den Kopf, aber leider hatte sie recht, und er konnte nichts einwenden.

Und weiter?

Ich werde Albin Blumenstengel gleich nachher in seiner Wohnung besuchen.

Blumenstengel? Ist das wirklich sein Name?

Michel konnte ein Grinsen nicht verkneifen.

Ja, so heißt er. Du kannst ja seine Personalakte anschauen, bitte.

Nein, nein. Ich glaube dir ja. Das war wohl vor meiner Zeit. Wie lange ist er denn schon pensioniert?

Sie blätterte in ihrem Notizbuch.

Seit vierundzwanzig Jahren.

Na, dann drücke ich die Daumen. Der ist ja dann … äh …

Ja, Herr Blumenstengel ist siebenundachtzig Jahre alt. Er hat sich zwei Jahre früher pensionieren lassen. Er klang am Telefon aber, äh … wie soll ich sagen … ganz klar und vernünftig. Er hat sich auch sofort an den Fall erinnern können.

Hat er? Was du nicht sagst, Wille! Na, dann kann ja alles noch gut werden.

Michel beugte sich vor und schwebte plötzlich in einer Wolke guter Laune.

Aber was erwartest du denn von ihm? Offensichtlich konnte der Fall ja nicht gelöst werden, oder?

Lara Wille erhob sich.

Ich weiß ja nicht, wie es zu deiner Zeit war, aber ich habe in meiner Ausbildung gelernt, dass Erwartungen und vorgefasste Meinungen der Todfeind jeder Ermittlung sind.

Sie blickte ihn herausfordernd an.

Kann ich jetzt gehen, Chef?

Ja, klar, geh nur, geh nur. Wie heisst es so schön: wo ein Wille ist, ist auch ein Weg, ha, ha, ha.

Er lachte unbändig. Sie verdrehte die Augen. Michel kappte sein Lachen.

Okay, tut mir leid. Den Spruch hast du sicher schon tausendmal gehört, stimmts?

Sie antwortete nicht.

Also, geh nur. Aber, äh … bring mir bitte noch die Akte D'Arcy vorbei. Du hast sie ja, nehme ich an, noch auf deinem Schreibtisch liegen. Selbstverständlich nur, wenn es dir nichts ausmacht, äh … wollte ich sagen.

Sie drehte sich noch einmal um, als wollte sie etwas erwidern. Sie hob aber nur die Hand, nickte und verließ dann betont langsam das Büro.

ACHT

Um die Post eines ganzen Jahres durchzusehen, brauchte Tanner nicht mal eine Viertelstunde.

Beinahe sämtliche von der Poststelle des Bezirkstädtchens zurückgehaltenen Sendungen bestanden entweder aus Reklame und Zeitungen, deren wichtigtuerische Schlagzeilen längst überholt waren. Ein paar belanglose Briefe waren auch drunter. Einladungen zu längst vergangenen Ausstellungen. Aufforderungen, bei Wettbewerben mitzumachen. Maschinell verfertigte Briefe, die entweder mit dem Satz Sie Glückspilz, Sie haben gewonnen, oder Wann holen Sie sich Ihren Preis anfingen, und vieles mehr.

Voller Wut stopfte er die ganze Papierflut in zwei große Säcke, bis auf dem Tisch nur noch die beiden Briefe lagen, die er sich bis zuletzt aufgespart hatte. Dieselben Kuverts, dieselbe schöne Handschrift.

Beide Briefe waren von ihr.

Er drehte beide unschlüssig in der Hand herum, wog sie, als könnten ihm die verschiedenen Gewichte etwas über den Inhalt erzählen.

Der dünnere der beiden Briefe war wohl zeitgleich mit seiner Reise unterwegs gewesen, damals, als er sich vor knapp einem Jahr Hals über Kopf in den Norden aufgemacht hatte. Irgendwo mussten sie sich – der Brief und er – gekreuzt haben.

Vielleicht sollte er den lieber nicht aufmachen.

Wer weiß, vielleicht hatte sie ihm in diesem Brief von seiner Reise doch wieder abgeraten, auch wenn sie ihn kurz zuvor per Postkarte – verschlüsselt zwar – aufgefordert hatte, zu kommen.

Er fächelte sich mit dem Brief Luft ins Gesicht und legte ihn kurz entschlossen wieder auf den Tisch zurück.

Den zweiten Brief musste sie unmittelbar nach seiner Abreise geschrieben haben. Er fühlte sich für einen Brief ziemlich umfangreich an. Er wog ihn in seiner Hand, und er dachte unwillkürlich, dass das Gewicht nichts Gutes verhieß.

Sollte er ihn jetzt öffnen oder …?

In diesem Augenblick klingelte das Telefon. Er ließ siebenmal klingeln, obwohl es sich in Griffweite befand.

Unbewusst hatte er mit Solveig gerechnet, aber es war Lara Wille. Sie hielt sich weder mit einem Gruss noch mit einer Einleitung auf. Sie machte es kurz und bündig.

Tanner, ich hasse dich … ich hasse dich!

Sprach es und legte auf, bevor er fragen oder antworten konnte.

Tanner seufzte und legte auf.

Dass sie so verletzt sein würde, weil er sie gestern Nacht einfach stehen lassen hatte, überraschte ihn doch.

Er schüttelte denn Kopf und befand, dass die Kollegin Wille ein bisschen sehr übertrieben reagierte. Er hatte sie eigentlich anders eingeschätzt. Ja, ja, es irrt der Mensch solang er strebt …

Kaum hatte er den Gedanken zu Ende gedacht, klingelte das Telefon erneut. Diesmal ließ er nicht siebenmal klingeln, bevor er den Hörer in die Hand nahm.

Es war erneut Lara Wille.

Also, Tanner, wenn du glaubst, dass ich wegen deines Abgangs gestern Nacht sauer auf dich bin, dann tust du mir echt leid. Und es zeigt, wie eingebildet du bist! Mein Gott, bist du eingebildet! Das ist echt zum Ko- … nein, du tust mir einfach leid.

Wieder hatte er keine Chance, etwas zu sagen, denn wieder legte sie sofort auf.

Tanner lächelte.

Sie war wirklich gut, dass musste ihr sogar der Feind lassen. Aber bitte, was sollte er denn denken? Er hatte ihr doch sonst keinen Anlass gegeben, auf ihn so sauer zu sein. Er schüttelte erneut den Kopf.

Das Telefon läutete zum dritten Mal. Entschlossen nahm er den Hörer, aber diesmal begann er sofort zu sprechen.

Hör mal, ich verstehe überhaupt nicht, wieso du sauer auf mich bist. Ich habe dir bestimmt keinen Grund gegeben. Und wie kommst du darauf, dass ich denke, dass es wegen gestern Nacht war?

Die Stimme, die ihm jetzt antwortete, schien sehr weit weg zu sein, und er hörte sie kaum. Tanner hatte das Gefühl, der ganze Äther rauschte durch den Hörer, und die Stimme von Solveig – denn um niemand anderes handelte sich – komme von einem weit entfernten Planeten. Wahrscheinlich telefonierte sie vom Dorfladen aus, denn die besassen weit und breit das einzige Funktelefon.

… auf dich. Ich wollte dich nur bitten, den Brief ungelesen zu verbrennen, falls du ihn nicht schon geöffnet hast … der Brief ist nämlich …

Mehr verstand Tanner beim besten Willen nicht, denn ab sofort gingen ihre Worte in einer Art metaphysischem Rauschen unter.

Er sprach noch eine Weile in den Hörer, bis er einsehen musste, dass die Verbindung definitiv unterbrochen war.

Ich kann nur hoffen, dass sie mich auch nicht verstanden hat. Oder wenigstens auch nur fragmentarisch. Aber was hat sie gesagt? Den Brief sollte er ungelesen verbrennen!

Er nahm den Brief in die Hand und sprach mit ihm, als sei er eine Person.

Das überlege ich mir noch, ob ich dich lese oder nicht. Verbrennen kann ich dich immer noch.

Er stand auf, legte den Brief auf den Balken über dem Kamin, ging in die Küche und setzte Wasser für einen Kaffee auf. Während er wartete, bis das Wasser kochte, ging er unruhig durch seine Wohnung. Dabei fiel sein Blick auch auf den Schrank, in dem Jean D'Arcys Koffer eingeschlossen war.

Was sich wohl in dem Koffer befand, das ihn so wichtig für Jean D'Arcy machte? Man könnte meinen, sein Leben hänge davon ab.

Den aufkeimenden Gedanken an Drogen verbannte er sofort wieder.

Das ist doch Unsinn!

Er rieb sich die Stirn. Daran war nur die Wille schuld. Sie versuchte ihm einzureden, dass Jean D'Arcy ein gewöhnlicher Krimineller, ein Drogenkurier war, der auf unschuldig machte, und er, der naive Tanner, glaubte es.

Er ging in die Küche, machte sich einen Kaffee und überlegte, ob er nicht einfach nachschauen sollte, was in dem Koffer war.

Er ließ es bleiben und ging ans Fenster, trank Kaffee und blickte in den Garten und auf die Dorfstraße. Ein Traktor mit zwei Anhängern, haushoch mit Strohballen beladen, näherte sich gerade in Zeitlupe, mit einem laut knatternden Motor.

Es war ein trüber Wintertag, nass und kalt, und die Nebel lasteten bauchigschwer auf den breiten Walmdächern der alten Häuser gegenüber und schienen sie gnadenlos in den Boden zu drücken. Die sonst blühenden Gärten waren kahl und hässlich, als habe ein großes, wüstes Tier wahllos alles gefressen und niedergetrampelt.

Die Sichtweite betrug höchstens zweihundert Meter. Ohne zu den anderen, den seeseitig gelegenen Fenstern zu gehen, wusste er, dass man heute vom Wasserspiegel des Sees rein gar nichts sehen würde, geschweige denn vom gegenüberliegenden Hügel.

Er sehnte sich nach dem Anblick des weiten, mediterranen Himmels und nach dem meist gegen Abend aufgewühlten türkisfarbenen Wasser mit seinen weißen Schaumkronen, wenn der Joran, der ablandige Wind vom Jura-Südfuß, der sich über die Hügel auf die Wasserfläche stürzte und seine glatte Oberfläche aufwühlt und den stillen, beschaulichen See von einem Augenblick zum anderen in ein kleines, wildes Meer verwandelte.

Mein Meerlein, nannte Tanner heimlich seinen See. Und er fühlte sich dann sehr zu Hause.

Der Traktor war mittlerweile aus dem Blickfeld verschwunden, man hörte nur noch sein immer leiser werdendes Tuckern. Tanner wollte sich gerade abwenden, um sich seine Tasse noch einmal zu füllen, da sah er sie.

Zwei Gestalten, die die Straße mit schnellen Schritten überquerten, schnurstracks und geschmeidig durch das Eingangstor zu seinem Haus gingen, dort wie auf Kommando beide gleichzeitig verharrten und Haus und Garten musterten.

Tanner zog sich instinktiv vom Fenster zurück. Er wusste sofort, dass diese beiden Männer weder von der Post noch vom Elektrizitätswerk waren. Freiwillig würde er denen nicht aufmachen, dachte er sofort.

Im nächsten Moment schrillte die Hausglocke.

Tanner ging zur Wohnungstür, öffnete sie und lauschte in die Stille des Treppenhauses.

Er hörte Schritte auf dem Kies. Offenbar gingen sie auf die Rückseite des Hauses. Da gab es aber zum Glück keine Einstiegsmöglichkeit. Nach einer kleinen Ewigkeit näherten sich die Schritte wieder der Haustür.

Plötzlich durchbrach ein heftiges Pochen die Stille. Gleichzeitig wurde wieder auf die Klingel gedrückt.

Tanner zog sich in die Wohnung zurück, schloss leise die Tür, holte sein Fernglas und stellte sich verdeckt an eines der Fenster. Vielleicht bekäme er die Chance, sich die Männer genauer anzusehen, falls sie noch einmal um das Haus gingen, oder falls sie unverrichteter Dinge wieder weggingen.

Jetzt war wieder Stille eingekehrt. Tanner wechselte ans Küchenfenster, dort würde er sie auf jeden Fall sehen, wenn sie weggingen. Aber es tat sich gar nichts. Tanner beschloss, wieder ins Treppenhaus zu gehen. Wer weiß, vielleicht hatten sie Werkzeuge, um das Schloss der Eingangstür aufzubrechen.

Er ging die Treppe hinunter und lauschte an der Tür.

Eine Ewigkeit geschah gar nichts. Wahrscheinlich überlegten sich die Männer ihren nächsten Schritt.

Dann begann plötzlich – ohne Voranmeldung – die Alarmsirene des Dorfes ihr schrilles, ohrenbetäubendes Singen. Diese Sirene, die für allgemeine Katastrophenfälle vorgesehen war und ganz in unmittelbarer Nähe auf dem hohen Dach des Schulhauses montiert war, erlangte langsam, aber stetig ihr schrillstes Potenzial und versendete ihr gehässiges Kreischen in ihre nebelverhangene Umgebung.

Was für ein Zufall! Tanner musste unwillkürlich schmunzeln, erinnerte er sich doch an den gelben Zettel der Gemeinde, der heute einen Probelauf der Sirenen ankündete und den er achtlos zum Altpapier gelegt hatte.

Wie erwartet, hörte er trotz des Lärms Schritte auf dem Kies, die sich eilig entfernten. Er rannte die Treppe hoch und konnte aus dem Küchenfenster gerade noch die zwei dunkelgekleideten Männer aus dem Tor hinauseilen sehen. Offensichtlich bezogen sie den Alarm auf sich oder waren über den Lärm so irritiert, dass sie ihre Aktion abbrachen.

Tanner riss das Fernglas an seine Augen, aber es war leider unmöglich, ihre Gesichter zu sehen. Er sah nur kurz geschorene Haare an Hinterköpfen. Und gerade als er sie für einen Augenblick deutlich vor seine Augen zu bekommen hoffte, bogen sie um die Hausecke und rannten offensichtlich zum Parkplatz des französischen Restaurants, das seit langem geschlossen hatte. Kurz darauf konnte er sehen, wie ein dunkelfarbiger BMW mit abgedunkelten Scheiben vorbeifuhr, aber erkennen konnte er leider nichts. Die Nummer konnte er auch nicht sehen, da die Gartenmauer die untere Hälfte des Autos abdeckte, sobald es den Parkplatz des Restaurants verlassen hatte.

Er holte eilig in der Wohnung seinen Mantel, ging wieder hinaus auf den Vorplatz. Er suchte aufmerksam nach Spuren der beiden Männer. Er fand weder Zigarettenstummel, noch sonst irgendetwas Auffälliges.

In diesem Augenblick fuhr ein roter Audi ziemlich rasant in die Einfahrt. Es war Lara Wille.

Die Sirenen dröhnten immer noch.

Sie lachte, kam auf ihn zu und schrie ihm ins Ohr.

Ich wollte nur mal schauen, ob du gestern gut nach Hause gekommen bist. Die Taxifahrerin sah ja ziemlich düster aus.

In diesem Moment wurden die Sirenen leiser. Sie sah bewundernd das alte Haus und den Garten an.

Mensch, Tanner, du wohnst ja sehr stilvoll, muss ich sagen. Gehört das alles dir?

Er schüttelte den Kopf.

Nein, nein, leider nicht.

Sie lachte.

Und was machst du hier draußen? Wolltest du gerade weggehen?

Nein, eigentlich nicht. Ich hatte gerade Besuch von zwei etwas düsteren Gestalten. Sie verhielten sich wie zwei Professionelle. Typus Schläger. Als die Sirene kam, rannten sie ziemlich schnell weg. Anscheinend wussten sie nicht, dass der Alarm nichts mit ihnen zu tun hatte. Ich hatte das Gefühl, die wollten …

Lara unterbrach ihn.

Das kannst du mir bei einem Kaffee, zu dem du mich sicher einlädst, gerne ausführlich schildern, und später kannst du gerne bei uns – also, wenn du willst – den ganzen Berg mit Fahndungsfotos durchblättern.

Sie blickte sich um.

Ich kann ja mal schauen, ob ich irgendwelche Spuren finde. Du kannst schon mal den Kaffee machen. Oder noch besser: Machst du was zum Essen? Ich sterbe nämlich vor Hunger.

Tanner nickte ergeben.

Sie blickte ihn fröhlich an.

Nachher erklär ich dir dann auch, warum ich heute Morgen so sauer auf dich war. Also, Tanner. Ich suchen … du kochen … dann – wirrr essen. Wie gesagt, ik sterben vor Hungerrr.

Tanner ergab sich seinem Schicksal und ging ins Haus hinein.

NEUN

Da hast du dir ja wieder was Schönes eingebrockt, mein lieber Schwan.

Es war deutlich nach acht Uhr, und Michel thronte bereits vor einem großen Glas Bier, als Tanner bei Stocker eintraf.

Tanner ließ sich schicksalsergeben auf den Stuhl fallen.

Prost, Dicker. Mir gefällt vor allem das Wörtchen *wieder* …

Er guckte sich nach Stocker um.

Apropos Schwan: Hast du schon bestellt? Ich hoffe, nicht, denn ich habe wenig bis gar keinen Hunger.

Ja, ja, sag ich doch: Du hast ja bereits heute Nachmittag mit *meiner* neuen Mitarbeiterin in ihrer Arbeitszeit diniert, sie war ja offenbar total weg von deinen Kochkünsten. Und nenn mich bitte nicht Dicker. Du weißt, dass ich das nicht mag, verdammt noch mal. Wie oft muss ich dich darum bitten?

Nimm es mir nicht übel, aber du weißt ja, in Indien verehren sie diese fetten Gottheiten, und ich finde, du gleichst immer mehr jenem Elefantengott mit dem wunderschönen Namen Ganesha. Er soll ja unser aller Glücksgott sein. Insofern meine ich es als Ausdruck meiner höchsten Wertschätzung, wenn ich Dicker zu dir sage.

Michel lachte dröhnend.

Wer's glaubt, wird selig. Abgesehen davon, bin ich sowieso bald wieder so weit, dass ich mich in jenes ferne Land sehne, wo seit Jahren ein verwaister Maharadschathron auf mich wartet, mit einer Kiste voll Gold zu meiner Rechten und einer Kiste voller Edelsteine zu meiner Linken, ganz zu schweigen vom Harem der wunderschönsten Jungfrauen, die sehnsüchtig auf die Beglückungen durch ihren Herrn und Meister …

Tanner verdrehte die Augen und erblickte Stocker.

Stocker, bring dem Herrn etwas zu essen, sonst dreht er noch durch. Höchste Alarmstufe. Du weißt ja, zu was hungrige Flusspferde imstande sind.

Ach, Herr Tanner gibt uns auch wieder einmal die Ehre. Lange nicht mehr gesehen. Und wie lebt sichs so im hohen Norden? Zufällig habe ich seit gestern wieder eine neue Servierkraft, diesmal kommt sie aus Ungarn.

Lieber Stocker, erspare mir bitte deine Kommentare, das können wir gerne ein anderes Mal besprechen. Nur soviel: Solveig ist wohlauf, ich bin wohlauf. Uns geht es allen gut. Und dir auch, hoffe ich?

Stocker verneigte sich theatralisch und machte ganz auf Gastgeber.

Kein Problem, Hoheiten. Wer zahlt, befiehlt.

Gut. Michel hat Appetit für zwei, und ich habe Lust auf irgendwas Feines, Kleines, das ich noch nicht kenne. Hunger kann man das nicht nennen. Da ich heute Abend bezahle, leisten wir uns für unseren Dicken, Pardon, für unseren Michel, ich meine, für unseren Maharadscha Ganesha das große Menu Surprise und für mich irgendeine kleine, sinnige Erfindung aus deinem alchemistischen Labor. Du beschäftigst dich doch sicher auch schon mit der neuen Küche, mit Stickstoff, Rotationsverdampfer und so weiter.

Stocker nickte verheissungsvoll und verschwand händereibend in der Küche. Die angekündigte neue Servierkraft war auch gleich zur Stelle. Michel blickte ihr begeistert entgegen. Sie brachte das nächste Bier für ihn. Es sollte nicht das letzte sein.

Nach dem sie ein Amuse-Bouche, bestehend aus einer winzigen Fleischkugel mit einer aufregenden Flüssigkeit, die offenbar ins Innere der Kugel injiziert worden war, andächtig genossen hatten und auch das winzige Curry-Zimtsüppchen mit einem einzigen Schluck, begleitet von hörbaren Michelschen Lustlauten verschwunden war, kam dieser wieder auf das Essen von heute Nachmittag zu sprechen.

Hast du dir das gut überlegt mit der Lara?

Was soll die Frage? Ich habe bloß für sie gekocht. Sonst nichts.

Na ja …

Michel leckte das Miniatursuppenschüsselchen sauber und

machte in Richtung Ungarn gleichzeitig ein Zeichen für ein nächstes Bier.

Also gut, also gut, lassen wir das. Und was waren das für zwei Typen, die dich besuchen wollten?

Tanner verdrehte die Augen.

Hat sie dir das auch erzählt?

Ja, sicher. Bist du in Gefahr, oder was?

Tanner machte Michel darauf aufmerksam, dass Stocker ihm höchstpersönlich einen Teller mit der nächsten Köstlichkeit servieren wollte. Michel legte die Serviette, mit der er sich gerade die Stirn abgetupft hatte, neben seine Bestecke.

Achtung, sehr heiss. Jakobsmuscheln überbacken, auf einem Bett einheimischer Wintergemüse. Habe ich extra für dich kreiert, Michel. Du liebst doch die gelben Chou-Raves, oder? Du wirst staunen. Guten Appetit.

Michel nickte begeistert.

Willst du nicht dazu einen fruchtigen Weisswein probieren? Tanner bezahlt ja, habe ich gehört?

Michel schüttelte seinen Kopf.

Nimm es mir nicht übel. Ich bleibe heute bei meinem Bier.

Heute ist gut!

Stocker ging kopfschüttelnd zurück in die Küche.

Banausen alles … ich könnte genauso gut für Affen kochen. Bananenauflauf mit Ketchup.

Michel lachte und machte sich ans Essen.

Oh là là, ist das heiß.

Er blickte mit halb geschlossenen Augen zu Tanner.

Also, Tanner, waren die nun gefährlich oder nicht?

Doch, schon, Michel. Ich habe gesehen, wie die sich bewegt haben. Die sind gefährlich. Aber ich bin ja jetzt gewarnt. Wenn ich nur wüsste, was es zu bedeuten hat? Ich habe keinen blassen Schimmer.

Das stimmte nun allerdings nicht, denn Tanner war überzeugt, dass der Auftritt der beiden Typen etwas mit dem Auftauchen von Jean D'Arcy zu tun hatte. Er hatte heute während des

Kochens sorgfältig seine alten Fälle analysiert und war zum Schluss gekommen, dass keiner dieser Fälle das Potenzial eines Racheaktes in sich trug. Zudem war er fast ein ganzes Jahr abwesend gewesen, wie soll jemand, der schon lange auf Rache sann, ausgerechnet jetzt zwei Schläger zu ihm schicken.

Michel kaute genüsslich auf seinen Jakobsmuscheln.

Na ja, das ist ja eh klar, dieser Dings, dieser D'Arcy schickt sie dir. Der hat ja was mit der internationalen Drogenszene zu tun, glaubt auf jeden Fall unsere superschlaue Wille. Übrigens, die Akte ist in meinem Auto, hab ich dir ja versprochen. Und eben diese Kreise bedienen sich bekanntlich gerne solcher Schläger, wie du sie beschreibst. Schade, dass du dir unsere Fotosammlung nicht angeschaut hast.

Warum denn? Dazu hätte ich erstmal ihre Gesichter sehen müssen. Ich habe die ja gar nicht von vorne sehen können, verstehst du?

Tanner schüttelte energisch den Kopf.

Und wieso sollte D'Arcy mir solche Typen auf den Hals schicken? Das ist doch absurd, und überhaupt, ich bleibe dabei: D'Arcy ist kein …

In diesem Moment kam Stocker mit zwei seiner Köche angerauscht.

So, Tanner, jetzt kannst du mal staunen.

Er stellte vor Tanner eine längliche Platte aus Porzellan hin. Darauf aufgereiht lagen eine Art weisse Variante von fünf chinesischen Suppenlöffeln. Jeder Löffel war mit einer andersfarbigen Masse gefüllt.

Michel guckte und runzelte die Stirn.

Sind das etwa die Reste der letzten Woche? Armer Tanner.

Nein, oh, du mein Lieblingsgast, was du da siehst, ist meine neueste Kreation. Er hat ja gesagt, dass er keinen Hunger hat, aber umso mehr Lust auf etwas Feines. Und das, Tanner, du wirst es sehen, das sind sehr feine Sachen.

Einer der Köche stellte ihm noch ein Körbchen mit Minichapatis zur Seite.

So, Tanner. Ich wünsche einen guten Appetit.

Das wünsche ich dir auch.

Michel grinste anzüglich und zerriss gerade wollüstig eine Wachtel zwischen seinen dicken Fingern.

Ich bin da konservativ. Ich möchte sehen, was ich esse.

Sprach es und nahm die Wachtel zwischen die Zähne.

Tanner verzog sein Gesicht und versuchte, Michel zu erschrecken.

Pass auf, Michel, ich glaube, der Vogel bewegt sich noch.

Michel ließ sich nicht beirren. Tanner seufzte und griff nach dem ersten Löffel.

Hm, das ist eine Art Gemüseschaum. Mit Karotten als Basis, vermute ich, plus noch einiges mehr an konzentrierten, äh … Geheimnissen. Also, das ist wirklich fantastisch.

Tanner schluckte den Rest hinunter.

Oh, jetzt entwickeln sich im Nachhinein ganze Engelscharen von interessanten Geschmacksnuancen. Es ist wirklich fantastisch, Michel. Ich trete gerne den nächsten Löffel an dich ab.

Michel winkte mit vollem Mund.

Nein, nein, du würdest Stocker beleidigen.

Michel leckte sich gerade seine Finger und zeigte etwas spöttisch auf die Kolonne leerer Löffel.

Diese molekularen Menus oder wie ihr das nennt …

Er schüttelte den Kopf.

… wären sicher der große Hit bei den Zahnlosen in den Altersheimen, ha, ha, ha.

Michel amüsierte sich königlich und merkte aber nicht, dass Stocker hinter ihm stand.

Michel, man macht sich nicht über den Koch lustig, bei dem man gerade isst. Der nächste Gang könnte nämlich vergiftet sein.

Jetzt war Stocker an der Reihe mit Lachen.

Michel nahm mit gierigen Blicken sein nächstes Bier entgegen, ein Vorgang, der ausnahmsweise mehr mit der Gestalt der Überbringerin zu tun hatte als mit dem Bier selbst.

Als die beiden wieder allein waren, räusperte sich Michel.

Apropos, die Wille hatte heute Morgen, ich denke, gerade bevor sie dich heimgesucht hat, einen ehemaligen Beamten der Kriminalpolizei besucht, der schon lange pensioniert ist. Albin Blumenstengel. Hat sie dir etwas von diesem Besuch erzählt?

Nein, nicht das ich wüsste. Sie hat mir erzählt, dass es keine Akten mehr gebe, aber du habest ihr ein Bündel Unterlagen übergeben und alles, was sie über den Fall wisse, stamme wohl aus diesen Unterlagen.

Michel grinste.

Ja, ich hab sie ja gewarnt, von wegen zu viel Hoffnungen und so. Aber die jungen Leute wollen halt selbst auf die Nase fallen, da kann man nichts machen.

Tanner ging nicht auf seinen Ton ein.

Michel, woher hast du denn überhaupt diese Unterlagen her?

Michel deutete in Richtung Küche. Tanner stutzte.

Wie? Aus der Küche? Ich versteh nicht …

Mensch, von Stocker selbst. Es ist *seine* Geschichte, also von seinen Eltern. Ich hab mich von ihm breitschlagen lassen.

Tanner erstarrte.

Das meinst du jetzt aber nicht im Ernst. Bist du denn von allen guten Geistern verlassen, Michel!

Michel senkte seine Stimme.

Er macht es für seine Mutter. Versteh doch, ich konnte es ihm nicht abschlagen. Außerdem …

Michel unterbrach sich, denn Stocker kam mit seiner Brigade und brachte die nächste Löffelparade und einen weiteren Gang für Michel.

Ein ganz *hunds*gewöhnliches Lammgigot für Michel. Hundsgewöhnlich! Aber wie gesagt: Auf dein eigenes Risiko.

Alle Köche lachten, offenbar hatte Stocker sie in den kleinen Scherz eingeweiht.

Und für Tanner die Meeresparade, sie ist sozusagen eine Art private Hommage an die Meeresbiologie.

Jetzt lachte nur Stocker.

Auch Michel verstand nicht.

Was meint er mit Meeresbiologie? Ist der heute ein bisschen neben seiner Kappe? Und wieso nennt er sein Gigot hundsgewöhnlich. Will er mir suggerieren, dass ich hier einen Hund vor mir habe und kein Lamm? Verdammt. Und wo ist eigentlich seine Frau. Ich habe sie den ganzen Abend noch nicht gesehen.

Also der Reihe nach. Das hier auf deinem Teller ist sicher kein Hund. Und Solveig ist Meeresbiologin. Hast du das vergessen? Deswegen die Anspielung. Verstehst du? Und was kümmert uns Stockers Frau? Erzähl mir lieber von seiner Mutter.

Michel tat übertrieben erstaunt.

Was? Solveig ist Meeresbiologin? Das wusste ich nicht. Mir erzählt ja niemand etwas.

Michel blickte sich um.

Was wohl Sophia von Beruf ist? Tänzerin vielleicht? Wäre doch möglich, oder?

Wer ist Sophia?

Die neue Servierkraft aus Ungarn.

Tanner ermahnte ihn, nicht abzulenken.

Michel stöhnte.

Also gut, du lässt ja doch nicht locker, Menschenskind. Kann man denn nicht in Ruhe sein Menu Surprise genießen?

Tanner legte seine Stirn in Falten.

Ist ja gut, ich erzähl ja gleich. Darf ich mir vorher noch ein Bier bestellen?

Nachdem Michel sein Bier bestellt und den ganzen Hergang erzählt hatte, meinte Tanner, man müsse die Wille auf jeden Fall unterstützen, das sei ja sonst ziemlich gemein. Vor allem, wenn man an die Ausgangslage denke.

Meinst du nicht auch, Michel?

Michel stocherte in seinem Essen, als sei ihm der Appetit vergangen.

Du wirst sie unterstützen, und ich werde ihr helfen. Ich habe zwar noch keine Idee, wie ich helfen kann, aber kommt Zeit, kommt Rat. Und sonst ist der Fall halt unlösbar und damit basta. Ist das okay für dich, Michel.

Ja, ja, ich bin einverstanden.

Sie aßen still, jeder für sich, bis Stocker kam.

Und? Wie ist das werte Befinden. Wie hat die Meereswelt geschmeckt?

Stocker, ich finde, du hast dich selbst übertroffen. Es ist schlicht genial. Ich weiß natürlich nicht, ob es die Leute sexy finden, nur farbige Häufchen von einem Löffel zu essen, aber geschmeckt hat es phänomenal. Ich verneige mich vor deiner Kunst.

Danke, Tanner, zuviel der Ehre, aber warts ab, jetzt kommt der Dessertgang.

Stocker wandte sich nun übertrieben besorgt an Michel.

Und du, Michel, spürst du schon was? Ich habe extra ein langsam wirkendes Mittel genommen …

Er freute sich wie ein Kind über seinen Spaß.

Michel senkte die Stimme.

Sophia hat mir schon ein Gegengift gebracht, freu dich also nicht zu früh.

Stocker lachte.

Tanner lenkte sein Auto kurz vor Mitternacht auf den verlassenen Parkplatz des ehemaligen französischen Gourmetrestaurants, das seit gut einem Jahr geschlossen und für das trotz verzweifelter Anstrengungen des Gemeinderates kein neuer Besitzer aufzutreiben war.

Er stellte den Motor ab, öffnete das Fenster und lauschte in die Stille des im Nebel kaum sichtbaren Dorfes. Er konnte gerade noch den Giebel seines Hauses erkennen. Der leicht böige Wind schaukelte die an einem Drahtseil über die Straße gespannte Straßenlaterne hin und her, die mit ihrem unruhigen Licht dann und wann die erhaben schöne Fassade des Maison Blanche streifte.

Tanner hatte zwar keine Angst, aber die Vorsicht war bekanntlich die Mutter der Porzellankiste. Der dunkle BMW war von hier aus nirgends zu sehen.

Zum Glück hatte das Haus im Parterre entweder massiv vergitterte Fenster oder, wo nicht, sehr massive Holzläden, die von innen gesichert waren und die man von außen nicht so leicht aufbrechen konnte. Dies alles hatte Tanner heute noch einmal geprüft, bevor er zum Treffen mit Michel gefahren war. Deswegen hatte er sich auch verspätet.

Den Schrank mit D'Arcys Koffer hatte er sicherheitshalber schon am Nachmittag mit einem der anderen Schrankschlüssel aufgemacht, die an alle Schränke im Zimmer passten und für den Koffer, den er dann doch nicht geöffnet hatte, weil ihn dessen federleichtes Gewicht gleichzeitig überrascht und beruhigt hatte, im imposanten Dachboden ein neues Versteck gefunden.

Warum sich Jean D'Arcy bis jetzt nicht gemeldet hatte, machte ihm Sorgen, denn die zwei Männer waren entweder hinter dem Koffer oder dem jungen Mann her oder beidem, das war sonnenklar.

Kurz entschlossen startete er den Motor, bog langsam zurück in die Straße, an der offenen Toreinfahrt des Maison Blanche vorbei, ohne etwas Verdächtiges zu bemerken. Er fuhr im Schritttempo mit leise schnurrendem Motor durchs Dorf. Die Ampeln an der Kreuzung blinkten eine stoische Rhapsodie in Orange. Tanner hielt sich rechts und fuhr am Bahnhof vorbei. Die Fenster des Restaurants leuchteten hell, von der feuchten Nebelluft wie verschwommen und unscharf, als einzig sichtbare Insel im sonst stockdunklen Dorf. Durch die eigenartigen Licht- und Feuchtigkeitsverhältnisse entstand der Eindruck, als hätten die leuchtenden Fenster gar keine Verbindung zur Erde, sondern schwebten als luftig-nebliges Gebilde über dem Boden.

Tanner betrat das Wirtshaus. Bodmer war allein und am Buffet beschäftigt. Er stellte Gläser in den Geschirrspühler.

Bodmer fuhr herum, sein Gesicht sah übernächtigt aus.

Hallo, Bodmer. Ich wollte Sie nicht erschrecken, nur schnell vorbeischauen, ob bei Ihnen alles in Ordnung ist.

Ach, Tanner. Wie schön. Wollen Sie etwas trinken?

Ein Glas Wasser nehme ich gerne. Ist der junge Mann da?

Jean D'Arcy? Nein, den habe ich seit, äh … wart mal … seit gestern Morgen nicht mehr gesehen.

Bodmer stellte den Rest der Gläser in die Maschine. Tanner hatte den Eindruck, dass sein Besuch irgendwie nicht gelegen kam.

Ich bin nicht der Erste, der heute nach ihm fragt, oder?

Bodmer stöhnte.

Woher wissen Sie … ah … merde alors.

Er stützte sich schwer auf den Rand des Buffets.

Nein. Heute haben sich schon einmal, äh … zwei Männer nach ihm erkundigt. Die wollten unbedingt sein Zimmer sehen und haben sich nach dem Koffer erkundigt.

Zwei Männer? Können Sie sie beschreiben, Bodmer?

Also, der ältere hat sich als Onkel von diesem D'Arcy vorgestellt. Der andere als Cousin. Sie wollten ihn eigentlich abholen und hätten gerne einen Teil des Gepäcks bereits mitgenommen. Aber der hat ja gar kein Gepäck. Das heisst, den kleinen Koffer hatte er sowieso mitgenommen. Von dem hat er sich ja die ganze Zeit nicht getrennt.

Und wie sahen die beiden Männer aus? Kamen sie in einem dunkelblauen BMW? Haben Sie sich eventuell das Kennzeichen gemerkt?

Es war ein dunkler Wagen, ja. Mehr habe ich nicht gesehen. Wie gesagt, der eine war gegen fünfzig, der andere im Alter von D'Arcy. Beide mit kurzen Haaren. Sie sprachen französisch mit so einem harten, kehligen Akzent, ich tippe auf Exjugoslawien.

Haben Sie ihnen denn das Zimmer gezeigt?

Bodmer war es jetzt ganz offensichtlich unangenehm.

Ja, was hätte ich denn machen sollen? Ich war ja mit dabei. Die haben nichts angefasst. Es war ja auch nichts weiter im Zimmer. Außer seinem Koffer hat er ja kein Gepäck.

Und dann haben Sie die Männer an mich verwiesen, oder?

Ja, merde, das tut mir leid. Aber Sie waren der einzige, der mit diesem D'Arcy irgendwie in Kontakt stand. Ich wollte ja nur behilflich sein. Kamen sie denn bei Ihnen vorbei?

Tanner ging auf die Frage nicht ein. Es war ihm klar, dass Bodmer einfach Angst hatte und die Männer so schnell wie möglich abwimmeln wollte.

Morgen früh, Bodmer, werden Sie bei der Polizei die ganzen Fahndungsfotos aufmerksam durchsehen, verstehen Sie. Ich kann Ihnen das leider nicht ersparen, denn Sie sind der einzige, der die beiden Männer aus der Nähe gesehen hat.

Bodmer war zunehmend bleicher geworden.

Werden die denn polizeilich gesucht?

Das werden Sie uns hoffentlich beantworten, Bodmer. Ich schicke Ihnen einen Streifenwagen, der holt Sie ab und bringt Sie wieder nach Hause. Mehr Service kann ich Ihnen leider nicht anbieten. Gute Nacht. Und danke für das Wasser.

Tanner ging zur Tür, wandte sich aber noch einmal um.

Falls die nochmals auftauchen, sofort melden. Sie können mich jederzeit anrufen oder direkt die Polizei. Versprochen?

Bodmer nickte und schluckte leer.

Tanner stieg ins Auto und startete den Motor. Er fuhr nicht direkt nach Hause, sondern nahm den schmalen Feldweg entlang der Bahngleise unterhalb seines Hauses und kontrollierte auch die Straße zum alten Landungssteg und zum Sommerbad.

Erst dann wendete er und entschied sich für die enge Spitzkehre durch den alten Dorfteil zurück zum Maison Blanche.

Auf dem Kiesplatz neben dem plätschernden Brunnen stand, gewendet zur Straße hin, der rote Audi von Lara Wille.

Sie stieg sofort aus ihrem Flitzer und kam auf ihn zu. Er hielt, sie öffnete die Autotür und ließ sich auf den Beifahrersitz gleiten, noch bevor der Motor ausgeschaltet war. Sie hatte Turnschuhe an, trug ein paar abgewetzte Jeans und einen dunkelroten Rollkragenpulli. Über dem linken Knie hatte die Hose einen Riss. Durch den Riss sah man ihr Knie. Ein richtig schönes, rundes, glattes Knie, wie Tanner bemerkte. Langsam gingen die Lichter im Auto aus.

Sie schwiegen und starrten in die Dunkelheit. Nach einer Weile brach er das Schweigen.

Spielst du jetzt Polizeischutz?

Sie blickte ihn an.

Und? Wenn ichs täte?

Dann würde ich dich nach Hause schicken!

Und wenn ichs nicht tue?

Er lachte.

Schicke ich dich erst recht nach Hause!

Sie lachte nicht.

Dein Essen heute Nachmittag war echt fantastisch. Und du hattest ja gar keine Zeit zum Vorbereiten, oder? So richtig, meine ich. Auf jeden Fall habe ich schon lange nicht mehr so gut gegessen. Und es waren ja gar keine außerordentlichen Dinge dabei.

Das Letzte sagte sie mehr zu sich selber.

Liebe Lara, sagen wir so … du hattest einfach furchtbar Hunger.

Sie schwieg.

Ich war gerade noch auf einen Sprung bei Bodmer. Die beiden Männer waren heute bei ihm, haben sich als Onkel und Cousin von D'Arcy ausgegeben. Wollten sogar sein Zimmer sehen.

Und? Hat ers ihnen gezeigt?

Er hatte Angst. Was hätte er machen sollen? Er hat sie dann an mich verwiesen.

Sie lachte auf und schüttelte den Kopf.

Na, wenigstens ist er ehrlich.

Lass ihn morgen früh von einem Streifenwagen abholen, bitte. Er soll sich die Fotos angucken. Ich habe es Bodmer schon angekündigt.

Gut, mache ich. Vielleicht haben wir ja Glück. Hast du eine Ahnung, wo er stecken könnte?

D'Arcy? Nein, keine Ahnung. Aber, ich glaube, er ist in höchster Gefahr. Vielleicht sollten wir einen Aufruf machen.

He? Meinst du eine Fahndung?

Nein, einen Aufruf. Er solle sich sofort melden, denn er sei in großer Gefahr.

Sie wiegte den Kopf.

Ich weiß nicht.

Sie blickte wieder zu Tanner.

Man hat das Gefühl, er sei dein Küken?

Küken? Wie kommst du denn auf so was?

Durch dein Verhalten, lieber Tanner.

Aha. *Lieber* Tanner, ähm … für was ist das denn eine Einleitung?

Ähm … das ist die Einleitung zu einer Bitte.

Ach ja. Nämlich?

Könntest du morgen früh bei einem gewissen Albin Blumenstengel vorbeigehen, bitte?

Tanner schaute sie an.

Das ist der pensionierte Beamte, den du heute zu deinem Fall interviewt hast?

Lara schrie dramatisch auf und boxte ihn in die Schulter.

Hat dir der Michel das verraten, was? Verdammt noch mal. Ihr Männer. Etwa als Gegengeschäft dafür, dass du ihm verraten hast, dass ich mir die Akten über Jean D'Arcy beschafft habe?

Tanner grinste und zeigte über seine linke Schulter.

Meinst du etwa die?

Sie warf die Hände in die Luft.

Ich geb's auf. Also gut. Ich war heute Morgen bei Albin Blumenstengel. Ein alter, eher unangenehmer Mann, der mir sehr deutlich zu verstehen gegeben hat, dass er nichts von Kriminalbeamtinnen hält. Er hat mich kaum in sein Haus reingelassen. Ich kann ihn ja nicht vorladen, oder?

Und was soll ich jetzt bei ihm?

Ich hatte das Gefühl, dass ich aus erwähntem Grund kein sehr gutes Vertrauensverhältnis herstellen konnte.

Du denkst, äh … mit einem guten Vertrauensverhältnis könnte man von ihm vielleicht mehr über besagten Fall erfahren.

Ja, genau. Ich bin überzeugt davon. Auf jeden Fall sollte man es versuchen. Ich würde mir sonst ewig Vorwürfe machen. Machst du das für mich, Tanner?

Tanner tat so, als ob er darüber nachdenken musste.

Gut. Ich mache es. Ich schlage dir aber ein Gegengeschäft vor.

Ach ja?

Während ich morgen früh bei Albin Blumenstengel ein gutes Vertrauensklima schaffe, sucht du alles heraus, was du über die Familienverhältnisse der von und zu D'Arcy herauskriegen kannst.

Sie grinste.

Weiß Michel davon?

Nein, Michel weiß nichts davon, und wir sollten es dabei bleiben lassen. Er weiß ja auch nichts davon, dass ich zu Albin Blumenstengel gehe, oder?

Ihr Grinsen wurde noch breiter.

Also, von mir wird er kein Sterbenswörtchen erfahren.

Weiß Herr Blumenstengel schon davon, dass ich ihn morgen besuchen werde?

Sie zögerte.

Äh … ja, ich habe dich angekündigt. Er freut sich auf einen leibhaftigen, männlichen Kollegen.

Na, dann geht dein Plan ja auf, oder?

Ja, mein Plan geht auf. Bist du mir böse?

Nein, nein. Alles ist gut.

Sie starrten wieder in die neblige Nacht.

Tanner, hast du eigentlich eine Waffe?

Ja, habe ich. Irgendwo oben in einem Schrank. Ich wird sie nachher mal rausholen.

Sie nickte befriedigt und starrte wieder durch die Scheibe.

ZEHN

Tanner fand überraschend einen Parkplatz, direkt unter der Brücke und hatte dadurch nur ein paar Schritte zum Haus von Albin Blumenstengel.

Seit der letzten Überschwemmung hatte Tanner dieses Quartier nie mehr besucht, und er genoss es, die besondere Ausstrahlung dieses Ortes wieder einmal zu erleben. Bei der entsprechenden Hausnummer vergewisserte er sich, ob die Adresse auch stimmte, entschloss sich aber spontan, vor seinem Besuch die ganze Hauptstraße des kleinen Quartiers abzugehen. Er liebte diese engen Gassen, die Arkaden, die sich unter den Häusern hindurchschlängelten, die kleinen Plätzchen, die sich unvermittelt auftaten mit ihren alten Steinbrunnen, die Nähe zum schnell fließenden grünen Fluss und seinem Arbeitskanal, mit den kleinen Brücken und dieser selten gewordenen Durchmischung von Wohnhäusern, Werkstätten, Ateliers und Gasthäusern mit ihren engen, aber gemütlichen Gaststuben. Die Nähe zum Fluss, vor allem das tiefe Niveau, hatte allerdings schon zu mehreren Überschwemmungen geführt, die schmerzliche Erfahrungen für die Bewohner dieses Quartiers bedeuteten. Weggezogen sei trotzdem keiner, hört man. Sie alle liebten ihr Quartier, fingen jeweils nach den Katastrophen wieder von vorne an und hofften, dass die Stadt endlich das Problem in den Griff kriegte.

Im ältesten Gasthaus mit einer so niedrigen Holzdecke, dass Tanner direkt den Kopf etwas einziehen musste, bestellte er einen Kaffee und ein Glas Wasser. Auf den wenigen massiven Holztischen standen hier noch die berühmten Gewürzständer mit Salz, Pfeffer, Aromat und dem unsäglichen Maggi, dieser salzig schwarzbraunen Würzflüssigkeit, die seit langem aus den meisten Restaurants verbannt worden war. Neben den Gewürzen stand je ein Körbchen mit den Bierstängeln, ein leider auch aus der Mode gekommenes Salzstangengebäck, jeweils drei in einer transparenten Verpackung. Ja, und da, wo es noch Bierstängel gab, fehlten natürlich auch die unvermeidlichen, leicht geriffelten Waffeln mit Schokoladenüberzug nicht.

Tanner fand es herrlich und genoss die Atmosphäre.

Die Bedienung schien zwar fast noch ein Mädchen zu sein, aber er dachte, ein Versuch könnte nicht schaden.

Erlauben Sie mir bitte eine Frage?

Sie trug einen Rossschwanz mit dichtem Pony in der Stirn und hatte sehr ernste Augen. Sie trat näher an den Tisch und nickte bereitwillig.

Kennen Sie zufälligerweise Herrn Blumenstengel? Er wohnt gerade hier vorne.

Ja, sicher kenne ich den. Er sitzt sehr oft hier am Abend und trinkt einen Tee. Was wollen Sie von ihm? Sind Sie von der Behörde?

Ihre Stirn, soweit man sie sehen konnte, hatte sich in krause Falten gelegt. Der Begriff Behörde hatte ganz offensichtlich hier keinen guten Klang.

Behörde? Von welcher Behörde reden Sie?

Ja, wissen Sie, wir hatten ja hier die Überschwemmung und wir sind alle im Clinch mit dem Baudepartement, dem Finanzdepartement und so weiter, verstehen Sie.

Tanner winkte ab.

Nein, nein, ich bin quasi ein Berufskollege von Herrn Blumenstengel. Wissen Sie, wir besuchen ab und zu pensionierte Polizeibeamte, um ein bisschen mit ihnen zu fachsimpeln, verstehen Sie. Vielleicht sind wir ja später auch mal froh, wenn uns jemand besuchen kommt, oder?

Sie nickte und schien angenehm überrascht.

Ach ja, das machen Sie wirklich? Da wird er sich aber sicher freuen, denn wissen Sie, er hat ja niemanden mehr. Alle seine Kollegen sind bereits tot. Die Familie auch, soweit ich weiß. Eigene Kinder hatte er keine. Er ist ziemlich allein.

Tanner wollte die Gelegenheit am Schopf packen.

Sagen Sie, worüber würde er sich denn freuen? Ich würde ihm gerne etwas mitbringen.

Sie überlegte nicht lange.

Vielleicht einen Fisch. Er hat Aquarien. Er liebt Fische. Man munkelt, dass er im Keller sogar ein Achttausend-Liter-Meerwasseraquarium haben soll.

Das ist ja interessant. Gibt es denn hier ein Geschäft?

Ja, gleich in der Oberstadt, der Stuber, da geht er auch hin.

Tanner bedankte sich freundlich, bezahlte und ging zurück in Richtung Oberstadt.

Im Geschäft wurde Tanner schnell handelseinig, denn der Besitzer, ein quirliger Mittfünfziger mit Vollglatze, kannte Blumenstengel natürlich, und er wusste auch exakt, woran der seine Freude hätte.

Den prallen Plastikbeutel in der linken Hand, aber hinter dem Rücken versteckt, klingelte Tanner bei Blumenstengel.

Es dauerte eine ganze Weile, bis sich die Tür ein Spalt weit öffnete. Erst konnte Tanner nur eine sehr spitze Nase und ein paar durch immens dicke Brillengläser absurd vergrösserte Augen sehen, die ihn misstrauisch anglotzten.

Sind Sie Kommissar Tanner?

Ja, Kommissar Blumenstengel, zu Diensten.

Haben Sie einen Ausweis?

Ja natürlich. Aber ich habe die Hände voll, denn ich habe hier jemanden, der gerne zu Ihnen möchte.

Tanner holte nun den Plastikbeutel langsam nach vorne und präsentierte dem glotzenden Fisch seinen neuen Besitzer. Jetzt wurde die Tür ganz aufgemacht, und Blumenstengels Hände griffen gierig nach dem Beutel.

Oh, das ist ja ein Prachtexemplar von einem Amphiprion akallopisos.

Er strahlte. Und jetzt konnte Tanner auch sehen, dass Blumenstengel seinem Namen, mindestens dem zweiten Teil, alle Ehre machte.

Wie kommen Sie denn dazu, mir ein solches Geschenk zu machen, Herr Kommissar? Ach, Entschuldigung, ich habe nur noch Augen für den Fisch. Treten Sie ein und schließen Sie hinter sich die Tür. Wenn ich bitten darf, drehen Sie beide Schlösser bis zum Anschlag. Und dann folgen Sie mir bitte in den Keller.

Tanner befolgte penibel die Anweisung.

Wissen Sie, als man auf dem Kommissariat gehört hatte, dass ich heute die Ehre habe, Sie zu besuchen, da haben alle spontan beschlossen, Geld zusammenzulegen, damit ich Ihnen ein Geschenk mitbringen könnte. Ihre Leidenschaft für Aquarien ist ja stadtbekannt, also war es ein Leichtes, da oben in der Oberstadt zum Stuber zu gehen und zu erfahren, welchen Fisch Sie noch nicht haben. Ich soll Sie übrigens recht herzlich vom Stuber grüßen und Ihnen viel Glück mit dem neuen Mitbewohner wünschen.

Während Tanner so gedrechselt wie möglich vor sich herredete, folgte er Blumenstengel langsam auf einer ebenso eng gedrechselten Holztreppe in die Tiefe des Hauses.

So. Ich führe Sie jetzt gleich ins Allerheiligste. Jetzt werden Sie staunen, Herr Kollege.

Blumenstengel hatte offenbar mittlerweile den Kellerboden erreicht und drehte sich zu Tanner um, der verkrümmt über ihm stand, da beim Bau dieser Treppe nicht an solche Körpergrössen gedacht worden war.

Ich habe nämlich hier eines der größten privaten Salzwasseraquarien der Stadt. Kommen Sie, gleich werden Sie sehen. Und seien Sie vorsichtig, stolpern Sie nicht über die Schläuche.

Tatsächlich konnte man jetzt schon das Blubbern und Rauschen von Wasser hören.

Tanner zwängte sich den Rest der Treppe hinunter, musste sich dann seitwärts zwischen zwei Schränken hindurchschieben und stand unvermittelt in einem erstaunlich geräumigen Keller, vor dessen gegenüberliegender Seite ein beeindruckend großes und fast blendend ausgeleuchtetes Aquarium stand, in dem sich zerklüftete Gebirgs- und Korallenformationen mit höhlenartigen Durchbrüchen und dschungelähnlichem Pflanzengewirr abwechselten, sanft von der Strömung gewiegt. Ein Schwarm kleinerer Fische mit gestochen scharfer Schuppengrafik kurvte im

Wasser, ähnlich wie Vogelschwärme in den Lüften, die auch diese überraschend gemeinsamen Richtungsänderungen durchexerzierten, die für das menschliche Auge in ihrem Bewegungsreichtum kaum nachvollziehbar sind. Einzelne größere Fische zogen majestätisch ihre Bahn, andere, dickleibig, nahezu kreisrund in ihrer Gestalt, verharrten still und glotzten in die Unendlichkeit. Am Boden des Kellers lagen Schläuche, Eimer, Netze und andere Gegenstände, deren Funktion Tanner nicht kannte, die man aber sicher alle brauchte, um so ein großes Aquarium zu unterhalten.

Tanner staunte wirklich. So etwas hatte er hier nicht erwartet. Dieses Aquarium war von fast überirdischer, surrealer Schönheit.

Lieber Herr Kollege, ich bin überwältigt. Ich frage mich natürlich sofort, wie Sie so ein riesiges Aquarium hier runter in den Keller haben bringen können.

Tanner zeigte in Richtung der engen Wendeltreppe.

Blumenstengel, der plötzlich wie vom Erdboden verschwunden war, antwortete mit einem spitzbübischen Gekicher. Das Lachen kam irgendwie aus der Richtung der Fische. Offensichtlich konnte er hinter das Aquarium gehen.

Jetzt konnte Tanner auch seine Gestalt durch das Aquarium sehen, merkwürdig vergrößert und auf der Höhe der Wasserlinie leicht gebrochen.

Ich bin hier hinter dem Aquarium. Hier ist mein Kommandostand, von hier aus bediene ich alle notwendigen Geräte, aber hier ist es eindeutig zu eng für Sie, Herr Tanner.

Er meckerte wieder sein spitzbübisches Lachen.

Ich messe gerade die Temperatur im Plastikbeutel. Unser neuer Mitbewohner soll ja keinen Schock erhalten. Wissen Sie, die Temperaturen müssen übereinstimmen.

Er hantierte an etwas herum und seufzte dabei. Es klang nicht unglücklich.

Ach ja, Sie haben ja gefragt, wie das Aquarium hierher gekommen war. Das ist in der Tat ein Rätsel.

Er lachte.

Ich warte auf Ihre Vorschläge, Herr Kollege.

Also, vielleicht haben Sie das Aquarium erst hier unten zusammengebaut?

Tanner zweifelte allerdings selbst daran, dass man die einzelnen Scheiben hatte hier herunterbringen können. Dazu waren sie viel zu groß.

Blumenstengel kicherte.

Nein, nein ... falsch. Nächster Vorschlag.

Tanner lachte.

Sie haben das Haus um das Aquarium herumgebaut.

Gar nicht schlecht, Herr Tanner, gar nicht schlecht, aber das Haus ist natürlich viel älter. Nein ich will es Ihnen erklären, denn darauf können Sie nicht kommen. Nach der *vor*letzten Überschwemmung zahlte die Versicherung einen neuen Boden. Ich meine die Decke da.

Sein dünnes Ärmchen ragte über den Rand des Aquariums und zeigte in Richtung Decke.

Da habe ich die Gelegenheit beim Schopf gepackt und dieses Aquarium durch die offene Decke hinuntergelassen. Eine Art Seilzug war ja eh da von den Bauleuten.

Er lachte begeistert über seinen Einfallsreichtum.

Da staunen Sie, gell. Darauf wären Sie nicht gekommen.

Ja, da staunte Tanner und konnte gerade noch die Bemerkung unterdrücken, dass man allerdings das Ding auch nie mehr herausbekommen würde.

Ist denn dieser Keller bei Überschwemmungen nicht in Gefahr, Herr Blumenstengel?

Aha, gute Frage. Das war ja das Erstaunliche bei der *letzten* Überschwemmung. Kein Tröpfchen Wasser ist hier eingedrungen. Stellen Sie sich das Glück vor. Keiner hat's geglaubt, aber kein Tröpfchen Wasser. So. Jetzt schauen Sie genau hin. Ich lasse jetzt Ihren Clownfisch ins Wasser. Setzen Sie sich dort auf die Kiste, dann haben Sie einen guten Blick.

Tanner setzte sich.

Clownfisch? Ja, das klingt in der Tat etwas einfacher als der lateinische Name. Warum die wohl Clownfische heissen?

Blumenstengel antwortete nicht. Er war wahrscheinlich zu sehr auf den Fisch konzentriert.

Längere Zeit passierte nichts, dann sah er plötzlich ein Netz ins Wasser eintauchen, das sich immer weiter senkte. Blumenstengel bewegte es offenbar leicht hin und her, und dann kam der große Moment. Der Fisch schwamm aus dem Netz und drehte gleich eine ruhige Runde im ganzen Aquarium. Die anderen Fische glotzten und gingen dann aber relativ schnell wieder zur Tagesordnung über. Der Neue suchte weiter gemächlich das ganze Aquarium ab, blieb dann erstmal unter einer Steinbrücke stehen und bewegte sich vorerst nicht mehr.

Blumenstengel kam keuchend hinter dem Aquarium hervor und begutachtete den Fisch von vorne.

Wunderbar. Das lieben sie, diese Steinbrücken, da gehen sie gerne drunter. Aber ich muss mir dringend noch mehr Seeanemonen besorgen.

Er kratzte sich am Kopf.

Zum Beispiel die Heteractis magnifica, oder Stichodactyla mertensii …

Er sprach offensichtlich mit sich selber und ging wieder hinter das Aquarium.

Es stört Sie hoffentlich nicht, wenn ich hier noch etwas hantiere. Wir können ja auch so reden, oder?

Nein, es störte Tanner nicht. Er hatte ja Zeit.

Blumenstengel hatte offenbar Futter ins Wasser gegeben und plötzlich war es mit der Ruhe im Aquarium vorbei. Die Fische entwickelten aus dem Stand ungeheure Geschwindigkeiten und versuchten, sich die besten Stücke zu ergattern.

Darf ich Ihnen jetzt ein paar Fragen stellen, ich meine, so von Kollege zu Kollege?

Ja, fragen Sie nur.

Warum ist man den Gerüchten eigentlich nie nachgegangen, dass dieser Heinrich Karst mit seinem Spionieren möglicherweise jemanden so in die Enge getrieben hatte, dass er zum Mörder wurde?

Einen Moment herrschte Stille. Tanner dachte schon, Blumenstengel habe ihn nicht verstanden. Dann stellte dieser aber einen Eimer ziemlich unsanft auf den Boden.

Was reden Sie da? Nicht nachgegangen? Wer redet denn so etwas? Also wirklich!

Blumenstengel schien die Frage sehr zu erregen.

Dann erzählen Sie es mir: Ist man denn der Sache nachgegangen?

Er schnaubte entrüstet.

Wir haben den ganzen Laden untersucht. Herr Tanner, stellen Sie sich vor …

Blumenfeld guckte durch das Aquarium und fuchtelte mit den Armen.

Über hundert Polizeibeamte hatte ich zur Verfügung, und wir haben den ganzen Laden auseinander genommen. An einem Montag sind wir unangemeldet, aber natürlich mit einem Durchsuchungsbefehl, mit über zwanzig Fahrzeugen hingefahren, haben das ganze Gelände umstellt, keiner konnte entkommen, und wir begannen systematisch alle Gebäude zu durchsuchen, haben alle Personen, die sich auf dem Gelände befunden haben, vernommen … das waren damals vielleicht an die zweihundert Mitglieder, die haben wir alle in ihrem großen Saal, ihrem Tempel, wie sie das Haus nannten, versammelt, um die Personalien aufzunehmen, einige davon zu verhören …

Er schaute über den Rand des Aquariums.

Haben Sie je schon mal so eine große Aktion mitgemacht?

Nein, ich glaube nicht. Das ist ja wirklich ungeheuer, aber, entschuldigen Sie, von welchem *Laden* reden Sie?

Natürlich von der Sekte da. Von diesen, äh … wie nannten die sich doch gleich? Ich komme gerade nicht auf den Namen. Irgendwas mit Gemeinschaft oder so. Die hatten auch noch was mit einem Tier… als ihr Zeichen, meine ich. Was war denn das?

Tanner stand auf und ging näher an das Aquarium.

Ach, Sie reden von dieser Arbeitskommune?

Tanner hatte vor einiger Zeit schon einmal von einer Art

Genossenschaft gehört, die sich in der Gegend dort angesiedelt hatte.

Ja, das war eine Sekte, so eine Art urchristliche Zelle, oder kommunistisch und christlich, alles zusammen, was weiß ich. Die Behörden haben immer behauptet, das sei gar keine Sekte. Aber ich habe immer gesagt: Wenn das keine Sekte ist, dann gibt es überhaupt keine, und diese ist dazu noch eine gefährliche.

Er holte weit aus mit seinem dünnen Arm.

Die besassen praktisch ein ganzes Dorf mit einer kleinen Fabrik und Bauernhöfe und so weiter. Ja, die hatten Geld … mir soll man nichts erzählen.

Er schnaubte erneut entrüstet.

Keine Sekte! Das ist ja zum Lachen. Nur den Chef der ganzen Bande haben wir damals nicht sprechen können. Der war ausgeflogen, irgendwie weg, ins Ausland, hieß es.

Er tippte mit dem Finger an die Rückwand des Aquariums, was seinen Finger für Momente absurd vergrößerte.

Ich habe das aber nie geglaubt. Die haben sicher einen Tipp bekommen und ihn in Sicherheit gebracht.

Wie hieß denn der Chef?

Albert Wegener. Alle Welt nannte ihn aber Albi. Das klang ja wie mein Vorname. Albi – Albin. Das hat mich sehr gestört, ich konnte es aber natürlich nicht ändern. Meine netten Kollegen haben mich dann und wann damit aufgezogen. Ja, was wollte ich erzählen? Ach ja, man hat uns dann zurückgepfiffen.

Tanner stutzte.

Wer hat Sie zurückgepfiffen?

Wer? Das weiß ich letztlich nicht. Es hieß, es komme von ganz oben. Wir sollten die in Ruhe lassen und uns auf andere Spuren konzentrieren. Das haben wir dann auch gemacht, notgedrungen, sind aber damit nicht weit gekommen. Über kurz oder lang hatte man den Fall dann eingestellt. Es hat auch niemand, äh … wirklich interessiert. Ja, so war das. Müsste ja eigentlich alles in den, äh … Akten stehen.

Das stimmt, Herr Kollege, ich wollte es aber gerne noch einmal aus Ihrem kompetenten Mund hören, quasi aus erster Quelle, damit ich es auch wirklich richtig verstehe.

Tanner brachte es nicht übers Herz, ihm zu sagen, dass es gar keine Akten mehr gab.

Sie sind also davon ausgegangen, dass Heinrich Karst eine Verbindung zu dieser Sekte hatte und dass die ihn umgebracht hatten.

Blumenstengel nickte eifrig mit dem Kopf. Er begann jetzt zunehmend hektischer mit einer langstieligen Bürste die Innenwände des Aquariums zu putzen.

Ja, denn in einer, äh ... wie sagt man? Ach ja, in einer Geldkassette, die man auf seinem Hof, äh ... gefunden hatte, befand sich auch ziemlich viel Geld, also Banknoten, äh ... ausländisches Geld, also aus, ähm ... woher war das Geld schon wieder?

Blumenstengels Sprache wurde immer abgehackter, fahriger.

... ja aus, äh ... Frankreich und man fand auch noch andere merkwürdige, ähm ... also aus Gold, ja Gold- und Silberstücke mit sehr fremden Zeichen, äh ... Stempeln.

Goldstücke? Was Sie nicht sagen?

Ja, denn die Goldstücke stammten aus ... hm ...

Er schüttelte den Kopf, als könne er so die verstreuten Teile seiner Erinnerung besser zusammenbekommen.

... ja aus Afrika. Ja genau, Afrika. Oder war es aus Asien?

Er überlegte einen Augenblick lang.

Nein, nein. Asien war ein anderer Fall. Aus Afrika. Ich erinnere mich. Aus Afrika. Ganz bestimmt.

Aha. Aus Afrika?

Ja, aus Afrika, aber welches Land, weiß ich nicht mehr.

In Tanners Ohren klang die Geschichte immer abstruser, und er begann an Blumenstengels Verstand oder Erinnerungsvermögen zu zweifeln, oder an beidem, zumal seine Stimme immer hysterischer wurde und sich in immer höhere Tonlagen schraubte.

Tanner versuchte ihn abzulenken, vielleicht konnte er ihn damit etwas beruhigen. Er wechselte das Thema.

Glauben Sie, dem neuen Fisch gefällt es in dieser neuen Umgebung? Schauen Sie mal, er bewegt sich ja kaum. Ist das nun ein gutes oder ein schlechtes Zeichen?

Blumenstengel kam hinter dem Aquarium hervor und beobachtete den Neuling.

Doch, doch, das ist sein ganz normales Verhalten. Er hält sich sehr bedeckt, und dann plötzlich schießt er hervor und schnappt sich sein Futter.

Blumenstengel wischte sich mit einem Lappen, den er aus den Hosen zog, die Hände trocken und dann das Gesicht.

Ja, und eben diese Sekte, die hatte ja mit Afrika zu tun, verstehen Sie.

Er schien den Faden wieder gefunden zu haben.

Woher auch sollte denn dieses arme Bäuerchen Gold und Silber aus Afrika haben, wenn nicht von denen, frage ich Sie! Alles andere ist doch absurd.

Blumenstengel griff sich dramatisch an die Stirn, und Tanner hatte den Eindruck, als stehe Blumenstengel plötzlich wieder mitten im Fall, als sei für ihn gar keine Zeit vergangen. Er lachte gehässig und begann wieder mit seinen Armen zu fuchteln.

Denn *die,* die haben mit einer anderen Sekte in Frankreich zusammengearbeitet, wissen Sie, das waren die, die waren doch mal ganz groß in der Zeitung, aber ich weiß nicht mehr, was das war. Das stand auf jeden Fall in der Presse, wissen Sie. Ach ja, die haben, glaube ich, das Ende der Welt vorausgesagt.

Tanner nickte, obwohl er kein Wort begriff.

Gut, das weiß ich nicht mehr … ja, aber die haben in Afrika irgendeine Art Niederlassung gehabt und haben missioniert, genau, jetzt fällt es mir wieder ein: Sie haben den armen Heiden vom Jesus erzählt oder so.

Er setzte sich völlig erschöpft auf die Kiste.

Ja, so war das …

Plötzlich stutzte Blumenstengel, schreckte hoch und schaute Tanner scharf an.

Wieso fragen Sie mich das eigentlich alles? Ist ein Verfahren gegen mich im Gang?

Nein, nein, lieber Herr Kollege, beruhigen Sie sich. Mit Ihnen hat das nichts zu tun. Es ist der junge Stocker, der uns nach der Geschichte gefragt hatte. Erinnern Sie sich an den Stocker und an seine Frau?

Ja, sicher. Die hätten ja die Schuldigen sein sollen, wir fanden aber nicht genug Beweise gegen sie.

Blumenstengel schien sich völlig verausgabt zu haben.

Ja, sehen Sie, Herr Blumenstengel, aber das Leben dieser Menschen ist quasi durch die ganzen Anschuldigungen und durch die Untersuchungshaft zerstört worden. Vor allem der Vater hat sich davon nicht mehr erholt.

Ja, ja. Ich weiß. Das tut mir leid. Wollen Sie denn jetzt den Fall deswegen wieder aufnehmen?

Nein, nein, dafür ist es zu spät. Aber ein bisschen Licht in diese Sache bringen. Und dabei haben Sie mir sehr geholfen. Im Namen aller Kollegen bedanke ich mich ganz herzlich bei Ihnen.

Tanner ging in Richtung Treppe.

Kann ich denn noch irgendetwas für Sie tun, Herr Blumenstengel?

Nein, nein. Sie haben mir mit dem Fisch eine große Freude gemacht. Ich lasse den Kollegen ein herzliches Dankeschön ausrichten. Sie können gerne wieder vorbeikommen …

Er lachte.

… auch ohne Fisch.

Er deutete in Richtung Treppe.

Ich begleite Sie jetzt nach oben, denn ich muss hinter Ihnen wieder abschließen, Sie wissen ja, wie die heutigen Zeiten sind.

ELF

Kurz nach der Hauptstadt entschied sich Tanner, die Autobahn zu verlassen und auf der alten Landstraße zurückzufahren. Er fuhr gerne langsam durch die Dörfer, sah sich nach den alten Höfen um, die einem auf diesem Weg entgegenkamen, zum Teil wie aus einer vergangenen Zeit. Auch wenn da und dort ein modernes Silo oder ein monströs großer, glänzender Traktor als Zeichen einer sich wandelnden Landwirtschaft zu sehen war, strahlten die Gebäude, die fast alle noch aus einem anderen Jahrhundert waren, nach wie vor einen Charme aus, dem er immer wieder erlag.

Wie immer wartete er mit kindlicher Vorfreude auf den Augenblick, da die Landschaft nach dem Überqueren eines breiten, grünen Tals endlich den Blick auf den höchsten Punkt jenes verheissungsvollen Hügels freigab, der sich lang gestreckt mitten in der Dreiseenlandschaft räkelte wie ein zufriedenes Tier und kraft seiner Ausstrahlung und des Lichtes, das ihn umgab, den Betrachter unwillkürlich ans Mittelmeer denken ließ, obwohl dieses einige hundert Kilometer weit entfernt war.

Heute hatte sich der Nebel endlich einmal aufgelöst. In kürzester Zeit hatte ihn eine unsichtbare Macht zuerst auf-, dann auseinandergerissen und schließlich ganz zum Teufel gejagt. Die Landschaft wirkte ob der schnellen Entblößung geradezu kahl und nackt, als ob zusätzlich noch ein überdimensionierter Reisigbesen alles Lose und Unnötige beiseitegefegt hätte.

Einundzwanzig, zweiundzwanzig, dreiundzwanzig … *jetzt, jetzt* konnte er den Hügel sehen. Genau in diesem Moment.

Und diesen Augenblick erlebte er immer wieder als einen magischen. Er würde sich vielleicht genieren, das öffentlich zuzugeben, aber in solchen Augenblicken konnte er ganz entspannt an den Begriff Heimat denken. Dieser Hügel war seine Heimat. Genau genommen, war es nicht der Hügel selbst, sondern sein Blick auf den Hügel, und der schenkte ihm immer wieder aufs Neue ein magisches Erlebnis, das darin bestand, eine Sehnsucht auszulösen und im gleichen Augenblick eine Art Daheimgefühl zu schenken.

Tanner musste über seine sentimentalen Gedankengänge lächeln und öffnete das Fenster, um für einen Moment die kalte Landluft in seinem Gesicht zu spüren.

Kurz vor dem Bezirksstädtchen entschied er sich, nicht gleich nach Hause zu gehen, sondern quer durch die flache, ehemalige Moorlandschaft mit ihrer schwarzen Erde zu fahren. Da es mittlerweile schon längst Mittag war und die Menschen in dieser Gegend noch traditionell zu Hause aßen oder sich in einem der unzähligen Restaurants verpflegten, war die pfeilgerade Straße leer, so weit das Auge reichte.

Er drückte aufs Gas und entspannte seinen Fuss erst wieder, als er mit knapp zweihundert Stundenkilometern wie ein Pfeil über die Straße raste. Tanner genoss die Geschwindigkeit und hatte das Gefühl, er könnte mit dem Auto gleich abheben. Dann schaltete er in den Leerlauf und ließ den Wagen bis zum nächsten Kreisel auslaufen. Kurz vor dem Kreisel war die Geschwindigkeit auf Null, und das Auto blieb mitten auf der Straße stehen.

Er musste an Solveig denken. Der Gedanke füllte ihn mit einem Schlag mit finsteren Vorahnungen, er beugte sich vornüber und legte seine Stirn aufs Steuer.

Im nächsten Augenblick dröhnte eine gewaltige Hupe hinter ihm. Er drehte sich erschreckt um. Hinter ihm kam ein Lastwagen in vollem Tempo auf ihn zugefahren. Blitzschnell gab er Gas, wich auf die Seite aus und der Lastwagen brauste schlingernd an ihm vorbei. Tanner sah noch, wie der Beifahrer ihm energisch den Vogel zeigte.

Ja, ja, du hast ja recht.

Das war tatsächlich haarscharf gewesen. Der Adrenalinstoß vertrieb seine düsteren Gedanken, und er beschloss, weiter durch das flache Land zu fahren. Er hätte sich beim Kreisel auch links halten und um den See herum fahren können. So wäre er auch nach Hause gekommen. Aber er wollte nicht nach Hause.

Er wollte sich das Dorf anschauen, in dessen Nähe Stocker aufgewachsen war und in dessen nächster Nähe es die Siedlung dieser Sekte gegeben hatte. Oder immer noch gab. Zumal es in dem Dorf ein Restaurant mit einem sehr guten, etwas brummigen Koch gab, wo in nicht allzu ferner Vergangenheit ein wichtiges Treffen mit Michel stattgefunden hatte. Es kam ihm vor, als sei dies in einem anderen Leben gewesen. Und dort – dies gab jetzt den Ausschlag – bekam er möglicherweise auch noch etwas zu essen, denn er hatte einen unglaublichen Hunger, wie er plötzlich bemerkte.

Er fand das Restaurant auf Anhieb wieder, obwohl es etwas außerhalb des Dorfes, am Ende einer Allee, lag. Es war ein ländliches Wirtshaus, und einige Gäste, wahrscheinlich Leute aus der Gegend, deren Mittagspause zu Ende war, verließen gerade den Gastraum. Sie sahen aus, als gingen sie wieder zurück auf ihre Baustelle, in ihre Metzgerei, Schreinerei, Gärtnerei oder Schmiede. Nur einer kam gleichzeitig mit ihm an, allerdings mit dem Fahrrad, das war offensichtlich der Pfarrer des Dorfes. Alle Weggehenden grüßten ihn artig, Tanner hielt ihm die Tür auf und erntete dafür ein herzliches Dankeschön. Der Pfarrer hatte offensichtlich einen Stammplatz am großen Haupttisch.

Tanner setzte sich an ein Fenster, durch das er auf die weiten kahlen Felder sehen konnte, unterbrochen durch eine buschige Ufervegetation eines sich quer durch die Felder schlängelnden Baches. Das Land wirkte so zerrupft und zerrissen, als hätte Vincent Van Gogh es gemalt, allerdings ohne seine berühmten Farben. Er hätte vielmehr nur eine weiße und eine schmutzigbraune Ölkreide zur Hand gehabt, vielleicht da und dort noch einige Krümel Gelb.

Stucki rief ziemlich barsch durch den Raum, ohne sich aus der Küche zu bewegen, was die Herrschaften denn zu essen wünschten. Sie kämen ja auch ziemlich zeitig, er habe gerade die Gasflammen ausmachen wollen. Es war alles genauso, wie es Tanner in Erinnerung hatte.

Der Pfarrer bestellte das Tagesmenu und einen Roten, und

Tanner rief hinterher, er nehme genau das gleiche, wenn es nur etwas zum Essen sei.

Diese Bemerkung brachte Stucki dazu, sich kurz zu zeigen.

Also, bei mir gibt es dann sowieso nur Sachen, die zum Essen sind. Was er denn denke …

Stucki stutzte.

Ach, warst du nicht auch schon bei mir? Bist du nicht ein Freund vom Michel?

Jetzt war es an Tanner, verblüfft zu sein, denn er war ein einziges Mal vor vielleicht zwei Jahren hier gewesen.

Ja, genau. Offenbar hast du ein ausgezeichnetes Gedächtnis, Stucki. Hast du denn noch etwas in deinen Töpfen für zwei hungrige Mägen?

Ja, sicher. Zum Glück ist der Michel nicht mitgekommen, für den würde es nicht reichen. Der Herr Pfarrer isst nämlich auch für zwei.

Alle lachten, und Stucki verschwand wieder in der Küche.

Ruthli, bring den Herren je ein Glas Roten.

Hinter der alten, abgegriffenen Theke erschien ein goldenes Haarschöpfchen, bewegte sich hin und her, man sah zwei kleine Hände zwei Gläser auf die Theke stellen, dann hoben die zwei kleinen Hände eine Flasche Wein neben die Gläser. Dann verschwand der Goldschopf, aber gleich erschien er wieder, jetzt sogar mit einem allerliebsten Gesichtchen, denn das Mädchen hatte sich zum Einschenken offenbar auf einen kleinen Schemel gestellt. Sorgfältig goss es die beiden Gläser voll, verschwand dann wieder. Die beiden Händchen packten die Gläser am Stiel und langsam wanderten die vollen Gläser, bis das ganze Ruthli neben der Theke zum Vorschein kam und mit ernstem Gesicht dem Herrn Pfarrer sein Weinglas hinstellte. Gerade als es seinen Weg fortsetzen wollte, meinte der Herr Pfarrer, der Herr könne doch ruhig auch an dem großen Tisch sitzen, es würden alle noch leben, die er in seinem Leben je gebissen habe.

Ruthli, du kannst das Glas für den Herrn auch hier abstellen. Und vielen Dank, du machst das großartig.

Ruthli lächelte scheu und verschwand sofort wieder hinter dem altertümlichen Buffet.

Tanner ließ sich die Aufforderung nicht zweimal sagen und wechselte zum großen Tisch.

Guten Tag, danke für die Einladung. Mein Name ist Tanner.

Und meiner ist Rorschacher. Ich bin der Pfarrer hier im Dorf, seit etwa … na ja, seit Menschengedenken, sagen wirs mal so. Die Kinder meiner ersten Pfarrkinder kommen schon bald wieder zu mir. Und Sie sind auf der Durchreise? Ich höre ja vom Stucki, dass Sie schon einmal hier waren.

Tatsächlich, es muss etwa vor zwei Jahren gewesen sein, deswegen habe ich ja so gestaunt über das Gedächtnis vom Stucki.

Der Pfarrer lachte.

Ja, ja, der Stucki ist ein Elefant, er vergisst nichts.

Er senkte eine Stimme.

Kann auch seine Nachteile haben.

Er lachte.

Und das Ruthli ist die Tochter vom Stucki.

Er senkte wieder seine Stimme.

Die Mutter ist aber leider gestorben. Ja, es ist eine Tragödie. Ich kann nur hoffen, dass es nicht sein Leben lang hier Rotwein servieren muss.

Tanner nickte.

Da können Sie, Herr Pfarrer, sicher eine Menge dafür tun, oder?

Er schaute ihn irritiert an.

Wie meinen Sie das, Herr Tanner?

Nicht böse sein, Herr Pfarrer, ich lebe im Maison Blanche auf der anderen Seeseite, und dort gabs mal einen Jungen aus ganz armen Verhältnissen, sein Vater war Stallknecht gewesen, aber der Junge war begabt, und das hatte ein Kollege von Ihnen sogar auf der anderen Seeseite gehört und dafür gesorgt, dass der Junge in gute Schulen kam. Und wissen Sie, was aus dem Jungen geworden ist?

Der Pfarrer beugte sich interessiert vor.

Unser erster Justizbundesrat im Jahre 1848, massgeblich beteiligt an der ersten Bundesverfassung dieses Landes.

Bravo. Ja, das ist eine schöne Geschichte. Ich verstehe, was Sie meinen. Ja, so kann es gehen.

Er hob das Glas.

Zum Wohl. Auf die Bildung unserer Kinder.

Auf Ihr Wohl, Herr Pfarrer, und auf das Wohl der Kinder.

Sie tranken beide einen Schluck.

Tanner ist ein schöner Name. Heißen sie zufällig auch Simon mit Vornamen?

Tatsächlich, ich heiße Simon. Woher wussten Sie …?

Der Pfarrer lächelte.

Ich dachte nur wegen der Geschwister Tanner von unserem Walser.

Ach so, natürlich, nur fürchte ich, meine Eltern wussten nichts davon, insofern ist es der pure Zufall.

In diesem Moment kam Stucki mit dem Essen. Er stellte drei Platten auf den Tisch. Eine mit Schweinsbraten an einer dicken braunen Sauce, eine mit hausgemachten Spätzli und eine mit Rosenkohl. Das Mädchen brachte die Teller, die Bestecke, Servietten aus Stoff und einen Korb voll knuspriger Brotstücke.

So, ich wünsche den Herrschaften einen guten Appetit. Falls ihr noch Wasser braucht oder Wein, ruft einfach das Mädchen. Wenn ihr zahlen wollt, ruft ihr mich.

Tanner und der Pfarrer nickten einander zu und schöpften sich jeder seinen Anteil aus den drei Platten. Der Pfarrer sprach für sich ein leises Tischgebet. Dann aßen sie still, jeder in seinem Tempo, aber beide mit gutem Appetit.

Als der Herr Pfarrer das zweite Mal nachschöpfte, brach Tanner das Schweigen.

Sagen Sie, Herr Pfarrer, gestatten Sie mir eine Frage?

Nur zu, frisch von der Leber weg.

Sie würde aber weit zurückgehen in der Zeit. Sie haben ja hier als Pfarrer, äh … wie nannten Sie das … vor Menschengedenken angefangen.

Der Pfarrer nickte erwartungsvoll.

Ich frage mich, ob Sie sich an Heinrich Karst erinnern.

Der Pfarrer, der gerade einen Schluck Wein nahm, verschluckte sich und brauchte eine Weile, bis sich sein Gaumen beruhigt hatte. Tanner bot ihm ein Glas Wasser an, aber Rorschacher lehnte ab.

Entschuldigen Sie, ich glaube, ich habe auf ein Pfefferkorn gebissen.

Er räusperte sich noch einmal.

Ja, lieber Herr Tanner, was interessiert Sie denn der Heinrich Karst? Haben Sie ihn denn gekannt? Abgesehen davon sind das doch nun wirklich uralte Geschichten, die heute niemand mehr interessieren.

Nein, nein, ich habe ihn nicht gekannt, aber ich kenne den jungen Stocker. Der hat mir vom Karst und seinem Unglück erzählt.

Rorschacher stutzte.

Ja, Unglück ist das richtige Wort.

Tanner fuhr unbeirrt fort.

Heute habe ich Herrn Blumenstengel kennengelernt. Er hat damals die polizeilichen Untersuchungen geleitet. Ich muss Ihnen also leider widersprechen, denn ich kenne somit schon drei Menschen, die sich sehr für Karsts Geschichte interessieren.

Wer ist der Dritte?

Ich selber.

Aha. Und warum interessieren *Sie* sich für diese alten Geschichten, wenn Sie ihn ja nicht einmal gekannt haben?

Die vielen Unstimmigkeiten, die interessieren mich, verstehen Sie, Herr Pfarrer. Und nicht zuletzt das Menschliche.

Das Menschliche? Wie meinen Sie das?

Die Familie Stocker ist immerhin daran zugrundegegangen, vor allem der Vater.

Ja, da haben Sie recht. Das war wirklich eine tragische Sache.

Rorschacher zögerte und wusste ganz offensichtlich nicht, wie er sich verhalten sollte.

Plötzlich meldete sich Stucki in seinem barschen Ton. Es kam so unvermittelt, dass sowohl Tanner wie Rorschacher zusammenzuckten. Er hatte offensichtlich unbemerkt dem Gespräch der beiden zugehört.

He, Rorschacher, tu nicht kompliziert. Also, was ist? Wollt ihr noch einen Kaffee?

Beide nickten. Stucki schlurfte hinter die Theke. Pfarrer Rorschacher lächelte verlegen und nahm einen neuen Anlauf.

Also, Herr Tanner, was wollen Sie denn von mir wissen?

Ich möchte gerne etwas über das Leben von Heinrich Karst wissen. Am Besten alles, was Sie wissen.

Aha.

Rorschacher wand sich, er blickte unsicher zu Stucki.

Wissen Sie was, Herr Tanner? Ich mache Ihnen einen Vorschlag. Ich habe jetzt einen Termin an einem Krankenbett, den ich nicht gerne verschiebe. Kommen Sie, sagen wir, in einer guten Stunde zu mir ins Pfarrhaus. Wissen Sie, wo das ist?

Tanner lächelte.

Ich werde es finden. Und vielen Dank, Herr Pfarrer, für Ihr Entgegenkommen. Darf ich dafür die Rechnung übernehmen? Ich würde Sie gerne einladen.

Das ist ja sehr großzügig von Ihnen, danke sehr.

Er stand auf.

Stucki, ich trinke jetzt doch keinen Kaffee mehr, ich gehe lieber gleich auf meinen Krankenbesuch, damit ich pünktlich im Pfarrhaus zurück bin.

Gut. Bis dann, Herr Pfarrer. Würde es Sie stören, wenn ich dann in Begleitung einer Kollegin komme?

Er seufzte.

Nein, nein, kommen Sie mit oder ohne Begleitung.

Danke sehr. Also, bis später.

Tanner wandte sich an Stucki.

Trinkst du dafür den Kaffee mit mir? Und darf dein Mädchen ein Eis haben? Ich würde sie gerne zum Eis einladen.

Das Mädchen stand wie auf Kommando plötzlich da und schaute ihren Vater erwartungsvoll an.

Der strich ihr übers Haar.

Gut, weil du so brav geholfen hast, und sag schön danke.

Sie flitzte hinter die Theke, erschien mit einem Becherchen Eis, setzte sich Tanner gegenüber, strich sich die Haare aus dem Gesicht und flüsterte.

Vielen Dank, Herr Tanner. Ich kriege sonst nur an Sonntagen ein Eis.

Tanner flüsterte zurück.

Dann ist jetzt eben heute Sonntag.

Sie lachte.

Stucki brachte die beiden Kaffees und setzte sich.

Ich nehme noch einen Schluck Schnaps in den Kaffee. Du auch, Tanner?

Nein, danke. Ich muss noch Auto fahren.

Tanner zückte sein Telefon.

Entschuldigt mich einen Moment, ich muss schnell eine Nachricht schreiben.

Er schrieb Lara, dass sie sich schleunigst ins Auto setzen und in dieses Dorf fahren solle. Wenn sie angekommen sei, solle sie sich telefonisch melden.

So. Schmeckt das Eis?

Das Mädchen nickte. Am Schluss leckte sie das Löffelchen sauber und auch noch den Rand des Bechers.

Vielen Dank, Herr Tanner.

Stucki räusperte sich.

Das ist lange her mit dem Karst. Warum kommst du erst jetzt damit?

Stocker hat mir neulich davon erzählt. Wie sich seine Mutter immer noch schwer tut mit dieser ganzen Sache und so. Und heute war ich zufällig in der Gegend und hatte eine solche Lust auf deinen Braten.

Aha. Soso.

Tanner spürte, dass Stucki ihm kein Wort glaubte. Er stand auf.

Na gut. Ich muss in die Küche. Du weißt sicher, was du tust. Wenn du mich brauchst, ich bin da.

Er blickte zu seinem Mädchen.

Wenn sie dich stört, schick sie einfach weg.

Als Stucki in der Küche verschwunden war, blickte sie ihn an.

Stör ich dich?

Nein, nein. Wie könntest du mich stören? Du heißt Ruth, gell. Ich heiße Simon.

Sie nickte.

Alle sagen Ruthli, aber ich heiße Ruth, wie meine Mama.

Sie stand plötzlich auf.

Ich hole mir ein Glas Wasser. Willst du auch eins?

Sehr gerne, Ruth.

Sie wurde rot und lachte.

Nach einer Weile kam sie mit zwei Gläsern und einer Karaffe mit Wasser.

Darf ich einschenken, ich mache das so gerne.

Ja, sicher.

Sie kniete sich auf den Stuhl und schenkte mit ernsthafter Miene die beiden Gläser voll.

Wir haben eine eigene Quelle. Ich finde das Wasser sehr gut.

Sie trank das halbe Glas weg und strich sich wieder energisch die Haare aus dem Gesicht.

Warum sagt man eigentlich Süßwasser? Das Wasser ist doch gar nicht süß. Eiscrème und Zucker sind süß, aber doch nicht das Wasser.

Na ja, man sagt Süßwasser, weil es Salzwasser gibt. Komm, wir machen mal ein Experiment.

Experiment? Was ist das?

Wenn man nicht nur über etwas nachdenkt, sondern es praktisch ausprobiert, wie wir jetzt.

Er holte sich den Salzstreuer von der Mitte des Tisches.

So. Jetzt brauchen wir noch einen Löffel zum Rühren. Hier, wir können meinen Kaffeelöffel nehmen.

Er stellte den Salzstreuer und sein Glas Wasser vor sie hin.

Schraub mal den Deckel vom Salzstreuer auf und füll, sagen wir mal, die Hälfte des Salzes in mein Wasserglas.

Sie tat es.

Jetzt mit meinem Löffel gut umrühren, bis sich das ganze Salz aufgelöst hat.

Sie rührte sorgfältig.

So. Versuch mal einen kleinen Schluck.

Sie nippte vorsichtig am Glas und verzog ihr Gesicht.

Iih … das ist aber nicht gut.

Tanner lachte.

Und jetzt trink von deinem Quellwasser.

Sie stürzte ihr halbes Glas Wasser hinunter.

Ich spüre nichts.

Ja, klar, du musst erst das Salzwasser aus dem Mund herausspülen.

Sie ging an die Theke und spülte unter laufendem Wasserhahn ihren Mund.

Dann kam sie zurück an den Tisch, füllte ihr Glas neu und trank langsam ein Schluck nach dem anderen.

Sie strahlte.

Es ist süß! Unser Wasser ist wirklich süß. Das ist ja toll, das wusste ich nicht. Es ist natürlich nicht süß wie Zucker, aber es ist süß, weil es nicht salzig ist.

Sie stellte ihr Glas hin und machte ein geheimnisvolles Gesicht.

Dafür zeig ich dir auch etwas sehr Schönes. Aber du darfst es niemandem sagen. Versprochen?

Tanner versprach es.

Sie nestelte aus der aufgenähten Tasche ihres karierten Kleidchens ein kleines Foto und legte es vor Tanner auf den Tisch.

Die Farben des Fotos waren ziemlich verblasst. Sie zeigten ein schüchternes Mädchen, mit großen Augen, langen blonden Zöpfen, in einem langen, blauen, altmodisch wirkenden Samtkleid.

Das ist meine Mama. Ist sie nicht schön? Das war an ihrer Kon-fir-ma-tion.

Das Wort sagte sie ganz langsam und deutlich.

Ja, sie ist schön, deine Mama. Und du gleichst ihr aufs i-Tüpfelchen.

Sie strahlte.

Ja, tu ich das? Gell, ich sehe genau so aus.

In diesem Augenblick klingelte Tanners Telefon. Es war Lara.

Sie sei in zehn Minuten im Dorf.

Wir treffen uns bei der Kirche.

Tanner stand auf.

So. Ruth, jetzt muss ich leider gehen.

Das ist schade.

Schnell steckte sie das Foto wieder in ihre Tasche und wandte sich in Richtung Küche.

Papa, komm bitte! Simon möchte zahlen.

ZWÖLF

Rorschacher führte sie in seine theologische Pflanz- und Studierstube, wie er sie lachend nannte.

«Habe nun, ach! Philosophie, Juristerei und Medizin, und leider auch Theologie durchaus studiert, mit heissem Bemühn …»

Rorschacher lachte. Tanner übernahm die Fortsetzung.

«… Da steh' ich nun, ich armer Tor, und bin so klug als wie zuvor.» Ja, so gehts uns allen. Ich meine oft, und mit zunehmendem Alter immer öfter.

Rorschacher klatschte etwas übertrieben Beifall.

Ja, ja, Sie haben natürlich recht. Also gut, nehmt bitte Platz. Ach, Entschuldigung, da sind ja noch Bücher auf dem Sessel. Ja, Sie sehen, ich habe viel Platz und trotzdem zu wenig.

In der Tat, der große Raum war buchstäblich bis auf den letzten freien Platz vollgestopft mit Büchern, aufgetürmten Aktenbergen, denen man nicht zu nahe kommen durfte, wollte man sie nicht zum Einstürzen bringen. Zudem gab es Grünpflanzen im Überfluss. Sie standen in Töpfen und Kisten auf den Fenstersimsen, überwucherten die Fenster bis an die Decke hinauf. Standen auf Kisten, sogar auf Akten- und Bücherstapeln. Ein veritabler Bücher- und Pflanzendschungel, alles in allem eine ziemlich düstere Mischung. Lara und Tanner duckten sich unter herabhängendem Grünzeug und nahmen schließlich auf den beiden knarrenden Sesseln gegenüber dem immensen Schreibtisch Rorschachers Platz.

Rorschacher zeigte gegen die Decke, die vor lauter Pflanzen, die in alle Richtungen ihre grünen Arme ausstreckten, kaum sichtbar war.

Meine hängenden Gärten der Semiramis.

Er lachte.

Sie müssen wissen, ich habe seit zehn Tagen keine Haushälterin mehr, dem Herrn sei's geklagt. Alles wächst mir so langsam über den Kopf, buchstäblich, wie Sie sehen. Deswegen haben Sie mich ja auch beim Stucki angetroffen. Es war sonst nicht üblich, dass der Herr Pfarrer unter der Woche in der Dorfbeiz essen geht. Aber seither ist die Qualität meiner leiblichen Versorgung enorm gestiegen. Meine gute Madame de Sencebourg war eine liebe Seele …

Er bekreuzigte sich schnell und sehr professionell.

… Kochen war nicht ihre Stärke. Aber sie hatte sonst sehr gute Eigenschaften, und sie wusste immer exakt, wo meine Socken zu finden waren, ha, ha, ha …

Alle lachten. Am lautesten Lara.

Rorschacher schien von ihr sehr angetan, entwickelte Charme und gab sich zunehmend aufgedreht. Beim Reden wandte er sich praktisch nur noch an sie. Auf diese schöne Nebenwirkung hatte Tanner gar nicht gehofft, als er beschlossen hatte, Lara ins Dorf zu bestellen. Es sollte ihm recht sein. Wenn es der Sache diente …

Rorschacher erhob sich abrupt.

So. Spaß muss sein, sagte der Pfarrer und fiel von der Kanzel … aber jetzt zu etwas Ernsterem.

Er wandte sich um und begann in einem seiner Bücherberge zu graben, der offenbar hinter ihm lag.

Herr Tanner hat mir gesagt, dass ihr möglichst viel über Heinrich Karst erfahren möchtet. Ach, wo hab ich denn dieses … ach nein, das ist ja da drüben.

Er erhob sich, schlängelte sich geschickt durch sein kleines Labyrinth, streckte sich bis auf die Zehenspitzen und griff nach einem dicken Buch mit schwerem Ledereinband.

Da hab ich es doch gefunden.

Er holte tief Luft und blies einmal kräftig über den Buchrücken. Eine Wolke Staub legte sich zwischen ihn und seine Besucher. Rorschacher hustete.

Oh je … Sie sehen ja, was hier los ist.

Er setzte sich schwer auf seinen Stuhl und machte mit einer einzigen Bewegung und unter Zuhilfenahme des schweren Buches – es erinnerte an Schneeräumen – Platz auf seinem Schreibtisch.

Er blickte hoch und strahlte Lara an.

Wissen Sie, was das ist?

Lara schüttelte den Kopf.

Vielleicht eine alte Bibel?

Nein, nein. In diesem Buch hat mein Vorgänger minutiös Tagebuch geführt, vor allem über seine seelsorgerischen Aktivitäten. Das wäre natürlich nicht so interessant für Sie, aber …

Er richtete sich auf, als stehe er auf der Kanzel.

… aber, sage ich – und jetzt wird es interessant für *Sie* –, er hat detaillierte Lebensläufe über viele seiner Schäfchen angelegt, damit im Falle ihres plötzlichen endgültigen Ablebens oder vielleicht auch anlässlich ihres kleinen Ablebens, ich meine damit ihre Hochzeit, ha, ha, ha …

Er verschluckte sich beinah vor Lachen.

… verzeihen Sie, ich komme gleich zur Sache … ich will sagen, er hatte bereits biografisches Material, auf das er bei Bedarf zurückgreifen konnte. So. Jetzt hab ichs endlich erklären können.

Er räusperte sich umständlich.

So. Und jetzt suchen wir unseren Heinrich.

Er öffnete das schwere Buch. Lara und Tanner erhoben sich beide unwillkürlich von ihren Sesseln und sahen, dass das Buch tatsächlich voll mit handschriftlichen Eintragungen war.

Heinrich, wo bist du? Hm … hm … hm …? Heinrich, mir graut vor dir … aber wo bist du denn?

Er blätterte und blätterte.

Mein guter Vorgänger hat nämlich die Lebensläufe alphabetisch angeordnet.

Er lächelte kurz beruhigend zu Lara.

Da müsste er ja leicht zu finden sein.

Rorschacher stutzte.

Das ist ja merkwürdig. Hier sind doch alle Namen auf Ka. Aber wo ist denn unser guter Karst?

Lara erhob sich und suchte sich einen Weg um den Schreibtisch herum.

Darf ich helfen?

Rorschacher erhob sich verlegen.

Ja, bitte. Ich versteh das gar nicht.

Er bot Lara seinen Stuhl an.

Wissen Sie was, ich mache uns schnell einen Tee, und Sie schauen mal, ob Sie den Heinrich finden. Er muss hier drin sein. Bin gleich zurück. Das Wasser hab ich schon vorher aufgesetzt.

Lara nickte und setzte sich. Rorschacher ging leise murmelnd aus dem Raum.

Lara schaute kurz zu Tanner.

Der ist ja eine Nummer, die kann man gar nicht erfinden …

Tanner nickte. Lara vertiefte sich in das Buch und blätterte von einer Seite zur nächsten. Tanner guckte sich erst ein bisschen die Pflanzen an, dann konzentrierte er sich auf die vielen Bücher, die hinter ihm in einem Regal standen, dessen Bretter sich bedrohlich unter dem Gewicht der Bände bogen.

Also, ich kann auf Anhieb auch keinen Eintrag auf den Namen Heinrich Karst finden. Ich fang noch mal systematisch von vorne an.

Tanner nickte.

Er fand erstaunlich viele Bücher zum Thema Afrika. Das eine oder andere griff er sich heraus und blätterte kurz darin. Es waren Bücher über Ethnologie und Geografie, ältere Fotobände mit lauter Schwarzweißfotos, Berichte über Ernährung, Landwirtschaft und über missionarisches Schaffen, und das alles sogar in verschiedenen Sprachen. Er fand auch einige schmale Paperbacks, die offensichtlich in afrikanischen Sprachen oder Dialekten geschrieben waren. Vielleicht waren es Lehrgänge oder kleine Sprachführer.

Er hörte Lara stöhnen, sie hatte offenbar noch einmal das ganze Buch durchgeblättert.

Also, ich weiß nicht, was das soll, aber ich finde keinen Eintrag über unsere Person.

Jetzt begann sie zu flüstern.

Vielleicht ist unser Herr Pfarrer schon ein bisschen senil, was meinst du? Oder er trinkt zu viel. Du hast ja seine rote Nase bemerkt, oder? Die kommt bestimmt nicht von der Kälte.

Tanner wandte sich zurück zum Schreibtisch.

Gib mir doch mal das Buch herüber.

Er legte es vor sich auf einen Stapel Zeitungen und begann zu blättern. Gut zwei Drittel des Buches bestanden tatsächlich aus Tagebucheintragungen. Alles in alter deutscher Schrift, der Sütterlinschrift, und gestochen scharf.

Das letzte Drittel des Buches waren alphabetisch geordnete Eintragungen über Personen. Jeweils oben auf der Seite stand ein Name, dann folgten alle möglichen Daten, wie Geburt, Heirat, Geburt von Kindern und so weiter. Der Rest der Seite war meist ein kleinerer oder längerer Fließtext. Die meisten Personen fanden offenbar Platz auf einer Seite. Es gab aber auch Ausnahmen, wo der Fließtext bis zu drei Seiten lang war.

Tanner blätterte zum Buchstaben K. Es gab fünf einsseitige und zwei zweiseitige Eintragungen zu Personen mit dem Anfangsbuchstaben K im Familiennamen. Heinrich Karst fehlte tatsächlich.

In diesem Moment betrat Rorschacher wieder das Zimmer, vorsichtig ein zerbrechlich aussehendes Tablett mit Teekrug, Tassen, Zucker, Milch und einer Schale Totenbeinchen vor sich her balancierend.

So. Ich stelle es mal hier auf diesen stabilen Aktenberg und schenke jedem eine Tasse Tee ein. Mit Zucker und Milch und so kann sich bitte jeder selber helfen.

Er blickte erwartungsvoll zu Lara.

Und? Sind Sie fündig geworden, Madame?

Lara schüttelte den Kopf.

Nein, Madame konnte nicht fündig werden, denn es gibt keinen Eintrag zu Heinrich Karst.

Rorschacher lief rot an.

Aber das gibt es doch gar nicht, ich war überzeugt, dass da drin ein ausführlicher Lebenslauf zu finden ist. Das kann doch gar nicht sein.

Tanner mischte sich ein.

Sie haben Recht, Rorschacher. Es *gab* tatsächlich einen Text.

Und wenn ich das richtig beurteile, sogar einen langen. Ich tippe auf drei Seiten.

Tanner stand mit dem offenen Buch beim Fenster und untersuchte es am spärlichen Tageslicht, das durch das Pflanzendickicht herein kam. Dann schaute er zu Rorschacher.

Aber jemand ist uns zuvorgekommen und hat die Seiten herausgerissen. Da – sehen Sie selbst.

Tanner klappte das schwere Buch zu, holte aus und warf es völlig überraschend quer durch das Zimmer in Richtung Rorschacher. Der zeigte eine überdurchschnittlich gute Reaktion und schnappte sich das Buch gekonnt mit sicherem und schnellem Griff.

Lara stieß vor Überraschung einen leisen Schrei heraus.

Rorschacher starrte Tanner verblüfft an. Keiner rührte sich, keiner sprach ein Wort.

Dann fing Rorschacher unvermittelt zu lachen an. Er wandte sich an Lara.

Nein, war das gut, haben Sie das gesehen? Wie ich das Buch aus der Luft aufgefangen habe. Na, Sie sind mir ja einer, Tanner, schmeißt hier einfach mit Büchern um sich. Und dann erst noch das kostbare Buch meines Vorgängers. Wenn er das gesehen hätte.

Tanner ging zum Tablett und setzte sich anschließend mit der Teetasse in der Hand in seinen Sessel.

Herr Rorschacher. Wir warten auf eine Erklärung.

Rorschacher machte eine ziemlich dramatische Geste mit seinen beiden Händen, die auf der Kanzel sicher eine gute, erprobte Wirkung hatte, hier wirkte sie nur übertrieben.

Also, wenn die Seiten wirklich herausgerissen wurden, dann muss das zu Zeiten meines Vorgängers passiert sein, denn ich rühre normalerweise dieses Buch gar nie an. Es ist ja das Buch meines Vorgängers, nicht wahr. Sie haben ja gesehen, woher ich es genommen hatte. Ganz dort oben lag es unter einer dicken Schicht Staub, und da lag es jahrelang, ohne dass ich es je berührt hätte.

Gut. Herr Pfarrer, ich glaube Ihnen selbstverständlich. Tut mir leid wegen dem Wurf. Aber Sie sind ein exzellenter Fänger, das muss ich sagen. Haben Sie das in Afrika gelernt?

Rorschacher erstarrte. Tanner ließ sich nichts anmerken.

Wollen Sie selber keinen Tee nehmen, Herr Pfarrer? Er schmeckt übrigens ausgezeichnet. Ich sehe, Sie kommen ganz gut ohne Ihre Haushälterin zurecht. Lara, ich bitte dich, nimm dir deine Teetasse und setz dich wieder. Es ist so ungemütlich, als einziger zu sitzen. Was ist, Herr Pfarrer? Ist Ihnen nicht wohl? Setzen Sie sich doch bitte, und dann plaudern wir gemütlich über Afrika, oder?

Rorschacher kam endlich in Bewegung, nahm sich seinen Tee und setzte sich auf seinen Sessel. Lara kam mit ihrer Tasse wieder auf die Seite von Tanner.

Wie viele Sprachen sprechen Sie eigentlich, Herr Pfarrer? Ich habe gesehen, dass Sie Bücher in sehr verschiedenen Sprachen haben. Ach, ich beneide jeden, der viele Sprachen kann. Du nicht auch, Lara?

Lara nickte mechanisch, offensichtlich immer noch konsterniert über die überraschende Wendung der letzten Minuten.

Ich spreche etwa fünfzehn Sprachen, äh … es kommt darauf an, welche afrikanischen Dialekte ich mitzähle oder nicht.

Er trank Tee.

Aber das ist alles sehr, sehr lange her. Es kommt mir heute vor, als wäre ich da eine ganz andere Person in einem ganz anderen Leben gewesen.

Er holte tief Luft.

Wissen Sie, ich habe tatsächlich lange in Afrika gearbeitet, in der Mission. Ich war in Kamerun, in Togo, an der ganzen Goldküste. Ich habe auch landwirtschaftliche Projekte geleitet, in Christiansburg, war lange Zeit in Nsabu, in Accra. Mein Gott, wie viele Orte, wie viele Landschaften, wie viele Gesichter! Ich kann sie in meiner Erinnerung zum Teil gar nicht mehr auseinander halten. Manchmal verschwimmt alles zu einem großen, verschlungenen Gewirr, ähnlich meinem Pflanzendschungel hier. Können Sie das verstehen?

Tanner nickte.

Ja, das kann ich sehr gut verstehen, Herr Pfarrer.

Können Sie das wirklich verstehen, oder sagen Sie das bloß, um mich zu beruhigen?

Nein, Herr Pfarrer, ich kann es wirklich verstehen. Es geht mir ja mit meinem Leben genauso. Meine Kollegin ist da vielleicht gerade noch etwas zu jung, oder?

Tanner blickte ostentativ zu Lara. Sie wusste nicht, was sagen, nickte aber heftig mit dem Kopf.

Pfarrer Rorschacher strahlte sie an.

Jung und vor allem schön, wenn ich das sagen darf. Sodass Sie wahrscheinlich für das Geschwätz älterer Herren nicht so viel übrig haben, oder? Der Lauf des Lebens ist ja doch nie ganz so, wie wir es uns in unserer Jugend vorgestellt und erträumt haben. Wie heißt es so schön? Der Mensch denkt, Gott lenkt.

Das ist ein wahrer Satz und ein gutes Schlusswort, Herr Pfarrer. Wir bedanken uns ganz herzlich für ihre Gastfreundschaft, ähm …

Tanner erhob sich und stellte die Teetasse zurück aufs Tablett. Lara guckte Tanner verblüfft an. Auch der Herr Pfarrer konnte sein Erstaunen nicht verbergen, allerdings war es bei ihm ein aufatmendes Erstaunen.

… ja, und ich hoffe, dass Sie bald wieder eine geschickte Gärtnerin, ich meine natürlich eine *Haushälterin* finden, die sich liebevoll und geschickt um die allumfassenden Bedürfnisse Ihres Haushaltes kümmern wird, insbesondere auch um Ihre Socken …

Tanner wandte sich jetzt zum Gehen. Im Flur sah er sich noch einmal um.

Ach ja, was ich noch sagen wollte: *Sollten* – ich betone: Sollten bei einer baldigen Räum- und Putzaktion die fehlenden Seiten wider Erwarten zum Vorschein kommen, bitte ich Sie doch herzlich, uns zu benachrichtigen.

Diesmal reagierte Lara sofort und übergab Rorschacher ihre Karte.

Pfarrer Rorschacher war so sprachlos, dass er kein Wort mehr sagte, nur noch seine Hand zum Gruß erhob, etwa so wie der Papst es beim Urbi et Orbi zu tun pflegte.

Kaum hatte sich die schwere Haustür hinter Lara und Tanner geschlossen, sprach Tanner, ohne Lara anzuschauen.

Sag jetzt bitte kein Wort. Wir gehen ganz ruhig zu unseren Autos und du fährst mir einfach nach.

Lara nickte.

Tanner fuhr zurück zum Stucki. Lara folgte ihm. Vor der Tür zum Wirtshaus wartete Tanner auf sie.

Stucki ist ein bisschen barsch, nicht erschrecken. Er ist ein Freund. Seine Tochter heißt Ruthli, will aber Ruth genannt werden. Alles weitere drinnen.

Lara nickte.

Als sie in die leere Gaststube traten, hörten sie bereits die Stimme des Mädchens.

Simon kommt zurück. Er ist aber nicht allein. Er kommt mit seiner Frau.

Dann kam sie um die Ecke des Buffets gerannt.

Hallo, Simon, ich dachte schon, du kommst nie mehr. Und wie heisst deine Frau? Die ist aber schön.

Tanner lachte.

Das ist eine Kollegin von mir und heißt Lara.

Dann bist du also Polizistin. Ich weiß nämlich von meinem Vater, dass Simon bei der Polizei arbeitet.

Ja, Ruth, ich bin Polizistin.

Gut. Setzt euch da ans Fenster. Ich werde bedienen. Was darf ich bringen?

Bring uns bitte zwei Kaffees und zwei Gläser Süßwasser.

Ruth lachte.

Ja, klar. Bringe ich.

Sie rannte hinter das Buffet.

Papa, sie wollen Kaffee und Süßwasser.

Man hörte Stuckis barsche Stimme.

Ich schlafe. Lass mich in Ruhe.

Lara zuckte zusammen. Tanner beruhigte sie.

Du wirst ihn sicher noch zu Gesicht bekommen. Stucki ist ein Guter, glaub mir.

Sie warteten stumm, bis Ruth ihnen den Kaffee und das Wasser servierte.

Lara lächelte sie an.

Das machst du sehr sehr gut. Wie alt bist du denn?

Ich werde nächstes Jahr sechs Jahre alt.

Aha. Wann hast du denn Geburtstag?

Am 6. Januar. Mein Papa sagt immer, ich sei ein Geschenk der Drei Könige.

Sie schüttelte ernsthaft den Kopf und senkte ihre Stimme.

Das stimmt natürlich nicht. Ich bin kein Geschenk der Drei Könige.

Sie strich sich ihr Haar aus dem Gesicht.

Ich wollte das nur sagen, dass du nicht etwa meinst, ich sei wirklich von den Königen.

Sie ging zurück hinters Buffet.

Lara blickte ihr nach.

Mein Gott, ist das ein entzückendes, ein liebes Kind. Ich glaub, ich habe mich soeben in sie verliebt.

Tanner lachte.

Ja, sie ist ein ganz feines Kind.

Er erzählte ihr das wenige, was er über Stucki und seine Tochter wusste.

Lara reagierte sehr betroffen, nach einer Weile schnäuzte sie sich und wischte sich die Tränen weg.

Entschuldige, Tanner, ich bin sonst bei Gott nicht so, aber ich muss dir sagen, ich bin im Moment ziemlich durch den Wind. Der Wechsel in Michels Abteilung, der frustrierende Besuch bei diesem Blumenstengel, unsere nächtlichen Gespräche gestern …

Sie schnäuzte sich noch einmal

… und jetzt die Geschichte beim Pfarrer, also ich muss sagen, mein Leben hat plötzlich eine Intensität angenommen, die mir vorkommt wie eine Achterbahn. Ich glaub, ich hab so was wie ein psychisches Schleudertrauma, falls es so was gibt. Ich komme mir im Moment so klein und schwach vor, ich kann dir gar nicht sagen, wie.

Tanner wollte etwas entgegnen, aber sie wehrte ab.

Mein Gott, ich bin total von der Rolle. So was werde ich nie können.

Tanner schaute sie an.

Darf ich jetzt auch was sagen? Ich habe immerhin fast dreißig Jahre Erfahrung in dieser Arbeit, ich bitte dich, das zu bedenken. Und sei nicht zu hart zu dir. Du hast eben gerade jetzt erst in der Praxis angefangen. Verwechsle die Praxis nicht mit deinen Kursen, Lara Wille. Du fängst *jetzt* an. Du bist eine blutige Anfängerin, das solltest du begreifen, sonst machst du dich nur unglücklich.

Lara seufzte.

Du hast Recht, oh Captain, my Captain.

Lass den Blödsinn.

Er hob das Glas.

Auf deinen Anfang.

Sie lachte und hob das Glas.

Schmeckt gut, das Süßwasser. Was ich dir noch sagen wollte: Bodmer war heute Morgen bei uns. Er hat die beiden Typen aber auf keinem Foto wiedererkannt. Tut mir leid. Vielleicht war er auch zu aufgeregt, ich weiß es nicht. Er war vollkommen zerfahren.

Sie zuckte mit den Achseln.

Wir sind in der Sache auf jeden Fall nicht weitergekommen.

Tanner nickte. Lara trommelte aufgeregt mit ihren Finger auf den Tisch.

Was hast du übrigens beim Blumenstengel erreicht?

Tanner brauchte etwas mehr als eine halbe Stunde für den Bericht, denn sie wollte alle Details wissen. Sie notierte sich auch alles penibel in ihr Wachstuchheft. Das hatte sie wahrscheinlich in ihren Kursen gelernt.

Tanner zückte sein Portemonnaie.

Hier kannst du die Quittung für den Fisch haben. Nur wegen der Vollständigkeit deiner Unterlagen.

Sie guckte ihn ein wenig schräg an.

Machst du dich etwa lustig?

Nein, wieso? Mach ich etwa den Eindruck?

Sie wiegte den Kopf.

Tanner erhob sich und deutete in Richtung Küche.

Ich schau jetzt mal, ob ich den Bären aus seiner Höhle locken kann.

Tanner ging um das Buffet herum. Hinter dem altertümlichen, mächtigen Möbel entdeckte er den Geheimplatz des kleinen Mädchens. Sie hatte sich in einem schmalen Regal des mächtigen Buffetmöbels einen gemütlichen Platz eingerichtet. Sie lag dort auf einem Schafsfell und malte mit Farbstiften in ein Malbuch. Sie hatte sogar ein kleines Licht. Tanner winkte ihr zu und deutete stumm, dass er in die Küche gehen wollte. Sie nickte und zwinkerte verschwörerisch mit dem rechten Auge, eine Bewegung, die sie noch nicht so richtig beherrschte.

In der Küche saß Stucki an einem schmalen Tisch und hatte einen großen Berg Bohnen vor sich.

Darf ich?

Stucki nickte und forderte Tanner mit einer Geste auf, Platz zu nehmen.

Er setzte sich.

Gib mir auch ein Messer. Bohnen rüsten … das ist jetzt genau die Art Beschäftigung, die ich brauche.

Stucki grinste, warf ihm ein Messer zu und brummte eine kurze Anweisung.

Nur die eine Seite, verstanden!

Bin ich ein Anfänger?

Stucki grinste wieder.

Sie arbeiteten stumm und der Berg begann allmählich zu schrumpfen.

Stucki stand auf und kam mit einem Korb Zwiebeln zurück.

Und? Hat der Rorschacher geredet?

Ja, wir haben über dies und das geredet. Er hat ja ein interessantes Leben geführt, der gute Herr Pfarrer.

Stucki antwortete nicht. Er schälte mit seinen geschickten Händen die Zwiebeln.

Dann begann er zu reden, ohne aufzuschauen.

Man munkelt so einiges über ihn. Die Hälfte ist wohl erfunden.

Er nahm ein großes Messer und begann die Zwiebeln in ungeheurem Tempo zu zerkleinern.

Tanner schaute auf.

Und die andere Hälfte?

Er hat wohl früher gekämpft, der Herr Pfarrer, in Afrika. Und wie man hört, auf verschiedenen Seiten. Und nicht immer auf der richtigen.

Stucki hielt für einen Moment inne und starrte wie abwesend in die Luft. Tanner glaubte Hass in seinen Augen zu sehen.

Ja, das erzählt man sich hier, wenn die Winterabende lang sind. Beweise dafür gibt es nicht.

Tanner dachte an den Moment, als Rorschacher das Buch gefangen hatte. So was lernte man nicht im Theologiestudium.

Stucki holte eine große Pfanne, füllte sie mit Wasser.

Es soll ein Buch geben von seinem Vorgänger mit Angaben zu allen Gemeindemitgliedern.

Tanner nickte.

Das Buch habe ich in der Hand gehabt. Aber leider fehlen ein paar Seiten.

Stucki entzündete am Herd das Gas und stellte die große Pfanne auf die Flamme. Er entnahm einer großen Packung Salz eine ganze Handvoll und streute es ins Wasser.

Ich nehme an, rein zufällig die über unseren alten Karst.

Ja. Ich bin fertig mit den Bohnen. Und jetzt?

Jetzt kommen die Kartoffeln. Was hast du gedacht?

Tanner lächelte.

Her mit den Kartoffeln.

Sie schälten und zerkleinerten in der nächsten halben Stunde einen beeindruckenden Berg Kartoffeln und sprachen dabei kein Wort. Ab und zu hörten sie entweder Lara lachen oder das Mädchen oder beide zusammen. Dann hielten die beiden Männer ganz kurz in ihrer Arbeit inne, als lauschten sie einer schönen Musik. Allerdings konnten sie noch so ihre Ohren spitzen, zu verstehen war in der Küche trotzdem nicht, was die da draußen in der Gaststube verhandelten. Aber alles in allem war es so, als sei auf Erden plötzlich Friede eingekehrt.

So. Den Rest mach ich allein. Danke Tanner. Wir wären ein gutes Team.

Tanner blickte ihn an.

Ist das ein Angebot?

Beide lachten und erhoben sich vom Tisch. Stucki verharrte einen Moment.

Nur dass dus weißt … um die fehlenden Seiten kümmere ich mich bei Gelegenheit.

Sie schauten sich einen Moment lang in die Augen.

Gut. Stucki, das ist gut. Kann ich zahlen? Wir müssen jetzt los.

Was zahlen? Du hast doch gearbeitet, oder?

Tanner nickte und gab ihm die Hand.

DREIZEHN

Ich kann jetzt nicht allein nach Hause. Ich bin einfach zu aufgewühlt.

Lara schaute ihn erwartungsvoll an.

Tanner nickte.

Es wollte ihm einfach kein wirklich gutes Argument dagegen einfallen.

Er schaute zum Himmel. Es wurde schon wieder dunkel. Vom See sah man gar nichts mehr, aber nicht wegen der aufziehenden Dunkelheit. Der Nebel war über die Hügel zurückgekommen und bedeckte schon die ganze Seefläche wie ein aufgeplustertes Federbett.

Sie standen vor der schweren Haustür zum Maison Blanche, er schloss die Tür auf. Lara strich mit ihrer Hand über das Holz und versuchte es mit einem heiteren Lachen, aber es misslang gründlich.

Ich bin ja immer noch dein Polizeischutz. Hast du das vergessen?

Nein, nein.

Aber etwas anderes hatte er heute den ganzen Tag lang vergessen, nämlich Jean D'Arcy. Wo treibt sich der bloß herum? Hoffentlich ist ihm nichts zugestoßen. Tanner beschloss, als Erstes im Bahnhofrestaurant anzurufen.

Insofern war es ihm ganz recht, als Lara ankündigte, sie müsse sofort duschen gehen. Und ob er irgendein frisches Hemd oder einen Pullover für sie habe.

Er legte ihr beides zur Auswahl auf das Gästebett und rief Bodmer an.

Seine Frau nahm ab und erklärte, dass ihr Gast noch nicht wieder aufgetaucht sei. Sie würden sich aber bestimmt sofort melden, wenn er erscheine.

Tanner zog die Schuhe aus und legte sich aufs Sofa. Das Licht machte er erst gar nicht an.

Was für ein Tag!

Eigentlich müsste er jetzt all die neuen Erkenntnisse analysieren und ordnen, aber er fühlte sich dazu ganz einfach zu müde. Er schloss die Augen. Schnell glitt er in eine Art bewusstlosen Schlaf.

Solveig legte sich zu ihm hin, deckte sie beide zu und begann zu schnurren wie eine Katze. Nach einer Weile drehte sie sich um, presste ihren Rücken an ihn, suchte und fand seine Hand, erkundete mit ihr die Innenseiten ihrer Schenkel. Sie öffnete ihre Beine, und er stellte verwundert fest, dass neuerdings ihr Geschlecht ganz glatt war, ihr dichtes Pelzchen einfach verschwunden. Er wollte nach dem Grund fragen, fand aber seine Stimme nicht. Er spürte ihre aufkommende Hitze und ihren Puls, war aber zu keiner selbständigen Bewegung imstande.

Er begriff nicht, warum er einfach nicht aufwachen konnte, denn Solveig war gekommen, da musste er doch aufwachen – aber es gelang ihm nicht.

Er fuhr hoch, weil das Telefon klingelte. Auf dem Sessel gegenüber dem Sofa saß Lara und war eingeschlafen. Ihr Kopf war nach hinten gekippt. Ihr Mund offen. Es war ihr Telefon, das klingelte.

Er rüttelte sie. Sie machte keine Anstalten, das Telefon in die Hand zu nehmen.

Lara, es ist dein Telefon. Hier nimm es. Regel Nummer eins – wir sind immer im Dienst.

Sie rieb sich die Augen und nahm das Telefon in ihre Hand.

Ach, du bist es, Chef.

Sie lauschte.

Nein, ich hatte mich nur gerade für fünf Minuten aufs Ohr gelegt. Mein Gott, wenn du wüsstest, was heute alles los war. Wie? Ich versteh nicht. Welcher Sturm denn?

Sie umschloss mit ihrer Hand das Telefon und sprach flüsternd zu Tanner.

Es ist Michel. Er redet von einem Sturm, der losgebrochen sei.

Sie verdrehte die Augen.

Ja, Chef, ich komme sofort. Ja, alles klar.

Sie machte das Telefon aus.

Ich glaubs einfach nicht!

Sie erhob sich.

Was ist denn los? Hat Michel Sehnsucht nach seiner neuen Mitarbeiterin?

Offensichtlich. Er war ziemlich aufgeregt. Der Sturm sei jetzt losgebrochen. Also, ich bin nicht ganz schlau aus ihm geworden.

Sie schaute ihn an.

Ich muss sofort gehen.

Tanner nickte.

Du schuldest mir ja auch noch Auskunft über deine Recherche betreffend Familie D'Arcy.

Ach ja, natürlich. Wie gesagt, ich melde mich, sobald ich kann.

Sie verschwand eilends durch die Wohnungstür.

Er horchte auf ihre Schritte, auf das Zuschlagen der Tür und wie sie mit ihrem Auto wegfuhr. Dann herrschte tiefe Stille.

Er stand auf und ging ins Badezimmer. Danach saß er in der Küche, aß ein Brot mit Käse, trank ein Bier und fühlte sich auf einmal ziemlich einsam.

Plötzlich sprang er auf.

Die Briefe!

Er hatte die zwei Briefe von Solveig vergessen, die er gestern in der Post gefunden und auf den Balken über dem Kamin hingelegt hatte.

Er nahm beide und wog sie erneut in seinen Händen. Am Telefon hatte sie ihn praktisch angefleht, den Brief ungelesen zu verbrennen, soviel hatte er gerade noch verstanden, bevor die Verbindung abgebrochen war.

Er beschloss, seine Neugier zu bezähmen und ihrer Aufforderung nachzukommen. Er nahm ein Streichholz und steckte den Brief in Brand. Dann ließ er ihn in den offenen Kamin fallen und legte ein paar Holzspäne auf die kleine Flamme. Vielleicht würde ihm der Brief wenigstens Wärme spenden, dachte er wehmütig.

Den anderen Brief, den sie ihm ziemlich genau vor einem Jahr geschrieben hatte, las er. Sie erklärte ihm darin ihre Liebe, schrieb, wie sie sich auf ihn freute und was sie alles für die gemeinsame Zeit plante. Der Brief war deutlich kürzer als der im Kamin und kam ihm irgendwie fremd vor, als sei gar nicht *er* der Adressat. Oder als habe ihm nicht dieselbe Solveig geschrieben, die er kannte. Er legte ihn zurück. Er sollte ihn wohl besser in einer anderen Stimmung noch einmal lesen.

Er erinnerte sich an seine erste Begegnung mit Solveig in Stockers Restaurant, wo sie einen Sommer lang serviert hatte. Der Atem war ihm stillgestanden, so schön war sie in seinen Augen. Und doch war da etwas gewesen, das ihm immer fremd geblieben war. Er hatte sie oft damit aufgezogen, dass sie in einem früheren Leben sicher eine gefährliche Seejungfrau gewesen sei – in diesem Leben habe sie als Tarnung den Beruf einer Meeresbiologin erlernt. Seejungfrau – das war führ ihn die Formel für ihre eigenartige Fremdheit gewesen, die er nie hatte ergründen können.

Er lächelte.

Dann nahm er sich vor, ihr morgen früh einen Brief zu schreiben, um ihr zu erzählen, was alles geschehen war seit seiner Abreise. Er nahm sich auch vor, zu versuchen, seine Gefühle zu beschreiben. In seiner jetzigen Verfassung war ihm das unmöglich.

Jetzt wollte er nämlich etwas ganz anderes machen. Er holte Jean D'Arcys Koffer aus seinem neuen Versteck.

Während er in der Küche mithilfe eines spitzen Messers an dem Verschluss arbeitete, legte er sich seine Begründung zurecht. Die war eigentlich ganz einfach. Er machte sich schließlich große Sorgen um den Verbleib von Jean D'Arcy, umso mehr, seit er von den zwei Schlägern wusste, die auf der Suche nach dem jungen Mann waren. Und vielleicht würde ihm ja der Inhalt des Koffers Rückschlüsse über den Verbleib von Jean D'Arcy geben.

Na also. Quod erat demonstrandum.

Er sagte das laut und deutlich in die Küche hinein und knackte den Verschluss.

Im Koffer lag eine Plastiktüte. Es schien eine ganz gewöhnliche Plastiktüte zu sein, wie sie viele Warenhäuser ihren Kunden gratis abgeben. Bevor er sie anfasste, holte er sich ein paar Kautschukhandschuhe und streifte sie über seine Hände. Er wollte keinen Fehler machen.

Er öffnete die Tüte und schaute hinein. Er sah einen roten Stoff. Es handelte sich ganz offensichtlich um ein Kleidungsstück, denn er bemerkte eine Art Kragen.

Sorgfältig ließ er nun den roten Stoff aus der Tüte auf den nun freien Tisch gleiten. Es handelte sich um ein weibliches Kleidungsstück aus einer Art Seidenstoff, echt oder künstlich. Er tippte auf echt. Er entfaltete das Kleid und sah plötzlich ein glänzendes Blättchen zwischen dem Stoff. Er nahm es in seine Hand und betrachtete es unter dem starken Licht der Küchenlampe. Es war eine Art Anhängerblättchen aus Gold mit einer kleinen Öse für die Befestigung an einer Kette. Das Blättchen hatte die stark vereinfachte Form eines Salamanders. Auf der einen Seite war etwas in kyrillischer Schrift eingraviert. Es konnte ein Name sein. Auf der Rückseite war ein winziger Prägestempel. Er fand den Anhänger hübsch. Aber warum schleppte Jean D'Arcy in einem Koffer ein rotes Seidenkleid und einen goldenen Anhänger mit sich herum und hütete ihn wie ein Kleinod? Als hänge sein Leben davon ab?

Er fasste den Stoff des Kleides bei der Schulternaht und hob es in die Luft. Jetzt sah er es deutlich: Es war ein in Anlehnung an traditionelle japanische oder chinesische Mode geschnittenes Kleid mit einem kleinen Stehkragen, aber eben nur in Anlehnung, denn vorne besaß es einen tiefen Ausschnitt.

Er fragte sich unwillkürlich, ob das Kleid Solveig oder Lara besser stehen würde. Es war eindeutig ein Kleid für Lara. Er verwarf den Gedanken sofort.

Von hinten gesehen, mochte das Kleid noch als ein traditionelles Kleidungsstück durchgehen, aber niemals von vorne.

Um seine Theorie zu überprüfen, drehte er das Kleid schwungvoll um und legte es auf den Tisch.

Tanner stutzte. Das Kleid hatte hinten, etwa auf Höhe des linken Schulterblattes, zwei Löcher, und der Stoff war voller Flecken.

Er kratzte an den eingetrockneten Flecken und zerrieb zwei, drei Partikelchen zwischen seinen Fingern. Er roch daran. Er konnte zwar außer dem Kautschuk der Handschuhe nichts riechen, aber er war sich ganz sicher, dass das Blut war und die Löcher durch Schüsse entstanden waren. Wer immer das Kleid angehabte hatte, er musste auf der Stelle tot gewesen sein. Oder besser sie.

Er setzte sich auf einen Stuhl und rekapitulierte, was ihm Lara über die Vergangenheit D'Arcys erzählt hatte. Es sei um eine verschwundene Frau gegangen. Es sei um den Verdacht eines Mordes gegangen, aber die Leiche der Frau sei nie gefunden worden.

Tanner schoss hoch und ging aus der Wohnung. Er hatte ja die Akten über Jean D'Arcy erhalten, und die lagen immer noch auf dem Rücksitz in seinem Auto.

Er brauchte etwas mehr als eine halbe Stunde, um sie zu lesen. Beim Lesen schüttelte er mehrmals den Kopf. Lara hatte ganz offensichtlich die Hälfte der Fakten unterschlagen. Warum? Was wollte sie ihm bloß beweisen? Ging es ihr nur ums Rechthaben? Oder um ihn als naiv gutgläubig hinzustellen?

D'Arcy hatte nie unter Mordverdacht gestanden, er war bloß als Zeuge einvernommen worden. Die verschwundene Frau hieß Nastassja Orlon. Das einzige Foto, das in den Akten lag, war etwas verblasst und merkwürdig verschwommen. Es zeigte eine schmale, blasse Person mit auffällig großen Augen und langen, schwarzen Haaren.

Tanner prüfte die kyrillischen Buchstaben auf dem goldenen Anhänger. Die Buchstaben passten. Laut Akten war ihr Mädchenname Filippowna, und sie hatte sich kurz nach ihrer Einreise ins Land mit einem hier ansässigen Belgier verheiratet, der aber bald darauf bei einem selbstverschuldeten Autounfall verstarb.

Irgendwie kam ihm ihr Name bekannt vor, aber er wusste nicht wieso. Ihr Beruf war mit Sängerin angegeben. Er betrachtete noch einmal das Kleid. Falls es wirklich Nastassjas Kleid gewesen war, hätte er eher auf Tänzerin geschlossen. Er zuckte mit den Schultern. Es gab ja in Nachtclubs auch Sängerinnen. Dann passte das Kleid wieder ins Bild.

Er betrachtete das Etikett an der Innenseite des Kragens. Offensichtlich stammte das Kleid aus einer Boutique der schönen Stadt an der westlichsten Ecke des Landes.

Tanner blickte auf die Uhr. Es war kurz vor Mitternacht.

Die schlagartig aufkeimende Lust auf eine Autofahrt durch die Nacht löste in ihm ein angenehmes Kribbeln unter der Bauchdecke aus. Kurz entschlossen zog er sich an, griff nach Mantel und Autoschlüssel.

Die Straßen waren wie erwartet nahezu leer. Bald schon erreichte Tanner die Auffahrt zur Autobahn, die ihn nahezu pfeilgerade in Richtung des großen Sees bringen würde, näher auch den fantastischen Bergen, die den Horizont in südwestlicher Richtung dominierten und stolze Boten des Nachbarlandes waren. Bei der ersten Autobahnraststätte mit einem poetisch klingenden Namen – man wähnte sich bereits in Frankreich – tankte er das Auto voll und besorgte sich ein paar belegte Brote und eine Flasche Mineralwasser. Er schaltete das Radio ein. Zu den süchtig machenden Musikklängen eines berühmten Liebesfilms, der in den Sechzigerjahren in Hongkong spielt, in dem die Menschen erstaunlich wenig reden und die schöne Hauptdarstellerin just solche Kleider trägt wie das, das auf seinem Nebensitz lag, brauste er auf nahezu leerer Autobahn dem großen See entgegen. Im Film trug die Frau in fast jeder Szene ein anderes Kleid, von immer gleichem Zuschnitt, aber mit wechselnden atemberaubend schönen Stoffen und Mustern. Mit jedem Takt der Musik tauchten mehr Bilder aus dem Film auf.

Kurz vor zwei Uhr erreichte er sein Ziel. Er fuhr mitten in die Stadt und entschied sich für eines der großen Hotels im Zentrum. Es war zu spät, um wählerisch zu sein. Er trank an der Bar noch ein Bier und begab sich dann auf sein Zimmer. Plötzlich kam ihm sein Ausflug überstürzt und sinnlos vor. Das einzige, was er hatte, war ein durchlöchertes Kleid mit dem Etikett einer Boutique. Vielleicht gab es die Boutique überhaupt nicht mehr.

Er zuckte die Achseln und verschob alles auf Morgen.

Tanner löschte das Licht und drehte sich zur Seite. Trotz plötzlicher Müdigkeit fand er lange keinen Schlaf. Er dachte an Solveig. An das Eintauchen in das undurchdringliche Grün eines von Geheimnissen umwobenen Sees inmitten eines dunklen Waldes, flirrende Sonnentupfen wie Splitter blitzen dann und wann durch das Geäst und spiegeln sich im Wasser. Am Boden des Sees glitzert ein goldener Splitter. Es ist die kleine Brosche in Form eines Salamanders.

Nastassja.

Die Trägerin von Kleid und Schmuck. Ein blasses Gesicht mit großen …

In diesem Augenblick setzte eine Polizeisirene ein. Wahrscheinlich eine Streife, die vor dem Hotel in der Dunkelheit gelauert hatte und per Funk gerufen wurde, zum nächsten Streit oder zu einem neuen Unheil. Das Auto fuhr schnell an und raste mit quietschenden Rädern davon, dennoch dauerte es eine schiere Ewigkeit, bis sich der quälende Klang irgendwo in der Tiefe der schlafenden Stadt verlor.

Dann kam auch der Schlaf.

In schnell wechselnden Traumbildern sah er Solveig. Sie bewegte sich in einem schier undurchdringlichen Pflanzendschungel, und auch das Gesichtchen der kleinen Ruth erschien dann und wann zwischen großen, grünen Blättern. Sie wollte ihm andauernd etwas sagen, aber er verstand sie nicht. Sie redete eine afrikanische Sprache. Er verstand zwar nicht, was sie sagte, dennoch wusste er, dass man so irgendwo in Afrika sprach.

VIERZEHN

Als er aufwachte, regnete es. Er presste seine Stirn an die kalte Scheibe und starrte hinaus. Man sah kaum den See, so nass und trübe war die Luft. Gerade konnte er den *Jet d'eau*, das Wahrzeichen der Stadt, noch vage erkennen. Es schien, als sei jemand mit diesem senkrechten Strahl gen Himmel verzweifelt bemüht, einen Teil des Wassers den Wolken wieder zurückzugeben.

Tanner zuckte mit den Schultern.

Auch gut. Merke: Es gibt kein schlechtes Wetter, nur falsche Kleidung.

Dann duschte er und bestellte das Frühstück aufs Zimmer, denn er hatte erstens keine Lust auf fremde Frühstücksmenschen und zweitens schon gar nicht auf ein opulentes Buffet, er wollte nur Kaffee und Croissants. Dazu bestellte er sich einen Stadtplan und ein Telefonbuch.

Die Boutique gab es offensichtlich noch und war auch schnell auf dem Stadtplan gefunden. Sie befand sich unweit des Hotels, oben in der Altstadt. Eine Emma Sorbin war als Besitzerin angegeben.

Tanner schaute auf die Uhr. Er hatte noch Zeit, denn diese Art Boutique war sicher nicht vor zehn Uhr geöffnet.

Er suchte im Telefonbuch nach dem Namen D'Arcy. Die Eltern von Jean waren ja laut Akten schon vor längerer Zeit bei einem Autounfall gestorben. Er wollte trotzdem sehen, wie viele Eintragungen es gab.

Enttäuscht musste er feststellen, dass es keine einzige gab. Entweder lebte der reiche Teil der Familie außerhalb der Stadt – was sehr wahrscheinlich war –, oder die reichen Herrschaften verzichteten auf einen Eintrag ins Telefonbuch – was noch wahrscheinlicher war.

Er rief die Rezeption an und fragte, wo denn die berühmte Familie D'Arcy ihren Familiensitz habe – laut Lara immerhin eine der reichsten Familie in dieser Ecke des Landes.

Prompt kam die Antwort, inklusive präziser Adresse. Sie lag in einer dieser kleinen Ortschaften am See, unweit vor der Stadt. Einer der teuersten Landstriche in diesem Land.

Und die Telefonnummer?

Auch diese Antwort kam prompt und lakonisch.

Herrschaften wie diese hätten keine Telefonnummer, zumindest keine, die der normalen Öffentlichkeit zugänglich sei. Ob man dem Herrn sonst noch mit etwas zu Diensten sein könne?

Nein, konnte man nicht.

Tanner war frustriert, obwohl er sich selber gestehen musste, dass ein Kontakt sowieso nichts gebracht hätte. Jean hatte laut seiner eigenen Aussage ja nichts mit diesem Zweig der Familie zu tun. Immerhin könnte Tanner auf der Rückfahrt einen kleinen Umweg machen und einen kurzen Augenschein vom noblen Wohnort der Familie D'Arcy nehmen. Und wenn es nur der Befriedigung seiner Neugierde diente.

In diesem Augenblick klingelte das Telefon. Es war Lara.

Wo bist du denn? Ich steh vor deiner Haustür. Hast du die Hausglocke nicht gehört? Schläfst du noch? Ich dachte, du bist ein Frühaufsteher!

Nein, das heißt: ja. Also, ich bin gar nicht zu Hause. Tut mir leid, ich kann dich also gar nicht hineinlassen, auch wenn ich es wollte. Nachdem du mich gestern Abend so plötzlich verlassen musstest, bin ich ins Auto gestiegen, einfach losgefahren und schließlich irgendwo gelandet.

Wo bist du denn *gelandet?*

Er sagte es ihr, ohne den wirklichen Grund anzugeben, der ihn hierher geführt hatte. Heute Abend sei er bestimmt wieder zurück.

Was war denn bei dir los? Warum hatte dich Michel gerufen?

Ja, stell dir vor, es war einiges los. Es gab drei Banküberfälle gleichzeitig, eine sogar mit Geiselnahme. Das ist zwar nicht das Aufgabengebiet von Michel, aber sie haben ihn um Unterstützung gebeten.

Und habt ihr sie erwischt?

Nein, nein. Wir haben bis jetzt nur eines der Fluchtautos sichergestellt. Wir haben Spuren gesichert und Zeugen vernommen. Michel vermutet zwischen den drei Überfällen einen Zusammenhang. Er kann einfach nicht glauben, dass wochenlang nichts passiert und dann an einem Abend zufällig drei Banküberfälle in der gleichen Stadt stattfinden. Das ist ja auch ziemlich absurd, oder?

Tanner gab ihr recht. Allerdings interessierte es ihn nicht besonders.

Sie schwiegen eine Weile.

Übrigens – wenn du bei mir schlafen möchtest: unter dem dritten Blumentopf rechts ist ein Schlüssel. Ich denke, du hast ja die ganze Nacht kein Auge zugemacht.

Zur Antwort gähnte sie ausgiebig in den Telefonhörer und meinte, dass sie das Angebot gerne annehme und sich später wieder melden würde.

Vielleicht bist du ja früher zurück.

Sie machte irgendein Geräusch. Es klang nach Katze, die am Bauch gekrault wurde. Dann lachte sie und hängte auf. Tanner war froh, dass er nichts mehr sagen musste.

Er ging zur Rezeption, bezahlte die Übernachtung, ließ sein Auto in der hoteleigenen Parkgarage stehen und lieh sich vom Concierge einen großen, schwarzen Schirm, Marke Churchill.

Er begegnete nicht vielen Leuten, wer nicht raus musste, blieb lieber drin. Und die, die arbeiten mussten, waren ja bereits an der Arbeit. Außer Madame Sorbin. Sie war noch unterwegs, denn als Tanner vor der Boutique stand, war die Tür noch verschlossen und im Laden brannte auch kein Licht, obwohl es in diesem Moment von der Kathedrale her zehn Uhr schlug. Tanner stellte sich schräg gegenüber unter eine kleine Arkade, schloss den Schirm und wartete.

Nach einer Weile hörte er Absätze, die ein hartes, rhythmisches Stakkato auf das Kopfsteinpflaster schlugen. Es klang eindeutig nach Bleistiftabsätzen. War sie das? Einmal blieb sie offenbar stehen. Dann ging sie schneller weiter, als ob sie den

Unterbruch wieder wettmachen wollte. Gleich darauf stolperte sie, und der Rhythmus kam ins Stocken. Kein Wunder bei dem alten Kopfsteinpflaster. Im nächsten Moment kam das Bild zum Ton. Und was für ein Bild!

Auftritt Madame Sorbin.

Tanner hätte wetten können, dass es sich nur um sie handeln konnte. Sie war im Übrigen nicht allein. Vor ihr tänzelten an drei Leinen drei zarte, graue Körperchen auf zwölf dünnen Beinchen, die mit jedem Schritt deutlich machten, dass sie diese kalte Nässe einfach nur als eine widerwärtige Zumutung empfanden. Sie gehörten zur Gattung der kleinen Windhunde, praktisch ohne ein Gramm Fett und ohne ein nennenswertes Fell, das sie gegen die Unbilden eines solchen Wetters auch nur ein bisschen geschützt hätte.

Madam Sorbin war groß und schlank. Ihr Alter war auf die Distanz und bei dem schmutzigen Tageslicht nicht zu bestimmen. Ihre blonden Haare waren scheinbar nachlässig unter einem Tuch gebändigt. Sie trug für diese Jahreszeit einen viel zu dünnen Regenmantel, der obendrein noch viel zu kurz war. Er bedeckte höchstens knapp das Gesäß. Ihre schlanken Beine steckten in hautengen, schwarzglänzenden Leggins. Das Gesicht war ebenmäßig und blass. Die Augen groß und dunkel. Hochstehende Backenknochen. Schöne, glatte Stirn. Der Mund eher klein, die Lippen voll und blutrot.

Sie ging an ihm vorbei und bemerkte weder ihn noch sein offenkundiges Staunen. Vor dem Laden blieb sie stehen, schüttelte energisch ihren roten Schirm und schloss die Tür auf. Dann sprach sie beruhigend auf ihre nervöse Troika ein, die in den Laden, ins Trockene drängte.

Tanner wartete.

Nach einer Weile ging im Laden das Licht an. Im Schaufenster war feinste Unterwäsche ausgestellt, daneben drei zweiteilige Kostüme, bestimmt ausgewählte Designermodelle, die ein Vermögen kosteten. Aber in dieser Stadt gab es schließlich auch eine entsprechende Klientel.

Er gab ihr fünf Minuten, dann überquerte er entschlossen die Straße, ohne den Schirm noch einmal aufzumachen, und betrat das Geschäft.

Der Laden war leer. Madame und ihre Hunde waren wohl im Hinterzimmer.

Auf Französisch, mit einem leichten östlichen Akzent und einer kehlig heiseren Stimme, rief sie in den Laden hinein, dass sie sofort komme. Man dürfe sich ruhig umsehen.

Tanner sah sich um. Er interessierte sich vor allem dafür, ob Madame immer noch Kleider verkaufte wie das von Nastassja. Er konnte aber keines entdecken.

Madame trat jetzt ein zweites Mal auf, diesmal mit wundersamer Geräuschbegleitung, einer Art himmlischem Rauschen, denn in der Tür zum Hinterzimmer hing ein Vorhang, bestehend aus einer Vielzahl von rosafarbenen Perlen.

Sie trug einen beigen Kaschmirpullover und einen extrem kurzen Lederrock über nackten Beinen. Sie war barfuss. Wahrscheinlich waren Schuhe und Leggins nass geworden. Tanner schätzte ihr Alter spontan auf etwas über vierzig Jahre, vielleicht sogar älter. Ihr Gesicht war allerdings auffallend mädchenhaft, mit glatter Haut und strahlenden Augen. Als sie ihn sah, blieb sie abrupt stehen und starrte ihn an, als sei er eine Erscheinung. Sie hatte ihren Mund leicht geöffnet und war offensichtlich fassungslos. Sie zeigte mit der Hand auf ihn, brachte aber kein Wort heraus.

Er wartete gespannt, was draus werden würde.

Dann flüsterte sie in einem nahezu akzentfreien Deutsch.

Bist du es, Viktor? Woher kommst du? Was willst du? Wo …

Sie blickte angstvoll auf die Straße. Dann starrte sie ihn wieder an.

Warum sagst du nichts?

Tanner blickte hinter sich, im Scherz natürlich und antwortete dann auch auf Deutsch.

Nein, nein. Es tut mir leid, aber ich bin nicht Viktor. Sie verwechseln mich. Ich heiße Tanner. Simon Tanner. Und Sie sind Madame Sorbin, nehme ich an.

Ihr Gesicht entspannte sich. Sie lächelte. Dann begann sie zu lachen. Es war ein raues, aber ein warmes, angenehmes Lachen. Ganz offensichtlich war sie erleichtert, dass er nicht Viktor war.

Entschuldigung für das … ich, äh … habe Sie verwechselt, äh … ja verwechselt. Mein Gott, wie dumm bin ich.

Tanner hob beschwichtigend die Hände.

Dann bin ich ja froh, dass ich nicht Viktor bin, denn ganz offensichtlich hätte Ihnen ein Wiedersehen mit ihm keine Freude bereitet.

Ihr Gesicht verdunkelte sich noch einmal. Sie schüttelte den Kopf.

Also gut. Entschuldigen Sie noch einmal die Situation. Und auch mein Auftreten, aber ich bin gerade erst, äh … nass, also tropfnass, äh … im Laden angekommen. Mit meinen Hunden, die auch nass sind. Ah … schreckliches Wetter, schreckliche Jahreszeit.

Sie schüttelte sich vor Widerwillen.

Er hätte ihr gerne spontan gesagt, dass ihr Auftreten ihm sehr gut gefallen hatte.

Also, womit kann ich Ihnen die…

Sie stutzte.

Sind Sie von der Polizei?

Er konterte.

Wie Viktor?

Sie lachte.

Nein, nein, *der* war ganz bestimmt nicht bei der Polizei! Aber Sie sind Polizist, oder?

Sie schaute ihn herausfordernd an.

Tanner hob wieder beschwichtigend die Hände.

Nein, nein. Beruhigen Sie sich. Auf jeden Fall bin ich nicht mehr aktiv bei der Polizei. Ich habe lediglich eine Frage an Sie.

Sie verschränkte ihre Arme vor ihrer Brust und seufzte theatralisch.

Also habe ich doch recht. Sie sind Polizist.

Tanner spielte den Zerknirschten.

Ja, Sie haben recht. Mein Gott, Ihre Menschenkenntnis ist aber sehr … aber, wie gesagt, ich *war* Polizist. Ich bin es nicht mehr.

Sie ließ ihre Arme fallen und lächelte.

Einmal Polizist, immer Polizist. Wissen Sie, es gibt Berufe, denen entkommt man nicht. Ich weiß, wovon ich rede.

Sie drehte sich um und ging Hüfte schwingend in Richtung Hinterzimmer. Kurz vor dem metaphysische Geräusche erzeugenden Vorhang drehte sie sich um.

Wollen Sie auch einen Kaffee?

Ja, gerne.

Also kommen Sie, machen wir es uns im Hinterzimmer bequem, Kundschaft wird heute Morgen sowieso keine kommen – und wenn doch, höre ich ja die Glocke.

Er folgte ihr. Sie hielt ihm den Vorhang auf. Er kam ihr so nahe, dass er ihr Parfum roch. Er kannte es nicht, aber er hätte ihr gerne spontan gesagt, dass ihr Parfum verdammt gut rieche und auf ihn irgendwie – in höchstem Maße anziehend wirke.

Sie zeigte auf ein Sofa.

Da – machen Sie es sich bequem.

Auf dem Sofa lagen die drei Hunde auf einer Decke und schauten ihn erwartungsvoll an.

Tanner wandte sich Hilfe suchend an Madame.

Sie lachte.

Die beißen nicht. Sprechen Sie mit ihnen. Sie heißen Irina, Mascha und Olga.

Aha. Die drei Schwestern bei Tschechow.

Dies behielt er allerdings für sich und wandte sich lächelnd an die Hunde.

Darf ich die Damen bitten, etwas Platz zu machen?

Zuerst geschah gar nichts. Die Hunde guckten nur verständnislos. Dann aber erhob sich eine der Hündinnen und machte wedelnd Platz. Tanner schob die Decke etwas zur Seite, setzte sich vorsichtig hin, worauf es sich die Hündin sofort auf seinem Schoss bequem machte. Tanner konnte gerade noch die Decke zwischen den nassen Hund und seine Hose ziehen.

Aha. Bravo. Irina hat Gefallen an Ihnen gefunden. Sie ist sonst eher, äh … wie soll ich sagen … heikel, sehr wählerisch.

Madame lachte.

Bravo. Bravo. Nehmen Sie Milch und Zucker?

Nur Milch bitte.

Es war nicht ganz klar, ob sie mit dem Lob den Hund oder ihn meinte. Tanner ergab sich seinem Schicksal. Die Hündin hatte übrigens kaum Gewicht. Sie legte ihre Schnauze auf ihre elegant gestreckten Vorderpfoten und schien mit sich und der Welt sehr zufrieden zu sein.

So. Hier ist Ihr Kaffee, und jetzt sagen Sie mir, wie ich Ihnen helfen kann.

Sie machte es sich auf dem Fauteuil gegenüber bequem, indem sie sich quer hinsetzte und ihre nackten Beine über die Lehne des Fauteuils legte. Der kurze Rock wurde durchs Sitzen nicht unbedingt länger. Am liebsten hätte er ihr spontan gesagt, dass ihre Beine umwerfend seien.

Sie bemerkte seinen Blick, lächelte spitzbübisch, reckte und streckte unnötigerweise auch noch ihren Oberköper, nahm ihre Tasse in die Hand und rührte genüsslich in ihrem Kaffee.

Tanner seufzte und zog das rote Kleid aus der Plastiktüte.

Es geht um dieses Kleid. Es wurde schätzungsweise vor etwa sieben oder acht Jahren in ihrer Boutique gekauft.

Tanner hob es hoch, zeigte aber nur die Vorderseite.

Sie lächelte und nippte an ihrem Kaffee bevor sie antwortete.

Viel mehr als acht Jahre wäre gar nicht möglich, denn ich habe die Boutique erst vor, äh … achteinhalb oder knapp neun Jahren aufgemacht.

Sie betrachtete das Kleid.

Ja, damals herrschte direkt ein Boom für diese Cheongsams. Jede Frau, die etwas auf sich hielt, musste so ein Kleid haben und …

Tanner unterbrach sie.

Auch mit so einem tiefen Ausschnitt? Ich dachte, der klassische, äh … wie nannten Sie das Kleid … *Cheongsam?*

Sie nickte.

Cheongsam oder originalchinesisch Qipao.

… sei hochgeschlossen?

Ja, im Prinzip schon. Aber wir haben ein paar umändern lassen, je nach Bedürfnis der jeweiligen Kundin.

Jetzt richtete sich langsam auf, stellte ihre Tasse auf den Boden und wurde blass im Gesicht.

Sie fragte mit heiserer Stimme.

Woher haben Sie dieses Kleid?

Tanner drehte das Kleid und zeigte auf die Einschusslöcher.

Sie erschrak und verlor nun vollends ihre Farbe.

Tonlos wiederholte sie ihre Frage.

Tanner griff in seine Hosentasche und zeigte ihr den goldenen Salamander.

Die Besitzerin hieß Nastassja Orlon, geborene Filippowna.

Madame Sorbin starrte ihn und das Goldblättchen an und stieß dann einen heiseren Schrei aus. Die Tränen schossen ihr aus den Augen. Die Hunde sprangen sofort vom Sofa und drängten sich ängstlich an die Beine ihre Herrin.

Tanner stand ratlos und verblüfft. Mit so einer Reaktion hatte er nicht gerechnet.

Sie blickte ihn mit tränenüberströmtem Gesicht an.

Entschuldigen Sie … holen Sie mir bitte Taschentücher. Sie liegen dort auf dem kleinen Tisch.

Tanner reichte ihr eine Packung. Sie schnäuzte sich ausgiebig und trocknete ihr Gesicht. Dann brach das Weinen wieder mit Macht aus ihr heraus. Der Vorgang wiederholte sich mehrere Male. Sie sprach kein Wort. Tanner wartete betroffen.

Nach einer Weile schien sie einen Entschluss zu fassen und stand energisch auf.

So. Ich schließe jetzt meinen Laden und wir gehen zu mir. Ich muss Ihnen alles erklären. Könnten Sie bitte die Hunde an die Leinen nehmen?

Sie warf ihm die Leinen zu.

Ich muss mich umziehen.

Sie weinte zwar weiter, aber ihre Bewegungen verrieten eine große Entschlossenheit. Ungeniert zog sie vor ihm ihren Rock aus. Sie trug keine Unterwäsche. Sie griff nach einer grauen Hose. Tanner gab sich einen Ruck und ging mit den Leinen zu den drei Schwestern, die sich widerstandslos anleinen ließen.

Als er sich wieder umdrehte, kniete sie mit nacktem Oberkörper neben dem Fauteuil und wühlte in einer Tasche. Sie entschied sich für einen schwarzen Rollkragenpullover, drehte ihren Oberkörper zu ihm und zog den Pullover über den Kopf. Bevor sie ihn ganz anzog, schaute sie fragend zu Tanner. Er hielt ihrem Blick stand.

Und? Gefalle ich Ihnen?

Tanner nickte.

Ja, Sie gefallen mir.

Sie zog den Pullover mit einem geübten Griff über ihre Brüste.

Dann ist es gut. Kommen Sie.

Sie ging durch den Vorhang in den Laden voraus, hantierte am Telefon und entnahm einer Schublade ein beschriftetes Schild, das sie an die Eingangstür hängte. Dann löschte sie die Lichter. All diese Handgriffe führte sie mit großer Souveränität aus, auch wenn ihr immer noch die Tränen übers Gesicht liefen. Tanner konnte nur schauen, sagen konnte er nichts.

Draußen öffnete er den Schirm – jetzt machte seine Größe Sinn –, sie hängte sich bei ihm ganz selbstverständlich ein, und Körper an Körper zogen sie los durch den nieselnden Regen. Auch die Hunde drängten sich zusammen und versuchten einen geschützten Platz unter dem Schirm zu ergattern. Sie schaute ihn von der Seite ganz offen an.

Wir reden zu Hause. Jetzt gehen wir. Es ist nicht weit.

Zu Hause! Wie selbstverständlich das aus ihrem Mund klang.

Wären sie jemandem begegnet, er hätte bestimmt gedacht, dass es sich bei Tanner und Madame Sorbin um ein vertrautes, lang eingespieltes Ehepaar handelte, so einvernehmlich und körperlich eingespielt gingen sie durch den Regen. Und gerade ihre Stummheit bildete eine Aura von Vertrautheit, die Tanner selbst verblüffte. Er hatte tatsächlich das eigenartige Gefühl, als kenne er diese Frau schon längst, obwohl sie ihn an niemanden erinnerte. Während sie in die nächste Gasse nach links einbogen, löste sie ihren Griff an seinem Arm und fasste ihn um die Hüften, sodass er ihren Körper noch deutlicher spürte. Er wechselte in der Folge den Schirm in die andere Hand und legte ebenfalls seinen Arm um sie. Seine Hand landete zwischen ihrem Arm und ihrem Körper, nahe dem Ansatz ihrer Brust. Sie drückte ihren Arm zustimmend und zärtlich auf seine Hand.

Was passierte da? Tanner war verblüfft. Sonst braucht es Tage, Wochen, bis sich Vertrautheit einstellt – wenn überhaupt. Und plötzlich trifft man jemanden wie aus heiterem Himmel, und die Nähe stellt sich in einem Bruchteil der Zeit ein. Sie *passiert* einfach. Außerhalb des normalen Zeitbegriffs. Im Grunde war es geschehen, als sie sich trafen. Wie zwei Moleküle, die sich sofort anziehen und vereinigen.

Tanner musste unwillkürlich lächeln. Hoffentlich konnte sie seine Gedanken nicht lesen.

Wie zur Antwort presste sie seine Hand noch stärker an ihren Körper. Durch ihren dünnen Regenmantel konnte er deutlich ihren Körper spüren. Mit Liebe oder Verliebtheit hatte diese Nähe nichts zu tun. Sie kannten sich ja gar nicht. Hatten sich erst vor exakt zwanzig Minuten kennengelernt. Und trotzdem! Es war nichts anderes als die unbegreiflich spontane Anziehung zweier Wesen, deren Seele und Körper – die er sich noch nie als getrennt hatte vorstellen können – ganz offensichtlich die gleiche Schwingung hatten und sich ganz ohne die üblichen Kompliziertheiten zu einem selbstverständlichen gemeinsamen Klang fanden.

Vielleicht war auch Nastassjas Kleid, vielmehr das, was das Kleid bei ihr auslöste, die heftige seelische Erschütterung, schuld an dieser spontanen Nähe? Vielleicht war sie auch nur eine Ertrinkende und er der rettende Balken im Wasser, an den sie sich klammerte?

Dass es auch umgekehrt sein könnte – auf diese Idee kam Tanner nicht.

So. Da sind wir.

Sie hielt auf eines dieser herrlichen Altstadthäuser zu und machte halt vor einer vornehmen dunklen Haustür.

Tanner war froh, dass sie angekommen waren. Wäre der Weg noch weiter gewesen: wer weiß, wo er mit seinen sentimentalen Gedanken noch gelandet wäre.

Im zweiten Stock öffnete sie eine weitere dunkle Tür und sie betraten ihre Wohnung. Sie schritten durch ein großzügiges Entrée direkt in ein weites Wohnzimmer. Viel sehen konnte Tanner nicht, denn die grünen Fensterläden sämtlicher Fenster waren geschlossen, und so konnte er den Raum nur andeutungsweise sehen. Die Ritzen der Fensterläden spendeten ein schmutziges, grünes Licht.

Ganz so wie in der Tiefe eines Sees.

Ich bin also auf dem Meeresgrund angekommen.

Er dachte es nur, er sagte es nicht.

Sie streichelte mit ihrer Hand über seine Wange.

Bleib hier. Ich versorge schnell meine Hunde.

Auch diese Geste war so vertraut, als befinde sich Tanner in einer zweiten Welt, in der er zwar schon lange gelebt, aber bis heute nichts davon gewusst hatte.

Sie drückte ihn sanft auf ein Sofa. Er fügte sich gern. Von der Kathedrale schlug es Viertel vor elf Uhr. Er zog seinen Mantel aus und legte die Plastiktüte mit dem Kleid und seinen Mantel auf das Sofa neben sich.

Sie kam zurück. Ohne Mantel und ohne Schuhe. Sie nahm seine Hände, zog ihn hoch und umarmte ihn.

Ich heiße Emma.

Er nannte im Gegenzug seinen Namen.

Ich weiß.

Sie küsste ihn auf den Mund.

Sie tat dies nicht, wie es oft bei einem ersten Kuss geschieht, nämlich übervorsichtig und umständlich. Nein, sie tat dies alles ohne Umwege, ohne gespielte Zufälligkeit. Sie tat es innig und mit großer Sicherheit.

Er spürte ihre Brüste und wie die Spitzen hart wurden. Sie führte seine Hände unter ihren Pullover und schaute ihm dabei offen in die Augen.

Tanner registrierte dies alles mit einer Art schläfrigen Überwachheit. Mit ihren Brüsten in seinen Händen küsste er sie zurück. Sie nahm im Gegenzug sein Gesicht in beide Hände und bot ihm ihre Lippen, dann ihre Zunge. So vereinigt, verharrten sie lange.

Sie hörten den Regen, das Rauschen ihres Blutes. Sonst war Stille.

Emma löste sich sanft.

Ich möchte gerne duschen, Simon. Immer wenn ich erschüttert bin, muss ich duschen, sonst bin ich zu nichts fähig. Nachher werden wir reden.

Sie nahm seine Hand, drehte sich um und führte ihn durch die dunkle Wohnung.

Hier kannst du dich ausziehen, danach geh durch diese Tür. Dort treffen wir uns. Wir lassen es dunkel.

Er nickte und begann sich auszuziehen. Er tat es langsam und mechanisch. In seinem Kopf brauste das Blut. Er wach hellwach und doch wie im Schlaf. Seine Vernunft kauerte abwartend in den Winkeln seines Daseins.

Er öffnete zögernd die Tür. Emma war schon da und nahm ihn wieder bei der Hand.

Er kam sich vor wie ein Kind. Ja. Genauso fühlte es sich an. Als ob sie *beide* Kinder wären. Zwei Kinder tappen nackt durch die Dunkelheit. Die Wohnung gehört ganz ihnen, die Eltern sind weg. Sie tun etwas Verbotenes. Etwas Aufregendes. Etwas Verheißungsvolles.

Sie drehte sich besorgt um.

Geht es dir gut?

Er nickte.

Ja.

Und wie gut es ihm ging.

Durch die beidseitig geöffneten Türen fiel ein ganz klein wenig Licht ins Badezimmer.

Er betrachtete sie.

Emma war schön. Und jetzt sah er es: sie waren doch keine Kinder.

Sie hatte volle Brüste, deren Spitzen weit abstanden, und sie hatte einen dunklen, starken Pelz. Ihre Haut wirkte im Halbdunkel fast bronzefarben. Dann folgte er ihrem Blick. Er sah, was sie sah. Seinen starken Körper und ein Glied, das mächtig angeschwollen von ihm abstand und auf sie zeigte. Er betrachtete es. War das wirklich ein Körperteil von ihm? Fremd kam es ihm vor, und doch pulste dort drin seine ganze Existenz.

Sie lächelte ernst und zeigte hinter sich.

Komm unter die Dusche.

Sie umarmten sich und ließen das Wasser über sich laufen.

Tanner konnte es kaum fassen, dass das Glück plötzlich so einfach sein konnte. Sie standen still da, und das Wasser ergoss sich über sie beide. Mehr war es nicht. Und doch war es in diesem Augenblick alles.

Er fühlte sich frei und glücklich und hatte das Gefühl, er könnte jahrelang so stehen, den Körper einer fremden Frau umarmend, und dieses weiche, warme Wasser, das über sie beide floss und alles wegschwemmte, was in ihnen schwer war.

Ein glühender Gedanke schoss ihm durch den Kopf. Wie ein Komet mit feurigem Schweif, quer durch sein Universum: Das Fremdsein ist das Schöne und Leichte. Erst das Erkennen macht alles schwer.

Er schloss die Augen.

In diesem Moment wusste Tanner nichts davon, dass dieser Gedanke, der ihn ganz und gar erfüllte, trivial war und dass bereits die Geschichte von Adam und Eva von nichts anderem handelte.

Sie stöhnte an seinem Hals, und er wusste, dass sie genau so fühlte wie er. Als sie sich sanft aus der Umarmung löste, küsste er sie auf den Hals, und er spürte, wie ein Zittern durch ihren ganzen Körper ging. Seine Hände glitten über ihren Rücken und liebkosten ihren Po. Sie tat dasselbe. Er liebkoste ihre Brüste. Sie tat es auch. Er berührte ihr Geschlecht. Sie tat es auch. Dann tat er etwas anderes und noch etwas anderes und sie tat das alles auch.

Und so taten sie alles, was Hände und Münder können. Ohne zu fragen, tat jeder das Richtige. Sie waren glücklich.

Am Ende wuschen sie sich gegenseitig mit großer Sorgfalt.

Die Glocke der Kathedrale schlug eins.

Die größte Überraschung erlebte Tanner, als sie sich gegenseitig abtrockneten. Als sie ihm energisch die Haare frottierte.

Mein Mädchenname ist auch Filippowna. Emma Filippowna.

Er nahm das Tuch vom Kopf und starrte sie an.

Heißt das, dass ihr Schwestern seid?

Sie nahm ihre Tätigkeit wieder auf.

Nein, nein. Nastassja war meine kleine Cousine. Unsere Väter waren Brüder. Aber wir sind praktisch wie Schwestern aufgewachsen.

Emma lehnte ihren Kopf auf seine Schulter, und Tanner befürchtete schon, sie würde wieder anfangen zu weinen.

Aber sie weinte nicht, sie erinnerte sich.

Ach, du kannst dir gar nicht vorstellen, wie zart und lieb Nastassja war. Und viel schöner als ich. Sie hatte eine Art, du kannst es dir nicht vorstellen. Alle Leute liebten sie.

Sie fuhr mit den Händen durch sein Haar.

Willst du einen Föhn?

Er schüttelte den Kopf. Sie umarmte ihn.

Ich habe Hunger.

Gut. Ich koche was.

Ich hab aber nichts eingekauft.

Ich schau mir mal deinen Kühlschrank an.

Sie zogen ihre Kleider an.

Wir sind in Lakhta in der Nähe von St. Petersburg aufgewachsen. Wir wohnten Tür an Tür. Ihre Mutter war schon früh gestorben, und so lebte Nastassja praktisch in unserem Haushalt. Meistens schliefen wir auch in *einem* Bett. Eine Woche bei ihr, die andere Woche bei mir. Wir nannten das *auf Besuch gehen.*

Als sie fertig angezogen waren, verlagerte sich der Schauplatz in die Küche. Emma setzte sich auf die tiefe Fensterbank. Tanner inspizierte die spärlichen Vorräte.

Ah … was finde ich denn da. Randen. Rote Bete. Magst du Randen?

Du fragst eine Russin, ob sie Rote Bete mag?

Sie lachte.

Gut. Was finde ich noch?

Er inspizierte den Küchenschrank

Hier sind noch Sardellen. Eine Zwiebel. Brot. Crème Fraîche habe ich schon gesehen. Zwei Streifen Speck sind auch noch vorhanden. Und zwei Eier. Na also, wer sagts denn. Es gibt gefüllte Randen. In einer halben Stunde können wir essen.

Er nahm einen Topf, goss etwa heißes Wasser hinein und machte die Gasflamme an.

Während er den Randen je einen Deckel abschnitt und sie aushöhlte, verschwand sie plötzlich aus der Küche und kam nach einer Weile mit einem Fotoalbum zurück.

Hast du ein Sieb?

Sie reichte es ihm.

Und da habe ich einige Bilder von Nastassja. Und von mir natürlich auch …

Moment bitte.

Tanner wischte den Tisch vom Randensaft sauber. Er legte die Randen in das Sieb und hängte es in den Topf ein, in dem bereits das Wasser siedete. Dann legte er den Deckel drüber.

Sie zeigte ihm erst Bilder von ihren Eltern.

Schau mal, da ist mein Vater im Labor. Er war Chemiker in einer großen Eisenhütte. Mein Gott, das sieht aus, als sei es vor zweihundert Jahren gewesen, dabei ist das erst etwa fünfzig Jahre her. Das ist meine Mutter. In der Uniform einer Arbeiterinnenbrigade. Und hier an der Nähmaschine. Schau mal wie altmodisch. Immerhin elektrisch.

Sie blätterte.

So, das bin ich mit zwölf Jahren. Und neben mir Nastassja. Sie war damals erst neun Jahre alt. Schau mal, wie süß sie ist. Ein Engel, oder?

Sie hatte Recht. Nastassja sah so aus wie ein Engel auf einem Heiligenbildchen. Hätte sie nicht so schelmisch gelächelt, hätte man tatsächlich an eine kleine Heilige denken können. Emma mit ihrem wilden Blondschopf lachte auf den meisten Bildern und zeigte wunderschöne Zähne. Offenbar waren die Fotos in einem glücklichen, unbeschwerten Sommer aufgenommen worden. Beide hatten nur kurze Hemdchen an.

Die Bilder waren tatsächlich wie aus einem anderen Jahrhundert. Dabei war es, wie Emma richtig bemerkte, noch gar nicht so lange her. Sie übersprang ein paar Seiten und zeigte auf ein großformatiges Farbfoto.

Da gingen wir in so eine Art sowjetische Pfadfindergruppe, nicht freiwillig, versteht sich.

Da hinten siehst du uns beide. Ich finde, wir sehen sehr unglücklich aus. Ich war da etwa fünfzehn Jahre alt.

Tanner sah sich das Foto an, eine ziemlich steife Gruppenaufnahme mit Fahnen und Wandermusikinstrumenten.

Der Unterschied zwischen Nastassja und Emma hätte nicht größer sein können. Nastassja sah immer noch wie ein sehr dunkeläugiger, sehr ernster Engel aus. Emma war körperlich bereits eine Frau, zwar mit einem auffallend kindlichen Gesicht, aber voller Sinnlichkeit. Auffallend bei allen Gesichtern auf dem Gruppenfoto war der etwas trotzig unglückliche Ausdruck. Niemand lachte. Die Gruppenleiterin sah aus wie ein Drache im Ruhestand und blickte grimmig in die Kamera, als habe sie das Fotografieren als eine unmoralische Zumutung empfunden.

Tanner schnitt jetzt die Zwiebel, den Speck, die Sardellen und das Brot klein.

Oh, das duftet ja köstlich. Und ich dachte, ich habe rein gar nichts hier zum Kochen.

Sie blitzte ihn schelmisch an.

Weißt du, mit kochenden Männern bin ich in meinem Leben bisher nicht gerade verwöhnt worden.

Tanner lachte.

Ich nehme an, sie hatten dafür andere Qualitäten.

Ihr Gesicht verdunkelte sich.

Darüber möchte ich jetzt nicht reden.

Tanner war sehr versucht, sie nach Viktor zu fragen, denn immerhin hatte sie ihn heute Morgen im ersten Moment mit ihm verwechselt. Er ließ es aber bleiben.

Gibt es in deinem Haushalt vielleicht Sherry?

Aber ja doch.

Sie sprang auf, holte die Flasche und reichte sie ihm.

Dann wirds perfekt werden.

Er gab einen kräftigen Schuss in die Pfanne, gab die Brotwürfelchen dazu, holte die Randen aus dem Sieb, richtete sie auf dem Teller an und füllte sie mit dem Inhalt.

Jetzt noch den Deckel drauf und Guten Appetit.

Sie setzten sich an den Tisch im Wohnzimmer. Sie setzten sich nebeneinander. Emma bestand darauf. Sie hatte mittlerweile immerhin den Flügel eines einzigen Fensterladens *halb* aufgestoßen. Sie schien wie besessen von diesem trüben Dämmerlicht.

Wie nennst du dein Gericht?

Tanner überlegte.

Ich nenne es *la petite mort rouge.*

Die Glocke der Kathedrale schlug zwei.

FÜNFZEHN

Die Glocken der Kathedrale schlugen fünf, als er den dunklen Herrenschirm, Marke Churchill, ins Hotel zurückbrachte.

Der Concierge machte ein bekümmertes Gesicht, als er ihn sah.

Tut mit leid für Sie. Sie haben unsere Stadt nicht gerade von ihrer schönsten Seite kennengelernt.

Tanner winkte ab.

Vielen Dank für den Schirm. Er hat mir gute Dienste geleistet.

Fünf Minuten später saß er in seinem Auto und verließ die Stadt.

Der Regen hatte aufgehört, da und dort zeigten sich sogar Risse in der grauen Wolkenlandschaft, die sich über der Stadt aufgetürmt hatte. Später, als er sich schon dem flachen Land näherte, rissen die Wolken auf und gaben kreisrund angelegte Himmelsfenster frei, deren Ränder sich aus dem Spektrum des allerletzten Lichts der untergehenden Sonne ein kleines Quantum rosa Farbe entliehen. Jetzt fehlte eigentlich nur noch die gutgelaunte Götterschar, die sich über den Rand beugt, Ausschau haltend nach einem aus dem Menschengeschlecht, dessen Geschicke eventuell die gelangweilte Schar in der unendlich leeren Himmelswelt ergötzen könnte – um ihn dann vielleicht ins Verderben laufen zu lassen. Nur so zum Spaß.

Tanner guckte hoch, konnte aber nichts dergleichen entdecken. Heute hätten sie wahrlich eine gute Chance gehabt, aber – wer weiß, wo die Mischpoke sich wieder herumtrieb, auf jeden Fall blieb der Himmel leer, und niemand guckte auf die Erde hinunter. Und so schlossen sich die Wolken nach einer Weile wieder, und so blieb auch Tanner mit seinem Geschick auf sich allein gestellt.

Nicht lange, denn bald darauf meldete sich sein Telefon. Es war die angehende Kriminalbeamtin Lara Wille und sie fasste sich sehr kurz.

Komm!

Wohin?

Pfarrer Rorschacher hat sich erhängt. Ich warte beim Stucki auf dich.

Tanner schaute auf die Uhr.

Ich bin in fünfundvierzig Minuten bei dir. Kommt Michel auch?

Ja. Er ist unterwegs. Ihr werdet wahrscheinlich gleichzeitig eintreffen.

Also. Bis gleich.

Nein, warte. Da ist noch etwas. Heute Nacht gab es an einem Grenzübergang nach Italien eine Schießerei. Ein Beamter wurde ziemlich schwer verletzt. Die beiden Täter sind flüchtig. Die Beschreibung des Autos und der Täter passt auf die beiden Schläger, die bei Bodmer waren. Wir haben das Nummernschild. Nützt uns aber nichts, denn das Auto ist als gestohlen gemeldet. In Italien wurde eine Fahndung ausgelöst.

Tanner stöhnte.

Wenn die beiden das Land verlassen haben, dann heißt das, sie haben ihren Auftrag erledigt.

Du hast recht.

Und Jean ist immer noch verschwunden. Wir müssen trotzdem wachsam sein, denn wir wissen nicht mit letzter Sicherheit, dass es sich um die gleichen Typen handelt. Ich finde, ihr müsst jetzt eine Fahndung nach Jean herausgeben. Wir hätten das schon lange tun müssen. Hoffentlich ist nicht alles zu spät, verdammt. Sprich mit Michel. Bis gleich.

Tanner kniff für einen kurzen Augenblick die Augen zusammen. Dann sprach er für sich aus, was ihm durch den Kopf ging.

Willkommen in der Wirklichkeit. Besser gesagt: Zurück in der Wirklichkeit. Jean ist immer noch verschwunden. Die beiden Schläger flüchten aus dem Land und Pfarrer Rorschacher hat sich aufgehängt! Ich kann es nicht glauben.

Tanner schlug mit der flachen Hand auf das Steuerrad.

Warum erhängt sich dieser Idiot? Weil wir ihn gestern besucht und ihm ein bisschen auf den Zahn gefühlt haben?

Er wiederholte seine Geste.

Das konnte doch kein Zufall sein. Und war das wirklich gestern?

Nach seinem Plan wären sie vielleicht in zwei bis drei Tagen wieder bei Rorschacher vorbeigegangen, in der Hoffnung, dass Stucki bis dann wegen der herausgerissenen Seiten etwas erreicht hätte. Er hatte ihm ja gestern in der Küche versprochen, er werde sich darum kümmern.

Er holte tief Atem, sah in den Rückspiegel und beschleunigte das Tempo.

Insgeheim hoffte er, dass nicht etwa Stucki Rorschacher unter Druck gesetzt hatte. Aber wann hätte er denn das tun sollen? Gleich gestern Abend? Vielleicht hatte er ihn in der Nacht besucht, während seine kleine Ruth schlief. Hatte er nicht Hass in seinen Augen gesehen, als er von Rorschachers Vorleben sprach?

Tanner wischte mit der Hand durch die Luft.

Mensch Tanner, mach dich doch nicht wahnsinnig. Es sind ja doch alles bloß Spekulationen. Lass uns erst mal vor Ort die Situation genau abklären.

Er guckte auf die Uhr. Etwa noch eine halbe Stunde Fahrzeit.

Er dachte unwillkürlich an den Glockenschlag der Kathedrale, der ihn heute den ganzen Tag begleitet, und die Zeit, die er mit Emma verbrachte, in strenge Takteinheiten unterteilt hatte. Er wusste nicht, ob sie das Schlagen der Zeit auch so wahrgenommen hatte wie er. Man kennt die Macht der Gewohnheit. Er selbst hatte das Stundenschlagen aus unmittelbarer Nähe mächtiger Glocken schon lange nicht mehr erlebt. Er hatte heute den unerbittlichen Lauf der Zeit richtig körperlich erfahren.

Dabei musste er wieder an Jean D'Arcy denken, der von seiner seltsamen Lehre bei seinem Uhrmachermeister erzählt hatte – dass er anfangs nur lauschen durfte, wie die Uhrwerke tickten, ohne ins Innere der Uhr zu blicken. Er habe wochen-, ja monatelang nur das Ticken der Uhren gehört. Bald sei er sich selbst wie eine Uhr vorgekommen, denn er habe auch noch des Nachts das Ticken in seinem Innern gehört.

Er sah das bleiche Gesicht Jeans mit den sorgenvollen Augen vor sich.

Wo steckte er bloß? Und was hatte er vor? Was hatten die beiden Schläger für einen Auftrag? Ging es nur um das Kleid? Oder sollten sie ihn umbringen?

Tanner machte sich Sorgen um ihn. Emma hatte ihm leider auch nicht sehr viel Neues über Jean erzählen können, dafür viel Aufschlussreiches über Nastassja, aber das half Tanner im Moment auch nicht weiter, was den Aufenthaltsort oder die Pläne von Jean betraf.

Laut Emma war Nastassja vor Jahren verschwunden, weil sie aus dem Milieu aussteigen wollte. Sie war allerdings in ganz andere Kreise verstrickt als Emma und hatte offenbar nicht so viel Glück wie sie selbst.

Emma hatte ihm selbst ganz offen von ihrer Vergangenheit im Milieu erzählt. Sie sei zuletzt in verschiedenen europäischen Städten beschäftigt gewesen und habe in ihren letzten Jahren in dem Geschäft eine gewisse Selbständigkeit erreicht, und deswegen sei ihr der Ausstieg vor etwa neun Jahren auch geglückt, was nicht die Regel sei.

Nastassja war im Lauf der Zeit drogensüchtig geworden und hatte sich dadurch in einen ganz schwierigen Teufelskreis verstrickt, aus dem man – laut Emma – den Ausstieg sehr häufig mit dem Tod bezahlen müsse. Sie habe jahrelang alles versucht, um ihre «kleine Schwester» zu beschützen oder gar zu retten, aber sie habe keine Chance gehabt, denn Nastassja selber habe sie immer mehr abgelehnt und das habe mit ihrer Drogensucht zu tun gehabt, die ihr Wesen so grausam verändert habe. Als Nastassja Jean kennengelernt hatte, sei der Bruch endgültig geworden, denn Jean war Mitglied bei irgendeiner religiösen Gemeinschaft und hatte sie dorthin mitgeschleppt. Jean D'Arcy, der sie offenbar geliebt hatte, wollte Nastassja laut Emma mit seinen Gebeten erretten und Gott zuführen – so habe Nastassja es ihr auf jeden Fall geschildert. Und Nastassja habe immer schon einen Hang zum Frommen und Mystischen gehabt. Ganz im Gegensatz zu ihr. Also machte sie bei der ganzen Sache zeitweise mit, aber das arme Mädchen wusste einfach nicht, wo sie hingehörte. Einige Zeit haben die beiden bei dieser Gemeinschaft gelebt und auch gearbeitet, dann ist sie wieder in die Drogen und in ihr früheres Leben geflüchtet. Ein schreckliches Hin und Her. Regelmäßig meldete sich Jean D'Arcy bei ihr, wenn Nastassja abgehauen war. Aber sie konnte ihm jeweils nicht helfen, denn sie wusste auch nie, wo Nastassja sich aufhielt. Ab und zu tauchte sie unvermittelt ohne Voranmeldung auf, trank einen Kaffee mit ihr und verschwand wieder. Als Emma sie das letzte Mal sah, sei Nastassja in einem erstaunlich guten Zustand gewesen und habe sehr geheimnisvoll getan mit einem neuen Liebhaber, der sie aus der ganzen Misere retten und ihr ein ganz neues Leben bieten würde und so weiter. Und bei der Gelegenheit hatte sie bei Emma das rote Seidenkleid gekauft. Wer der neue Liebhaber sei, habe sie partout nicht sagen wollen. Danach habe sie ihre Cousine nie mehr gesehen. Jean sei dann eines Tages völlig verzweifelt zu ihr gekommen und habe behauptet, dass man Nastassja verschleppt habe, und zwar ins Ausland. Er sei sehr schlecht drauf gewesen, habe zeitweise unverständliches Zeug geredet und davon gefaselt, dass man seine geliebte Nastassja nach Spanien gebracht habe und sie anschließend nach Afrika verschleppen würde. Die Polizei nahm an, dass sie Opfer einer Auseinandersetzung in Drogen- oder Milieukreisen geworden sei, und da man aber ihren Leichnam nie gefunden hatte, nahm man weiter an, dass man sie in irgendeiner Weise zum Verschwinden gebracht hatte. So stand es dann auch eines Tages in der Zeitung. Die Behauptung D'Arcys, man habe sie verschleppt, wurde von der Polizei entweder nicht ernst genommen oder es gab nicht genügend konkrete Anhaltspunkte.

Tanner streckte sich und rieb sich die Augen. Er betätigte den Blinker und verließ die Autobahn. In einer Viertelstunde wäre er beim Stucki.

Was Emma erzählt hatte, klang plausibel, half im Moment aber auch nicht weiter, zumal Emma leider keine Ahnung hatte, um welche religiöse Gemeinschaft es sich handelte, der Jean angehören solle. Sie glaubte, dass die Sekte irgendwo im Umfeld der drei Seen ihren Sitz hatte, aber sicher war sie nicht.

Es wird um schonendes Anhalten gebeten …

Tanner erinnerte sich lächelnd an das erste Treffen mit D'Arcy am Bahnhof und den ersten Eindruck, den der junge Mann auf ihn gemacht hatte.

Er hatte also diese Nastassja geliebt und hatte sie erretten wollen. Vergebens. Schließlich hatte er sie ganz verloren, und er selbst war im Knast in Spanien gelandet. Was für ein Schicksal.

Tanner fror bei der Vorstellung.

Falls es stimmte, dass Jean überzeugt gewesen war, dass seine Nastassja nach Spanien gebracht wurde, um schließlich nach Afrika verschleppt zu werden, so war er ja ganz sicher aus diesem Grund selber nach Spanien gereist. Dann könnte man weiter annehmen – unter der Voraussetzung, seine Behauptung stimmte, dass ihm die Drogen untergejubelt worden waren –, dass diejenigen, die Nastassja verschleppt hatten, ihm auch die Drogen untergejubelt hatten, um ihn elegant loszuwerden, was ihnen auch gelungen war, falls das wirklich ihre Absicht gewesen war.

Tanner schüttelte den Kopf.

Oh je, oh je! Wenn … falls … dann … vielleicht … unter Umständen … So kommt man natürlich nicht weiter.

Er atmete tief durch.

Irgendwo übersehe ich etwas. Aber was?

Vor lauter Grübeln hätte er beinahe die Abzweigung zu Stuckis Restaurant verpasst.

Michels dunkler Dienstwagen stand bereits auf dem Parkplatz.

Aha. Ich bin der Letzte. Nun denn, schauen wir mal.

Er fand Michel, Lara, Stucki und auch die kleine Ruth am großen Stammtisch versammelt. Ansonsten war das Wirtshaus leer.

Michel winkte ihm zu.

Ach, da kommt ja unser Ausflügler. Und wie war deine Spritztour?

Alle blickten ihn erwartungsvoll an.

Ja. Danke der Nachfrage. Habt ihr die Fahndung nach Jean ausgelöst?

Michel nickte.

Haben wir, obwohl ich bezweifle, dass wir Erfolg haben werden. Wir reden nachher noch darüber.

Michel erhob sich.

Gehen wir ins Pfarrhaus. Wir haben ja nur auf dich gewartet. Der Gerichtsmediziner ist natürlich bereits vor Ort. Ich habe aber gesagt, sie sollen ihn, äh …

Mit einem Blick auf die kleine Ruth.

… sie sollen alles unberührt lassen, bis wir eintreffen.

Sie gingen auf die Straße. Während Michel kurz zu seinem Auto ging, stellte sich Lara dicht neben Tanner und schubste ihn in die Seite.

Was ist denn mit dir passiert?

Tanner schaute sie möglichst verdutzt an.

Wieso? Ach, habe ich mich beim Rasieren geschnitten?

Nein, nein, aber du siehst irgendwie … ich weiß nicht …

Sie unterbrach sich, denn Michel kam zurück, und jetzt gingen sie zu dritt in Richtung Pfarrhaus.

Michel räusperte sich lautstark.

Kollegin Wille hat mir einiges erzählt über euern gemeinsamen Besuch beim Rorschacher gestern. Ich höre, dass du ihn rein zufällig beim Stucki am Mittagstisch kennengelernt hast, stimmts?

Ja, das stimmt. Er war sehr redselig, und so habe ich die Gelegenheit benutzt und ihn nach Heinrich Karst gefragt.

Wie hat er denn reagiert?

Nach der Erwähnung des Namens wars ziemlich abrupt aus mit seiner Redseligkeit. Der gute Stucki musste ihm erst auf die Sprünge helfen. Doch kam Rorschacher plötzlich in den Sinn, dass er sofort zu einem Krankenbett gehen müsse, und bestellte mich zu einem späteren Zeitpunkt ins Pfarrhaus. Worauf ich stracks und ohne Umschweife die Kollegin Wille angerufen habe, denn es ist ja ihr Fall, nicht wahr?

Michel grinste.

So, so. Stracks und ohne Umschweife.

Er wandte sich an Lara.

Wie wärs, wenn du dir die Mühe machtest, äh … stracks und ohne Umschweife … abzuklären, ob Rorschacher gestern wirklich einen unaufschiebbaren Krankenbesuch gemacht hat, oder ob er, äh … stracks und ohne Umschweife … nach Hause geeilt ist und die paar Seiten über Heinrich Karst herausgerissen und verschwinden hat lassen?

Lara war sichtlich enttäuscht, dass sie vorerst nicht mit ins Pfarrhaus durfte. Aber sie nickte tapfer.

Ich frage am besten den Stucki, wer denn im Dorf so krank ist …

Mit einem Seitenblick auf Tanner machte sie rechtsumkehrt und marschierte zurück.

So, die sind wir erst mal los.

Michel knuffte Tanner in den Arm.

Habe ich dich nicht gebeten, der Kriminalbeamtenkandidatin Lara Wille in ihrem Fall nicht beizustehen, he?

Tanner seufzte und rieb sich ostentativ den Arm.

Wir hatten das doch besprochen, aber du hattest ja nur Augen für ungarische Landschaften. Das ist wieder typisch, ich wollte helfen und jetzt werde ich für meine Gutmütigkeit auch noch geschlagen. Die Welt ist einfach ungerecht.

Michel lachte.

Ja, da hast du recht. Frag mich mal nach meinen Banken …

Tanner lachte mit.

Ach ja. Was ich dich fragen wollte: Wie geht es dir eigentlich mit deinen Banken?

Michel winkte ab.

Ach, frag mich lieber nicht.

Sie lachten beide.

Ich erklärs dir später. So, ich glaube, wir sind hier. Wieso wohnen eigentlich Pfarrer immer so schön und Kriminalkommissare nicht?

Er winkte selber ab.

Das klären wir auch später, aber was ich dich fragen wollte: Warum um alles in der Welt hast du laut Wille diesem Rorschacher ein schweres Buch an den Kopf geworfen?

Tanner hob die Hände.

Nein, nein. Ich habs ihm ziemlich rasant *zugeworfen,* denn ich wollte seine Reaktionsfähigkeit testen.

Michel runzelte seine Stirn.

He? Und wie war die Reaktion?

Die war unglaublich. Er schnappte sich das schwere Buch mit einem einzigen schnellen Griff aus der Luft. Blitzschnell wie eine Schlange beim Angriff. Und er war ja nicht vorbereitet auf den Wurf, verstehst du. Ich möchte sehen, welcher deiner jungen Polizeiaspiranten so etwas könnte.

Michels Stirn blieb immer noch zerfurcht.

Und? Ich meine, was schließt du aus dieser Fähigkeit?

Tanner gab die Frage zurück.

Was würdest *du* denn daraus schließen?

Spitzensportler oder Kampfausbildung.

Tanner lächelte.

Ja. Das habe ich mir auch gesagt. Den Spitzensportler kannst du laut Stucki ausschließen.

Michels Stirn glättete sich.

Gut. Somit kommen wir stracks und ohne Umschweife zur Frage, warum ein Dorfpfarrer in diesem schönen, aber abgelegenen Land über eine Kampfausbildung verfügt?

Laut eigener Aussage hatte er früher mal ein ganz anderes Leben gelebt. Er meinte damit, dass er in Afrika tätig gewesen ist. Mission oder Hilfswerk. Welches von beidem, war gestern nicht klar. Vielleicht wollte er es bewusst vage lassen. Er musste ja damit rechnen, dass wir das nachprüfen. Stucki erzählte mir später von Gerüchten im Dorf, dass er tatsächlich in Afrika gewesen sei, aber als Kämpfer, und zwar soll er auf verschiedenen Seiten gekämpft haben. Und nicht immer bei den Guten, falls es die überhaupt gegeben hatte.

Michel nickte.

Gut. Das war ja dann wohl ein ergiebiger Nachmittag, den du da mit meiner Kollegin Wille verbracht hast, oder?

Komm. Jetzt schauen wir uns mal den ehemaligen Afrikakämpfer Rorschacher an.

Tanner hielt ihn am Arm zurück.

Weißt du, warum Ruthlis Mutter gestorben ist?

Michels Miene verdüsterte sich.

Sie hat sich erhängt.

Das ist ja entsetzlich. Weiß man, warum?

Michel schüttelte den Kopf.

Ich weiß nur, dass sie an Depressionen litt.

Michel sah Tanner an.

Wieso interessiert dich das?

Ich habe das Kind kennengelernt. Ein entzückendes Wesen.

Michel nickte.

Da hast du recht. Komm jetzt.

Sie betraten das Haus.

Im Flur wurden sie von zwei Beamten begrüßt. Einer war Stoffel. Er versteckte gerade sein Handy. Es war offensichtlich, dass er gerade privat telefoniert hatte, was gegen die Dienstvorschrift war. Michel hatte es wohl nicht gesehen. Er hob nur die Hand zum Gruß wie ein müder General und ging an den Beamten vorbei.

Tanner reichte Stoffel die Hand.

Und? Sind Sie schon Vater geworden?

Stoffel wurde rot.

Nein, nein. Aber es ist bald soweit.

Viel Glück.

Stoffel dankte begeistert und wies ihm den Weg.

Wie von Tanner vermutet, hatte sich Rorschacher in der Nähe seines Schreibtisches in seinem Arbeitszimmer erhängt. An einem der kräftigen Deckenhaken für die schweren Blumentöpfe seines hängenden Gartens. Auf dem Boden lagen einige dicke Bücher, wahrscheinlich hatte er die auf den Schreibtisch aufgetürmt, war draufgestanden und hatte sie im entscheidenden Moment dann weggestoßen.

Irritierend war nur, dass er sich nackt erhängt hatte. Tanner konnte sich nicht erinnern, je davon gehört zu haben, dass sich jemand nackt erhängt hatte. Michel und er warfen sich einen Blick zu.

Sie betrachteten den kräftigen Körper. Man konnte direkt sehen, dass dieser Körper einmal sehr durchtrainiert gewesen sein musste. Einige größere und kleinere alte Narben waren deutlich zu sehen. Michel zeigte auf die eine oder andere.

Ich fress einen Besen, wenn das keine Schussverletzungen sind. Und die anderen könnten von Messern oder anderen scharfen Gegenständen stammen. Es scheint, als seien die Gerüchte über seine Kämpfervergangenheit wahr.

Plötzlich räusperte sich jemand.

Was für eine Vergangenheit?

Tanner und Michel drehten sich um und entdeckten in der Ecke eine junge Frau, die dort auf einem Stapel Bücher saß und sich Notizen machte.

Wer sind denn Sie?

Michel fragte es etwas barsch, wie es so seine Art war.

Ich bin die Vertretung.

Sie erhob sich und kam auf Michel zu.

Ich bin Dr. Zahnd. Angelika Zahnd.

Michel starrte sie an.

Wo ist denn der …

Sie unterbrach ihn.

Er ist an einem internationalen Kongress in Shanghai. Sie müssen also mit mir vorliebnehmen. Ich gehöre seit einem Monat zum Team der Gerichtsmedizinischen, leider fand mein Chef noch keine Gelegenheit, mich in den Abteilungen vorzustellen …

Jetzt unterbrach Michel sie.

Ja, ja. Ist gut. Ich bin Michel. Serge Michel. Leiter der Abteilung Leib und Leben. Und das ist Tanner. Er ist ein, äh …

Tanner kam ihm zu Hilfe.

Ich gehöre dann und wann zu Michels Team und bin …

Jetzt winkte sie ab und schüttelte auch ihm die Hand.

Ja, ja, das ist mir alles bekannt. Sie sind ja beide ziemliche Berühmtheiten …

Michel runzelte die Stirn.

So, so. Sind wir das?

Er wischte sich den Schweiß aus dem Gesicht.

Ja, nun, äh … ach ja: zu ihrer Frage …

Michel orientierte sie mit knappen Worten über die Situation und über die Gerüchte zu Rorschachers Vergangenheit.

Sie nickte und schaute zum Leichnam.

Aha, das erklärt dann ja auch die vielen …

Michel hob kurz seine Stimme.

Stoffel, welcher Idiot hat denn die Tür offengelassen?

Lara trat ein. Sie war ziemlich außer Atem.

Ich bin der Idiot. Entschuldigung. Irgendwie muss ich ja in das Haus kommen, oder.

Michel winkte ab.

Ja, ist ja gut.

Er zeigte auf die Ärztin.

Das ist Frau Dr. Zahnd. Sie gehört neu zum gerichtsmedizinischen Team.

Lara ging hin und stellte sich vor.

Ich bin Lara Wille und gehöre neu zu Michels Team.

Michel runzelte die Stirn. Unterließ aber erstaunlicherweise eine Bemerkung, die gemäß seiner Mimik wohl ziemlich bissig ausgefallen wäre.

Ja, genau, Frau Doktor, das erklärt möglicherweise die vielen alten Narben. Aber wir sind natürlich gespannt auf Ihren Bericht. Wann haben Sie gesagt, kommt Ihr Chef zurück?

Sie lächelte.

Anfang nächste Woche. Ich denke aber nicht, dass Sie so lange auf den Bericht warten wollen. Wenn wir die Leiche jetzt abnehmen dürfen, so wird mein Bericht morgen früh auf Ihrem Schreibtisch liegen, wenns recht ist.

Michel starrte sie an.

Morgen früh?

Er zeigte ungeniert seine Skepsis.

Na, da bin ich ja mal gespannt. Gut. Sie können ihn abnehmen lassen. Sie haben bis jetzt keine Zeichen irgendeiner äußeren Gewaltanwendung feststellen können?

Nein, aus dieser Perspektive gibt es keinerlei Anzeichen einer äußeren Gewaltanwendung. Aber endgültig kann ich es erst nach der Untersuchung sagen.

Michel nickte, dann blickte er fragend zu Tanner.

Man müsste hier natürlich alles genau untersuchen.

Michel seufzte.

Ja, ja. Ich habe das Team bestellt. Ich weiß nicht, wo die stecken. Lara, könntest du mal telefonieren? Und dann wartest du hier auf die Leute und leitest bitte die Untersuchung. Ich nehme an, du hast gelernt, wie das geht.

Lara war kurz vor einer Explosion, aber sie schickte sich offenbar in ihr Schicksal und nickte. Michel fixierte sie.

Hast du noch eine Frage?

Sie schüttelte den Kopf.

Nein, es ist alles klar, Chef.

Dann ist ja gut. Ich dachte schon, Du wolltest noch etwas sagen. Ah, ja. Wie war das jetzt mit Rorschachers Krankenbesuch?

Es gab keinen Krankenbesuch, meint Stucki. Erstens gibt es im Moment niemand im Dorf, der krank zu Hause liegt, und zweitens hat er ihn beobachtet, wie er stracks, äh … also ich meine, äh … auf direktem Weg ins Pfarrhaus ging.

Michel drehte sich zum Ausgang.

Lara machte hinter Michels Rücken ein ziemlich unanständiges Zeichen.

Tanner zuckte mit den Achseln.

Wir sehen uns später beim Stucki.

Tanner holte Michel im Vorgarten ein.

Hör mal, Michel, du nimmst sie aber ziemlich hart ran, findest du nicht?

Ich weiß, was ich tue. Sie ist eine verwöhnte Göre. Sie muss es jetzt kapieren, sonst lernt sie es nie.

Tanner wusste zwar nicht genau, was er meinte, ließ es aber gut sein.

Gut.

Michel schlug ihm auf die Schulter.

Mach nicht so ein Gesicht. Sie wird es überstehen, und eines Tages wird sie mir danken. Du wirst schon sehen.

Tanner hatte da so seine Zweifel, antwortete aber nicht.

Glaubst du, wir kriegen noch was beim Stucki?

Tanner zeigte auf die schwach beleuchtete Kirchenuhr.

Ja sicher, sein berühmter Braten wird gerade richtig gar sein.

Michel lachte.

Also, nichts wie los. Mir läuft schon das Wasser im Mund zusammen.

Sie beschleunigten ihre Schritte und erreichten in wenigen Minuten das Gasthaus.

Jetzt waren einige Tische besetzt, und es bediente eine ziemlich resolute Frau in weißer Schürze mit kräftigen Armen und roten Händen. Die kleine Ruth war nicht zu sehen.

Als jeder sein Bier hatte, deutete Michel Richtung Küche.

Es geht das Gerücht um, dass der Laden in letzter Zeit nicht besonders gut läuft. Er kocht zwar sehr gut, wie wir wissen, aber das Wirtshaus ist halt sehr abseits, und seine Art der Gastfreundschaft ist nicht jedermanns Sache, wenn du verstehst, was ich meine.

Tanner lächelte. Michel beugte sich vor.

Es fehlt die charmante Wirtin, würde ich sagen. Die eine Hälfte kommt nämlich wegen seiner Küche, und die andere Hälfte, die eben ausbleibt, würde wegen der Wirtin kommen. Aber die fehlt eben. Aber welche Frau würde sich mit so einem Brummbär einlassen wollen, frage ich dich, he?

Tanner dachte bei sich, dass das gerade der Richtige fragte.

Deine messerscharfe Analyse trifft wieder mal ins Schwarze. Apropos, der Rorschacher wurde vor ein paar Tagen von seiner sogenannten Haushälterin verlassen. Ich glaube, du solltest die Frau vorladen. Es könnte auf jeden Fall nicht schaden.

Was meinst du mit *sogenannter* Haushälterin?

Ja, er hat ziemlich zweideutig von ihr gesprochen.

Zum Beispiel?

Abgesehen davon, dass sie wohl sehr gut gekocht habe … ich zitiere: habe sie auch sonst über *sehr* gute Qualitäten verfügt … ach ja: und er hat betont, dass sie immer wusste, wo seine Socken zu finden waren. Dabei hättest du sein Grinsen sehen sollen, das sprach Bände.

Michel nahm einen tiefen Schluck, angelte sich dann sein Telefon aus der Tiefe seiner Hose und wählte eine Nummer.

Nach einer Weile legte er es erbost auf den Tisch.

Schon wieder besetzt … dieser Stoffel! Der telefoniert den lieben langen Tag mit seiner Frau, nur weil sie schwanger ist.

Er lächelte plötzlich verschmitzt, griff wieder nach seinem Telefon und wählte eine andere Nummer.

Ach ja, Wille. Sagen Sie mal, telefoniert der Stoffel wieder mit seiner Frau? Treten Sie ihn mal in den Arsch. Er soll sich sofort um die ehemalige Haushälterin kümmern, die den Rorschacher vor ein paar Tagen verlassen hat. Gut. Ist das Team eingetroffen? Noch nicht! Das gibts doch wohl nicht. Wie? Ich glaubs einfach nicht.

Er hielt den Hörer kurz mit der Hand zu und informierte Tanner.

Die hatten kurz vorm Dorf einen Platten.

Michel verdrehte die Augen und nahm das Telefon wieder an sein Ohr.

Rufen Sie sie an und sagen Sie den Idioten, sie sollen halt zu Fuß kommen, wenn sie keinen Reifen wechseln können. Und Sie, Wille, Sie halten die Stellung. Ach ja: Haben Sie den Abschiedsbrief noch nicht gefunden? Nein? Dann suchen Sie weiter. Erhängte schreiben immer einen Abschiedsbrief. Merken Sie sich das. Immer! Es gibt Gott sei Dank auch in diesem Bereich Regeln. Haben Sie mich verstanden, Wille!

Michel beendete das Gespräch und stöhnte.

Sein genervtes Stöhnen verwandelte sich plötzlich wundersam in ein angenehm erwartungsvolles Aufseufzen, und in seinen weit aufgerissenen Augen spiegelten sich die näher kommenden Teller mit Braten und den besten Pommes Frites, die man hierzulande bekommen konnte.

Michel bestellte noch mal zwei große Bier.

Er war schlagartig bester Laune. Er rieb sich wie in einer schlechten Komödie die Hände, und es hätte nicht viel gefehlt und er hätte vor lauter Glück und übermütiger Vorfreude die servierende Frau in ihren ziemlich umfangreichen Hintern gekniffen. Er beschränkte sich aber auf eine Andeutung hinter ihrem Rücken.

Tanner lachte.

Vorsicht. Eine Ohrfeige von ihr, und sogar *du* lägst am Boden.

Er hätte gerne sofort mit Michel über Rorschacher geredet, aber er wusste, dass Michel es von ganzer Seele hasste, während des Essens über solche Sachen zu reden. Also verschob er es auf den Kaffee. Allzu lange würde es sowieso nicht dauern, bis Michel den Teller ratzekahl gegessen hätte.

Also wandte sich auch Tanner ganz dem Essen zu.

Nachdem Michel seinen ersten Heißhunger gestillt hatte, brach er das Schweigen.

Erzählst du mir jetzt, was du in unserer mondänen welschen Metropole gemacht hast? Ich meine, was du wirklich gemacht hast, nämlich den mit der Spritztour kannst du irgendjemandem erzählen, aber nicht deinem besten Freund, der dich vielleicht besser kennt, als du ahnst.

Deinem besten Freund? Und das vom Michel!

Tanner war gerührt, denn seit ihrem nächtlichen Treffen, kurz nachdem er aus dem Norden zurückgekommen war, herrschte keine besonders gute Stimmung zwischen ihnen, ohne dass Tanner wirklich gewusst hätte, warum. Jetzt war er froh über das Angebot.

Ja, lieber Michel! Oder wie du sagen würdest: Potz Blitz! Du hast natürlich recht mit deiner Intuition. Es war keine Spritztour. Ich hatte tatsächlich einen konkreten Anlass.

Michel strahlte, bedeutete ihm, dass er ganz Ohr sei, und säbelte genüsslich weiter an seinem Fleisch.

Also erzählte Tanner von Jean D'Arcy und über dessen Hintergrund, soweit er ihn wusste. Vom Koffer, den er ihm anvertraut hatte, und wie er sich eben Sorgen um diesen jungen Mann machte und deswegen gestern Abend in einem plötzlichen Entschluss den Koffer geöffnet und das Kleid gefunden hatte. Und damit als einzigen Hinweis den Namen einer Boutique und das goldene Namensschild.

Und so habe er eben sein Glück versucht, und er sei ja auch fündig geworden.

Er erzählte von der Verwandtschaft der Boutiquenbesitzerin Emma Sorbin und Nastassja Orlon, beide geborene Filippowna, und den ganzen Hintergrund, den Tanner von Emma erfahren hatte – halt die ganze Geschichte. Über Emma selbst verlor Tanner natürlich nur wenige Worte.

Michel hörte sich das alles an, und als er fertig gegessen und sämtliche Spuren der Fleischsauce mit Brot aufgetunkt hatte, schob er den Teller beiseite und beugte sich zu Tanner.

Michel wurde nachdenklich. Plötzlich drehte er sich um.

Stucki. Kann ich zahlen?

Tanner blickte ihn erstaunt an.

He, Moment. Ich dachte, wir reden jetzt über Rorschacher …

Ja, ja. Das können wir auch noch in deinem Wagen.

Stucki kam.

Ist etwas nicht in Ordnung? Ich meine, weil ihr so schnell aufbrecht?

Michel winkte ab.

Alles in Ordnung Stucki. Wir sagen es dir schon, wenn du nachlässt. Keine Angst, gell, Tanner.

Er nickte.

Nein, nein, das Essen war fantastisch. Aber Michel möchte plötzlich unbedingt aufbrechen. Ich weiß auch nicht, wieso.

Michel legte das Geld hin und stand auf.

Das erkläre ich dir draußen. Auf Wiedersehen, Stucki.

Er wandte sich noch einmal um.

Ach ja, einer meiner Leute wird meinen Wagenschlüssel holen. Hier. Kannst du ihn nehmen?

Stucki nickte, nahm den Schlüssel und das Geld.

Ich hoffe, man sieht die Herren bald wieder.

Darauf kannst du Gift nehmen. Komm, Tanner. Wir ziehen los.

Schöne Grüße an dein Ruthli.

Stucki nickte.

Sie ist heute bei meiner Schwester.

Michel nahm ihn am Arm und zerrte ihn nach draußen.

Komm jetzt. Wir fahren mit deinem Auto.

Ja ja, das habe ich bereits begriffen.

Michel nahm sein Telefon.

Lara, hier Michel. Hören Sie, ich fahre jetzt mit Tanner zurück. Ich muss ihm etwas zeigen. Sagen Sie Stoffel, er soll meinen Wagen nehmen. Und rufen Sie mich bitte an, wenn sich etwas Neues ergibt.

Michel ließ sich in den Ledersitz fallen.

Gut. Los gehts.

Tanner legte den Gang ein.

Erfahr ich jetzt, was du mir so dringend zeigen musst?

Heute Morgen wurde wieder einmal eine Leiche aus unserem schönen Stadtfluss gefischt. Ich finde, du sollst sie dir dringend ansehen.

SECHZEHN

Im Untergeschoss der Gerichtsmedizin schien es noch kälter zu sein als draußen. Vielleicht war es auch nur eine psychologisch bedingte Kälte. Frau Dr. Zahnd hatte sie in den Leichenraum geführt. Sie war ziemlich erstaunt gewesen, die beiden zu sehen, denn sie dachte, sie kämen wegen Rorschachers Leiche.

Nun standen sie an einer offenen, herausgezogenen Leichenschublade und betrachteten das blasse Antlitz Jean D'Arcys.

Hatte er keine Verwandten mehr?

Tanner zuckte mit den Achseln.

Er hat mir mal gesagt, dass an Verwandten kein Mangel herrsche, aber er hatte offenbar zu niemandem eine Beziehung. Seine Eltern sind ja schon sehr früh gestorben, und von Geschwistern weiß ich nichts.

Frau Dr. Zahnd wandte sich leise an Michel.

Ob Herr Tanner unterschreiben könnte?

Michel winkte ab.

Nein, nein, das kommt überhaupt nicht in Frage. Wir suchen nach den Verwandten.

Tanner pflichtete bei.

Kann ich seine Sachen sehen?

Er dachte an den Schrankschlüssel, den er Jean anvertraut hatte und natürlich auch an das kleine Wachstuchheft, aus dem er damals im Restaurant Bahnhof vorgelesen hatte und das er ganz sicher immer mit sich herumgetragen hatte.

Frau Dr. Zahnd schob den Leichnam zurück. Dann verließen sie das Untergeschoss.

Sie gingen in ihr Büro. Sie bestellte Kaffee für alle und bat die beiden, Platz zu nehmen. Sie hole nur schnell die Schachtel mit den persönlichen Sachen. Die Kleider seien bereits getrocknet.

Als sie allein waren, räusperte sich Michel.

Tut mir leid, dass ich recht hatte.

Tanner seufzte.

Da kannst du ja nun wirklich nichts dafür. Aber …

Tanner stützte sein Gesicht in seine Hände.

Er tut mir wirklich leid. Jean D'Arcy war wirklich ein ganz besonderer Mensch, glaub mir, Michel.

Er stand auf und ging zum Fenster.

Wieso habe ich das nicht verhindern können, verdammt!

Er blickte zu Michel.

Ich hatte allerdings eine andere Art von Unheil erwartet.

Welches denn?

Ich hatte befürchtet, dass er sich rächen würde. Entweder für den Tod seiner Nastassja, denn aus irgendeinem Grund trug er dieses Kleid ja mit sich – und er ging auch nicht zur Polizei damit. Oder wegen der Drogen, die man ihm untergejubelt hatte.

Michel wiegte den Kopf.

Das wäre unter Umständen sowieso die gleiche Adresse gewesen, oder? Ich meine, aufgrund dessen, was du erzählt hast, müsste man das ja fast annehmen. Also, wenn man eins und eins zusammenzählt …

Tanner starrte zum Fenster hinaus.

Ich hätte ihn nicht gehen lassen dürfen, als er mir den Koffer anvertraut hatte. Ich wusste im Grunde, dass sich da ein Unheil zusammenbraut. Aber ich sah in dem Moment einfach keine Möglichkeit, ihn zurückzuhalten.

Mensch Tanner, gräm dich nicht. Es ist nicht deine Schuld. Im Nachhinein ist man sowieso immer klüger.

Tanner setzte sich wieder.

Darum geht es in diesem Fall aber nicht.

Wie meinst du?

Ja, von wegen klüger. Ich wusste es ja. Ich wusste ja, dass etwas passieren wird, verstehst du!

Tanner starrte vor sich hin.

Warum begeht er Selbstmord? Und wenn er schon Selbstmord vorhat, warum gibt er mir dann den Koffer zur Aufbewahrung? Und dann die beiden Schläger, die ausgerechnet heute Nacht das Land verlassen haben. Das kann doch kein Zufall sein.

Wenn es denn dieselben sind. Wir haben noch keinen Beweis.

In diesem Augenblick betrat Frau Dr. Zahnd mit einer Schachtel das Büro. Hinter ihr folgte eine Assistentin und brachte den Kaffee.

Sie stellte die Schachtel auf den Tisch und nahm den Deckel ab.

Herr Tanner, Sie dürfen gerne einen Augenschein nehmen.

Tanner erhob sich.

Wer alles hat denn seine Sachen in der Hand gehabt?

Frau Dr. Zahnd überlegte.

Na ja, die Taucher, die ihn aus dem Fluss geholt haben, dann die Beamten, die ihn in den Sarg gelegt haben und hier, äh … waren es meine Assistentin und ich. Wir haben ihn gemeinsam ausgezogen.

Sie schaute ihn fragend an.

Ich frage, weil ich wissen möchte, wie viele Spuren bereits zerstört wurden. Darf ich Sie um ein paar Handschuhe bitten?

Michel hob die Augen.

Glaubst du nicht an einen Selbstmord?

Tanner nahm ein paar Kautschukhandschuhe entgegen und streifte sie sich über.

Ich glaube gar nichts. Wir waren nicht dabei, oder? Gibt es Zeugen, die gesehen haben, wie er sich von der Brücke gestürzt hat? Vergessen wir nicht die beiden Schläger, die mich besuchen wollten und die auch im Bahnhofsrestaurant aufgetaucht sind.

Tanner hob vorsichtig das Bündel Kleider aus der Schachtel, stutzte und wandte sich an Frau Dr. Zahnd.

Hatte er keinen Mantel an?

Nein, nein. Nur diesen grauen Anzug.

Hatte er denn einen Mantel?

Michel stellte die Frage.

Ja, sicher. Ich hatte ihm meinen alten Fischgratmantel geschenkt, denn er ist in seinem dünnen Anzug ja fast erfroren.

Und er hatte ihn an, als er mit dem Koffer zu dir kam?

Nein, da habe ich ihm den Mantel erst gegeben.

Michel wandte sich an Frau Dr. Zahnd.

Was meinen Sie, ziehen Selbstmörder den Mantel aus, bevor sie springen?

Sie errötete.

Da müssen Sie meinen Chef fragen, da bin ich noch zu wenig lange dabei.

Sie überlegte.

Und in der Literatur, die ich kenne, wird das nicht thematisiert. Ich kann mich auf jeden Fall nicht daran erinnern.

Gut. Ich bitte Sie, auch in diesem Fall eine Obduktion vorzunehmen. Dann werden wir zumindest Gewissheit haben, ob er im Wasser gestorben ist oder nicht.

Die junge Ärztin nickte.

Sie würden dann zwar immer noch nicht wissen, ob Jean freiwillig gesprungen ist. Man kann sehr wohl jemanden ins Wasser stoßen, ohne dass Spuren von Gewaltanwendung sichtbar sein müssen.

Michel ergänzte.

Wir werden einen Zeugenaufruf machen.

Dann wandte er sich an die Ärztin.

Gibt es Hinweise, von welchem Ort er am wahrscheinlichsten gesprungen ist?

Davon weiß ich leider nichts.

Tanner half der Ärztin, die etwas unsicher wirkte.

Wir fragen die Taucher, Michel. Wenn uns jemand Hinweise geben kann, dann die. Sie haben Erfahrung mit dem Fluss und kennen sich mit den Strömungen aus.

Michel nickte.

Gut. Ich werde entsprechende Anweisungen geben.

Tanner wandte sich wieder der Schachtel zu. Er holte die Schuhe raus, die in einem Plastikbeutel steckten. Er legte den Beutel neben die Schachtel.

Dann sah er das Heft. Es befand sich ebenso in einem Plastikbeutel. Dann war die Schachtel leer.

Keine Brieftasche?

Sie schüttelte den Kopf.

Keine Uhr?

Nein, auch keine Uhr.

Tanner wandte sich an Michel.

Michel, kannst du veranlassen, dass die noch ein Foto von ihm machen?

Michel nickte.

Tanner zog vorsichtig das Büchlein aus dem Plastik.

Haben Sie das auch getrocknet? Das hat erstaunlich wenig gelitten.

Ja, ja. Also meine Assistentin hat das mit dem Föhn getrocknet.

Zum Glück hat Jean nicht mit Tinte geschrieben, sonst wäre jetzt wahrscheinlich alles verwischt.

Tanner blätterte das Büchlein durch. Jean hatte mit Bleistift geschrieben. Gestochen scharf.

Michel wandte sich wieder zu ihnen, er hatte bereits seine Anweisungen erteilt.

Michel, dieses Büchlein nehme ich an mich. Ich will es genau studieren, wer weiß, vielleicht …

Michel blickte zur Ärztin.

Wir unterschreiben dafür.

Sie holte aus ihrem Schreibtisch das entsprechende Formular und begann es auszufüllen.

Tanner blickte etwas ratlos auf die wenigen Sachen.

Haben Sie die Schuhe untersucht?

Nein, wir hatten ja nicht damit gerechnet, dass es sich, äh …

Tanner vollendete den Satz.

… nicht um einen gewöhnlichen Selbstmörder handelt. Das ist ja klar. Und wir machen Ihnen in keiner Weise einen Vorwurf.

Tanner nestelte die Schuhe aus dem Plastiksack. Sie waren noch komplett durchnässt.

Die Schuhe bestanden aus ziemlich dünnem Leder, waren sehr abgelaufen und hatten an zwei Stellen Löcher. In dem einen Schuh war die innere, ziemlich abgeschabte Sohlenzunge lose.

Tanner zog sie raus und legte sie beiseite. Er griff in den Schuh, bis an die Spitze und fand dort offenbar etwas, was er mühsam herausklaubte. Er öffnete die Hand. Es war ein flaches Goldblättchen in Form eines stilisierten Salamanders. Tanner rieb das Blättchen zwischen seinen Fingern und spürte die Gravierung auf der Rückseite. Er drehte das Blättchen um.

Wie von Tanner erwartet, stand dort mit altmodischen Buchstaben eingraviert *Jean.*

Tanner griff in seine Hosentasche und präsentierte Michel und der Ärztin das Blättchen mit dem Namenszug *Nastassja.*

Michel hustete vor Aufregung.

Das ist ja ein Ding. Aber was bedeutet es?

Ich weiß es nicht. Vielleicht war es einfach ein gegenseitiges Liebeszeichen unter Verliebten, sagen wir: statt Ringe. Die Frage ist: Warum gerade ein Salamander? Was hat ihnen dieses Tier bedeutet?

Tanner tippte auf das Buch.

Vielleicht finde ich hier drin Aufschluss.

Er untersuchte noch den anderen Schuh, fand aber nichts.

Tanner nahm sich seine Kaffeetasse und setzte sich wieder.

Was mir jetzt echt Sorgen bereitet: der Schlüssel ist verschwunden.

Michel schaute auf.

Äh … von welchem Schlüssel sprichst du?

Von meinem Schrankschlüssel. Ich habe ihm von dem Schrank, in den ich seinen Koffer gestellt habe, den Schlüssel mitgegeben.

Michel guckte etwas ratlos.

Du hast ihm, äh … den Schlüssel gegeben. Warum denn das?

Ja, das war eine spontane Geste von mir, mehr rituell, verstehst du? Als Vertrauensbeweis im Gegenzug zu seinem Vertrauen.

Aha. Aber du hast ja den Koffer geöffnet … heißt das, du bist in deinen eigenen Schrank eingebrochen?

Tanner lächelte.

Nein, nein. Ich sagte ja, dass ich ihm den Schlüssel mehr als eine Art rituellen Vertrauensbeweis gegeben habe, denn in dem Raum gibt es insgesamt vier gleiche Wandschränke und alle Schlüssel passen an sämtliche Schrankschlösser.

Michel grinste.

Das ist ja raffiniert.

Dann wurde Michel wieder ernst.

Aber jetzt haben wir natürlich ein Problem.

Tanner nickte zustimmend.

Du sagst es.

Frau Dr. Zahnd guckte fragend zu Michel.

Verstehen Sie, wenn es ein Selbstmord war, dann hat Jean den Schlüssel verloren. Wenn es kein Selbstmord war, so haben seine Mörder den Schlüssel an sich genommen … verdammt.

Michel schoss auf und griff nach seinem Handy. Er wartete unruhig auf die Verbindung.

Hallo Kaufmann, ich bins, Michel.

Er verdrehte die Augen.

Ja, wer denn sonst? Kennst du noch einen Michel? Also, wenn etwas über die Fahndung in Italien reinkommt, will ich sofort informiert werden. Und zwar Tag und Nacht. Welche Fahndung? Das weißt du nicht? Dann guck gefälligst im Tagesbulletin nach, aber heute noch.

Er wechselte schnaubend das Ohr.

Oh je, lauter Idioten.

Er wandte sich zu Tanner.

Sommer ist in den Ferien, ich sage dir: eine einsame Katastrophe!

Er wandte sich wieder dem Telefon zu.

Gut. Immerhin hast du das rausgekriegt, bravo. Jetzt hör mir gut zu. Wenn etwas reinkommt, meldest du dich! Ja, per Telefon, wie denn sonst? Vielleicht per Brieftaube! Gut. Ende.

Michel ließ sich erschöpft in den Stuhl fallen.

Tanner stand auf.

Komm, wir gehen.

Sie verabschiedeten sich von Frau Dr. Zahnd und wünschten ihr eine gute Nachtschicht.

Als sie wieder in Tanners Auto stiegen, klingelte Michels Telefon. Es war Lara.

Michel hörte ihr eine Weile zu.

Gut. Gut. Ich unterrichte mal Tanner.

Also, sie haben bis jetzt leider nichts gefunden, weder einen Abschiedsbrief, noch die herausgerissenen Seiten aus dem Gemeindebuch. Dafür ist es ihr gelungen, Rorschachers Haushälterin aufzuspüren. Sie lässt sie jetzt abholen, und wir können sie noch heute Nacht befragen.

Tanner nickte.

Gut.

Michel wollte sich gerade von Lara verabschieden.

Tanner legte seine Hand auf Michels Arm.

Gib mir mal das Telefon, bitte.

Lara, hier ist Tanner. Ihr habt nichts gefunden, höre ich. Habt ihr auch alle Bücher durchsucht?

Ja, sicher. Was meinst du denn? Wir sind doch keine Anfänger.

Ich wollte dir nicht zu nahe treten, du machst deine Arbeit sicher gut. Aber was ich trotzdem fragen wollte: Habt ihr auch die Pflanzen untersucht?

Lara verstummte.

Lara? Bist du noch da?

Ja, ja. Ich bin noch da. Du meinst die Pflanzentöpfe, also die Erde in den Töpfen?

Ja, das meine ich.

Sie atmete hörbar in das Telefon.

Gut. Ich melde mich wieder.

Die Verbindung war gekappt.

Tanner gab Michel das Telefon zurück.

Sag jetzt nichts, mein Schatz.

Michel ließ seinen dröhnenden Bass hören.

Mir fällt sowieso nichts dazu ein. Ich glaube nur nicht ganz daran, dass diese Dame jemals meine feste Mitarbeiterin wird.

Okay. Du bist der Chef. Wohin fahren wir?

Willst du nach Hause?

Sicher nicht, spinnst du! Glaubst du, ich will jetzt allein zu Hause hocken.

Gut. Dann fahren wir zurück zum Stucki. Wir haben ja noch die Haushälterin vor uns.

Tanner nickte und fuhr los.

Sie fuhren stumm, bis sie aus der Stadt heraus waren.

Als sie die Umfahrungsautobahn erreichten und Richtung Westen fuhren, blickte Tanner zu Michel. Der hatte die Augen geschlossen.

Schläfst du?

Nein. Ich denke.

Erzähl mal.

Nein. Es ist alles noch zu wirr.

Stört es dich, wenn *ich* mal ein bisschen laut denke.

Nein, nur zu. Du weißt ja, wie gerne ich dir zuhöre, Schatz.

Tanner lächelte.

Also gut. Ich fasse zusammen: Ich bin gestern zum Stucki gefahren, um die Gegend zu sehen, in der dieser ominöse Mord oder Totschlag, der vor dreißig Jahren im damaligen familiären Umfeld unseres anderen Lieblingkochs, dem Starkoch Stocker, geschehen war. Ein ungelöster Fall also. Stocker will den Fall noch einmal aufrollen und bittet seinen treuen Kunden um diesen Gefallen. Der treue Kunde hat gerade eine lästige Bewerberin auf eine feste Stelle in seinem Team und übergibt ihr diesen Fall. Die Chancen zur Lösung des Falles sind gleich null. Es gibt nämlich nicht einmal mehr Akten über diesen Fall, es gibt aber noch einen ehemaligen Beamten, der damals federführend mit dem Fall betreut gewesen war. Er ist natürlich längst pensioniert und auch ein bisschen, äh… sagen wir: eigen. Er ist ein passionierter Liebhaber von Meerwasserfischen, in Aquarienkreisen bestens bekannt.

Michel runzelte die Stirn, öffnete die Augen.

Du redest von Blumenstengel, oder?

Tanner nickte.

Die Bewerberin versuchte Blumenstengel zu interviewen. Dummerweise hält der aber nichts von weiblichen Polizistinnen, mögen sie noch so attraktiv sein, und empfängt sie nicht. Die attraktive Bewerberin bittet einen gutmütigen Menschen, der eigentlich zurückgezogen lebt, um Hilfe.

Michel richtete sich auf.

He, davon wusste ich nichts. Also, ich muss schon sagen …

Tanner ließ sich nicht irritieren.

Der Gutmütige fährt also hin, kauft ein seltenes Exemplar eines Fisches, wird reingelassen, schenkt ihn Blumenstengel …

Michel unterbrach ihn.

Du hast allen Ernstes einen Fisch gekauft?

Tanner ging nicht darauf ein.

Schenkt ihn Blumenstengel, sagte ich, und erfährt prompt eine ganze Menge. Vor allem erfährt er von einer Sekte, die unweit des Dorfs angesiedelt war, wo Stocker aufgewachsen ist. Es gab nämlich den Verdacht, dass der alte Karst irgendwelchen schlimmen Geheimnissen dieser Religionsgemeinschaft auf der Spur gewesen sei und sie erpresst habe, worauf aufgebrachte Mitglieder oder ein gedungener Mörder der Sekte den Karst kurzerhand abmurksten. Die Polizei war damals dieser Spur sogar nachgegangen. Mit einer Hundertschaft Polizei haben die das Sektendorf auseinandergenommen, aber am Schluss doch keine Beweise gefunden. So wurde der Fall irgendwann als ungelöst ad acta gelegt. Blumenstengel ist bis heute überzeugt, dass die Sekte mit dem Mord etwas zu tun hatte.

Tanner guckte in den Rückspiegel, blinkte und steuerte den Wagen in Richtung Autobahnausfahrt. Dann fuhr er in seinem Resumée fort.

Gestern gegen Mittag wollte ich dann das Angenehme mit dem Nützlichen verbinden, das heißt, ich ging zum Stucki und wollte mich nach dem Essen etwas in der Gegend umsehen. Der Zufall wollte es, dass Rorschacher, der kürzlich von seiner Köchin und Haushälterin verlassen worden war, auch bei Stucki zu Mittag aß. Ein Wort gab das andere, also ergriff ich die Gelegenheit und fragte Pfarrer Rorschacher freundlich nach Heinrich Karst.

Tanner schüttelte den Kopf.

Und du wirst es nicht glauben, Michel. Erstens wusste er sofort, ohne einmal nachzudenken, wer das war – man bedenke, immerhin ist das Ganze ja dreißig Jahre her –, und zweitens reagierte er auf die höfliche Anfrage nach weiteren Details auffällig unwirsch. Ohne Stucki hätte er mich sicher einfach abgeputzt, und ich hätte gar nichts erfahren. Stucki hat ihm dann die Leviten gelesen und Rorschacher mich später zu sich ins Pfarrhaus bestellt. Den Rest weißt du ja bereits.

Michel richtete sich auf.

Das heißt, über den Karst hast du ja genau genommen nichts Neues erfahren, denn plötzlich hat sich ja Rorschacher selber ins Zentrum des Interesses gerückt.

Ja, genau. Und nun hat er mit seinem Selbstmord definitiv eine Verbindung zu Karst hergestellt. Denn an eine Koinzidenz mag ich nicht glauben. Somit bin ich auch überzeugt, dass der gute Pfarrer Rorschacher die Eintragungen seines Vorgängers selbst aus dem Gemeindebuch entfernt hat.

Sie überlegten beide.

Weißt du, Michel, eines ist klar: Er hat die Seiten verschwinden lassen, weil da etwas zu erfahren wäre, was wir in seinen Augen um keinen Preis erfahren durften. Aber was könnte das sein?

Michel gähnte.

Vielleicht eine Verbindung zu Rorschachers Vergangenheit?

Tanner fuhr auf den Parkplatz zu Stuckis Restaurant, hielt den Wagen an und stellte den Motor ab.

Noch etwas: Man fand laut Blumenstengel auf dem Hof eine Kassette mit ausländischem Geld.

Was für Geld?

Blumenstengel sprach zu diesem Zeitpunkt etwas wirr, aber trotzdem: Er sprach von Silber- und Goldmünzen aus Afrika.

Aha. Das ist aber erstaunlich. Wie kommt denn so ein kleines Bäuerchen aus dieser Gegend zu Silber- und Goldmünzen aus

Afrika? Das ist ja wirklich ein interessanter Aspekt. Und wo ist denn jetzt dieses Geld? Ach so, natürlich. Stockers Vater hatte alles geerbt, nachdem er mangels Beweisen freigelassen wurde.

Wir sollten vielleicht mal Stocker fragen. Hat er dir etwas erzählt von diesem Geld?

Michel überlegte.

Nein, ich kann mich nicht erinnern. Ich werde ihn morgen früh fragen.

Sein Telefon klingelte. Michel hörte zu.

Gut. Ihr geht jetzt weiter ins Bahnhofsrestaurant und fragt den Wirt, ob sich noch einmal jemand nach Jean D'Arcy erkundigt hat. Danach haltet ihr Wache vor Tanners Haus. Später schick ich euch eine Ablösung.

Er beendete das Gespräch.

Offenbar ist in deinem Haus noch niemand eingebrochen. Du hast ja gehört, was ich angeordnet habe.

Tanner nickte. Michel trat zur Tür.

Komm, lass uns reingehen. Ich habe einen gewaltigen Durst.

Sie gingen in die Wirtsstube. Sie war leer bis auf ein paar Männer am Stammtisch, die ihre Gespräche unterbrachen, als Tanner und Michel eintraten.

Michel winkte ihnen zu.

Guten Abend. Sie können gerne weiter reden. Zum Wohl. Die Polizeistunde interessiert uns heute nicht, auch wenn wir die Polizei sind.

Die Männer am Tisch hoben verlegen ihre Gläser und tuschelten miteinander.

Stucki kam aus der Küche. Er wirkte etwas fahrig.

Oh, das ging aber schnell. Schön. Was wollt ihr trinken?

Michel setzte sich an einen Tisch am Fenster, möglichst weit weg vom Stammtisch.

Was wir trinken wollen, Stucki. Bier! Bier und nochmals Bier.

Tanner winkte ab.

Mir bitte einen Kaffee. Ich muss noch Auto fahren. Und falls du noch ein Dessert hast, bin ich auch nicht abgeneigt.

Das Dessert nehme ich auch.
Stucki fixierte Michel.
Zum Bier?
Ja sicher. Ist was falsch?
Nein, nein. Ich schau mal, was ich habe.
In diesem Augenblick meldete sich Lara am Telefon.
Michel lauschte eine Weile stumm.
Gut. Gut gemacht. Bring es gleich her. Und wo ist jetzt die Haushälterin?
Michel machte zu Tanner hin das Victoryzeichen.
Also, bring sie gleich mit. Hast du heute schon etwas gegessen? Nein. Gut. Keine Sorge. Bis gleich.
Er wandte sich in Richtung Stucki, der gerade in die Küche verschwand und rief durch den Raum.
Stucki. Lara kommt gleich und hat noch nichts gegessen.
Der hob den Daumen und verschwand endgültig in seinem Reich.
Lara kommt gleich. Mit der Haushälterin. Und sie haben die Seiten gefunden.
Wo?
In einem der Blumentöpfe.
Tanner konnte sich ein Grinsen nicht verkneifen.
Michel lachte.
Du bist eingeladen, mein Schatz!
Tanner warf ihm einen Kuss zu.
Michel hob warnend die Hand.
Vorsicht. Wir sind hier in der tiefsten Provinz.

SIEBZEHN

Madame de Sencebourg war schätzungsweise etwas über fünfzig und schien einem anderen Jahrhundert entsprungen. Sie trug ein langes schwarzes, gefälteltes Gewand, darunter eine wie im Schwarztee gefärbte Spitzenbluse. Niemand würde sich wundern, trüge sie darunter ein altmodisches Mieder mit Einlagen, um ihre sehr weibliche Figur in stabiler Form zu halten. Um ihre Schultern schmiegte sich eine schmale Fuchsstola. Trotzdem machte sie den Eindruck, als friere sie. Sie tupfte sich fortwährend ihre verweinten, dunklen, nahezu schwarzen Augen, die in einem starken Kontrast zu ihrem bleichen Gesichtsteint standen.

Sie war offensichtlich untröstlich über den Tod ihres einstigen Dienstherrn.

Lara hatte sie stützen müssen, als sie die aufgelöst wirkende Dame in Stuckis Gaststube führte. Tanner stellte sich vor, übernahm von Lara die Stützung, führte Madame de Sencebourg an den Tisch und stellte sie Michel vor.

Lara übergab Tanner die herausgerissenen Seiten aus dem Pfarreibuch. Sie lagen in einem Plastikbeutel. Sie waren voller Erdspuren. Dann setzte sie sich auf ein Zeichen Tanners zu Stucki an den Stammtisch, der ihr fürsorglich einen Teller Braten mit Beilagen aus der Küche holte.

Madame setzte sich, strich etwas affektiert ihre Haare aus dem Gesicht und wünschte sich einen Verveinetee.

Michel schien sichtlich genervt über ihren Zustand und überließ noch so gerne Tanner die Gesprächsführung.

Madame, Sie haben unser tiefstes Mitgefühl, aber wir müssen Ihnen leider ein paar Fragen stellen, denn wer hat Pfarrer Rorschacher besser gekannt als Sie?

Die rhetorische Frage blieb unbeantwortet.

Madame schnäuzte sich stattdessen vernehmlich in ein spitzenbesetztes Taschentuch und tupfte erneut ihre Augen. Mit einem Seitenblick auf Michel fuhr Tanner fort.

Pfarrer Rorschacher hat sich noch gestern Nachmittag liebevoll über Sie geäussert – in warmen, herzlichen Worten, das kann ich Ihnen versichern, Madame.

Dies entsprach zwar nicht der Wahrheit, aber Tanner konnte den Beginn des Gesprächs nicht gleich auf die eindeutigen Anzüglichkeiten Rorschachers aufbauen.

Überraschend schaute sie auf und lachte heiser.

So, so. Hat er das. Wenn Sie wüssten …

Tanner und Michel waren sprachlos. So etwas hatten sie nicht erwartet.

Madame schnäuzte sich noch einmal ausgiebig.

Was schauen Sie mich so entgeistert an. Soll ich jetzt, nur weil er tot ist, lügen? Wollen Sie das von mir?

Gäbe es die olympische Disziplin Synchron-Kopfschütteln, Tanner und Michel hätten aus dem Stand eine Goldmedaille gewonnen.

Nein, nein, Madame. Wir wussten ja nicht …

Weil ich weine? Ja, es stimmt: ich habe ihn, äh … irgendwie gemocht, und deswegen weine ich auch. Zum Teil weine ich aber auch aus Erleichterung. Sie müssen wissen, Joseph Rorschacher war ein Schwein. Anders kann ich es leider nicht ausdrücken. Aber er hatte auch seine Qualitäten. – Schockiere ich Sie? Was glauben Sie denn, was in den Pfarrhäusern so läuft?

Sie schaute in die erwartungsvollen Gesichter von Michel und Tanner.

Wollen Sie mehr Details?

Michel nickte unwillkürlich, aber Tanner schüttelte energisch den Kopf.

Nein, nein.

Das Reden hatte ihr offenbar gut getan. Sie weinte nicht mehr. Michel war sichtlich enttäuscht, hielt sich aber zurück.

Jetzt rührte Madame still im Tee, roch daran und rümpfte ihre Nase.

Na ja, Teebeutel eben!

Dann trank sie den Tee in kleinen Schlucken. Tanner vermied

es, Michel anzusehen, und wartete, bis sie die Teetasse wieder absetzte.

Madame de Sencebourg, wir fragen uns natürlich jetzt, warum Sie Pfarrer Rorschacher dann verlassen haben?

Sie lachte böse auf.

Ich ihn verlassen? Hat er Ihnen den Blödsinn verzapft? Schön wärs. Ich hatte ja gar nicht die Kraft dazu, obwohl es schon längst überfällig war.

Sie lachte wieder. Diesmal gequält.

Er hat mich zum Teufel gejagt. Ich schäme mich, das zu sagen, aber es ist die Wahrheit.

Jetzt meldete sich Michel zu Wort. Seine schlechte Laune war wie weggeblasen, und er schien sich plötzlich für Madame zu interessieren.

Warum denn das? Warum hat er Sie zum Teufel gejagt, meine ich, wenn Sie doch so …

Sie blickte Michel lächelnd an. Sie schien Gefallen an seinem plötzlichen Interesse zu haben.

Geld! Es ging um mein Vermögen.

Sie nahm den letzten Schluck Tee.

Er wollte, dass ich ihm alles überschreibe. Da habe ich aber Nein gesagt. Wissen Sie. Ja – und da hat er mich vor die Tür gesetzt. So einfach ist das.

Sie setzte die Tasse schwer auf den Tisch.

Ein Schwein eben. Ich sagte es Ihnen ja bereits.

In diesem Moment brachte Stucki die beiden Dessertteller für Tanner und Michel.

Madame bekam Stielaugen.

Stucki, das können Sie mir auch bringen. Und statt dieses Spülwassers …

Sie zeigte auf die leere Teetasse.

… nehme ich dann auch noch ein Bier.

Stucki nickte.

Ein kleines, nehme ich an.

Nein, nein. Ein großes, ganz wie der Herr Kommissar.

Michel lächelte ihr anerkennend zu und schob ihr in einem Anfall von Großmut den Dessertteller zu.

Bitte, nehmen Sie, Madame. Ich warte, bis Stucki mir einen neuen bringt.

Madames Wangen erröteten. Jetzt kamen plötzlich auch ihre vollen Lippen zur Geltung. Sie bedankte sich bei Michel mit einem Augenaufschlag.

Dann blickte sie vorwurfsvoll zu Stucki.

Auf was warten Sie, Stucki? Bringen Sie dem Herrn Kommissar ein weiteres Dessert. Sie sehen ja, wie großzügig er Damen gegenüber ist.

Stucki brummte irgendetwas Unverständliches, schlug sich das Serviertuch über die Schulter und ging in Richtung Küche.

Tanner konnte sich ein Lächeln nicht verkneifen.

Ich wünsche Madame einen Guten Appetit.

Danke, Monsieur, gleichfalls.

Sie beugte sich über den Tisch und sprach in leisem Tonfall.

Rorschacher hatte sich seinerzeit über Stuckis Frau hergemacht, wissen Sie. Oder es wenigstens versucht. Sie war ja sehr religiös. Kein Rock war vor ihm sicher.

Sie fuchtelte mit ihrem Löffel und nickte vielsagend.

Tanner sah das Bildnis der zarten Gestalt von Ruthlis Mutter vor sich und fragte sich, wie schlecht es einer jungen Frau und Mutter gehen muss, dass sie sich erhängt. Er versuchte die Gedanken zu verscheuchen, in dem er an das lieblich ernsthafte Gesicht Ruthlis dachte.

Dann wandte auch er sich dem Dessert zu. Es war ein herrlich zarter Grießpudding mit Pistazien, geschlagener Sahne und einem wunderbaren Zwetschgenkompott. Gerade das Richtige, um sich mit düsteren Vorstellungen zu versöhnen.

Madame hatte tatsächlich Appetit. Ihr Teller war leer, bevor Tanner, der auch kein langsamer Esser war, auch nur die Hälfte seiner Portion gegessen hatte.

Stucki brachte dieselbe Portion für Michel und ein großes Bier für Madame.

Michel erhob sein Glas.

Prost, Madame.

Nachdem sie einen großen Schluck Bier getrunken hatte, schien es Tanner an der Zeit, seine Fragen fortzusetzen.

Madame, gestatten Sie die Frage: Wie lange waren Sie in den Diensten des Herrn Pfarrers?

Viel zu lange. Mehr als zehn Jahre waren es auf jeden Fall.

Was haben Sie vorher gemacht?

Da war ich hauptberuflich mit Monsieur de Sencebourg verheiratet.

Sie nahm einen kräftigen Schluck Bier.

Und habe mich gewaltig gelangweilt. Dann starb er an einem Hirnschlag. Gott hab ihn selig.

Kannten Sie Ihre Vorgängerin bei Rorschacher?

Nein, nein. Sie war schon drei Monate tot, als ich meine Stelle bei Rorschacher antrat. Aber es ging im Dorf das Gerücht um, er habe sie – entschuldigen Sie den Ausdruck – zu Tode gevögelt. Auf Französisch klingt es etwas charmanter: baisée à mort. Es meint aber dasselbe.

Und warum haben Sie die Stelle angenommen?

Wie gesagt: Ich langweilte mich zu Tode. Ich hatte ja nichts gelernt und ich dachte, Haushälterin in einem schönen Pfarrhaus wäre genau das Richtige für mich.

Tanner schaute sie fragend an.

Und? War es das Richtige?

Sie wiegte den Kopf.

Ja, irgendwie schon. Das bisschen Haushalt hat mir nichts ausgemacht.

Sie lächelte.

Nein, das kann man nicht sagen.

Sie lachte.

Nur nachts war es manchmal unheimlich im Pfarrhaus.

Wieso?

Er hatte nachts heftige Alpträume und sprach in merkwürdigen Sprachen. Er schrie und schlug um sich. Ich sage Ihnen, das war gar nicht lustig. Wenn es ganz schlimm war, musste ich ihm mitten in der Nacht eine heiße Milch mit Honig bringen.

Michel schüttelte sich vor Ekel.

Er mochte das. Es erinnerte ihn an seine Kindheit.

Sprach er mit Ihnen über Afrika?

Warum über Afrika?

Wussten Sie nicht, dass er früher in Afrika gelebt und gearbeitet hatte?

Doch, aber nicht von ihm. Das erzählte man sich im Dorf, aber ich glaube, er wollte darüber nicht reden, und ich habe ihn nicht danach gefragt. Er hat wohl da unten missioniert, habe ich gehört.

Noch eine letzte Frage, Madame. Hatte Rorschacher Beziehungen zu Personen außerhalb des Dorfes? Hatte er zum Beispiel Besuche, die nicht mit der Pfarrei im Zusammenhang standen? Oder bekam er Briefe aus dem Ausland?

Nein, nicht dass ich wüsste.

Sie nahm das Bierglas in die Hand.

Einmal bin ich nachts erwacht – das war allerdings vor Jahren –, weil ich laute Stimmen gehört hatte. Ich bin runter in die Studierstube. Er war dort mit einem Mann. Sie haben gestritten. Rorschacher hat mich sofort angeschnauzt, ich solle wieder ins Bett.

Und wer war dieser Mann? Haben Sie ihn gekannt?

Ich war mir ehrlich gesagt nicht sicher, aber ich glaube, es war dieser Mann von der Sekte, dieser Wegener.

Albin Wegener?

Ja, genau. Aber wie gesagt, ich war mir nicht sicher. Ich habe mich nur damals gefragt, was der Herr Pfarrer mit diesem Wegener denn zu tun hatte. Rorschacher wollte mit mir partout nicht darüber reden.

Sie trank den Rest ihres Bieres.

Ach ja, ich hatte übrigens das Gefühl, dass da noch jemand im Zimmer gewesen war. Ich hatte aber nur hinter den Pflanzen in der Ecke einen Schatten gesehen, und bevor ich es genauer hätte sehen können, war ich ja schon wieder draußen gewesen. Ui, hat der mich angepflaumt.

Sie zog ihre Pelzstola straffer um den Hals.

So meine Herren, entweder bringt mich jetzt jemand nach Hause, oder ich brauche noch ein Bier.

Michel erhob sich sofort.

Ich bringe Sie selbstverständlich nach Hause, Madame. Es ist mir eine Ehre. Ich nehme an, Sie wohnen …

Sie unterbrach ihn.

Im nächsten Dorf. Neuerdings.

Sie zuckte mit den Achseln

Es sind aber kaum zehn Minuten mit dem Auto.

Michel holte sich bei Stucki seinen Autoschlüssel, den er ihm vorhin ausgehändigt hatte.

Tanner verkniff sich ein Lächeln.

Ich lese in der Zwischenzeit die Seiten aus dem Pfarreibuch, wenns recht ist.

Ja, ja. Ich bin gleich zurück.

Michel reichte Madame de Sencebourg seinen Arm, und ihr Abgang war deutlich vitaler als ihr Auftritt.

Tanner blickte zu Lara.

Sie aß immer noch und war in ein intensives Gespräch mit Stucki verwickelt. Stucki schien wie verwandelt. Seine Augen sprühten, und er gestikulierte heftig mit seinen Händen. Lara hörte ihm offenbar gebannt zu.

Schau an, Stucki von einer ganz anderen Seite.

Tanner lächelte, zog sich ein paar Kautschukhandschuhe über und entnahm dem Plastikbeutel die drei herausgerissenen Seiten aus dem Pfarreibuch. Er behandelte die Papiere wie rohe Eier, mussten sie ja morgen zur Untersuchung ins Labor.

Er brauchte einige Zeit, bis er sich in die alte Schrift wieder eingelesen hatte, die er seit seiner Schulzeit im Religionsunterricht nie mehr hatte lesen müssen.

Er war just fertig, als Michel ziemlich außer Atem zurückkam.

Bist du gerannt?

Michel wischte mit der Hand durch die Luft und ließ sich schwer auf den Stuhl fallen.

Stucki! Bitte noch ein Bier. Nein, nein, aber die Alte hat mir ein Loch in den Bauch geredet. Mein Gott, wie die aufgeblüht ist. War ja direkt unheimlich, wenn man bedenkt, wie die hier ankam.

Tanner nickte.

Das ist wahrscheinlich deine positive Ausstrahlung auf ältere Damen.

Michel ignorierte die Anspielung, stattdessen deutete er auf die Schriftseiten.

Und? Bringt uns das was?

Ja. Schon. Stell dir vor: Heinrich Karst war früher auch in Afrika.

Michel guckte skeptisch.

Als Missionar?

Nein, nein, als Schmied.

Als Schmied? Wie das?

Tanner lehnte sich zurück.

Soll ichs dir erzählen, oder willst du es selber lesen?

Erzähls mir lieber. Bis ich die Schrift entziffert habe, kommen hier die ersten zum Frühstück.

Gut.

Stucki brachte Michel gutgelaunt ein Bier.

Willst du auch noch etwas, Tanner? Es geht auf meine Rechnung. Wir schließen aber bald.

Das ist großzügig. Ich will aber nichts mehr.

Tanner beugte sich über den Tisch.

Ob du es glaubst oder nicht: Es gab einen König an der Elfenbeinküste, der hatte sich in den Kopf gesetzt, von der Milch seiner Kühe Emmentalerkäse herstellen zu lassen. Er fand über die Missionsgesellschaft einen Käser aus dem Emmental, der bereit war, ihm eine Käserei für die Produktion von Käse einzurichten und Fachleute auszubilden. Dieser Käser aus dem Emmental brauchte einen Schmied, um die Käserei aufzubauen. Er kannte wohl einen – auch aus dem Emmental –, und der war bereit, mit ihm nach Afrika zu gehen. Und jetzt kommts: Heinrich Karst war dessen Gehilfe und ging mit. Sie kauften in der Schweiz eine komplette Schmiede und transportierten sie nach Afrika. Steht hier alles fein säuberlich der Reihe nach.

Tanner tippte mit dem Finger auf die Seiten. Michel nickte. Sein Gesicht aber blieb skeptisch.

Woher kannte denn dieser König Emmentaler Käse?

Tanner hob die Achseln.

Das steht hier nicht, aber wahrscheinlich über die Missionare, oder er hatte die Schweiz besucht. Spielt ja für uns auch keine große Rolle, oder?

Michel schüttelte den Kopf

Offenbar hatten die im Anschluss auch noch weitere Schmieden aufgekauft, sie nach Afrika transportiert, dort eingerichtet und junge Afrikaner als Schmiede angelernt.

Michel nickte anerkennend.

Klingt zur Abwechslung mal nach einer sinnvollen Entwicklungshilfe.

Tanner nickte.

Hier steht natürlich nicht, dass Rorschacher und Karst sich in Afrika getroffen haben, und wenn überhaupt: Wie war dort ihre Beziehung? Haben sie irgendetwas gemeinsam gemacht? Waren Sie gemeinsam in Geschäfte verwickelt? Wir wissen es nicht. Wir haben nicht mal einen Beweis, dass sie sich in Afrika getroffen haben.

Michel leerte sein Glas.

Immerhin hielten sie sich im gleichen Teil Afrikas auf. Und dann wohnen plötzlich beide hier in dieser gottverlassenen Gegend. Aber du hast Recht. Wir haben keinen Beweis. Nur musst du zugeben, so einen Zufall gibt es doch gar nicht. Ich mache jede Wette, dass die sich in Afrika begegnet sind und dass sich daraus alles Weitere ableiten lässt. Der Selbstmord ist ja geradezu die Bestätigung.

Er zeigte auf die herausgerissenen Seiten.

Dann die Seiten hier. Das kann doch nur Rorschacher gewesen sein. Wer hatte sonst noch Zugang zu seiner Studierstube? Ich denke niemand. Offenbar wollte er nicht, dass wir eine Verbindung zwischen ihm und Karst herstellen können. Ergo gab es eine.

Tanner lehnte sich zurück.

Vielleicht lebt der Schmied ja noch. Von dem wäre vielleicht zu erfahren, was Karst sonst noch so in Afrika getrieben hatte.

Michel nickte.

Ruf doch mal den Stocker an. Er soll seine Mutter fragen, ob sie das noch weiß.

Michel griff sofort nach seinem Telefon und suchte die Nummer.

Das ist eine sehr gute Idee.

Nach einer Weile nahm Stocker ab.

Hallo Stocker, hier Michel. – Ja. Immer noch im Dienst. Du auch. Gut. Sag mal, Stockerchen, was nicht in deinen Papieren steht: Der Heinrich Karst war früher mal als Gehilfe eines Schmieds in Afrika gewesen. Weißt du etwas davon? – Nein? Gut. Vielleicht weiß es deine Mutter noch. Frag sie doch bitte. – Ja. Klar. Morgen früh. Wir sind ja keine Unmenschen. Es ist aber ganz wichtig. Frage sie nach dem Namen des Schmieds, mit dem Karst in Afrika war. Es war ein Schmied aus dem Emmental.

Michel verdeckte sein Telefon mit der Hand, blinzelte Tanner zu und flüsterte.

Ich werde jetzt unseren guten Stocker ein bisschen erschrecken.

Ach ja … Stocker … was dein Papier *auch* verschweigt: Es wurde damals bei Karst auf dem Hof eine Stahlkassette mit afrikanischen Gold- und Silbermünzen gefunden. Das ist aktenkundig!

Michel blinzelte wieder zu Tanner.

Wieso hast du uns das verschwiegen? – Du hast es nicht gewusst? Sollen wir dir das glauben? Gut. Wir glauben dir ausnahmsweise. Frage deine Mutter auch *danach.* Vielleicht ist damit deine Kochausbildung bezahlt worden.

Michel lachte.

Das war jetzt nur ein Scherz – obwohl, wer weiß? Immerhin hat sie dein Vater geerbt, oder? Also, Stocker, nichts für ungut. Wir hören morgen von dir. Gute Nacht – und schöne Träume.

Michel beendete das Gespräch.

Der müsste jetzt ziemlich alt sein, oder?

Wer?

Der Schmied aus dem Emmental.

Vielleicht haben wir Glück. Die Leute dort werden sehr alt. Und du verstehst dich ja gut auf alte Männer, Tanner. Siehe Blumenstengel.

Wir werden sehen.

Er erhob sich.

Ich muss mal schnell verschwinden.

Tanner nahm eine kleine Abkürzung und ging hinter dem mächtigen Buffet durch. Ruthlis kleine Aufenthaltskoje im Buffet war natürlich leer. Sie war sicher schon längst im Bett. Im hinteren Bereich des Ganges, der zu den Toiletten führte, blieb Tanner vor einem offenen Schrank stehen, in dem einige wenige Spielsachen der kleinen Ruth herumlagen. Zwei Puppen, Brettspiele und eine hölzerne Pinocchiofigur. Tanner musste schmunzeln, denn genau so eine hatte auch er als Kind besessen. Er nahm sie vorsichtig in die Hand und berührte wie zum Gruß mit der langen, hölzernen Nase seine eigene. Lächelnd legte er sie zurück. Ganz unten auf dem Boden war eine große offene Kiste mit Bauklötzen, die sehr schön und sehr massiv aussahen. Er hatte als Kind Bauklötze über alles geliebt. Leider hatte er nie eine so große Kiste mit so massiven, schön geformten Klötzen besessen. Tanner bückte sich und befühlte die Hölzer. Er nahm einen heraus und war erstaunt, wie leicht sie waren. Er drehte ihn in der Hand, wog ihn und konnte nicht verstehen, wie ein so massiv wirkender Bauklotz so leicht sein konnte. Auf der Rückseite war ein verblasster Stempel zu sehen. Er hob ihn gegen das Licht. *Die Gemeinschaft* stand drauf.

Plötzlich raschelte der Vorhang neben dem Schrank, und

Ruthli erschien in einem Hemdchen und barfuss. Der Vorhang verdeckte offenbar die Treppe, die in den ersten Stock führte.

Willst du mit meinen Bauklötzen spielen?

Sie kicherte. Tanner stand auf.

Du schläfst noch nicht?

Doch, aber ich bin aufgewacht.

Ich habe gerade gesehen, was du für schöne Spielsachen hast.

Ja, gell. Die Bauklötze waren ein Geschenk auf meinen letzten Geburtstag.

Am Dreikönigstag, nicht wahr.

Sie strahlte ihn an.

Das hast du dir gemerkt?

War es ein Geschenk deines Vaters?

Ja, ja. Das heißt, ein Mann hatte ihm nachts die Kiste vorbeigebracht, das habe ich heimlich aus dem Fenster beobachtet. Aber erzähl das bitte nicht meinem Vater.

Tanner schüttelte den Kopf.

Nein, ganz sicher nicht. Ich verspreche es. Gut, Ruth, ich glaube, du musst jetzt wieder ins Bett.

Ruthli nickte ernst und schlang ihre Ärmchen um seinen Hals.

Gute Nacht, Simon. Bist du mein Freund?

Ja, liebe Ruth, das bin ich. Gute Nacht, schlaf gut.

Sie huschte hinter den Vorhang und er hörte ihre nackten Füßchen auf der Treppe.

Tanner ging zur Toilette. Auf dem Rückweg lauschte er einen Moment am Vorhang, konnte aber nichts mehr hören. Er bückte sich noch einmal nach den Bauklötzen. Einer spontanen Regung folgend, steckte er kurzerhand einen in seine Jackentasche. Er passte zwar nicht ganz hinein, aber er hielt seine Hand darüber.

Michel streckte sich, als Tanner an den Tisch zurückkam.

Mein Gott, das hat ja gedauert. Hast du ein Altherrenproblem?

Nein, du Schlaumeier. Ich habe die kleine Ruth angetroffen.

Aha.

Er gähnte.

So! Jetzt muss ich aber auch ins Bettchen. Husch! Husch!

Er blickte nach Stucki.

Stucki! Zahlen!

Da sowohl Lara wie auch Michel und Tanner mit ihren eigenen Autos gekommen waren, verabschiedeten sie sich an Ort und Stelle und versprachen sich gegenseitig, morgen früh um neun Uhr zu einer Besprechung bei Tanner zu Hause einzutreffen.

Dann war es still. Wenigstens in diesem Teil der Welt.

ACHTZEHN

Tanner war kurz nach acht Uhr zurück im Maison Blanche. Er fühlte sich erstaunlich ausgeruht, obwohl er die Nacht in Genf verbracht und kein Auge zugetan hatte.

Die Morgendämmerung hatte gerade erst eingesetzt. Eine Amsel hielt eine aufgeregte Morgenrede an die Welt. Der Brunnen vor seinem Haus plätscherte wie immer unbekümmert vor sich hin.

Er fühlte sich erstaunlich ausgeruht, obwohl er in dieser Nacht kein Auge zugetan hatte. Er duschte sich und bereitete ein opulentes Frühstück für drei Personen vor.

Wer prompt um neun Uhr nicht zum vereinbarten Treffen kam, war Lara. Michel kam zwar, wenn auch eine Viertelstunde zu spät. Er grüßte kaum, setzte sich in Tanners Küche am Tisch an seinen Lieblingsplatz und schlief sofort weiter. Tanner sagte nichts und stellte ihm eine dampfende Tasse Kaffee vor die Nase. Michel trank mit geschlossenen Augen, gierig wie ein Verdurstender. Erst als ihm Tanner eine riesige Portion gebratenen Speck und Rührei brachte, geruhte Michel die Augen wieder zu öffnen.

Hm, das ist genau, was ich jetzt brauche. Wenn ich das gegessen habe, werde ich auch in der Lage sein, eine Zusammenfassung von Dr. Zahnds Bericht zu geben.

Du warst schon im Institut?

Michel schaute entrüstet.

Ja, was denkst du denn. *Ich* muss ja arbeiten!

Tanner ignorierte die Anspielung auf sein Dasein als Privatier.

Eine Dusche und eine Rasur würden dir sicher nicht schaden. Beides kannst du bei mir haben.

In diesem Augenblick klingelte Tanners Telefon.

Das ist sicher Lara, da mach ich jede Wette.

Michel winkte ab.

Ach, du bist es! Ob wir dich vermissen? Ja, sicher.

Tanner hörte eine ganze Weile zu.

Aha. Ich verstehe. Gut. Aber pass auf dich auf. Bis später.

Michel winkte. Er wollte offenbar auch mit ihr reden.

Tut mir leid, Michel. Sie hat schon aufgelegt.

Mensch, bin ich ihr Chef oder was? Die Dame muss noch einiges lernen. Warum ruft sie *dich* an?

Wahrscheinlich, weil wir uns bei mir verabredet haben. Sie ist auf eine interessante Spur gestoßen und will auf eigene Faust recherchieren. Lass sie doch. Du willst doch selbständig denkende Mitarbeiter, oder?

Ach. Die können mir gestohlen bleiben. Hat sie denn wenigstens gesagt, was für eine Spur? Und in welchem Fall?

Nein, sie tat sehr geheimnisvoll.

Gut. Vergessen wir die Dame. Willst du meinen Bericht hören?

Ja, sicher.

Also, zuerst das Gemeinsame: weder beim Rorschacher noch bei deinem Jean gibt es Spuren äußerer Gewaltanwendung.

Tanner überhörte großzügig die Anspielung.

Und?

Also, Jean D'Arcy ist im Wasser umgekommen. Das ist eindeutig. Dann muss ich dir aber leider sagen, dass er an einem unheilbaren Krebsleiden gelitten hatte. Laut Zahnd wäre er in spätestens drei Monaten tot gewesen. Aber spätestens.

Tanner erschrak.

Oh je, der arme Kerl. Erst wurde seine Geliebte umgebracht, dann fünf Jahre unverschuldet Gefängnis in Salamanca und am Schluss Krebs.

Michel pflichtete ihm bei.

Ja, er kann einem wirklich leid tun. Genau das macht mir aber seinen Selbstmord ziemlich suspekt. Er hatte zwar allen Grund, sich umzubringen, könnte man sagen, aber er hatte laut deiner Aussage vorher noch dringend etwas zu erledigen – und er hatte ja nichts zu verlieren. Hatte er es denn schon erledigt?

Tanner schüttelte den Kopf.

Nein, das glaube ich nicht. Du musst wissen, er hatte die Besitzerin des roten Kleides, diese Nastassja, wirklich geliebt. Ich habe sein Wachstuchbüchlein durchgelesen – und da wird das ganz klar. Leider gibt uns das Büchlein keine weiteren Aufschlüsse.

Tanner überreichte es Michel.

Deine Abteilung soll es besser auch noch untersuchen. Vielleicht habe ich etwas übersehen.

Michel nahm das Buch und nickte.

Tanner schlug mit der flachen Hand auf den Tisch.

Und er trägt über fünf Jahre ihr Kleid mit sich rum. Bevor er selber sterben würde, wollte er sie rächen. Das ist ganz klar. Und er wurde daran gehindert, in dem er kurzerhand in den Fluss geworfen wurde.

Ja, und laut Zahnd meinten übrigens die Taucher auf ihre Nachfrage, dass er bei der oberen Brücke reingesprungen respektive reingeworfen wurde. Aber das bringt uns jetzt auch nicht weiter.

Ja, und dann mein Mantel. Wo ist mein Mantel geblieben, den ich ihm gegeben hatte?

Michel nickte.

Ja. Rätsel über Rätsel. Und die Fahndung in Italien hat bis jetzt auch nichts ergeben. Die beiden Kerle sind wie vom Erdboden verschwunden. Da mach ich mir auch nicht wahnsinnig große Hoffnung, muss ich dir sagen.

Tanner nickte.

Beide tranken schweigend Kaffee.

Beim Rorschacher ist es laut Zahnd eindeutig Selbstmord. Es gibt keinerlei Kampfspuren. Sie meint, dass es unmöglich ist, einen Mann seines Gewichts und seiner Kraft gegen seinen Willen aufzuhängen, ohne dass irgendwelche Spuren am Körper entstehen. Er hatte übrigens ziemlich viel Alkohol im Blut, das sei aber aufgrund des Zustandes seiner Leber offenbar nichts wirklich Außergewöhnliches.

Michel lehnte sich zurück.

Was aber wirklich außergewöhnlich ist – für einen Pfarrer noch dazu: sein Körper weist insgesamt drei Schussverletzungen und jede Menge alte Messerwunden auf. Die sind laut Zahnd tatsächlich ganz sicher über dreißig, sogar bis vierzig Jahre alt. Also müssten seine Verwundungen hauptsächlich zwischen seinem zwanzigsten und dreißigsten Lebensjahr passiert sein. Das dürfte wahrscheinlich in seine Afrikazeit passen, nehme ich an. Ich lasse das jetzt überprüfen.

Heißt das, du nimmst ganz offiziell die Untersuchung wieder auf?

Ja klar. Ich habe heute noch einen Termin beim Untersuchungsrichter. Ich finde, es sind mittlerweile genügend neue Aspekte, Unstimmigkeiten und Zufälligkeiten aufgetaucht, oder?

Tanner nickte.

Außerdem werde ich so die Banküberfälle los. Ist eh nicht mein Gebiet.

Michel grinste und griff nach seinem Telefon.

So. Und jetzt schauen wir mal nach unserem Stockerchen und hoffen, dass er sein unglückliches Mütterchen schon brav interviewt hat.

Michel streckte mit der anderen Hand bittend seine Kaffeetasse hoch. Tanner füllte nach.

Ja, Guten Morgen, lieber Stocker. Haben wir gut geschlafen? Brav. Und? Haben wir von der Mutter etwas erfahren? Ja? Das ist ja noch bräver. Bravo. Wart mal, ich notiere.

Baumann. Ja, ich habe verstanden. Ja, ja, die Ortschaft habe ich auch verstanden.

Er reichte Tanner den Zettel.

Und was ist mit der Stahlkassette? – Ach, daran kann sich deine Mutter nicht erinnern. Wie nennt man das: selektives Erinnerungsvermögen? – Gut. Lassen wir das für heute. Aber du kannst sicher sein, dass wir darauf zurückkommen. Wieso? Du bist mir ein Lustiger. Hast nicht *du* uns gebeten, die Untersuchungen wieder aufzunehmen, oder wer? Ach, du erinnerst dich sogar, dass *du* es warst. Wie schön. Du weißt ja, wer A sagt, muss auch B sagen. Alles klar? Gut. Dann bis bald, Stocker. Und koch brav, nix versalzen, nix anbrennen lassen, gell. Und herzliche Grüße an deine schöne Gemahlin.

Michel lachte.

Tanner räumte den Tisch ab.

Ich fahre jetzt gleich zu dieser Schmiede.

Du weißt ja gar nicht, ob der Schmied noch lebt!

Nein, ich weiß es nicht, aber ich kann es direkt spüren. Vorher telefonieren kann in so einem Fall nur schaden.

Und ich? Was mache *ich?*

Entweder du kommst mit oder du sprichst heute Morgen noch einmal mit Madame de Sencebourg. Vielleicht ist ihr über Nacht etwas eingefallen. Dann hast du ja noch deinen Termin beim Untersuchungsrichter, oder?

Michel nickte dankbar.

Sollte dann dein Tag immer noch nicht sinnvoll ausgefüllt sein, könntest du zur vorgesetzten Stelle Rorschachers gehen und denen ein bisschen auf den Zahn fühlen. Zum Beispiel, ob die was über die Vergangenheit ihres treuen Pfarrers wissen. Du kannst dort ruhig ein bisschen Druck machen. Mit Presse drohen und so. Das nützt bei denen meistens.

Tanner lächelte.

Aber ich könnte mir auch vorstellen, dass dich der Besuch bei Madame ziemlich ausfüllt. Wenn solche älteren Damen mal anfangen zu sprechen, finden sie nicht so schnell wieder einen Schluss. Hab ich recht?

Michel seufzte angestrengt.

Und *wie* recht du hast. Das wird sicher ein Horror. Aber Pflicht ist Pflicht.

Michel erhob sich.

Dann mach ich mich lieber gleich auf den Weg. Und danke für das opulente Frühstück.

Tanner fuhr nur so lange auf der Autobahn, wie er unbedingt musste. Bei der ersten Gelegenheit nahm er die Ausfahrt und fuhr auf Nebenstraßen weiter. Die Strecke schlängelte sich nun durch enge Täler, an unzähligen hohen und niedrigen Hügeln vorbei, und so näherte er sich gemächlich seinem Ziel: einem ziemlich abgelegenen Teil eines doch eh schon ziemlich abgelegenen, bäuerlich geprägten Teil dieses Landes, den man mit dem gleichnamigen Käse und mit den gleichermaßen moralischen und wie dramatischen Geschichten eines berühmten nationalen Dichters verband.

Leider war diese wunderschöne Landschaft teilweise total verbaut. Vor allem in den Talsohlen, die sich vor Urzeiten durch das Mäandern des namensgebenden Hauptflusses und seiner unzähligen Nebenflüsse und Bäche in die Hügellandschaft gebildet hatten. Eine ästhetisch vollkommen kopflose Bauerei der schlimmsten Sorte. Hallen für Industrien, Kleingewerbe, Einkaufszentren und vieles mehr, die oft genug brutal, ohne Rücksicht oder mit irgendeinem Gefühl für topografische oder landschaftliche Zusammenhänge in die Landschaft hineingerotzt wurden.

Tanner fand es einmal mehr völlig unbegreiflich, wie Bewohner einer Landschaft in der Lage sind, ihre Identität mit eigenen Händen so kaputt zu machen. Es gibt auch ein Verbrechen an der Würde einer Landschaft.

Kurz vor seinem Ziel weitete sich das Tal zu einer veritablen kleinen Ebene mit einer für diese Gegend völlig ungewohnt langen, pfeilgeraden Straße. Parallel zur Straße, ebenso schnurgerade, lag die Trasse einer lokalen Eisenbahn. Die Schmiede lag außerhalb der Ortschaft. Die Ortschaft selbst bestand aus wenigen Häusern, einer großen Mühle, einem Restaurant und einem Bahnhof, der ihn an die Bahnhöfe der Märklineisenbahn erinnerte.

Zur Schmiede gehörte ein stattliches Wohnhaus, gerade so, als sei die Schmiede ein Bauernhof mit Kühen und allem, was dazu gehörte. Er parkte unter einer alten Linde, die im Sommer mit ihren mächtigen Armen dem ganzen Vorplatz ihren Schatten spenden konnte.

Als er den Motor abstellte und die Autotür öffnete, hörte er lautes, gleichmässiges Hämmern aus der Tiefe der Schmiede.

Tanner ging nah an die Glastüre, legte beide Hände seitlich ans Gesicht und sah im Widerschein eines glühenden Ofens einen Mann mittleren Alters an einer monströs großen Maschine stehen. Etwas gekrümmt stand er und hielt mit einer langstieligen Zange ein rot glühendes Eisenstück unter einen mechanischen Hammer, der regelmäßig auf das Werkstück heruntersauste und es zunehmend in eine bestimmte Form brachte.

Tanner trat ein.

Klopfen hätte keinen Sinn gemacht. Drinnen war der Lärm weniger betäubend, als Tanner es erwartet hätte. Die Maschine arbeitete offenbar mit Luft- oder Öldruck, auf den ersten Blick war das nicht erkennbar. Die Maschine stammte mindestens aus dem vorletzten Jahrhundert, soviel konnte Tanner immerhin sehen.

Hoffentlich leben hier nicht nur die Maschinen, sondern auch die Schmiede so lange, dachte Tanner.

Er wartete, bis das bearbeitete Eisen nicht mehr ganz so rot glühte und klopfte dann mit einem Eisenstück auf einen Amboss, um auf sich aufmerksam zu machen.

Der Mann dreht sich ruhig um und machte Tanner ein Zeichen, dass er sich gleich um ihn kümmern würde. Er nahm das Eisenstück, öffnete die Tür zu einem der kleineren Öfen und steckte das Werkstück hinein. Er ging ruhig zum Hammer zurück und stellte die Maschine ab. Es dauerte eine Weile, bis das Schwungrad zum Stillstand kam. Jetzt hörte man nur noch ein giftiges Zischen, wahrscheinlich war es die Gasflamme, die den Ofen erhitzte.

Der Mann zog seine Handschuhe aus und reichte Tanner die Hand.

Guten Tag. Was kann ich für Sie tun?

Mein Name ist Tanner. Ich arbeite für die Polizei und würde gerne Herrn Baumann sprechen.

Der Angesprochene ließ sich keine Überraschung anmerken, schob seine Mütze nach hinten und kratzte sich im Haar.

Fragt sich welchen? Ich bin einer.

Tanner lächelte.

Freut mich, Her Baumann. Wie viele gibt es denn?

Im Augenblick zwei.

Im Augenblick?

Mein Bruder ist gerade in Australien.

Aha. Dann möchte ich gerne Ihren Vater sprechen, wenn es möglich ist.

Um was geht es, wenn ich fragen darf?

Der Mann war Tanner auf Anhieb sympathisch, und seine Frage hatte gar nichts Misstrauisches, wie man es vielleicht an so einem abgelegen Ort hätte erwarten können.

Die Sache, um die es geht, liegt sehr weit zurück. Es geht um die Zeit, als ihr Vater in Afrika arbeitete.

Auch jetzt staunte der Mann keineswegs oder ließ es sich auf jeden Fall nicht anmerken.

Er schaute auf seine Armbanduhr.

Ich mache Ihnen einen Vorschlag. Ich mache dieses Stück noch fertig, dann gehen wir gemeinsam in die Küche. Vater nimmt um die Zeit immer einen zweiten Kaffee. Danach kommt er dann jeweils auch in die Schmiede.

Ist gut. Ihr Vater arbeitet immer noch?

Der Mann lächelte.

Er ist immer noch der Beste.

Wie alt ist denn Ihr Vater, wenn ich fragen darf?

Er wurde im Herbst achtzig Jahre alt.

Tanner pfiff durch die Zähne.

Und ist immer noch der Beste?

Der Sohn lachte.

Ja, ja. Hier am Lufthammer macht ihm keiner so leicht etwas vor.

Aha. Ein Lufthammer. Darf ich zuschauen?

Ja, sicher.

Er schaltete mit zwei Handgriffen den gewaltigen Kompressor des Lufthammers wieder ein. Allmählich kam die Maschine wieder in Fahrt.

Diese Maschine ist etwa 130 Jahre alt und arbeitet immer noch total präzise. Schauen Sie.

Mit seinem Fuß bediente er sie über ein Gestänge.

Je mehr ich drücke, desto tiefer schlägt der Hammer, das heißt, desto heftiger ist der Schlag auf das Werkstück. Schauen Sie! Man kann stufenlos und ganz differenziert arbeiten.

Er führte es vor. Tanner staunte und nickte bewundernd.

Baumann zog sich die Handschuhe wieder an und holte sich das Werkstück aus dem Ofen. Es war mittlerweile wieder rotglühend geworden.

Baumann zeigte darauf.

Beim Schmieden muss das Metall immer rotglühend sein. Das ist ein Teil für einen Pflug. Wir reparieren Pflüge. Unter anderem.

Er legte das Eisen unter den Hammer und drehte nach jedem Schlag blitzschnell das Werkstück, sodass es genau die Form annahm, die er beabsichtigte.

Er schaute es sich prüfend an und nickte. Offenbar war er zufrieden.

Mein Vater macht das in vier Arbeitsgängen. Ich brauche meistens immer noch mindestens fünf.

Er lachte und stellte die Maschine wieder ab.

So. Jetzt gehen wir in die Küche. Kommen Sie, Herr Tanner. Ich gehe voraus.

Es gab einen Zwischengang, der aus der Schmiede direkt ins Wohnhaus führte. Im Flur kündigte Baumann den Besuch an.

Vater. Ich bringe einen Besuch mit. Er hat ein paar Fragen an dich.

Er drehte sich zu Tanner und ließ ihm den Vortritt.

So. Kommen Sie. Hier ist die Küche.

Sie gingen in eine überraschend geräumige Küche mit einem großen Tisch mit eingebauter Eckbank. Eine richtige Bauernhausküche eben. Mitten im Raum stand der alte Baumann und erwartete den Gast. Tanner war überrascht. Ein mittelgroßer Mann mit schmaler Statur, schneeweißem, ziemlich langem Haar und feinen Gesichtszügen.

Tanner staunte. So können also Schmiede auch aussehen.

Sie reichten sich die Hand. Tanner wiederholte seinen Vers

von der Polizei. Auch beim alten Baumann löste das weder Unruhe noch irgendein Misstrauen aus.

Nehmen Sie Platz, Tanner. Wir trinken Kaffee aus dem Glas, und dann haben wir hier noch eine Büchse, da sollte eigentlich immer etwas drin sei, was gut zum Kaffee passt.

Vater und Sohn lachten.

Er nahm den Deckel ab.

Ja. Sie ist auch heute gut gefüllt. Greifen Sie zu, Tanner. Hier sind Milch und Zucker. Bitte bedienen Sie sich.

Es war eine Blechbüchse, gefüllt mit diesen runden Biskuits mit den Noppen an der Oberfläche, die Tanner aus seiner Kindheit so gut kannte.

Stellen Sie sich vor, meine Großmutter hatte auch so eine Büchse mit den gleichen Biskuits. Als Kinder nannten wir sie die *Zauberbüchse.* Weil sie immer voll war, egal wann wir zu Besuch kamen.

Sie lachten alle, und Tanner nahm unter den kritischen Augen von Vater und Sohn ein Biskuit, tauchte es in den Kaffee, aber nur einen ganz kurzen Moment. Beide nickten anerkennend.

Ja, wir sehen, Sie kennen die Methode.

Sie lachten erneut, dann räusperte sich der Sohn umständlich.

Der Herr Tanner, stell dir vor, hat eine Frage an dich über die Zeit, in der du in Afrika gearbeitet hast. Das ist lange her. Aber du erinnerst dich ja gerne an diese Zeit, Vater, oder?

Tanner nickte ihm für diese Einleitung dankbar zu.

Ja, das war eine schöne Zeit.

Er blickte Tanner offen an.

Aber woher wissen Sie denn davon, Herr Tanner? Und wie kommen Sie auf mich?

Tanner begann zu erzählen und holte dabei etwas aus. Erzählte von sich, vom Michel und vom Stocker. Dann machte Tanner eine kurze Pause, tunkte fachgerecht ein Biskuit in seinen Kaffee und ließ es auf der Zunge zergehen.

Ja – und da kommt nun plötzlich Heinrich Karst ins Spiel. Und *den* haben Sie doch gekannt, oder?

Heinrich Karst? Ja, natürlich hab ich den gekannt.

Er sah seinen Sohn an.

Hast du den auch noch erlebt? Ich weiß gar nicht?

Der Sohn schüttelte den Kopf.

Nein, ich glaube, da war ich noch gar nicht auf der Welt, oder?

Ja, stimmt. Also, der Heinrich Karst, ja … also der, der ist jetzt nicht so eine gute Erinnerung. Aber ich erinnere mich natürlich an ihn. Er war ja damals als so eine Art Gehilfe mit nach Afrika gekommen.

Er sagte es mehr zu seinem Sohn.

Er hatte damals bei uns – heute würde man sagen – eine Schnupperlehre gemacht. Genau in der Zeit kam dieser Auftrag, nach Afrika zu gehen, und ich konnte Karst gut brauchen, so fürs Grobe, denn er war ein guter und auch gelehriger Arbeiter. Und er wollte auch unbedingt mit. Er war ja noch ledig und irgendwie abenteuerlustig.

Er tunkte jetzt sein nächstes Biskuit in den Kaffee. Tanner wartete.

Was ist denn mit ihm? Lebt er noch? Ich habe ihn schon damals in Afrika aus den Augen verloren. Zu Hause habe ich ihn nie mehr gesehen, und er hat sich auch nie mehr bei mir gemeldet.

Tanner wollte noch nichts von seinem Tod sagen.

Wieso haben Sie ihn denn schon in Afrika aus den Augen verloren? Ist er denn nicht mit Ihnen wieder zurückgekommen?

Nein, nein. Er ist noch geblieben. Er hat dort für irgendeine Organisation gearbeitet. Der Name ist mir entfallen. Es hatte etwas mit Landwirtschaft und Brunnenbau zu tun oder so etwas Ähnliches. Sie müssen entschuldigen, ich erinnere mich natürlich nicht mehr an alle Details, zudem bin ich ja auf Ihren Besuch nicht vorbereitet.

Er nahm noch ein Biskuit. Tanner wartete, machte bloß eine zustimmende Geste. Er wollte den natürlichen Erinnerungsfluss nicht stören.

Auf jeden Fall: Er kam in merkwürdige Gesellschaft, der Karst. Um nicht zu sagen, in dubiose Kreise. Da wusste man überhaupt nicht, was die eigentlich dort wollten oder für welche Sache die standen. Einige Leute munkelten damals von Drogen und Waffen, aber, äh … also, *ich* wusste es auf jeden Fall nicht. Es ging mich auch nichts an. Ich wusste es damals nicht und weiß es heute erst recht nicht. Ich wollte mit denen auf jeden Fall nichts zu tun haben. Ja, der Karst, der war angetan von den Leuten. Unsere Arbeit war ihm bald zu wenig. Die fuhren den ganzen Tag in ihren Jeeps herum, taten wichtig.

Er wandte sich speziell an seinen Sohn.

Wir haben ja ganz bescheiden diese Schmiede und dann die Käserei aufgebaut. Das war zwar eine große Sache, aber wir waren auf einen Ort beschränkt und deswegen hatte ich nicht den Einblick in Sachen, die dort unten sonst noch liefen.

Der Sohn nickte.

Wie viel Milch sollte denn dort verarbeitet werden?

Anfangs etwa zweitausend Liter pro Tag. Das sollte aber stetig ausgebaut werden, bis zwanzigtausend Liter.

Er pfiff durch die Zähne.

Pro Tag? Das ist aber eine ganze Menge. Gab es denn dort so viele Kühe?

Er wandte sich fast entschuldigend an Tanner.

Man denkt ja bei Afrika nicht in erster Linie an Milchkühe, oder?

Tanner pflichtete bei. Der Alte lachte.

Ja, könnt ihr euch vorstellen! Da gab es große Herden, und die wollten das stetig ausbauen. Ja, ja. Ich habe da auch gestaunt. Das wurde ja auch von unserem Land gefördert und technisch unterstützt. Ich wurde von einem Amt hier bezahlt, versteht ihr.

Tanner nickte.

Wie lange waren Sie denn dort?

Das Ganze dauerte knapp ein Jahr.

Und wann haben Sie ihren Gehilfen verloren, sozusagen?

Baumann überlegte.

Also, das erste Vierteljahr ging alles gut. Dann fing er an, bei der Arbeit zu fehlen. Später habe ich ihn dann zur Rede gestellt, und er hat anfänglich zwar herumgedruckst, aber dann war schon klar, dass er lieber für die anderen arbeiten wollte und nicht mehr für mich.

Baumann schwieg.

Tanner blickte ihn fragend an.

Ja. Das war dann nicht so schön. Eines Nachts kam die ganze Bagage mit ihren Jeeps und Landrovers angefahren und besetzte praktisch unser ganzes Arbeitszentrum. Im Prinzip war es ein Überfall. Meine Leute, also die Einheimischen, Farbigen, waren paralysiert und befürchteten das Schlimmste.

Baumann machte eine Pause.

Es gab zwei Weiße, auch von hier übrigens, das waren die Anführer. Sie waren blutjung. Der eine hatte, das vergesse ich nie, ganz ungewöhnlich blaue Augen, also, solche Augen habe ich bis heute nie mehr gesehen. Die konnten einen fixieren, das war also direkt unheimlich. Unter den Einheimischen nannten sie ihn den weißen Teufel und den anderen den schwarzen.

Wieso das? Der war aber auch ein Weißer, hatten Sie gesagt?

Wissen Sie, die Afrikaner denken sehr stark in Bildern. Das Schwarz oder Weiß hatte nichts mit der Hautfarbe zu tun, sondern mit ihrem, äh … wie soll ich sagen? Mit ihrem inneren Zustand. Es waren ja Brüder, und der eine war irgendwie der ganz Böse, und der andere war der …

Er schaute hilfesuchend zu seinem Sohn. Der konnte natürlich auch nicht helfen.

Versteht ihr, er war der Faszinierende, der Anführer. Ja, so könnte man sagen. Der andere hat für ihn die Drecksarbeit gemacht, so haben mir die Einheimischen erzählt. Ob das stimmte, kann ich nicht sagen.

Er schüttelte den Kopf.

Auf jeden Fall hat nur der mit den blauen Augen gesprochen. Sehr freundlich muss ich sagen, ja, also, aber was heißt freundlich, wenn seine ganze Mannschaft nur auf einen Fehler von uns wartete, um uns zusammenzuschlagen oder noch schlimmer.

Hatten die denn Waffen?

Sichtbar nicht, aber sicher in den Autos. Auf jeden Fall stellte der Anführer nur eine einzige Frage. Wie gesagt, sehr nett. Mit leiser Stimme.

Baumann stockte.

Wie war die Frage?

Hast du was dagegen, wenn der Karst ab und zu für mich arbeitet? Es muss es ja sonst niemand wissen.

Baumann schüttelte sich.

Ja, da habe ich das erste Mal in meinem Leben Todesangst verspürt, wisst ihr. Ich fürchtete mich nicht nur für mich, sondern auch für meine Männer.

Er zuckte die Achsel.

Ich habe natürlich Ja, also, ich meine, Nein gesagt.

Tanner und der Sohn nickten.

Ja, und darauf sind sie wieder abmarschiert. Den Karst haben wir dann immer weniger gesehen. Irgendwann war er ganz verschwunden.

Er blickte Tanner an.

Wo lebt er denn heute? Der Karst, meine ich.

Er lebt schon lange nicht mehr. Er ist vor dreißig Jahren ermordet worden.

Der alte Baumann schaute ihn mit großen Augen an. Er war bleich geworden. Tanner erzählte den beiden knapp die Umstände. Danach schwiegen sie eine ganze Weile.

Tanner räusperte sich.

Eigentlich bin ich aber hier wegen Rorschacher.

Wer ist das?

Ja, das wollte ich Sie fragen. Sind Sie damals keinem Rorschacher begegnet?

Der Alte überlegte. Dann schüttelte er den Kopf.

Nein. Tut mir leid. Ich kenne keinen Rorschacher. Sollte Karst ihn gekannt haben?

Tanner seufzte.

Davon gehen wir aus, aber eben – ohne Bestätigung durch Sie nützt uns das nichts.

Sie schwiegen wieder.

Wie hießen denn die beiden, äh … also der weiße und der schwarze Teufel?

Das waren ja Brüder, und sie hießen Wegener.

Tanner stutzte.

Wegener? Hieß einer vielleicht Albin?

Ja. Genau. Kennen Sie ihn?

Nein, ich kenne ihn nicht, aber ich habe von ihm gehört. Und der war damals natürlich ein ganz junger Mann, sagten Sie.

Ja, ja. Die waren blutjung. Und der Albin, der hat eine eigentümliche Macht über die Menschen, doch, doch. Das war damals ganz klar.

Aber einem Rorschacher sind Sie nie begegnet, sagen Sie.

Der alte Baumann schüttelte energisch den Kopf.

Nein, nein, so einen Namen hätte ich bestimmt nicht vergessen. Und ich habe ein ziemlich gutes Gedächtnis, stimmt's?

Sein Sohn nickte bestätigend.

Ein ganz erstaunliches Gedächtnis.

Gut. Ich lasse Ihnen trotzdem ein Foto zukommen. Vielleicht ist er Ihnen begegnet, ohne dass Sie seinen Namen wussten.

Ja, tun Sie das, Tanner. Ich schau mir das Foto gerne an.

Also, dann bedanke ich mich bei Ihnen für die Informationen und den wunderbaren Kaffee. Und die Biskuits!

Die beiden begleiteten Tanner bis zum Auto.

Der Alte hatte noch eine Frage, und Tanner meinte, sogar jetzt noch etwas von der Angst zu spüren, die er damals empfunden hatte, aber vielleicht bildete er sich das auch nur ein.

Dann kam sie, die Frage.

Lebt er denn noch?

Der weiße Teufel? Ja, ich fürchte, der lebt noch.

Tanner öffnete die Wagentür. Sein Blick fiel auf das schöne Stück Holz auf seinem Beifahrersitz. Er griff danach und drehte sich noch einmal zu den beiden Männern um.

Ach ja. Könnten Sie mir bitte dieses Holz in der Mitte durchsägen?

Der junge Baumann runzelte erstaunt seine Stirn.

Sie wollen diesen schönen Bauklotz zerstören?

Ja. Ich will wissen, warum der so leicht ist.

Baumann nahm ihn in die Hand und klopfte gegen das Holz.

Hohl ist er nicht.

Er blickte fragend zu Tanner.

Soll ich ihn also zersägen?

Tanner nickte.

Ja, bitte. Mittendurch …

Sie gingen in die Werkstatt. Der junge Baumann ging zu einer alten Bandsäge und schaltete sie ein. Nach einem kurzen Kreischen hatte er zwei Holzstücke in der Hand. Er schaltete die Maschine ab und gab die beiden Stücke Tanner zurück.

Tanner betrachtete die beiden Stücke. Offenbar bestand der innere Kern aus einer anderen Holzart.

Das ist aber eine ziemlich aufwendige Machart für ein Kinderspielzeug, was meinen Sie? Die beiden Baumanns betrachteten die Hölzer. Der alte Baumann äußerte sich, nachdem er an den Hölzern gerochen hatte.

Außen Buche, innen ganz normales Tannenholz. Das ist ziemlich aufwendig, also vom Arbeitsaufwand, meine ich. Sogar die Trennnaht hat man mit diesem dunklen schmalen Streifen kaschiert.

Der junge Baumann nickte.

Ziemlich aufwendig. Und was bedeutet das jetzt, Tanner?

Ja, wenn ich das wüsste.

NEUNZEHN

Tanner sah die beiden im Rückspiegel winken. Er hob die Hand.

Was für freundliche, liebenswürdige Menschen.

Kaum waren sie verschwunden, klingelte das Telefon. Es war Stucki.

Tanner, ich mach mir Sorgen um Lara.

Warum denn das?

Sie hat heute Morgen um halb acht Uhr den Gasthof verlassen und wollte mich spätestens um zehn Uhr anrufen. Das hat sie mir fest versprochen. Und jetzt ist schon gegen ein Uhr.

Aha. Lara ist also heute Nacht beim Stucki geblieben. Sieh an, sieh an!

Er sagte aber nichts, sondern wartete, bis Stucki weiterfuhr.

Sie wollte heute einer Spur nachgehen. Sie tat sehr geheimnisvoll. Ich hatte kein gutes Gefühl.

Ja, ich weiß.

Du weißt? Woher?

Sie hat uns kurz nach neun Uhr angerufen, um uns das gleiche mitzuteilen. Sie hätte nämlich um neun Uhr zu einer Besprechung mit Michel und mir kommen sollen.

Aha. Was machen wir jetzt, Tanner?

Ich bin unterwegs. Spätestens in einer Stunde bin ich bei dir.

Ist gut.

Und Stucki, mach dir keine Sorgen. Sie hat zwar ein Versprechen nicht eingehalten, aber sie ist noch nicht überfällig, wie wir sagen.

Gut, Tanner. Wenn du es sagst.

Bis gleich.

Tanner beendete das Gespräch.

Stucki machte sich also Sorgen um Lara. Das ist ja eine ganz neue Situation. Sieh an, sieh an.

Tanner schnalzte mit der Zunge. Er wählte Michels Nummer.

Michel nahm sofort ab.

Das muss Gedankenübertragung gewesen sein, Tanner.

Und? Was wolltest du?

Ich habe Neuigkeiten. Aus der erzbischöflichen Zentrale.

Über Rorschacher?

Genau. Rorschacher wurde vor gut fünfunddreißig Jahren aus der Missionsarbeit in Afrika hierher versetzt, also quasi zwangsversetzt.

Und hast du auch erfahren weshalb?

Michel lachte.

Es hieß, wegen Unregelmäßigkeiten in der Führung der ihm anvertrauten Gelder. Das ist natürlich ein Witz. Da kommen wir aber schon noch dahinter. Aber vorerst haben wir immerhin eine Bestätigung, dass Rorschacher in Afrika tätig gewesen war. Ich kriege das noch schriftlich mit allen Ortsangaben.

Was meinten sie zu seinem Tod?

Ja, sehr bedauerlich. Gottes Wege seien eben oft zu verworren für uns arme Menschen und so weiter.

Hör mal, lieber Michel. Du musst sofort unserem Schmied Baumann ein Foto von Rorschacher zukommen lassen. Den Namen kannte er nämlich nicht. Vielleicht erkennt er ihn auf einem Foto. Kannst du einen deiner schnellen Truppe mal losschicken? Den Rest erzähle ich dir später.

Mach ich gleich. Wieso wolltest du mich eigentlich anrufen?

Wegen des Fotos und wegen Lara. Stucki hat mich eben angerufen. Er macht sich Sorgen um Lara.

Wieso macht sich der Stucki Sorgen um Lara?

Lieber Michel, das erkläre ich dir, wenn du groß und erwachsen bist. Sie hat ihm heute Morgen um halb acht versprochen, dass sie ihn um zehn Uhr anruft – und das hat sie nicht.

Michel stöhnte.

Ach, diese dumme Kuh. Jetzt hat sie sich also den Stucki geangelt. Mein herzliches Beileid. Was machen wir jetzt?

Ich fahre zum Stucki. Kommst du auch?

Ja. Ich hab sowieso Hunger.

Michel beendete die Verbindung.

Tanner hätte ihm gerne noch von Albin Wegener erzählt. Es wurde nämlich höchste Zeit, dem Herrn mit den tiefblauen Augen einen Besuch abzustatten. Aber das konnte er auch noch beim Stucki nachholen.

Schade, dass sein Auto nicht mit einem Blaulicht ausgestattet war. Er wäre jetzt gerne mit Karacho durch die Ortschaften gerast.

Dann kam ihm siedendheiß ein Gedanke.

Mensch, Rorschachers Blumenstöcke!

Er griff sofort noch einmal zum Telefon. Es dauerte diesmal länger als vorher, bis Michel abnahm.

Hör mal, Michel. Lara hat doch die herausgerissenen Seiten in der Erde einer dieser unzähligen Topfpflanzen gefunden?

Ja, stimmt. War ja deine Idee.

Ja, aber weißt du auch, ob deine Leute alle Pflanzentöpfe untersucht haben, oder ob sie damit zufrieden waren, als sie die Papiere gefunden haben?

Tanner, woher soll ich das wissen, ich war ja nicht dabei.

Gut. Dann kläre es bitte sofort ab, und wenn …

Ja, ja, und wenn die das nicht gemacht haben, dann sollen sie es sofort nachholen und zwar gründlich. Wolltest du das sagen? Was sollen die denn deiner Meinung nach finden?

Das sehen wir ja dann, oder?

Gut.

Er seufzte, als ob er sämtliche Töpfe der Welt höchstpersönlich umgraben müsste.

Das Bild ist übrigens schon unterwegs. Ich meine zu deinem Schmied.

Das ist ja großartig. Also, bis gleich.

Auf dem Rest der Fahrt dachte er ausschließlich an Emma Sorbin. Und an den letzten Satz, den sie ihm beim Abschied ins Ohr geflüstert hatte.

Komm wieder oder komm nicht …

Die Fortsetzung war dann auf Russisch gewesen. Er würde sie das nächste Mal fragen müssen, was sie gesagte hatte. Es klang in seinen Ohren auf jeden Fall sehr, sehr traurig.

Tanner lächelte.

Gibt es denn ein nächstes Mal, Herr Tanner?

Er befragte sein Bild im Rückspiegel.

Der andere antwortete und antwortete doch nicht.

Russisch klingt für mich sowieso traurig, egal wie der Inhalt ist.

Tanner kappte die Befragung. Es hatte eh keinen Sinn.

Er parkte sein Auto neben Michels Dienstwagen. Der rote Audi stand immer noch an derselben Stelle, wo Lara ihn gestern hingestellt hatte. War das wirklich erst gestern gewesen? Tanner fuhr sich mit den Händen durch die Haare und saß einen Moment lang ganz still. Eine Angewohnheit, die er von seinem Onkel übernommen hatte, der sein Leben lang Krankenwagen gefahren war. Der hatte ihm immer wieder gesagt: Wenn es aufregend wird oder wenn du schnell sein musst, sitz zuerst einen Augenblick ganz ruhig da, dann erst leg los!

Tanner stieg aus seinem Wagen, streckte sich ausgiebig und sog tief die frische Landluft ein.

Ruthli entdeckte ihn als erste, als er in die warme Gaststube trat.

Simon ist da. Simon ist da.

Sie rief es quer durch das gut besetzte Wirtshaus. Dann flog sie auf ihn zu, nahm seine Hand und führte ihn in die Küche. Man grüßte Tanner links und rechts. Es hatte sich wohl mittlerweile herumgesprochen, dass er ein Freund vom Stucki war. Und das wollte in diesem Teil der Welt etwas heißen.

Michel saß bereits am Küchentisch. Stucki hantierte mit seinen Töpfen.

Sie nickten sich zu.

Schön, dass du da bist, Tanner. Nimm Platz. Ihr esst heute in der Küche.

Ruthli schöpfte den beiden aus Stuckis überbordenden Töpfen die Teller voll und brachte Michel anschließend ein großes Bier.

Simon, möchtest du Süßwasser?

Ja gerne, Ruthli. Bring mir bitte ein großes Glas. Aber schön laufen lassen, gell.

Ruthli nickte und düste davon.

Tanner blickte ihr nach.

Was für ein liebes Kind.

Michel nickte.

Das Mädchen kam zurück und brachte eine große Karaffe mit Wasser.

Für dich, Tanner. Und ich habs schön laufen lassen. So. Guten Appetit. Ich muss vorne helfen.

Sie strich sich die Haare aus dem Gesicht und rannte zurück in die Wirtsstube.

Stucki verwarf die Arme in der Luft. Es sah nach einer Geste der Kapitulation aus.

Sie will unbedingt. Ich kann es ihr nicht verbieten.

Aber das wissen wir doch, Stucki. Gell, Tanner, wir wissen doch, wie eigensinnig junge Damen sein können.

Stucki lachte.

Kann der auch mal ernst sein, Tanner?

Tanner hob die Achseln.

Erlebt hab ich's schon.

Auf jeden Fall: Guten Appetit!

Michel und Tanner widmeten sich schweigend ihrem Essen.

Michel brach als erster das Schweigen.

Hast du eine Ahnung, wo sich unsere Lara befinden könnte?

Tanner deutete durchs Fenster.

Da ihr Auto immer noch am selben Ort steht, gibt es eigentlich nur zwei Möglichkeiten.

Michel nickte.

Das Pfarrhaus können wir ausschließen.

Tanner berichtete Michel das Wenige, was er von Baumann über Albin Wegener erfahren hatte. Plötzlich kam Stucki ganz eilig an den Tisch und beugte sich zu ihnen.

Ich habe gerade eine Mitteilung von Lara auf meinem Telefon.

Sie konnte sich bisher nicht melden, aber es sei alles in Ordnung, ich solle mir keine Sorgen machen. Sie würde bald anrufen.

Stucki starrte verlegen auf den Tisch.

Ich weiß nicht, was ich davon halten soll? Was meint ihr?

Michel wiegte den Kopf.

Ja, dann warten wir mal ab. Was meinst du, Tanner?

Ja, wir warten ab. Auf jeden Fall kümmern wir uns darum.

Stucki nickte und ging wieder zu seinen Töpfen.

Versuch sie doch mal anzurufen, Michel.

Er tats. Sie warteten.

Michel klappte sein Telefon zu.

Sie hat es abgestellt.

Es gibt jetzt, wie immer, mindestens zwei Möglichkeiten.

Michel nickte.

Verdammter Mist. Was hat sie sich denn dabei gedacht?

In diesem Moment klingelte Michels Telefon.

Er lauschte angestrengt ins Telefon.

Gut. Sehr gut. Sag ihm einen schönen Gruss von Kommissar Michel und natürlich auch vom Tanner und wir bräuchten dann noch eine schriftliche Aussage. Ja, das kann noch warten.

Michel richtete sich auf.

Jetzt kommt Bewegung in die Sache. Stell dir vor: der Rorschacher heisst nicht Rorschacher, sondern Wegener. Er ist sein Bruder. Wie nannten sie ihn da unten? Den schwarzen Teufel. Der alte Baumann ist sich bombensicher. Er hat ihn einwandfrei identifiziert.

Michel stieß Luft aus, wie ein Walross, das durch die Wasseroberfläche bricht.

Hast du heute Morgen nicht mit der Diözese telefoniert?

Michel nickte.

Na warte. Die werden aber was zu hören kriegen. Also, was ist? Gehen wir?

Tanner legte beide Hände auf den Tisch.

Setz dich bitte wieder hin, Michel. Lass uns jetzt erst mal überlegen. Es hat keinen Sinn, übereilt zu handeln.

Michel setzte sich widerwillig.

Wir kennen jetzt zwar einige Zusammenhänge, aber wir haben ja keine Beweise. Oder siehst du irgendwo nur annähernd etwas, was nach einem Beweis aussieht?

Michel schüttelte zögernd den Kopf.

Siehst du. Wir müssen jetzt schlau und überlegt vorgehen.

Tanner wandte sich an Stucki.

Können wir noch zwei Kaffee haben?

Kommt gleich.

Tanner lehnte sich zurück.

Ich versuche mal, die Geschichte zusammenzufassen. Wenn du einverstanden bist, Michel.

Bitte, bitte. Ich höre.

Karst kommt in Afrika mit den Brüdern Wegener in Berührung. Die haben eine Gruppe um sich geschart. Albin ist laut Baumann der charismatische Anführer, sein Bruder der Mann fürs Grobe. Laut Baumann beschäftigen die sich offiziell mit landwirtschaftlicher Entwicklung und Brunnenbau. Es klingt aber eher nach mafiösen Strukturen oder einer Söldnertruppe. Was die genau gemacht haben, wissen wir also nicht, das ließe sich aber, falls notwendig, sicher recherchieren. Irgendwann kehrten sie zurück, entweder freiwillig, oder sie wurden rausgeschmissen. Rorschacher alias Wegener wurde laut deinen Auskünften wegen Veruntreuung einer Missionskasse zwangsversetzt.

Michel grinste.

Von wegen … aber *die* knöpfe ich mir noch vor, da kannst du sicher sein. Übrigens, das habe ich dir vergessen zu sagen: Rorschacher kam zuerst in eine klitzekleine Gemeinde in einem abgelegenen Tal. Nach zwei Jahren ließ er sich hierher versetzen. Das wurde dann auch gestattet, wegen guter Führung quasi.

Dies setzt aber auch zwingend voraus, dass Rorschacher, alias Wegener, schon als Priester nach Afrika kam, oder?

Michel nickte.

Gut. Albin Wegener gründete hier eine religiöse Gemeinschaft. Der andere Bruder wird irgendwohin zwangsversetzt, kommt nach zwei Jahren hierher und spielt hier zwanzig Jahre lang den braven Dorfpfarrer …

Michel mischt sich ein.

Und vögelt laut Madame de Sencebourg die *eine* Haushälterin zu Tode, und sie selber wird entlassen, weil sie nicht gewillt war, ihm ihr ganzes Vermögen zu überschreiben und …

Tanner unterbrach ihn.

Vielleicht solltest du mal nachforschen, ob die Vorgängerin auch Vermögen besaß und wer es geerbt hat.

Michel nickte.

Darauf kannst du Gift nehmen.

Er zückte sein zerknautschtes Notizbuch und begann zu notieren.

Tanner fuhr fort.

Heinrich Karst, der wahrscheinlich aus dieser Gegend stammt, übernimmt seinen väterlichen Hof. Geografisch exakt vor der Nase der Gebrüder Wegener. Das wäre dann einer dieser verrückten Zufälle, die das Leben dann und wann so gerne erfindet.

Tanner lächelte und beugte sich vor.

Das muss man sich jetzt einmal vorstellen. Der Karst ist der Einzige weit und breit, der die Vorgeschichte des sauberen Brüderpaars kennt, und – das ist jetzt spekulativ, ich weiß – er beginnt die beiden nach und nach zu erpressen. Was hältst du davon? Das wäre immerhin eine Möglichkeit. Vielleicht haben sie ihn damals in Afrika in seinen Augen nicht genug an ihren Geschäften beteiligt. Also, er beginnt sie zu erpressen. Die beiden haben immerhin einiges zu verlieren, würde ich sagen. Zuerst ein *bisschen* erpressen, dann immer mehr. Das wäre doch ein astreines Motiv. Irgendwann haben die Brüder genug und bringen ihn kurzerhand um. Zudem war Karst ja bekannt für sein Spionieren, du erinnerst dich an die Geschichten, die Stocker erzählt hat.

Ja, sicher, das passt. Aber du hast recht, wir haben nicht einen einzigen Beweis für all das.

Michel beugte sich nun ebenfalls vor.

Apropos passen. Wo passt denn nun dein Jean, äh … na, du weißt schon … hinein? Der hatte doch auch mit einer Sekte zu tun?

Ja, das hatte er. Er heisst übrigens Jean D'Arcy.

Sag ich ja.

Wir werden es auch noch herausfinden, warts nur ab, aber es handelt sich um die gleiche Sekte.

Michel starrte ihn an.

Machst du Witze?

Nein, nein. Ich habe ihn seinem Heft den Namen der Sekte gelesen.

Und wie nennt sich der Verein?

Sie nennt sich *Die Gemeinschaft.*

Und woher weißt du, dass Wegeners Verein *Die Gemeinschaft* heißt?

Das erkläre ich dir später.

Aha. Wie du meinst. Also, Tanner, was schlägst du vor? Ich sehe es doch deiner Stirn an, dass du einen Plan hast – oder irre ich mich?

Das war Michels Standardbehauptung, wenn er selbst nicht wusste, was er tun sollte.

Ja und nein. Ich habe immerhin einen Vorschlag. Wir könnten …

Tanner unterbrach sich und deutete in Richtung Gaststube.

Guck mal, wer da kommt. Deine verschollene Mitarbeiterin.

Michel drehte sich um.

Ich werd verrückt.

Lara stand mitten in der Gaststube und wurde vom Ruthli heftig umarmt. Dann nahm sie Lara bei der Hand, und sie kamen beide in die Küche.

Schau mal, Papa, wen ich dir bringe.

Stucki stellte den Topf hin, den er gerade in der Hand hielt, und umarmte Lara.

Wenn du das noch einmal machst, bringe ich dich um.

Alle lachten. Ruthli am meisten.

Stucki führte sie zum Tisch.

Setz dich. Willst du etwas essen?

Lara nickte.

Erst jetzt merkten sie in der Küche, dass es in der Gaststube mucksmäuschen still geworden war und dass alle Gäste zur Küche hin schauten.

Stucki ging unter die Küchentür.

Was ist los? Schmeckt euch mein Essen nicht?

Alle beeilten sich, sozusagen im Chor, zu versichern, dass ihnen das Essen heute ganz besonders gut schmeckte.

Alles andere geht euch ja wohl nichts an. Ist das klar?

Allgemeines Nicken.

Ich gebe heute trotzdem eine Runde aus. Zum Wohl.

Alles applaudierte.

So. Und jetzt kümmert euch wieder um den Mist in eurem eigenen Stall.

Er drehte sich um. Er war rot geworden, denn es war ja allen klar, wofür sie Stucki applaudierten. Zudem war es sicher die längste Rede gewesen, die er je in der Öffentlichkeit gehalten hatte.

Ich muss jetzt noch mehr Fleisch …

Er öffnete die Tür zu seinem Kühlraum und verschwand.

Ruthli brachte Lara ein Glas Rotwein.

Michel runzelte seine Stirn.

Alkohol während der Dienstzeit?

Er grinste und leerte sein Bierglas in einem Zug.

Ruthli, bring mir bitte noch eins.

Tanner stieß ihn unter dem Tisch an.

Sag Ruth. Nicht Ruthli.

Ach ja, Ruth, bringst du mir bitte noch ein Glas Bier.

Ruthli strahlte und eilte davon. Michel wandte sich wieder zu Lara.

Also, Lara. Wir hören.

Ich bin heute Morgen in der Höhle des Löwen gewesen, deswegen konnte ich auch nicht telefonieren. Ich konnte mich nämlich ganz überraschend einer Gruppe anschließen, die eine Art Besichtung des Dorfes machen durfte. Die waren sozusagen angemeldet. Und zwar waren es die ehemaligen Klassenkameradinnen von einer gewissen Sonja Kaufmann, die schon längere Zeit Mitglied der Gruppe ist. Ich glaube sogar, die gehört zum innersten Zirkel.

Michel unterbrach sie.

Von wem sprichst du überhaupt? Du sagtest Dorf. Haben die denn ein ganzes Dorf?

Entschuldige, ich spreche von der *Gemeinschaft.* So heißt die Gruppe um Wegener.

Michel warf Tanner einen anerkennenden Blick zu.

Und die besitzen ein ganzes Dorf?

Du würdest staunen. Es ist landschaftlich auch irgendwie raffiniert versteckt. Anfangs denkst du, das sind ein paar Häuser, aber sobald du weiter gehst – und das darfst du eben nur angemeldet – merkst du, dass das ein ganzes Dorf ist. Es gibt dort nämlich im flachen Land hinter dem kleinen Birkenwald wie eine Art plötzliche Talsenke, und dort gruppieren sich Häuser zu einem regelrechten Dorf. Im Zentrum gibt es einen veritablen Park, sogar eine Art Dorfplatz. Mitten drin steht der Tempel, also, sie nennen das den Tempel. Es ist eine ziemliche große und ziemlich vornehme Villa, aus Naturstein gebaut. Hinter dem Park sind dann die Produktionsgebäude. Du, das glaubt ihr nicht, das ist ein Laden, der läuft wie geschmiert. Ich habe heute Morgen mindestens drei große Lastwagen gesehen, die Waren abgeholt haben.

Tanner dachte an den entzweigesägten Blauklotz, der immer noch in seinem Auto lag.

Michel schüttelte seinen Kopf.

Kannst du das für uns einfache Gemüter mal ein bisschen strukturieren. Ich verstehe nur Bahnhof.

Also, als ich heute Morgen zum Eingang des Geländes kam, hielt gerade ein großer Reisebus …

Michel verwarf die Hände.

Nein, liebe Lara, verschon uns bitte mit einem Aufsatz im Stil *Mein Ausflug ins Sektendorf …*

Er stöhnte und verwarf theatralisch die Arme. Tanner griff ein.

Michel wünscht sich eine spröde Zusammenstellung der Fakten, die du heute auf deinem Ausflug gesammelt hast.

Ach so. Dann sag das doch. Ich dachte, ich sollte der Reihe nach erzählen, was ich erlebt hatte.

Tanner nickte.

Vielleicht in einem zweiten Schritt, quasi als Dessert, aber erst interessieren uns die Fakten.

Gut. Hier sind die Fakten.

Sie zückte ihr Notizbuch.

Albin Wegener hat die *Gemeinschaft* in den Sechzigerjahren ins Leben gerufen, kurz nachdem er von seinen Missionstätigkeiten aus Afrika zurückgekehrt war.

Tanner und Michel warfen sich einen Blick zu.

Ist was nicht in Ordnung?

Michel hob beschwichtigend die Hände.

Doch, doch, es ist alles wunderbar.

Lara fuhr fort.

Er hatte damals bereits eine Art Jüngerschaft um sich geschart. Die *Gemeinschaft* ist dann stetig gewachsen. Heute umfasst sie etwa im Schnitt hundertfünfzig Personen. Sie pflegt intensiven Kontakt und Austausch zu ähnlichen Gemeinschaften in den umliegenden europäischen Ländern. Vor allem zu Frankreich ist der Kontakt besonders intensiv. Sie nennen sich wie gesagt schlicht *Die Gemeinschaft.*

Sie blickte auf.

Jetzt verstehen wir dich, Lara.

Michel bat sie mit einer Geste, weiterzufahren. Lara atmete tief durch.

Die *Gemeinschaft* versteht sich als Religionsgemeinschaft, betont aber, dass sie keine Sekte sind, sondern eine freie religiöse Gemeinschaft. Das heisst, sie haben zwar eigene, sehr strenge moralische und ethische Grundsätze, keine Drogen, kein Alkohol, kein Nikotin, keine Verschwendung, kein Luxus, dafür Pflege der Gemeinschaft, soziale Solidarität, Gebets- und Bibelstunden, aber keine eigene heilige Schrift. Sie beziehen sich in allem auf die Bibel. Im Grunde leben sie eine Verbindung von urkommunistischer und urchristlicher Gemeinschaft. Eine Art große, familiäre Kommune auf biblischer Grundlage. Keiner hat eigene Vermögenswerte. Jeder, der eintritt, gibt sein ganzes Vermögen, so er hat, in die Gemeinschaftskasse ab. Es gibt nur eine einzige Steuererklärung, nämlich die von Albin Wegener. Alle arbeiten, *was* sie und so *gut* sie können. Jeder wird gemäß seinen Fähigkeiten eingesetzt und bekommt pro Monat 250 Franken Taschengeld. Gekocht wird in einer Gemeinschaftsküche, wo sie entweder gemeinsam essen oder wo man das Essen auch abholen kann. Braucht jemand ein Auto, so kann er eines der gemeinsamen Autos benutzen. Für die Kinder gibt es eine eigene Schule, die unter staatlicher Aufsicht steht. Sie haben ein eigenes Krankenhaus, ein Altersheim und an einem sehr schön gelegenen Ort in den Bergen ein wunderschönes, altes Hotel mit einer der bezauberndsten Gartenanlagen, die ich je gesehen habe.

Lara blickte von ihren Notizen auf.

Ich habe ein Video gesehen. Es ist wirklich traumhaft schön.

Michel seufzte.

Entschuldige meine persönliche Bemerkung, Michel.

Ist ja gut, Lara. Wir lieben uns doch alle, oder? Können wir uns da nicht gleich alle zusammen anmelden? Das klingt ja nach einer wundervollen Welt, wo alles so läuft, wie wir uns das immer vorgestellt haben, oder, Tanner?

Tanner lächelte.

Warts mal ab. Ich glaube, Lara ist noch nicht zu Ende mit ihrem Bericht. Vielleicht hat das Paradies noch andere Dornen – außer dem Bierverbot, meine ich.

Sie nickte.

Ja, und beileibe nicht zu knapp. Alle Häuser sind mit dem zentralen Tempel verkabelt. Dort befindet sich ein ziemlich gut ausgestattetes Fernseh- und Radiostudio. Die produzieren selber Sendungen oder wählen Sendungen von normalen Stationen aus. Das heißt, es findet die totale Kontrolle statt, und zwar über alles, was die Mitglieder sehen oder hören. Zeitungen sind zum Beispiel auch verboten. Sie haben eine *eigene*, eine interne Zeitung. Auch Bücher dürfen nur aus der betriebseigenen Bibliothek ausgeliehen werden. Anschaffungen von neuen Büchern können zwar von jedem Mitglied beantragt werden, aber es entscheidet der Ältestenrat, was gekauft wird. Also auch hier: die totale Zensur.

Michel stöhnte.

Verdammt. Kann ich meine Bewerbung gleich wieder zurückziehen?

Lara lächelte. Sie blickte zu Tanner.

Soll ich fortfahren?

Tanner nickte.

Was produzieren die denn? Du hast ja gesagt, dass sie alle arbeiten.

Sie nickte eifrig und blätterte in ihrem Notizbuch.

Also, abgesehen davon, dass sie etwa drei große Bauernhöfe betreiben und sich so praktisch selbst versorgen, haben sie eine richtige Fabrik. Sie stellen sehr robuste und auch sehr schöne Spielsachen her, die sie europaweit vertreiben. Zum Beispiel ziemlich teure Bausätze aus Holz oder auch aus Metall. Sie haben sozusagen eine Holz und eine Metall verarbeitende Fabrik. Sie bieten aber auch ganze Kindergarteneinrichtungen an, mit allem Drum und Dran. Also, wie gesagt, ich glaube, der Laden brummt.

Das klingt ja alles sehr vernünftig, eigentlich. Hast du denn auch andere Mitglieder der *Gemeinschaft* zu Gesicht bekommen?

Ich habe Frauen gesehen. Und ich muss sagen, ich habe lauter aufgestellte, fröhliche Wesen gesehen. Ich sage *Wesen,* weil sie mir trotzdem sehr fremd vorkamen. Sie sind zum Beispiel sehr altmodisch angezogen.

Wie denn?

Wehende Röcke und Blusen, und alle haben so merkwürdig

weite Überschürzen oder Berufsmäntel an, aber nicht weiße wie etwa Ärzte oder Wissenschaftler, sondern geblümte oder gemusterte. Ich konnte natürlich mit keiner sprechen.

Sie überlegte angestrengt.

Ich weiß nicht. Ich habe noch selten in meinem Leben innerhalb so kurzer Zeit so viele widersprüchliche Eindrücke erhalten. Ich kann es euch gar nicht so richtig beschreiben. Irgendwie fand ich es gleichzeitig unheimlich und faszinierend. Die Frau, die unsere Besuchergruppe geführt hat, diese Sonja Kaufmann, von der ging zum Beispiel etwas total Autoritäres aus. Die war mir richtig unheimlich. Sie gab sich zwar ausnehmend freundlich und wollte offensichtlich den besten Eindruck vermitteln, aber irgendetwas in ihrer Art konnte sie trotz aller Bemühungen nicht verbergen. Und dieses Etwas hat mir Angst gemacht. Ich habe gedacht: Diese Frau ist zu allem fähig. Die kommt von einem anderen Stern.

Sie schaute Michel und Tanner an.

Ihr werdet mich jetzt auslachen, aber ich dachte tatsächlich, dass sie ein Androide sein könnte, der immer nur bemüht ist, so zu sein wie ein Mensch. Sie ist quasi ausgebildet worden, wie ein Mensch zu wirken. Innen drin aber besteht sie nur aus Kabeln und elektronischen Schaltkreisen.

Alle lachten. Michel streckte sich

War das jetzt alles?

Nein, das Beste habe ich für den Schluss aufgehoben.

Nämlich?

Lara beugte sich über den Tisch.

Die haben regelmäßig Versammlungen im Tempel. Da wird, nehme ich an, eine Art Gottesdienst abgehalten. Aber das Beste: ab und zu hat der Wegener sogenannte Erscheinungen. Das heißt, er tritt als eine andere Gestalt auf und verkündet quasi durch den Mund dieser anderen Gestalten seine Weisheiten.

Und was für Gestalten?

Einer ist der König Salomon.

Michel grinste.

Der aus der Bibel? Mit dem cleveren Urteil da …

Ja, ja. Genau der. Er tritt aber auch als afrikanische Göttin auf und als Kind. Und für alle diese Erscheinungen gibt es Kostüme, und wenn er zum Beispiel als Kind auftritt, dann verhalte er sich auch tatsächlich als Kind und verlange von den anwesenden Mitgliedern, sich jeweils der Figur entsprechend zu verhalten.

Hm? Was heißt denn das?

Ja, wenn er als König Salomon auftritt, müssen die Mitglieder sich vor ihm verbeugen und sich als gehorsamer Hofstaat verhalten.

Tanner mischte sich ein.

Und wenn er als Kind auftritt?

Dann müssen sie alle Spiele mitmachen, die sich das Kind wünscht, zum Beispiel.

Michel stand auf.

Okay. Der spinnt. Mensch, der ist komplett verrückt.

Er lachte.

Leute, ich muss mal dahin, wo auch der König Salomon allein hingeht.

Tanner blickte zu Lara.

Das war ein sehr guter, sehr umfassender Bericht. Danke Lara.

Sie lächelte und lehnte sich über den Tisch.

Schön, dass du das sagst.

Sie fasste kurz seine Hand an. Tanner lächelte.

Sag mal, das mit den Auftritten, hat das alles diese Sonja Kaufmann erzählt?

Nein, das habe ich von einer Frau, die mit auf dem Besuchstag war. Die wusste das, weil sie jemanden kannte, der mal Mitglied bei der Gruppe war.

Lara stöhnte.

Es ist wirklich unglaublich, wie widerspruchsvoll das Ganze ist. Weißt du, dir kann ich es ja sagen: Im Grunde hatte ich zeitweise einen sehr guten Eindruck. Ich dachte, dass die wirklich etwas Gutes wollen, dass die vielleicht wirklich eine Lebensform leben, die, äh … ja ich weiß nicht, die uns vielleicht allen gut täte.

Vielleicht sind ihre Methoden nicht ganz koscher, aber irgendwie …

Tanner unterbrach sie.

Das war vielleicht genau der Eindruck, den sie erreichen wollten. Hast du dir das mal überlegt?

Du meinst, ich bin ihnen voll aufgesessen? Kann sein. Aber hör mal folgende Geschichte. Die Frau, von der ich dir erzählt habe, die hat einen Sohn. Als der gerade zwanzig war und die Autofahrprüfung gemacht hatte, überfährt er auf seiner ersten Alleinfahrt einen Mann, der ohne Vortritt bei einer vollkommen unübersichtlichen Situation von der Seite mit einer Vespa die Straßen kreuzen wollte. Der Mann ist sofort tot. Das heißt, der junge Mann ist zwar vollkommen unschuldig, aber in der schrecklichsten psychischen Notlage, wie du dir denken kannst.

Tanner nickte.

Grauenhaft. Ein Alptraum.

Genau. Der verunfallte Mann war Mitglied der *Gemeinschaft,* und jetzt kommt seine erwachsene Tochter auf die Unfallstelle. Sie begreift, dass ihr Vater tot ist und sie begreift die Umstände – und weißt du, was sie noch auf der Unfallstelle tut?

Keine Ahnung?

Sie nimmt den jungen Mann in ihre Arme und tröstet ihn. Danach trifft sie ihn wochenlang zu Gesprächen, bis er über die Sache hinwegkommt. Wie findest du das?

Tanner schwieg.

Ich meine, das ist doch zumindest ganz ungewöhnlich, oder?

Ja, das ist es. Da gebe ich dir recht. Vielleicht können so was auch nur Aliens.

Sie lachen.

Insgeheim dachte Tanner an Jean, dem er so ein außergewöhnliches Verhalten auch zugetraut hätte. Davon wollte er aber jetzt nicht sprechen. Er blieb ganz allgemein.

Willst du damit sagen, dass die Gruppe aufgrund ihrer Konstellation und ihrer gelebten Werte, zu ungewöhnlich großem menschlichem Mitgefühl imstande ist?

Lara zuckt mit den Achseln.

Vielleicht. Ich kann das nicht beurteilen. Vielleicht war diese Tochter einfach ein ganz und gar ungewöhnlicher Mensch. Ich weiß es doch auch nicht.

Michel kam zurück.

So. Jetzt wissen wir ja Bescheid. Danke Lara. Gute Arbeit.

Lara atmete auf. Michel schaute zu Tanner

Und? Was machen wir jetzt mit all dem?

Lieber Michel, setz dich bitte …

Michel setzte sich und ließ ziemlich theatralisch seinen Kopf in seine Hände sinken. Dann hob er die Hände verzweifelt gegen die Küchendecke.

Oh nein, jetzt weiß ich, was kommt! Lieber Gott, siehst du, wie ich leide!

Lara stutzte.

Wieso? Was kommt jetzt?

Michel grinste gequält.

Immer, wenn Tanner so anfängt, dann hat er *ä Gefiehl.*

Michel machte jetzt auf Tevje, den jiddischen Milchmann.

Und dieses Gefiiiiehl verlongt von ihm ä ganz ä bästimmtä, äh … Chandlungen. Meistens verlangt är aber Chandlungen von mir, ich armä Mänsch …

Michel schlug sich inbrünstig auf die Brust und raufte sich anschließend die Haare, die er einmal besessen hatte.

Und mir gräust jetzt schoin davor. Oj Mischele, oj Mischele, was bischt du für ä armä Mänsch. Oj Gotenju, hilf deim Mischele, und bewahr ihm vor soiviel Unglick.

Alle lachten. Tanner erhob sich und schlug ihm auf die Schulter.

Komm, komm. So richtig schlecht bist du damit doch gar nicht gefahren, oder?

Michel winkte ab.

Oj, oj.

Tanner zog Michel vom Stuhl hoch, und sie begannen das jiddische Lied vom Rebbe, der zum Tanz will, zu singen. Zuerst tanzten sie Arm in Arm, danach lösten sie sich und streckten ihre Arme verzückt nach der Decke, bewegten ihre Hände, als wollten sie unzählige Glühbirnen heraus- und dann wieder hineinschrauben.

Stucki kam just in dem Augenblick aus seinem Kühlraum und verstand erst die Welt nicht mehr, aber als er sah, dass Michel und Tanner tanzten, nahm er Lara und Ruthli bei der Hand, und sie tanzten mit und lachten alle.

Als das Lied fertig war, kam aus der Gaststube zum zweiten Mal tosender Applaus.

Endlich setzten sie sich wieder, die Tränen aus den Augen wischend.

Also – was hast du diesmal für eine Idee, großer Meister?

ZWANZIG

Nichts zu tun, war nicht für alle Beteiligten die gleich schwierige Prüfung.

Am Schlimmsten litt Michel. Seine eigene Prognose traf vollumfänglich zu, nämlich dass er am meisten zu leiden haben würde.

Und wie er litt.

Das Problem war: Er wusste nichts mit sich anzufangen, wusste nicht, wohin mit seiner Energie. Er pendelte mehrmals täglich zwischen Büro und seinen Lieblingskneipen. Sein Alkoholkonsum stieg bedenklich. Seine Laune wurde von Tag zu Tag schlechter, der Ausdruck seines Grimms, zuerst nur im Gesicht bemerkbar, nahm nach und nach auch von seinem ganzen Körper Besitz. Mit der Zeit wagte ihn niemand mehr anzusprechen. Diejenigen, die eingeweiht waren, zeigten einigermaßen Verständnis, hatten aber Angst, dass er vielleicht krank werden könnte. Die anderen dachten, jetzt spinnt er vollkommen. Bald wäre er reif für die Anstalt.

Er selbst dachte das übrigens auch.

Dabei hatte er ja immerhin ab und zu etwas zu tun. Zum Beispiel gab er alle zwei Tage ein mit Tanner, dem Polizeichef und dem eingeweihten Untersuchungsrichter penibel abgesprochenes Bulletin für die Presse ab mit genau dosierten Sätzen, über belanglose Ergebnisse polizeilicher Kleinarbeit. Es wurde über Einbruchdiebstähle, Vandalismus in den städtischen Familiengärten, banale Klein- und Fahrraddiebstähle, randalierende Betrunkene und so weiter berichtet. Es wurden der Presse fingierte Nachrufe zum Tode von Pfarrer Rorschacher zugespielt, die alle mit keinem Wort den Freitod erwähnten. Der tote Jean D'Arcy wurde in der Presse mit keinem Wort jemals erwähnt. Es herrschte sozusagen das totale Schweigen. Da die Fantasie der Presse ja auch durch keine spektakulären Vorfälle angeheizt war, fiel das Verschweigen für einmal leicht.

Jeden zweiten Tag fragte Michel, ob denn das wirklich eines Tages zum Ziel führen würde.

Ja, lieber Michel. Da bin ich überzeugt. Glaube mir. Es ist der einzige Weg.

Michel gab nicht so schnell auf.

Müssen wir denn so lange warten?

Bei der Frage schwieg dann Tanner meistens.

Michel knirschte mit den Zähnen.

Okay, du hast ja Recht.

Schön, dann sind wir uns ja einig. Komm doch heute Abend zu mir. Du darfst dir auch etwas wünschen.

Die Antwort kam wie aus der Pistole geschossen.

Er wünsche sich Käseschnitten. Unmengen von Käseschnitten. Ob das in Ordnung sei?

Käseschnitten? Ja, wenns weiter nichts ist. Das sei in Ordnung. Pünktlich um acht Uhr, bitte.

Damit brach die Verbindung ab, und Michel war wieder einen lieben langen Tag auf sich selber gestellt.

Wenn er gar nicht mehr weiter wusste, las er zum hundersten Mal sämtliche Untersuchungsberichte durch, ohne natürlich je auf eine neue Erkenntnis zu stoßen. Die Untersuchung sämtlicher Topfpflanzen beim Rorschacher hatte auch nichts zutage gefördert. Auch nachdem sie das ganze Haus von zuoberst nach zuunterst gekehrt hatten, fanden sie keine neuen brauchbaren Spuren. Zum erzbischöflichen Amt durfte er auch nicht gehen. Auch dies gehörte zur vorgeschlagenen Taktik.

Michel schaute in seinen Kalender. Noch volle zehn Tage.

Für Lara war diese Zeit des Wartens eine der schönsten ihres Lebens. Sie hatte sich, angesichts der Situation, ein paar Ferientage genommen und übte sich voller Elan in ihrem neuen Dasein als Wirtin. Sie brachte in kürzester Zeit sowohl den Haushalt Stuckis wie auch die Gaststube auf Vordermann. Stucki trug jetzt jeden Tag ein frisches Hemd und eine blütenweiße Kochbluse. Ruthli ging Tag für Tag stolz und strahlend wie eine Prinzessin.

Tanner fuhr *nicht* in den westlichsten Zipfel des Landes – und er wusste im Grunde selbst nicht genau, warum. Dafür kümmerte er sich um seinen kleinen Haushalt, füllte seine Vorräte auf, kochte viel und mit großer Sorgfalt, als ob er jeden Tag Prinzen und Prinzessinnen zu Besuch hätte. Meist aß er dann allein, und ab und zu war der unglückliche Michel sein Gast. Einmal, es war Sonntagnachmittag, kamen Stucki, Lara und Ruthli zum Essen. Der sonntägliche Familienbesuch wurde zu einem richtigen Fest.

Stucki bot ihm daraufhin eine Kochpartnerschaft in seiner Küche an.

Er schrieb lange Briefe in den Norden, die aber bisher nicht beantwortet wurden. In seinen Augen brauchten sie das auch nicht, denn die Briefe waren nichts anderes als seine nachträgliche Bewältigung oder Einordnung dieses schönen Jahres bei Solveig im hohen Norden. Für ihn war klar, dass es in dieser Beziehung keine Fortsetzung geben würde, und es schmerzte ihn keineswegs. Er war im Gegenteil voller Dankbarkeit für die erlebte Zeit, die er Tag für Tag genossen hatte. Dass es plötzlich vorbei und ausgelaufen war, dieses Glück, kam ihm aus der zeitlichen und räumlichen Distanz nur natürlich vor.

Das Glück kommt immer nur in sehr begrenzten Mengen vor. Es ist kein Fluss aus einer nie versiegenden Quelle, sondern es gleicht einer Goldader, die, wenn sie schon gefunden wird, was selten genug ist, eines Tages erschöpft sein wird, und mag sie noch ergiebig sein. Und so fühlte sich Tanner: reich beschenkt.

Er hatte ja den Schatz gehoben.

Insofern fiel ihm alles in allem das Warten nicht so schwer, obwohl auch er dann und wann voller Unruhe war und zwischendurch von Zweifeln an seiner eigenen Strategie befallen wurde.

Die Wahrheit aber war, dass er gar keine Alternative gesehen hatte. Entweder kapitulieren oder warten. Kapitulation kam nicht infrage. Schon Jean D'Arcy gegenüber nicht. Was auch immer dabei rauskommt, es würde ihn zwar nicht wieder lebendig machen, aber Tanner würde sich sein Leben lang eine Unterlassung vorwerfen, wenn er kapitulieren würde.

Das alles schrieb er auch Solveig, und er wusste, dass sie ihn verstehen würde. Das Buch, das sie ihm geschenkt hatte, würde er auf jeden Fall erst nach der Lösung des Falls weiterlesen können, das spürte er genau. Vorher fand er keine Ruhe. Ab und zu nahm er es in die Hand, wog sein Gewicht, fühlte die dünnen, eng bedruckten Seiten, besah den Tintenklecks, der einmal eine Widmung von Solveigs Vaters gewesen war und sich jetzt in einen Salamander verwandelt hatte, dem ein Bein fehlte. Das Zeichen, das durch puren (feuchten) Zufall entstanden war und in keinem Zusammenhang mit dem Buch stand, kam ihm jetzt im Nachhinein wie eine Art Menetekel vor. Gleich darauf hatte ihn damals auf dem Bahnhof Jean D'Arcy angesprochen.

Er wischte den Gedanken lächelnd weg und blätterte weiter im Buch. Der Name Nastassja Filippowna fiel ihm ins Auge. Er schloss das Buch und nahm das Bildnis zur Hand, das mit dem Medaillon im Kleid eingewickelt gewesen war und betrachtete es. Er fühlte sich zu dieser Frau hingezogen, die er nie gekannt hatte, sondern von der er nur dies eine blasse Bild hatte – der Nachlass von Jean quasi – und deren große, schwarze Augen ihn bis tief in den Schlaf hinein verfolgten. War das vielleicht der Grund, warum er nicht mehr zu Emma fuhr? Hatte er Nastassja, die Unerreichbare, unbewusst bei Emma gesucht – und natürlich nicht gefunden? Dafür fand er sie umso mehr, aber auch quälender, in dem schmalen Wachstuchbüchlein, dem anderen kostbaren Vermächtnis von Jean. Aus seinen zarten Gedichten konnte er sie spüren, und er fühlte sich ihr nah, auch wenn er sie nie gekannt hatte.

In den letzten zehn Tagen, der ersten Hälfte des Wartens, hatte er auch wieder seine Spaziergänge aufgenommen. Er fuhr mit dem Auto jeden Morgen sehr früh, wenn es noch dunkel war, in das flache Land hinter seinem geliebten Hügel (hinter den sieben Hügeln) und zog in der ersten Dämmerung wandernd seine großen Kreise um das Gelände der *Gemeinschaft.* Jeden Morgen zog er den Kreis etwas enger. Morgen früh, am Tag elf des Wartens, würde der Kreis so eng sein, dass er das erste Mal auf Sichtweite des Dorfes kommen würde. Zu dieser Uhrzeit war er bisher selten Menschen begegnet, einmal einer Gruppe Vogelbeobachter, die vom nahe gelegenen Vogelbeobachtungszentrum aus auf die Pirsch gegangen waren. Sie hatten schwere Ferngläser umgehängt, also fiel Tanner mit seinem Glas auch nicht weiter auf. In dieser Gegend war man Wanderer mit Ferngläsern gewohnt. Bauern traf er so gut wie nie auf dem Feld. Es gab zu dieser Jahreszeit hier draußen auch nichts zu tun. Zudem waren sie um diese frühe Tageszeit in ihren Ställen beschäftigt. Überhaupt gehörte das meiste Land seit längerem zu einem Vogelreservat und Naturschutzgebiet, das die größten Brutkolonien von Wasservögeln in diesem Land beherbergte. Im Herbst versammelten sich zur Nahrungssuche mehrere tausend Enten auf den offenen Wasserflächen. Viele bedrohte Arten brüteten hier im Schilf.

Diese Erkundungsgänge blieben sein Geheimnis, er sprach weder mit Michel noch mit Lara darüber. Michel hätte dies vielleicht sogar als Verletzung der eigenen Strategie angesehen, quasi als Verrat.

Mittlerweile kannte Tanner jeden Baum, jedes Feld, jede Böschung, jeden Steg, jeden noch so unscheinbaren Weg durch die winterlich kahle, beinah farblose Landschaft. Immer wieder konnte er in Ruhe mit dem Fernglas die ganze Landschaft um das Gelände der *Gemeinschaft* absuchen.

Was glaubte er dabei zu entdecken?

Er hatte keine Erwartung, also verspürte er auch keine Enttäuschung, wenn er nichts Brauchbares entdeckte.

Genauso wie die Erde geduldig im unscheinbarsten Kleid auf den nächsten Frühling und die nächste Explosion an Fruchtbarkeit wartete, so wartete Tanner auf den Tag X, an dem sie, gemäß seinem großen Plan, zuschlagen würden.

Morgen früh würde er das Dorf sehen. Wenn er daran dachte, spürte er ein Kribbeln unter der Bauchdecke.

Meist war er spätestens gegen elf Uhr regelmäßig wieder zu Hause und widmete sich seiner Leidenschaft, dem Kochen.

Am nächsten Morgen entdeckte er die erste Überwachungskamera, die gut versteckt an einem hohen Baumstamm hing, der zwar kahl von seinen eigenen Blättern, aber von Misteln überwuchert war, die sich gut als Versteck für eine kleine Beobachtungskamera eigneten. Die Kamera war so gerichtet, dass sie das letzte freie Feld bis zum Beginn des eigentlichen Privatgeländes der *Gemeinschaft* zeigte. Solange er also außerhalb dieses Feldes blieb, konnte die Kamera ihn nicht entdecken. Er nahm die genaue topografische Karte des Geländes aus seiner Tasche und zeichnete den Standort der Kamera ein. Jetzt wusste er, was er zu suchen hatte.

Innerhalb der nächsten zwei Stunden, in denen er immer in etwa dem gleichen Abstand um das Gelände herumging, entdeckte er insgesamt neun Kameras, deren Standorte er fein säuberlich auf seiner Karte einzeichnete.

Warum braucht eine einfache religiöse Gemeinschaft eine solche Überwachungsanlage? Es schienen zudem teure Kameras zu sein, die ihre Bilder offenbar drahtlos senden konnten, denn Leitungen oder Kabel konnte Tanner nirgends entdecken. Wie die Stromversorgung funktionierte, konnte Tanner auch nicht sehen. Wahrscheinlich mit solaren Zellen. Er konnte das vom Boden aus nicht sehen, denn die Kameras hingen sehr hoch und waren nach unten hin sehr gut getarnt.

Es ließ sich nicht vermeiden, dass er auch die Zugangsstraße zur *Gemeinschaft* überqueren musste. Da sah er ein Hinweisschild mit dem Vermerk, dass jeweils am Samstag das gemeinschaftseigene Brockenhaus ab zehn Uhr geöffnet hatte. Es war Samstag, und Tanner beschloss, in Abweichung seines eigenen Plans, um zehn Uhr hinzugehen. Er wanderte gemächlich zu seinem Auto zurück und fuhr ins nächste größere Dorf, wo er eine Garage fand, die auch am Samstag arbeitete.

Er fragte nach, ob sie Zeit hätten, bei seinem Auto einen Ölwechsel vorzunehmen und ob sie ihm bis Mittag einen Ersatzwagen zur Verfügung stellen könnten. Man war dazu bereit und kurz darauf bestieg Tanner einen kleinen, unauffälligen Renault.

Dann fuhr er zu Stuckis Wirtshaus.

Laras roter Audi leuchtete von weitem. Sonst war kein Auto auf dem Parkplatz. Als Tanner die Gaststube betrat, war sie leer.

Stucki! Hallo, ich bin's, Tanner.

Nichts rührte sich, bis plötzlich Ruthlis Goldschopf hinter der Theke erschien. Sie strahlte und legte aber ihren Finger auf die Lippen.

Papa und Lara schlafen noch. Wir wollen sie nicht wecken.

Du hast recht. Lassen wir sie schlafen.

Das Mädchen hatte ein dunkelblaues Wollkleidchen mit einer weißen Schleife um den Hals an und glich damit vollends dem Bildnis ihrer Mutter, das sie ihm gezeigt hatte. Sie ging auf Zehenspitzen.

Willst du etwas trinken?

Gerne einen Kaffee, wenn das nicht zu viel Lärm macht.

Ruthli nickte ernst mit dem Kopf.

Ich schließe die Tür, dann hören sie es nicht.

Tanner setzte sich an den großen Stammtisch. Das Mädchen hantierte hinter der Theke. Nach einer Weile hörte er die Kaffeemaschine. Dann brachte sie ihm den Kaffee.

Ihr Kaffee, Herr Tanner.

Sie strahlte und machte einen kleinen Knicks.

Danke, Fräulein Stucki. Mit was warst du denn gerade beschäftigt, als ich hereinkam?

Zuerst habe ich gezeichnet, und dann habe ich mit meiner Schatzkiste gespielt.

Aha. Du hast eine Schatzkiste?

Sie nickte eifrig.

Willst du sie sehen?

Wenn du sie mir zeigst, sehr gerne.

Sie rannte hinter die Theke und kam mit einer großen, verbeulten Bisquitdose zurück.

Feierlich stellte sie sie auf den Tisch und nahm den Deckel ab. Nach und nach nahm sie kleine Gegenstände aus der Dose und legte sie Tanner zur Besichtigung hin. Als erstes kam ein altmodisches Nadelheft zum Vorschein.

Das hat meine Großmutter gemacht. Sie hat es für meine Mama gemacht, und jetzt habe ich es.

Dann zeigte sie ihm ein wunderbar geformtes, einzelnes Porzellanbein einer Puppe, drei sehr schöne Exemplare von Schneckenhäuschen, eine große Glaskugel, einen alten Kamm aus Schildpatt, einige Briefmarken aus Übersee von einer Tante, die im vorigen Jahrhundert nach Australien ausgewandert war, und einen ganz kleinen, himmelblauen Schnuller, den sie lachend hochhielt.

Sie roch daran.

Das war meiner. Er riecht immer noch genauso wie früher.

Sie griff erneut in die Dose.

Hier das Bild. Das habe ich dir schon gezeigt.

Tanner nahm das Bild in die Hand. Sie glich ihrer Mutter wirklich aufs Haar.

Warum nur hatte sie sich erhängt? Ein ganz und gar untypischer Tod für eine Frau. Junge Frauen gehen ins Wasser oder nehmen Tabletten oder …

Was denkst du, Simon?

Er wischte die Gedanken weg.

Sie war wirklich schön, deine Mama, und du gleichst ihr wie ein Ei dem anderen.

Sie nickte ernst.

Jetzt zeige ich dir das schönste, äh … also das schönste neben dem Foto.

Sie griff mit geheimnisvoller Miene in die Dose und hielt etwas umklammert in der Hand. Sie streckte ihm die Hand entgegen.

Schließ die Augen, bitte.

Tanner schloss die Augen.

Jetzt öffnen.

Auf ihrer Hand lag eine wunderbar verschlungene, goldene Spange. Ein ganz und gar exotisches Objekt.

Oh, das ist aber schön. Ist das Gold?

Ruthli nickte.

Ja, sicher. Nimm sie mal in die Hand. Schwer, gell. Ich meine für die Größe, oder?

Ja, sie ist schwer. Sie ist sicher aus reinem Gold. Sie ist wirklich schwer.

Er wog sie in der Hand und gab sie dann dem Mädchen wieder in die Hand.

Mein Vater hat sie meiner Mutter zur Hochzeit geschenkt. Und jetzt gehört sie mir.

In diesem Moment hörte man Stuckis Stimme im oberen Stock.

Ruthli schaute hoch und räumte schnell die Sachen weg.

Vater hat es nicht gerne, wenn ich die Sachen zeige. Ich bringe sie lieber zurück.

Tanner nickte und erhob sich.

Ich muss dann auch gehen. Sag deinem Vater einen schönen Gruß.

Sie nickte.

Und Lara? Sie ist nämlich sehr lieb.

Ja, Lara natürlich auch. Also, ich danke dir für den Kaffee und auch dass du mir die schönen Sachen gezeigt hast. Wir sehen uns bald wieder. Auf Wiedersehen.

Er küsste sie auf die Stirn und ging aus der Gaststube.

Im geliehenen Garagenauto holte er erstmal tief Luft.

Wie kommt Stucki an so ein antikes Kunstwerk?

Tanner war weder Ethnologe noch Spezialist für afrikanischen Schmuck, aber dass es sich hier um ein Sammlerstück handelte, war auch ihm als Laien sofort klar. Aus welcher Gegend, konnte er nicht wissen, aber aus Afrika war die Spange eindeutig.

Was hatte Stucki mit Afrika zu tun?

Tanner starrte in die Luft. Plötzlich griff er sich an die Stirn.

Das Buch. Mein Gott!

Wenn der Vorgänger Rorschachers über alle Leute in der Gemeinde geschrieben hatte, dann hatte er möglicherweise etwas über den jungen Stucki verfasst. Und auch über seine junge Frau, Ruthlis Mutter. Diesen Gedanken verwarf er sofort wieder, da die Mutter Ruthlis viel zu jung gewesen war. Aber Stucki! Hatte er ihm nicht versprochen, er würde sich bei Gelegenheit um die verschwundenen Seiten aus dem Buch kümmern?

Tanner durchfuhr es kalt.

Er versuchte sich zu entspannen und nahm sich vor, erst das Brockenhaus zu besuchen und sich danach um das andere zu kümmern.

Gegen elf Uhr bog er also in die Zufahrtsstraße zum Dorf der *Gemeinschaft,* wo bei der Abzweigung von der Hauptstraße ein handgemaltes Plakat alle Menschen herzlich zu einem Besuch auf dem Gelände einlud.

Nun denn, ich nehme eure Einladung an.

Nach kurzer Strecke durch einen schmalen Waldstreifen, der mit seinen eng gepflanzten, mathematisch grade in den Himmel strebenden Stämmen einer gotischen Säulenhalle glich, bildeten einige kleinere und größere Gebäude zusammen einen Platz. Tatsächlich konnte man von hier aus in keiner Weise ein ganzes Dorf vermuten, das sich laut Lara erst hinter den Gebäuden und erst in der Tiefe des Geländes zeigen würde. An einem kleinen Haus stand in großen Lettern *Anmeldung.* Da gab es ein altertümliches Wandtelefon, mit dem man sich offenbar telefonisch anmelden konnte. Das hatte Tanner nicht vor. Die anderen Häuser waren entweder Wohn- oder Gemeinschaftshäuser, das ließ sich allerdings von außen nicht beurteilen. In keinem der Fenster brannte Licht.

Das einzige Haus, das etwas abseits und alleine stand, war mit *Brockenhaus* angeschrieben. Es war auch das einzige, durch dessen Fenster Licht schimmerte. Tanner stellte sein geliehenes Auto auf einen markierten Besucherparkplatz und ging auf die Tür des Brockenhauses zu.

Bevor er die Türklinke fassen konnte, riss jemand von innen energisch die Tür auf. Tanner trat zurück. Eine alte Frau mit einem harten, wettergegerbten Gesicht und tief in den Augenhöhlen liegenden Augen und einer merkwürdigen Perücke auf dem Kopf kam durch die Tür gestapft und starrte ihn an.

Tanner grüßte freundlich.

Guten Tag. Ist das Brockenhaus geöffnet?

Sie nickte.

Ja, das sehen Sie doch.

Dann stapfte sie an ihm vorbei.

Das war auf jeden Fall keine der aufgestellten, fröhlichen Frauen, die Lara beschrieben hatte. Nun gut, bei hundertfünzig Mitgliedern wird es auch sehr verschiedene Menschen geben. Falls die Frau überhaupt Mitglied der *Gemeinschaft* war.

Tanner drehte sich um und sah, wie die Frau auf eines der verschlossen wirkenden Häuser zuging – und sich auch nach ihm umdrehte.

Er nickte noch einmal freundlich. Sie blieb stehen und starrte böse zurück.

Er ging durch die geöffnete Tür und kam in einen Gang, wo es so roch wie wahrscheinlich in allen Brockenhäusern auf der Welt: Muffig, abgestanden. Diese säuerliche Mischung aus dem Geruch alter, ungelüfteter Kleider, Bergen von gebrauchten Schuhen, Möbelpolitur, Putzmittel und so weiter.

Kurz darauf erweiterte sich der Gang auf eine Seite hin. Dort war eine Theke und dahinter offensichtlich das Büro und die Kasse. An den Wänden und teilweise auch auf dem Boden stapelten sich massenhaft Gegenstände und Objekte. Wahrscheinlich landete hier erst mal alles, was neu ins Brockenhaus angeliefert wurde. In einem großen Glasschrank befanden sich ausgewählte Kostbarkeiten wie Fotoapparate, Ferngläser, Schmuckschatullen, eine ganze Serie alter Blechroboter, Zigarettenspitzen aus Elfenbein und vieles mehr. An einem komplett überfüllten, massiven Schreibtisch saß ein alter Mann mit langen weißen Haaren und flickte in aller Ruhe ein Portemonnaie aus Leder. Eine große Wanduhr mit Pendel zerlegte die Stille in allerkleinste Portionen.

Der Mann schien ihn gar nicht zu bemerken. Tanner schaute ihm eine Weile bei der Arbeit zu.

Dann räusperte er sich.

Guten Tag.

Der Mann schaute gar nicht auf, griff nur nach der Schere, schnitt etwas Zwirn ab und zog ihn über ein Stück Harz, um ihn geschmeidig zu machen. Er tat dies alles mit geschickten Händen.

Ja. Guten Tag. Suchen Sie etwas Bestimmtes?

Nein, nicht wirklich, aber ich erinnere mich gerade an meinen Vater, der auch Portemonnaies mit denselben Werkzeugen genau so liebevoll geflickt hat. Das ganze Quartier brachte ihm die kaputten Ledersachen, und er hat sie repariert.

Jetzt schaute der Mann auf, er sah ihn aber nicht an, denn er war blind. Er horchte vielmehr in seine Richtung.

Ja, heute macht das eigentlich niemand mehr, aber ich habe sonst nicht viel zu tun. Wir haben auch nicht so viele Besucher. Wir schließen das Haus sowieso bald.

Ach so. Und warum? Weil wenig Besucher kommen?

Ja, auch, aber wir bauen das Haus als Altersheim um. Das andere ist langsam zu klein.

Aha. Ich verstehe. Dann schaue ich mich mal ein bisschen um.

Tanner wollte nicht gleich mit Fragen auffallen.

Ja, ja. Sie finden überall Schalter. Schalten Sie einfach die Lichter ein.

Danke. Ich werde mich zurechtfinden.

Während der nächsten halben Stunde sah er sich in den drei Stockwerken um und war überrascht über die Fülle der Dinge. Es gab eigentlich alles, Berge von Kleidern und anderen Textilien, Schuhe noch und noch, Spielsachen, Werkzeuge, Lampen, Fahrräder, Skis, Schlitten und vieles mehr.

Um auch wirklich als schlichter Besucher dieses Ortes zu gelten, wählte Tanner einen schönen, alten Holzhammer aus. Und eine kleine Tischlampe, die ihm ausnehmend gut gefiel. Mit diesen beiden Sachen in der Hand ging er wieder die Treppen runter, löschte alle Lichter und legte die Gegenstände auf die Theke.

Der blinde Alte erhob sich, kam zur Theke und befühlte mit seinen Händen die beiden von Tanner ausgewählten Sachen.

Ja, Sie haben schöne Sachen gefunden.

Er nannte einen sehr günstigen Preis. Tanner rundete den Betrag etwas auf.

Danke.

Jetzt begann der Alte mit Fragen.

Sind Sie auf der Durchfahrt? Ihrer Sprache nach sind Sie ja nicht von hier.

Ja und Nein. Ich wohne schon seit einiger Zeit auf der anderen Seite des Sees. Ich wandere gerne, bin aber erst vor ein paar Tagen das erste Mal auf diese Seite des Hügels gegangen, und ich bin begeistert von dieser Landschaft und auch von der Vogelwelt, die man hier beobachten kann.

Ah ja. Das ist schön. Bei mir ist es mit dem Beobachten nicht weit her, aber ich höre sehr gerne Vogelstimmen und Flügelschlag. Der Flügelschlag von Vögeln ist für mich eines der schönsten Geräusche. Es ist Musik in meinen Ohren.

Ein Lächeln überstrahlte sein Gesicht.

Sie sollten sich vor Ihrem Fenster oder in Ihrer Wohnung eine Voliere mit vielen Vögeln zulegen.

Der Alte lachte.

Ja, ja. Aber ich finde, Vögel müssen fliegen können. Eingesperrte Vögel sind traurig und machen mich dann auch traurig.

Wie wäre es dann mit einem Taubenschlag, wo die Tauben aus und ein gehen können?

Ja, das wäre was. Das wäre sogar sehr schön. Sie haben recht. Aber …

Aber?

Das würde man hier, glaube ich, nicht so gern sehen.

Aha. Und wieso nicht? Sind Haustiere denn verboten?

Nein, nein. Wir haben hier auch Hunde, aber ich denke, Tauben sind etwas anderes.

Tanner wechselte das Thema.

Ich denke, Sie haben es sehr schön hier, mitten in dieser Landschaft, meine ich.

Das stimmt. Interessieren Sie sich denn für unsere *Gemeinschaft?*

Wissen Sie, ich habe ja keine Ahnung. Ich dachte schon, vielleicht sollte ich mal mein Leben von Grund auf verändern. Seid ihr denn eine religiöse Gemeinschaft?

Der Alte lächelte.

Das natürlich auch. Aber wir sind in erster Linie eine Arbeits- und Lebensgemeinschaft.

Er zögerte einen Moment, als lauschte er in die Ferne.

Also, ich etwa bin gar nicht wegen des Geistigen da, wissen Sie.

Aha. Warum sind Sie denn da?

Wegen der Maschine.

Tanner zögerte und wusste nicht recht, ob er ihn richtig verstanden hatte.

Sie sind wegen der Maschine da? Habe ich Sie richtig verstanden?

Haben Sie noch nie von der Maschine gehört?

Nein, tut mir leid, aber ich habe noch nie etwas von, äh … einer Maschine gehört.

Er winkte Tanner.

Kommen Sie, kommen Sie.

Sie gingen hinter den immens großen Arbeitstisch.

Setzen Sie sich. Ich will Ihnen von der Maschine erzählen. Interessieren Sie sich auch für das *Geistige?*

Tanner nickte.

Ja, ja.

Ich gebe Ihnen eine kleine Broschüre mit, die können Sie zuhause in Ruhe lesen.

Er wühlte in verschiedenen Schubladen, fand aber keine.

Na ja, meine Frau wird gleich wieder kommen, die weiß, wo wir die Broschüren haben.

Tanner stutzte. Dann muss die Alte, die vorhin so böse geguckt hatte, seine Frau sein.

Er lehnte sich in seinem Stuhl zurück und wurde ganz feierlich.

Es geht um eine Maschine, die Strom produziert, aber selber keine der üblichen Energien verbraucht.

Und die haben Sie entwickelt?

Nein, nein, also, das heißt, ich habe geholfen. Ich habe das Mechanische gemacht und der Chef den Rest.

Der Chef ist …?

Das ist der Wegener. Er ist ein Genie, verstehen Sie. Er hat eine Technik entwickelt, mit der man Energie aus dem Weltall anzapfen kann. Gratis und franko.

Tanner machte ein ziemlich erstauntes Gesicht, und das war nicht einmal gespielt, obwohl er sich gleichzeitig auch ein Lächeln verkneifen musste.

Aha. Energie aus dem Weltall! Was Sie nicht sagen!

Ja, wissen Sie denn nicht, dass es ungeheure Mengen von Energie im Weltall gibt? Das Weltall ist voll davon.

Tanner nickte.

Ja, das habe ich natürlich auch schon gehört, wie zapft man die an?

Der Wegener hat es eben herausgefunden. Schon vor vielen Jahren. Man musste nur noch die Maschine dazu bauen. Und natürlich alles richtig machen. Ich habe mein ganzes Vermögen in diese Maschine gesteckt, das sage ich Ihnen.

In diesem Moment hörte man, wie sich die Tür öffnete.

Es war die Frau mit dem bösen Blick. Sie kam zur Theke und starrte Tanner wieder genau so böse an.

Sie sind ja immer noch da. Haben Sie etwas gefunden?

Tanner erhob sich und zeigte auf den Hammer und die Lampe.

Ja, ich habe sehr schöne Sachen gefunden.

Er zeigte auf den blinden Mann.

Der Herr ist so freundlich und erzählt mir gerade über …

Da unterbrach ihn der Alte.

Er interessiert sich für das Geistige und unsere *Gemeinschaft.* Ich wollte ihm eine Broschüre geben, aber ich habe keine gefunden.

Sie stapfte hinter die Theke.

Ist auch kein Wunder.

Sie griff mitten in den Berg, der sich auf dem Tisch stapelte.

Hier ist eine. Sie können sie haben. Es ist gratis. Wie ist ihr Name?

Tanner. Und Sie sind …?

Gut. Haben Sie schon bezahlt, Herr Tanner?

Ja, das habe ich.

Es war klar, dass die Alte ihn weghaben wollte. Warum auch immer. Tanner wollte aber unbedingt noch bleiben.

Ich möchte mir unbedingt noch die Sachen hier im Glasschrank ansehen, wenn Sie gestatten, Frau, äh …?

Messmer. Gut. Ich gehe dann mit dem Hund spazieren. Ich bin aber bald zurück.

Das klang wie eine Drohung und war wahrscheinlich auch so gemeint.

Danke, Frau Messmer. Auf Wiedersehen. Und danke für die Broschüre.

Sie ging ohne Gruß hinaus.

Dann sind Sie Herr Messmer, nehme ich an.

Ja. Nehmen Sie nur wieder Platz, Tanner.

Er war die Sanftheit in Person. Wie war er bloß zu dieser Frau gekommen?

Also, die Maschine. Funktioniert sie denn, diese Maschine?

Ja, sicher, und wie. Wir haben bisher nur eine kleine gebaut, aber die läuft wie geschmiert.

Er sagte das fast ein bisschen entrüstet.

Kann ich sie denn sehen?

Er lachte.

Ja, sicher können Sie die sehen. Aber nicht jetzt. Sie ist im Moment nämlich nicht da. Sie ist auf Reisen.

Aber dann, Herr Messmer, haben Sie ja geschafft, wovon die Menschheit seit langem träumt: eine Maschine, die keine Energie verbraucht, also wenigstens keine der üblichen, und Strom herstellt. Das ist ja eine Weltsensation, wieso weiß denn die Öffentlichkeit nichts davon?

Der Alte beugte sich vor.

Weil sie der Wegener nicht herausgibt. Deswegen. Ich bin sehr enttäuscht. Wissen Sie, Tanner, ich habe mein ganzes Vermögen in diese Maschine investiert und meine ganze Arbeitskraft. Ich war ja Ingenieur. Aber nein, er gibt sie nicht heraus.

Warum denn nicht? Ist sie noch nicht ausgereift?

Doch, doch. Die ist vollkommen ausgereift und läuft hervorragend.

Wie viel Strom produziert sie denn?

So viel, wie ein Einfamilienhaus an Energie verbraucht.

Die Antwort kam wie aus der Pistole geschossen.

Das ist ja unglaublich. Schade, dass ich sie nicht sehen kann.

Oh, ich kann Ihnen Fotos zeigen. Und wenn die Maschine zurück ist, können Sie die Maschine gerne in Funktion sehen.

Er griff in die mittlere Schreibtischschublade und tastete dort nach dem genannten Foto. Er zog es hervor.

Schauen Sie mal, da müsste die Maschine drauf sein. Und ich bin auch drauf.

Er reichte Tanner das Foto.

Tatsächlich war auf dem Foto der alte Messmer zu sehen. Er war vielleicht zehn Jahre jünger. Er hielt in der Hand eine überdimensionierte Glühbirne, die etwa die Grösse eines reifen Kürbisses hatte und deren helles Licht alles überstrahlte. Im Hintergrund konnte man schwach ein Gebilde mit zwei glitzernden kreisrunden Scheiben sehen, mit schlanken zylinderförmigen Aufbauten an allen vier Seiten. Da die Glühbirne so hell strahlte, war das Foto total überblendet und man konnte keine Details erkennen.

Tanner wandte sich an Messmer und hoffte, dass seine Begeisterung in der Stimme echt klang.

Das ist ja großartig. Anhand der brennenden Glühbirne können wir sehen, dass die Maschine funktioniert, oder? So ist es doch gemeint, Herr Messmer.

Messmer nickte eifrig.

Jetzt begann er ihm richtig leid zu tun. Er hatte sein ganzes Vermögen, sein Leben und seine Arbeitskraft in eine Scharlatanerie gesteckt.

Jetzt war ihm auch definitiv klar, warum Wegener die Maschine nicht dem Nutzen der Öffentlichkeit zur Verfügung stellte, wie Messmer beklagte.

Tanner reichte ihm das Foto zurück.

Aber warum gibt Wegener die Maschine denn nicht an die Öffentlichkeit? Das wäre ja ein Segen, und für die Umwelt wäre es die absolute Rettung. Abgesehen davon, dass ihr damit sehr viel Geld verdienen würdet.

Ja, das ist es ja. Wegener sagt, dass noch jede große Erfindung der Menschheit nur Unglück gebracht hat, weil der Mensch nicht fähig ist, solche Erfindungen zum Wohle der Menschen anzuwenden, sondern meistens für den Krieg und für die Zerstörung. Und da hat er natürlich recht, wenn Sie die Geschichte betrachten. Trotzdem ist es schade.

Tanner musste ihm recht geben.

Ja, schade auch, dass ich die Maschine nicht sehen kann.

Ich kann Ihnen dafür die große zeigen.

Jetzt staunte Tanner wieder.

Sie bauen eine große?

Ja, ja. Eine für den Energiebedarf eines ganzen Dorfs. Wollen Sie sie sehen? Sie ist zwar noch nicht fertig, aber Sie können sich dann besser eine Vorstellung machen.

Tanner nickte. Das wollte er sich nicht entgehen lassen.

Also, kommen Sie morgen um die gleiche Uhrzeit. Da ist Sonntag, dann sind die anderen im Tempel.

Mit den anderen meinte er wahrscheinlich vor allem seine Frau.

Das Brockenhaus ist zwar zu, aber ich warte hier auf Sie. Sie brauchen nur an die Tür zu klopfen. Und jetzt gehen Sie. Meine Frau ist gleich zurück. Sie hat Angst vor Fremden.

Sie gaben sich die Hand. Ein bisschen wie zwei Verschwörer.

Die Broschüre steckte er in seinen Mantel. Hammer und Lampe trug er in den Händen.

Seine Frau hat also Angst vor Fremden. Das war auch eine Interpretation.

Tanner setzte sich in seinen kleinen Renault.

Er blickte noch einmal zu dem Haus, in dem sie heute Morgen verschwunden war.

Er schaute zu den Fenstern hoch, die wie tote Augen auf ihn hinunterglotzten.

Vielleicht spürte seine Frau instinktiv, dass er mit einer anderen Absicht hierher kam, als er vorgab?

Er schüttelte den Kopf und startete den Motor.

Tanner! Was für ein Unsinn!

EINUNDZWANZIG

Pünktlich um halb elf Uhr klopfte Tanner am nächsten Morgen an die Tür. Sein Auto hatte er auf einem Waldparkplatz unweit der Abzweigung zum Dorf der *Gemeinschaft* abgestellt. Den Rest des Wegs war er zu Fuß gegangen.

Er klopfte ein zweites Mal und horchte an der Tür. Nichts rührte sich. Hatte Messmer den Termin vergessen?

In diesem Moment fragte er sich, ob er auch hier von Videokameras beobachtet wurde. Er streckte und reckte sich, schaute sich bei der Gelegenheit unauffällig um, konnte aber auf die Schnelle keine Kamera entdeckten.

Jetzt war guter Rat teuer. Sollte er einfach gehen? Er kam sich irgendwie beobachtet vor, wusste aber im gleichen Moment, dass er sich das vielleicht nur einbildete. Er wusste zur Genüge, wie stark Einbildungskraft das Nervensystem beeinflussen kann.

Also beschloss er, weitere zehn Minuten zu warten. Er schlenderte zur Anmeldung und betrachtete das altertümliche Wandtelefon. An seiner Seite entdeckte er eine Liste mit Telefonnummern. Es standen keine Namen da, sondern bloß die verschiedenen Nummern von bestimmten Einrichtungen der *Gemeinschaft* wie Küche, Schule, Waschküche, Werkstätten und so weiter. Gerade als er den Hörer versuchsweise in die Hand nehmen wollte, hörte er, wie bei einem der Häuser die Tür aufging und lachende Frauenstimmen aus dem Hause drangen. Er drehte sich um, und da sah er sie: drei Frauen, genau wie Lara sie beschrieben hatte. Sie trugen tatsächlich lange, wehende Röcke aus blumig gemusterten Stoffen und darüber ärmellose Überschürzen. Ihre langen Haare hatten alle drei mit Kopftüchern gebändigt, aber so raffiniert locker und nachlässig, dass ihr Haar immer noch schön sichtbar blieb. Eine hatte schwarzes, eine rötlichbraunes, die andere blondes Haar. Alle drei waren groß und schlank, und sie wirkten in ihren fast kostümhaften Kleidern sehr weiblich, sehr frisch und sehr aufgeräumt.

Tanner dachte, dass die drei sicher genau zu diesem Zweck engagiert worden waren: Kommt ein Besucher, schickt man die drei Mädchen raus zu einer rein zufälligen Begegnung, die dem Besucher das Gefühl vermitteln soll, dass es sich hier um eine fröhliche und attraktive Gemeinschaft handelt, die nichts mit dem herkömmlichen Bild einer spröden oder lustfeindlichen Sekte zu tun hatte.

Weiter kam Tanner nicht mit seinem Denken, denn jetzt wurde er angesprochen.

Die Schwarzhaarige übernahm den Dialog.

Guten Tag. Können wir Ihnen irgendwie behilflich sein?

Ja. Danke. Guten Tag. Ich bin mit Herrn Messmer verabredet. Wissen Sie vielleicht, wo er sein könnte?

Tanner fand es schade, dass er keinen Hut aufhatte, denn das wäre sehr passend gewesen: schwungvoll den Hut vor den drei Grazien zu ziehen. Er kam sich immer mehr wie in einer Filmszene vor.

Die Frauen lachten fröhlich und betrachteten ihn neugierig. Tanner bemerkte erst jetzt, dass alle drei Gummistiefel trugen.

Dann müssen Sie Herr Tanner sein. Der, der sich fürs Geistige interessiert, stimmts? Sie waren gestern im Brockenhaus beim Messmer.

Aha. Sie sind also bestens informiert.

Ja, das stimmt. Das ist schön, dass Sie alle drei gekommen sind, um mich ins Geistige einzuführen!

Sie lachten ausgelassen, winkten aber ab.

Nein, nein. Also, der Herr Messmer lässt sich einen Moment entschuldigen. Er musste zu einem Notfall, deswegen hat er sich verspätet. Er kommt aber bald.

Und warum sind die Damen nicht im Tempel beim Gottesdienst?

Dies fragte Tanner natürlich nicht, obwohl es ihm auf der Zunge lag.

Hoffentlich doch nichts Schlimmes?

Sie waren irritiert.

Ja, Sie haben doch von einem Notfall geredet?

Jetzt lachten sie wieder. Sie lachten offensichtlich gerne.

Nein, nein, nichts Schlimmes. Das war nur so eine Redensart. Er wird bald da sein.

Und Sie? Was haben *Sie* vor bei diesem scheußlichen Wetter?

Sie schauten sich an und kicherten.

Wir gehen jetzt auf den Hof. Heute kommt nämlich der Stier. Er kann nur am Sonntag.

Ach so.

Alle lachten.

Also, wir müssen uns jetzt beeilen. Man darf ihn nicht warten lassen. Auf Wiedersehen. Und wie gesagt, der Messmer kommt gleich.

Die drei gingen lachend mit wehenden Röcken zu einem VW-Transporter mit offener Ladebrücke, der neben einem der Häuser parkiert war. Die Schwarzhaarige fuhr ziemlich schwungvoll los. Alle drei winkten Tanner beim Wegfahren zu.

Humor hatten sie auf jeden Fall.

Er winkte zurück und blickte ihnen nach, bis sie verschwunden waren.

Dann seufzte er.

Kaum war das Motorengeräusch des wegfahrenden Autos verklungen, nahm ein anderes den Ton auf und kam näher.

Ein funkelnagelneuer, silberglänzender Lieferwagen einer deutschen Luxusmarke kam nicht weniger schwungvoll um die Ecke gebraust und fuhr kaum gebremst zwischen den Häusern hindurch. Die Scheiben waren stark abgedunkelt, sodass Tanner nicht erkennen konnte, wer drin saß. Die Häuser schluckten sofort das Geräusch. Das Nummernschild war aus Frankreich. Das hatte er erkennen können.

Es war wieder still. Er tippte die Ziffern in sein Telefon. Lara hatte ja erzählt, das die *Gemeinschaft* Beziehungen zu anderen Gemeinschaften pflegte.

Denen muss es ziemlich gut gehen, wenn sie sich solche Autos leisten können, dachte Tanner, und dafür, dass laut Messmer um die Uhrzeit alle im Tempel sitzen, war hier ganz schön viel Verkehr.

Tanner guckte zwischen den Häusern durch, wo eben der graue Wagen verschwunden war. Da kam ihm auch schon Messmer entgegen. Er ging langsam, aber mit festem Schritt. Er hatte zwar einen Blindenstock in der Hand, benutzte ihn aber nicht.

Tanner rief ihm von weitem zu.

Hier bin ich, Herr Messmer.

Er winkte.

Ich weiß, ich weiß. Kommen Sie bitte.

Tanner ging zu ihm und wunderte sich eigentlich gar nicht mehr, dass Messmer von seiner Anwesenheit wusste.

Sie gaben sich zur Begrüßung die Hand.

Entschuldigen Sie, dass ich Sie warten ließ, aber …

Tanner unterbrach ihn.

Das ist gar nicht schlimm. Ich weiß, Sie hatten einen Notfall.

Er winkte ab.

Wenn irgendwo eine Röhre verstopft ist, holt man den Messmer. Notfall klingt ein bisschen dramatisch.

Ach so.

Sie lachten.

Ich hatte dadurch eine sehr charmante Begegnung mit drei netten, jungen Frauen. Von denen wusste ich ja auch von Ihrem Notfall.

Die hatte ich gebeten, mich bei Ihnen zu entschuldigen.

Ich sehe, es sind doch nicht ganz alle im Tempel …

Messmer lachte.

Alle anderen schon. Die drei mussten ja auf den Hof.

Alle anderen schon?

Ja, ja. Das ist für alle Pflicht.

Und was ist mit Ihnen?

Ich habe ein Spezialabkommen.

Er lachte spitzbübisch.

Tanner wollte nicht weiter in ihn dringen. Er interessierte sich mehr für den Lieferwagen aus Frankreich.

Ich habe aber noch jemanden ins Dorf fahren sehen. Dieser Wagen müsste Ihnen doch gerade vorhin begegnet sein.

Darauf ging Messmer nicht ein, als ob er es gar nicht gehört hätte. Aber es schien Tanner, als habe sich seine Miene etwas verfinstert. Tanner ließ es erstmal dabei bleiben. Zumal ihm erst jetzt wieder bewusst wurde, dass Messmer ja blind war.

Tanner seufzte.

Wirklich schade, dass der Wegener die Maschine nicht rausgibt, wie Sie gestern gesagt haben. Ich habe mir das noch einmal überlegt. Das wäre doch seit Erfindung des Rades die größte Sensation.

Der Alte lächelte verschmitzt.

Ich sage Ihnen jetzt ein Geheimnis, Tanner. Letzthin hatten wir Besuch von den Ölscheichs. Verstehen Sie, Tanner?

Tanner stellte sich schwer von Begriff.

Äh, nein. Was wollten denn die Ölscheichs hier?

Die haben *ihm* die Erfindung abgekauft. Verstehen Sie. Die haben sackweise Geld angeschleppt, denn mit dieser Erfindung ist doch das mit dem Öl nicht mehr interessant.

Er betonte das «ihm», als gelte es einer Gottheit.

Tanner nickte und gab sich Mühe mit einem überzeugenden *Aha.*

Der Alte lächelte.

Sie kamen jetzt durch ein ganz schmales Waldband, und dann öffnete sich unvermittelt ein neues, kleines Tal. Und da lag das Dorf. Wie eine Verheißung. Lara hatte es tatsächlich so beschrieben, dennoch war Tanner überrascht. Er blieb stehen.

Das ist ja unglaublich: Da liegt ja ein ganzes Dorf, Messmer! Gehört das alles zur *Gemeinschaft?*

Ja, Tanner, das *ist* die *Gemeinschaft.* Ist schön, oder nicht? Da vorne sehen Sie ein altes Bauernhaus. Da wohne ich mit meiner Frau, und in der Scheune ist die Maschine. Jetzt werden Sie gleich noch einmal staunen.

Der blinde Alte kannte das Revier wie seine Hosentasche. Trotzdem war es schier unglaublich, wie souverän er den Weg fand. Noch erstaunlicher, mit welcher Sicherheit er das Tor öffnete, die Lichter anzündete und Tanner zum Eintreten in sein Reich bat. Jetzt war es tatsächlich an Tanner, zu staunen. Es war eine mechanische Werkstatt auf höchstem Niveau, soviel konnte Tanner auf einen Blick sehen.

Die Maschinen, die hier standen, seien zwar alt, gehörten aber zum Besten, was es jemals an feinmechanischen Maschinen gegeben habe, erklärte Messmer. Seine Hände strichen zärtlich über Maschinen und Werkzeuge.

Das ist mein Reich. Wie gesagt, ich bin für die ganze Mechanik zuständig, und Wegener macht den Rest. Das elektrische Innenleben sozusagen. Da steht die Maschine.

Das hatte Tanner schon vermutet, denn in der Mitte der großen ehemaligen Scheune stand ein Gebilde, komplett abgedeckt durch einen weißen Nesselstoff.

Wollen Sie sie jetzt sehen?

Tanner nickte und war nun doch ziemlich aufgeregt.

Messmer griff sich den Stoff und enthüllte die Maschine in einem einzigen Schwung, wie bei einer Denkmalenthüllung.

Messmer hatte recht, als er prophezeite, Tanner würde gleich noch einmal staunen.

Ja, Tanner staunte.

Auch wenn das Ganze Teil einer Scharlatanerie war, so wurde sie doch mit einem immensen Aufwand und einem großen Gefühl für Schönheit und bestechend makellosem Design betrieben. Hier stand zwar keine Maschine, die Strom aus dem Nichts erzeugen konnte, aber hier stand ein Kunstwerk. Hier stand eine materiell gewordene Behauptung, aber in großer Schönheit. Eine Art alchimistische Skulptur. Vielleicht haben die alttestamentarischen Menschen damals ähnlich staunend vor der Bundeslade gestanden, der man auch magische Schönheit und gewaltige göttliche, energetische Kraft zugeschrieben hatte.

Sie sagen ja gar nichts, Herr Tanner.

Ja, ich sage nichts. Ich bin sprachlos, lieber Herr Messmer, über das, was sie hier geleistet haben. Ich muss erst noch ein bisschen schauen.

Schauen Sie, schauen Sie.

Die Maschine glich der viel kleineren Ausgabe, die er – wenn auch nur verschwommen – auf dem völlig überblendeten Foto gesehen hatte. Jetzt konnte Tanner Gestalt und Mechanik der Maschine deutlich erkennen. Es gab zwei sehr große, etwa vier Zentimeter dicke kreisrunde Scheiben aus einem völlig transparenten kristallartigen Kunststoff. Der Durchmesser jeder einzelnen Scheibe betrug sicher nahezu anderthalb Meter. In beiden Seiten der Scheiben waren Hunderte von kupferglänzenden Elektroden befestigt, sie waren übersät mit diesen winzigen Elektroden, sodass sie an leuchtende Sternkarten erinnerten. Beide Scheiben oder Räder waren auf glänzenden Achsen gelagert und mit schmalen Gummiantriebsriemen über ein ganzes Räderwerk von weiteren unzähligen kleineren Rädern und Umlenkrollen miteinander verbunden.

Soll ich sie mal bewegen?

Tanner hatte vor lauter Schauen für einen Moment den still dastehenden Blinden ganz vergessen.

Ja, bitte.

Messmer griff mit einer Hand an eines der großen Räder und gab ihm mit wenig Kraft einen kleinen Anschub. Sofort drehten sich die beiden Räder und das dazugehörende Räderwerk praktisch lautlos mit verblüffender Leichtigkeit und Eleganz.

Jetzt schauen Sie mal, wie lange sich die Maschine bewegt. Die Lager haben wir hier von Hand mit höchster Präzision angefertigt. Sie werden staunen.

Tanner nickte.

Die vier großen, zylinderförmigen Säulen aus Kupfer an den vier Seiten haben wahrscheinlich mit der Energieaufnahme zu tun, nehme ich an.

Messmer nickte.

Und gibt es auch so etwas wie das Herz der Maschine? Ich meine, der Ort, wo sich die Verwandlung der Energie aus dem All in unsere normale Elektrizität vollzieht? Ich meine, wenn dann die Maschine einmal fertig sein sollte.

Messmer nickte eifrig.

Das ist ein kleiner Kasten, der ist noch beim Wegener. Das ist ja seine Arbeit. Nur *er* weiß, wie das geht. Der Kasten wird dann dort unten eingepasst. Da sehen Sie die vorbereiteten kardanischen Aufhängungen, der Kasten erträgt nämlich keine Erschütterungen.

Wird es denn beim Betrieb Erschütterungen geben?

Tanner dachte an die schier reibungs- und lautlose Bewegung der Maschine, die im Übrigen immer noch lief – immer noch von dem einzigen leichten Anschub von vorhin.

Ja, es ist so, äh …

Er kratzte sich am Kopf.

Also, im Grunde wissen wir nicht, was passieren wird, wenn die Maschine das erste Mal richtig laufen wird. Wir wissen nicht, wie ungeheuer die Energie sein wird, die wir anzapfen. Das hat ja noch niemand gemacht, und es kann sein, dass wir alle zerstört werden. Ja, das wird ein großer Tag werden – und wenn es auch mein Tod wäre, dafür hätte es sich gelohnt.

Er lachte. Tanner glaubte es ihm.

In diesem Augenblick kam die Maschine zum Stillstand.

So, Herr Tanner. Jetzt müssen wir wieder gehen. Helfen Sie mir mit dem Tuch, bitte.

Sie deckten die Maschine wieder zu. Messmer löschte die Lichter und schloss die Scheune.

Finden Sie allein aus dem Dorf?

Ja, sicher. Und ganz herzlichen Dank für die Vorführung. Schönen Sonntag noch. Und – ich komme wieder.

Messmer winkte noch immer, als Tanner schon wieder beim kleinen Wald war und sich noch einmal umdrehte.

Eigentlich hätte er gern die Gelegenheit genutzt, das Dorf etwas genauer unter die Lupe zu nehmen, solange die anderen noch im Tempel weilten, aber er wollte auf keinen Fall seinen eigenen Plan gefährden, der ja zur Hauptsache darin bestand, kein Misstrauen zu wecken. Er war überzeugt, dass mit diesem Dorf irgendetwas nicht stimmte. Das Ganze kam ihm vor wie die Mimikry und Gesten eines Zauberers, die nur einen einzigen Zweck hatten, nämlich seine Tricks zu verstecken.

Kurz vor dem Wald hatte er zum Beispiel einen eisernen Zugang in eine Art Hügel gesehen, der ihn stark an alte Militäranlagen erinnerte. An Zugänge zu unterirdischen Systemen im Flachland oder in den Bergen, durch die ganze Lastwagen rein- und rausfahren konnten. Das Land hatte sich vor dem Zweiten Weltkrieg sehr konkret auf den sogenannten Ernstfall vorbereitet. Unterirdische Systeme, vor allem als Bunkeranlagen für militärische Zwecke, und ein kleinerer Teil zum Schutz der Zivilbevölkerung. Es gab auch ausgedehnte unterirdische Spitalanlagen. Der Eingang im Hügel hatte ihn sehr an den Zugang zu solchen Anlagen erinnert. Vielleicht war es aber auch bloß ein Wasserreservoir. Er musste mit Michel darüber sprechen.

Er beschleunigte seine Gangart, und in zehn Minuten hatte er sein Auto erreicht.

Dann griff er zum Telefon. Michel meldete sich sofort.

Ich frage nicht, wie es dir geht. Aber ich habe eine kleine Beschäftigung für dich. Könntest du mal abklären, ob sich auf dem Gelände der *Gemeinschaft* alte Bunker oder sonstige unterirdische Militäranlagen befinden? Das sollte dir ja in deiner Funktion eigentlich möglich sein, oder?

Michel war nicht besonders erfreut.

Ah ja, hast du sonst noch was Lustiges für mich? Weißt du, was das heißt? Womöglich ein wochenlanger Papierkrieg.

Nein, Michel, kein Papierkrieg. Überleg mal, ob du nicht jemanden kennst. Wir müssen es sofort wissen und nicht erst in drei Monaten. Geh mal zum Polizeichef damit. Der ist doch sicher ein hohes Tier beim Militär.

Michel sagte nichts.

Ach ja. Und notier dir bitte folgendes französisches Nummernschild. Und dann habe ich noch etwas für dich. Ich habe einen Plan gezeichnet mit sämtlichen Videokameras, die das Gelände der *Gemeinschaft* umstellen. Es sind insgesamt neun.

Michel pfiff durch die Zähne.

Na, das ist ja endlich mal was Konkretes. Was brauchen die denn so eine totale Überwachung? Fehlt nur noch die Privatarmee.

Ja, auch das würde mich nicht überraschen. Wir sollten uns auf alles gefasst machen.

Wie hast du denn eigentlich die Kameras entdeckt?

Ich war als Ornithologe unterwegs und habe Vögel in freier Wildbahn studiert.

So. So. Und was hast du sonst noch entdeckt?

Tanner berichtet ihm kurz vom blinden Messmer und der Wundermaschine.

Michel reagierte nur ganz trocken mit zwei Sätzen.

Die spinnen ja, die Römer! Mensch, und ich hock hier rum und werde fast wahnsinnig.

Ja, die Welt ist ungerecht. Noch etwas anderes: Wo ist das Buch, in das der Vorgänger Rorschachers seine Eintragungen gemacht hat?

Wieso? Das befindet sich immer noch im Pfarrhaus – und das ist versiegelt.

Gut. Dann komme ich jetzt zu dir. Ich bringe dir den Plan und du gibst mir den Schlüssel zum Pfarrhaus – und die Erlaubnis, die Siegel aufzubrechen. Bist du im Büro?

Michel knurrte.

Wo denn sonst? In der Vogelwarte Sempach, oder was?

Immerhin war ja Sonntag. Aber Gott sei Dank hatte Michel wenigstens den Humor noch nicht ganz verloren.

ZWEIUNDZWANZIG

Tanner fuhr mit dem Pfarrhausschlüssel sofort wieder zurück ins flache Land. Es roch nach Schnee, und am Himmel hingen Wolken, dick wie die ungezählten Bäuche einer Kolonie von Walrössern. Das Dorf lag wie ausgestorben. Auch Stuckis Restaurant lag verwaist. Offenbar hatte Stucki geschlossen – und das an einem Sonntag? Nicht mal Laras rotes Auto war auf dem Parkplatz zu sehen.

Sind alle ausgeflogen. Mir auch recht.

Tanner fuhr sich unruhig durch die Haare. Er hatte kein besonders gutes Gefühl, hinter Stuckis Rücken nach dessen Vergangenheit zu forschen.

Er parkte seitlich vom Pfarrhaus, sodass das Auto von der Straße nicht zu sehen war, griff sich eine starke Taschenlampe und Gummihandschuhe. Er wollte keine Spuren hinterlassen.

Im Haus war es kalt und düster. Obwohl das Haus erst seit ein paar Tagen nicht mehr bewohnt war, roch es bereits nach Verlassenheit.

Tanner bahnte sich einen Weg in Rorschachers Studierstube. Überall standen Pflanzen herum und der Boden war voller Erdspuren.

Das Buch lag wieder an der Stelle, wo Rorschacher es zuletzt hingelegt hatte. Tanner fragte sich, ob Michels Team das Buch auf Fingerabdrücke untersucht hatte.

Er öffnete sorgfältig das Buch, suchte die Stelle und war enttäuscht, aber nicht wirklich überrascht, keinen Eintrag zu finden. Offenbar hatte es an der entsprechenden alphabetischen Stelle zwei Seiten gegeben, die fein säuberlich herausgetrennt worden waren.

Tanner saß regungslos auf dem Stuhl. Wie gerne hätte er jetzt einen harmlosen Eintrag gefunden, der in seinem Kopf alle Zweifel zerstreut hätte. War Stucki hier gewesen in jener Nacht? Was war zwischen ihm und Rorschacher gewesen? War er der dritte

Mann gewesen in jener Nacht, von der Madame de Sencebourg erzählt hatte?

Er griff zum Telefon. Michel nahm sofort ab.

Hör mal Michel, es gibt keinen Eintrag.

Sollte es denn einen geben?

Laut Rorschacher hat sein Vorgänger lückenlos Buch geführt – und der Stucki gehört zum Hauptinventar des Dorfes. An der Stelle, am dem sein Eintrag sein sollte, fehlen zwei Seiten, verstehst du?

Michel knurrte.

Das ist noch kein Beweis.

Nein, natürlich nicht. Einen Beweis hätten wir, wenn wir seine Fingerabdrücke auf dem Buch finden würden. Oder natürlich die Seiten. Hat dein Team denn das Buch auf Fingerabdrücke untersucht?

Ich frage nach. Und wenn nicht, schicke ich sofort jemand los. Und wie kommen wir an die Fingerabdrücke vom Stucki? Soll ich ihn aufs Präsidium bitten?

Er lachte bitter auf.

Nein, nein. Die Abdrücke kann ich dir besorgen. Er ist letzthin bei mir zu Hause gewesen. Er hat zwei Weinflaschen mitgebracht und uns allen immer wieder nachgeschenkt. Ich habe die Flaschen noch. Da müssten genügend Spuren zu finden sein. Die vom Rorschacher haben wir ja auch. Dann wird es noch Spuren von Lara und mir geben. Und möglicherweise auch noch vom Vorgänger.

Michel schwieg. Tanner auch.

Schließlich sagte Michel, er melde sich in fünf Minuten wieder.

Er meldete sich bereits nach einer Minute.

Also, das Buch wurde nicht auf Abdrücke untersucht. Ich schicke jemand vorbei. Bleib solange dort. Wir haben nur einen Schlüssel, und den hast du. Ihr könntet dann auch gleich die beiden Weinflaschen holen, oder?

Tanner seufzte.

Ja, das könnten wir.

Tanner blieb nichts anderes übrig, als auf Michels Mann zu warten. Er inspizierte zum Zeitvertreib das ganze Pfarrhaus vom Keller bis zu Dachboden, konnte aber nichts von Bedeutung finden. Als der Mann endlich kam – er wurde von Stoffel begleitet, der wie ein Maikäfer strahlte, denn er war mittlerweile Vater eines Mädchens geworden –, hatte sich Tanner wieder Rorschachers Büchern über Afrika gewidmet. Nach einer knappen halben Stunde war die Arbeit erledigt. Tanner bat Stoffel, in seiner Wohnung die Flasche zu holen. Er händigte ihm die Schlüssel aus, beschrieb ihm exakt, wo er die beiden Flaschen finden würde und wo er am Ende die Schlüssel verstecken solle.

Er verabschiedete sich von den beiden. Den Schlüssel vom Pfarrhaus nahm Stoffel gleich wieder mit.

Tanner fuhr ins nächste Dorf. Dort ging er in die Dorfkneipe und erkundigte sich nach der Wohnadresse von Madame de Sencebourg.

Sie bewohnte ein kleines, einstöckiges, vollkommen von Efeu überwachsenes Häuschen mitten im Dorf. Man hätte es ohne Übertreibung als Hexenhäuschen bezeichnen können. Welcher Art der Hexerei sich Madame Sencebourg hingab, konnte allerdings Tanner nicht wissen, als er energisch auf den Klingelknopf drückte …

Er wartete nach dem Klingeln sehr lange, bis die Haustür aufging. Er wollte sich bereits resigniert abwenden, als sich doch endlich die schwere Haustür öffnete. Madame trug ein strahlendes Lächeln zur Schau, als sie öffnete – und nicht mehr als einen Hauch von einem Negligé. Ihre Brüste leuchteten weiß durch den durchbrochenen, schwarzen Stoff. Als sie Tanner erkannte, versuchte sie sofort erschrocken ihre Blöße mit ihren Händen zu bedecken, was ihr aber mit ihren kleinen, schmalen Händen nicht besonders gut gelang. Hatte sie jemanden anderes erwartet? Tanner bemühte sich, auf den Efeu an der Hauswand zu starren, um nicht zu sehen, was er gezwungenermaßen sah.

Tut mir leid, Madame de Sencebourg, dass ich sie ohne Voranmeldung einfach so überfalle, aber ich habe noch eine dringende Frage.

Madame fasste sich und bat ihn hinein.

Ich hole mir nur schnell etwas zum Überziehen. Kommen Sie herein, Herr Tanner.

Dann drehte sie sich noch einmal kokett um.

Oder darf ich Simon sagen?

Sie sprach seinen Namen französisch aus, was aus ihrem Mund ganz besonders manieriert klang.

Sie dürfen mich gerne Mathilde nennen. Madame klingt doch ziemlich förmlich, und da sie mich jetzt schon so gesehen haben …

Sie lächelte charmant, hob mädchenhaft ihre Arme, als wolle sie gleich wegfliegen, und präsentierte sich Tanner noch einmal in ihrer ganzen, durchscheinenden Nacktheit.

Gehen Sie doch schon mal in den Salon.

Sie zeigte auf einen schmalen Durchgang. Tanner schlängelte sich in einen kleinen Raum, den sie – was für eine Übertreibung – ihren Salon nannte. Der fast winzige Raum war stark überhitzt und mit feinen Rokokomöbeln ausgestattet. Das Ganze wirkte wie eine Puppenstube. In der Ecke waberte ein runder Miniaturofen in seiner Hitze, mit einer rotglühenden runden Glasscheibe, wie das Auge eines Zyklopen. Über dem Sofa hing ein auf alt gemachtes Ölgemälde und zeigte Madame mit einem offenherzigen Dekolleté im Stile einer französischen Gräfin vor der Französischen Revolution.

Tanner entledigte sich seines Mantels und setzte sich vorsichtig auf den kleinen Fauteuil neben dem Sofa. Gleich darauf kam Madame hereingeschwebt, nicht wirklich weniger nackt, hatte sie sich doch nur einen hauchdünnen Kimono übergeworfen. Immerhin hatte sie sich eine weite Hose im orientalischen Stil angezogen. Sie brachte eine kleine, geschliffene Likörflasche und zwei Gläsern mit.

Halten Sie bitte die Gläser, lieber Simon, damit ich uns einschenken kann.

Sie füllte die Gläser mit einer goldgelben, klebrigen Flüssigkeit randvoll und setzte sich graziös auf das Sofa. Tanner sah jetzt zwei Madames de Sencebourg. Die wirkliche Mathilde war bedeutend älter als die gemalte, aber erstaunlicherweise war sie attraktiver als ihr gemaltes Konterfei. Auf dem Bild wirkte sie leblos.

Auf Ihr Wohl, Simon.

Sie prostete ihm zu und trank ihr Glas mit geschlossenen Augen in einem Zug leer. Sie goss sich gleich nach.

Ah, ich liebe dieses Gesöff. Es ist ein uraltes Rezept, das ich im Sommer selber herstelle, mit Orangen und so. Das Wichtigste ist die Sonne. Deswegen kann ich es nur im Sommer herstellen. Was wir hier trinken, ist pure Sonne. Es ist leider meine letzte Flasche. Ich trinke es nur bei besonderen Gelegenheiten.

Sie begleitete diese Erklärung mit einem gekonnten Augenaufschlag. Gleichzeitig zupfte sie an ihrem Kimono, um die eine oder andere Stelle ihres Körpers besser zur Geltung zu bringen. Sie beherrschte das Spiel wirklich perfekt. Tanner hätte es unumwunden zugeben können, stattdessen nippte er bloß am Glas und gab einzig und allein zu, dass der selbst hergestellte Orangenlikör wirklich von besonderer Qualität war. Madame strahlte ihn an, warf sich mit einer unnachahmlichen Geste dramatisch zurück ins Sofa, mit der wohlkalkulierten Wirkung, dass ihre bereits kaum verhüllten nackten Brüste fast vollends zum Vorschein kamen.

Tanner lächelte und beschloss, seinerseits in die Offensive zu gehen.

Sie sind sehr attraktiv, liebe Mathilde, das muss ein Blinder aus Holz zugeben – und ich bin nicht blind. Und noch weniger aus Holz. Ich bin aber einzig und allein hier, um Ihnen eine Frage zu stellen.

Sie lächelte.

Fragen Sie, Simon. Fragen Sie in Gottes Namen. Ich werde Ihnen alles sagen.

Sie lehnte sich noch etwas bequemer ins Sofa.

Sie haben mir von jener Nacht erzählt, als Sie Rorschacher mit Wegener in der Studierstube überrascht hatten. Sie erinnern sich?

Sie seufzte.

Ja, ja. Ich erinnere mich.

Sie hatten damals das Gefühl, dass im Raum noch eine dritte Person war.

Ja, dieses Gefühl hatte ich tatsächlich.

Und?

Und?

Sie lächelte ihm verführerisch zu und wiegte den Kopf.

Ich habe auch eine Idee, wer es war. Aber ich wollte es damals nicht sagen.

Sie trank und leckte mit ihrer Zunge genießerisch den Rest aus dem Glas.

Sagen Sie es mir jetzt, Mathilde?

Vielleicht werde ich mich entschließen, es Ihnen zu sagen.

Tanner blickte sie erwartungsvoll an.

Sie nahm eine Brust in ihre Hand und goss ein bisschen Orangenlikör auf ihre Spitze. Sie lächelte, hob ihre Brust an und leckte den Likör.

Schauen Sie, Simon, jetzt wird sie groß und hart.

Ja, ich sehe es.

Sie goss noch einmal Likör nach.

Tanner blickte zur Decke.

Sagen Sie es mir jetzt?

Madame setzte sich ärgerlich auf.

Ach, Sie sind ein Spielverderber. Sie machen ja gar nicht mit. Sind Sie denn so kalt und unempfindlich? Oder tun Sie bloß so? Was ist denn schon dabei, wenn ein Mann und eine Frau es sich gut sein lassen. Was soll man denn sonst machen, an einem so öden Sonntag, überhaupt in diesem langweiligen Leben.

Sie zog ihren Kimono wieder etwas straffer um die Schultern.

Also, was wollen Sie wissen, Sie Langweiler?

Tanner ignorierte ihre Provokation.

Wer die dritte Person damals in der Nacht war. Es war Stucki, nicht wahr?

Sie nickte langsam.

Ja, Sie haben recht. Es war Stucki. Ich habe ihn eigentlich nicht gesehen, aber er hat sich geräuspert – und daran habe ich ihn erkannt. So wie der sich räuspert, das ist unverkennbar. Da würde ich meine Hand ins Feuer legen.

Sie erhob sich schwerfällig. Sie wirkte jetzt plötzlich müde und alt. So alt, wie sie wirklich war. Ihr Begehren hatte sie attraktiv gemacht und kurzfristig irgendwie verjüngt.

Und jetzt gehen Sie. Bevor ich mit Weinen anfange. Es geht mir nämlich schlecht, wissen Sie. Schlecht. Schlecht. Schlecht. Gehen Sie, ich bitte Sie. Verschwinden Sie.

Tanner erhob sich, griff nach seinem Mantel.

Sie hielt ihn noch einmal zurück.

Seien Sie mir nicht böse. Urteilen Sie nicht zu hart über mich, denn ich bin eine Verlorene. Gehen Sie jetzt.

Tanner nahm ihre Hand und küsste sie.

Madame, ich verurteile Sie nicht. Wer bin ich denn?

DREIUNDZWANZIG

Als neun Tage später der Tag endlich kam, war die Welt weiß geworden.

Am Abend zuvor hatte es zu schneien begonnen und zwar mit ungewöhnlich großen Flocken, teilweise erreichten sie fast die Größe von Kinderhändchen, sodass auch alt eingesessene Bauern sich an einen vergleichbaren Schneefall nicht erinnern konnten. Die Menschen – und beileibe nicht nur die Kinder – standen draußen oder hinter den Fenstern, betrachteten verzückt das Schauspiel der tanzenden Flocken, die den ganzen Himmel auszufüllen und von einem Ort zu kommen schienen, wo es einen unendlichen Vorrat an weißen Flocken gab.

Es schneite im ganzen Land. Für weite Teile war das zu dieser Jahreszeit normal, aber nicht in dieser Gegend, so etwas geschah hier nur alle Generationen einmal.

Mit dem Schnee kam auch die Stille.

Die Flocken legten sich in kurzer Zeit über alles und jedes zu einer gleichmäßigen Daunendecke, die alle Geräusche bis zur Lautlosigkeit dämpfte. Hausdächer, Wiesen, Bäume, Autos, Zaunpfähle, Stromleitungen – nichts wurde bevorzugt, kein Ort wurde vergessen. Keine Fläche war zu groß, kein Draht zu dünn, kein von Ratten oder Füchsen aufgerissener Kehrrichtsack zu hässlich – allem widerfuhr die gleiche, poetische Verwandlung.

Tanner stand am Fenster und beobachtete das Schauspiel in Weiß. Gleichzeitig wartete er auf einen Anruf von Michel.

Wahrscheinlich machte ihnen das Wetter heute einen Strich durch die Rechnung. Das Ganze hing davon ab, ob die Lastwagen der *Gemeinschaft* fuhren oder nicht. Michels Leute hatten in Zusammenarbeit mit den Zollbehörden den Lieferrhythmus in der letzten Vergangenheit studiert und berechnet, dass heute Transporte nach verschiedenen europäischen Ländern zu erwarten waren. Tatsächlich waren gestern Vormittag zu den drei auf dem Gelände stationierten, firmeneigenen Lastwagen noch zwei von einer bekannten Transportfirma ins Dorf gefahren. Man erwartete also die Abfahrt von insgesamt fünf Lastwagen.

Tanner gab sich keiner Illusion hin. Er glaubte nicht, dass die Lastwagen heute losfahren würden, denn die Straßenberichte waren katastrophal. Und zwar für weite Teile Europas, diesseits und jenseits der Alpen.

Für die Sache selbst war es zugegeben egal, ob die Lastwagen heute fuhren oder morgen. Aber für alle Beteiligten, deren innere Uhr exakt auf den heutigen Tag eingestellt waren, bedeutete es einen Krieg mit den eigenen Nerven. Als Michel gegen acht Uhr zähneknirschend die ganze Sache abblasen musste, überraschte es zwar keinen, aber die Frustration war groß. Die Mannschaften der Bereitschaftspolizei, die Mitglieder der Spezialeinheiten und die Scharfschützen gingen wieder zurück auf ihre angestammten Stationen. Ebenso die militärische Eliteeinheit, die aufgeboten war, um sich gegebenenfalls auf die ehemaligen unterirdischen militärischen Anlagen zu konzentrieren. Michel hatte über seine Kanäle herausgefunden, dass just dort, wo die *Gemeinschaft* ihr Dorf gebaut hatte, ein ausgedehntes unterirdisches System von Hallen existierte, die durch Tunnels verbunden waren, durch die sogar Lastwagen fahren konnten. Nur wenige Einheimische kannten das Innere der ehemaligen Anlage aus dem Zweiten Weltkrieg. Damals wurden dort für den sogenannten Ernstfall immense Mengen von Nahrungsmitteln gelagert. Die *Gemeinschaft* hatte offenbar mit dem Erwerb des ganzen Landes auch die unterirdischen Hallen kaufen können. Laut Auskünften der zuständigen Behörde war die Rede vom Aufbau einer Champignonaufzucht im großen Stil gewesen.

Michel ließ seine Wut an zwei Mitgliedern seines Teams aus, die das Pech hatten, nicht rechtzeitig das Weite gesucht zu haben. Danach besorgte er sich einen mit Schneeketten ausgerüsteten Mannschaftswagen und kämpfte sich durchs Schneegestöber bis zu Madame de Sencebourgs Hexenhäuschen.

Stucki brachte Ruthli zu seiner Schwester, verordnete seinem Gasthaus einen außerordentlichen Ruhetag und legte sich zur schlafenden Lara ins Bett. Er betrachtete sie lange, dann legte er seine Hand auf ihren glatten Bauch. Lara seufzte bei seiner Berührung und schloss ihn sofort in ihre Arme. Sie dachte nicht daran, ihn jemals wieder loszulassen.

Tanner ging unschlüssig in der Wohnung auf und ab. Hin und her gerissen zwischen der Sehnsucht, Emma zu besuchen, oder zu widerstehen, obwohl er genau wusste, dass er bei diesem Schneefall nie und nimmer sein Ziel erreichen würde. Seine Unschlüssigkeit war also ganz und gar theoretisch, nichtsdestotrotz quälte sie ihn.

Und der Gedanke an Stucki verfolgte ihn Tag und Nacht. Was war seine Beziehung zu Wegener oder zu Rorschacher oder eher zu beiden? Die Abgleich der Fingerabdrücke hatten eindeutig bewiesen, dass Stucki sich an dem Buch zu schaffen gemacht hatte. Warum hatte er seine Seite entfernt? Was hatte er zu verbergen? Bedeutete die goldene Spange in Ruthlis Schatzkiste, dass auch Stucki eine Vergangenheit in Afrika hatte? Hatte Stucki etwas mit dem Selbstmord Rorschachers zu tun? Viele Fragen und keine Antworten. Michel und er hatten nach langem Feilschen Stillschweigen beschlossen, bis die große Aktion über die Bühne gegangen wäre. Man wollte kein Risiko eingehen, eine Verhaftung hätte fatale Folgen für die Aktion haben können, solange sie nicht wussten, in welcher Verbindung Stucki zur *Gemeinschaft* stand. Zudem würde ihnen der Stucki ja nicht davonlaufen. Ob er ein Sicherheitsrisiko darstellte, war höchst ungewiss, denn durch die Nähe zu Lara wusste er über einiges Bescheid, was man lieber vor ihm verheimlicht hätte. Gleichzeitig konnte man Lara nicht in die Diskussion mit einbeziehen. Es war wie die Quadratur des Kreises. Tanners Kopf dröhnte über kurz oder lang, wenn er darüber zu grübeln begann.

Schließlich legte er sich ins Bett, und vor der schieren Unlösbarkeit des Konflikts kapitulierend, gelang ihm glücklich die Flucht in den Schlaf. Als er gegen Mittag wieder erwachte, fühlte er sich frisch und erlöst.

Es hatte aufgehört zu schneien, und die Sonne schien. Die

Welt funkelte und glitzerte, als sei sie ein Dekor für eine Neuverfilmung der *Drei Nüsse für Aschenputtel.* Märchenhafter ging es wirklich nicht.

Im Radio war die Rede vom Ausnahmezustand, das ganze Land war buchstäblich lahmgelegt. Die Hauptverkehrsachsen waren allesamt gesperrt, Eisenbahnen standen still, ganz zu schweigen vom Flugverkehr. Man wusste schlicht nicht, wohin mit den Schneemassen.

Tanner zog seine schweren Winterstiefel an und ging Schnee schaufeln. Er arbeitete sich langsam bis zur Straße hin und merkte dann, als er in die Runde blickte, dass das halbe Dorf genau dasselbe tat wie er. Man winkte sich fröhlich zu, die Kinder lieferten sich Schneeballschlachten und bauten gewaltige Schneemänner. Die Welt sah aus wie in einem Kinderbuch. Die Menschen hatten rote Wangen, lachten, aus Mund und Nasen stiegen weiße Dampfwölkchen auf. Tanner konnte sich nicht erinnern, im Dorf jemals so viele Menschen auf der Straße gesehen zu haben.

Es dauerte vier lange Tage, bis sich die Lage wieder einigermaßen normalisierte.

Am Tag fünf nach dem Schneefall versetzte Michel sein Team und alle zusätzlichen Mannschaften von neuem in Alarmbereitschaft.

Aber die Lastwagen fuhren nicht.

Ebenso am sechsten Tag nicht.

Michels Laune war auf dem Tiefpunkt angelangt. Der Polizeichef drohte ihm mit Frühpensionierung, und die Mannschaften murrten. Tanner tat, was er konnte, um Michel bei der Stange zu halten, aber er wusste, dass es nicht lange durchzuhalten war.

Dann war es plötzlich soweit. Es war der siebte Tag nach dem großen Schneefall.

Um sieben Uhr null neun startete der erste Lastwagen, und um sieben Uhr dreizehn verließ der letzte das Gelände der *Gemeinschaft.*

Sämtliche Grenzübergänge des Landes wurden informiert. Die Grenzbeamten waren angewiesen worden, die Lastwagen anzuhalten und einer gründlichen Untersuchung zu unterziehen. Es sollte alles nach Routine aussehen, sodass keiner der Fahrer sich genötigt sah, die *Gemeinschaft* zu informieren.

Die Spezialeinheiten hielten sich an verschiedenen Orten unweit vom Gelände der *Gemeinschaft* bereit. Sie würden sofort das Gelände umstellen, sollte in einem der Lastwagen etwas anderes zum Vorschein kommen als die deklarierten Waren.

Michel mit seinem engsten Team und Tanner bezogen unauffällig Stellung im leer stehenden Pfarrhaus. Da das Haus quasi immer noch in polizeilicher Obhut war, fiel Michels Team im Dorf nicht besonders auf. Das Zimmer, das ehemals einem Dschungel geglichen hatte, war ziemlich kahl geworden. Die Pflanzen waren vorher schon alle weggebracht worden.

Jetzt begann erneut das große Warten.

Gesprochen wurde nicht mehr. Es war bereits über alles geredet worden. Nach zweieinhalb Stunden bestellte Michel für die ganze Mannschaft Kaffee und gab die Erlaubnis, auf der Terrasse zu rauchen.

Michel und Tanner waren für einen Moment allein.

Was mache ich, wenn wir nichts finden?

Michel hatte gefragt ohne aufzublicken. Er erwartete offenbar auch keine Antwort.

Tanner gab ihm trotzdem eine.

Wir suchen weiter. Das ist doch klar.

Michel schaute ihn skeptisch an.

Ach ja?

Ja klar. Wenn wir sie heute nicht erwischen, dann halt an einem anderen Tag.

Michels Leute kamen wieder zurück.

In diesem Augenblick klingelte das Telefon.

Sommer, der extra seinen Urlaub abgebrochen hatte, nahm ab. Alle sahen ihn gespannt an. Er lauschte, dann bedeckte er den Hörer und wandte sich an Michel. Er flüsterte vor Aufregung.

Es ist der Grenzübergang im Nordwesten nach Deutschland. Sie haben nichts gefunden, nur massenhaft Bauklötze und Einrichtungen für Kindergärten. Was sollen sie machen?

Michel blickte zu Tanner. Der winkte ab.

Sie sollen sie durchlassen, was sonst. Wenn sie nichts finden, finden sie nichts. Basta.

So ein Mist.

Michel ballte die Faust.

Gut, Sommer. Du hast gehört, was Tanner gesagt hat.

Sommer gab den Bescheid weiter. Danach blickten alle fragend zu Tanner.

Der zuckte mit den Achseln.

Ich kann nur hoffen, dass die gründlich nachgucken. Wir können im Moment nichts anderes machen als warten. Wir sind auf die Kontrolle durch die Grenzstationen angewiesen.

Michel nickte und legte seine Beine hoch.

Innerhalb der nächsten sechs Stunden meldeten sich sämtliche Grenzstationen, und zwar mit dem immer gleichen negativen Resultat. Zuletzt waren es die italienisch sprechenden Kollegen vom südlichsten Zipfel des Landes. Die Lastwagen führten alle ohne Ausnahmen genau die Waren aus, die auf den Dokumenten festgehalten waren. Es gab nicht den Hauch einer Unstimmigkeit. Die ganze Aktion war ein kapitaler Fehlschlag.

Die Leute waren genervt und enttäuscht. Michel musste zähneknirschend alle Mannschaften nach Hause schicken und dann dem Polizeichef Meldung erstatten. Der nahm die Mitteilung über das Debakel wortlos entgegen und bestellte ihn in sein Büro.

Michel forderte Tanner auf, später mit ihm bei Stocker zu essen.

Aber du bezahlst, das sage ich dir.

Tanner nickte und schickte sich in sein Los. Er war genau so enttäuscht wie die anderen, aber nicht so niedergeschlagen. Ihn quälte, dass er den Wegener vielleicht doch unterschätzt hatte. Er hatte gedacht, dass eine zwanzig Tage dauernde Pause und die Funkstille in der Presse ausreichend sein würden, um Wegener und seine Leute in Sicherheit zu wiegen. Aber die gingen offensichtlich wirklich kein Risiko ein. Oder waren sie gewarnt worden? Vielleicht vom Stucki? Aber was für ein Interesse könnte der haben?

Bis zu seiner Verabredung mit Michel blieb noch Zeit, und Tanner beschloss, im Vogelschutzgebiet spazieren zu gehen. Er setzte sich ins Auto. Während der Fahrt ging er noch einmal minutiös Schritt für Schritt alle Vorgänge der letzten drei Wochen durch. Er stieß aber auf nichts, was die *Gemeinschaft* hätte beunruhigen können. Was blieb, war Rorschachers Tod. Was hatte Wegener, laut Baumann sein leiblicher Bruder, damit zu tun? Hatte er diese Frage unterschätzt? Hatte Rorschacher seinen Bruder über die Recherchen betreffend Heinrich Karst informiert? Hatte der Selbstmord den Bruder alarmiert? Warum ging Wegener nicht zur Beerdigung seines Bruders?

Michel und er hatten beschlossen gehabt, dass es zu auffällig gewesen wäre, an der Beerdigung teilzunehmen. Nachdem die Untersuchungen den Selbstmord bestätigt hatten, war Rorschacher ganz offiziell als Pfarrer Rorschacher auf dem Friedhof begraben worden.

Außer den Gemeindemitgliedern war niemand an dem Begräbnis gewesen. Rorschacher habe keine Familienangehörigen mehr, hieß es im Dorf.

Lara hatte in Begleitung Stuckis am Begräbnis teilgenommen und überhaupt niemanden von der *Gemeinschaft* gesehen. Stucki kannte ja alle Leute vom Dorf, ihm wäre ein «Fremder» sofort aufgefallen und Wegener sowieso. Die einzigen Fremden waren die zwei Vertreter der Kirchenobrigkeit gewesen. Madame de Sencebourg hatte schweren Herzens am Begräbnis teilgenommen, aber auch nur, weil sie Angst vor dem Gerede der Dorfbevölkerung hatte. Sie war aber nur in der Kirche und auf dem Friedhof gewesen. Am Leichenmahl in Stuckis Gasthaus wollte sie nicht teilnehmen. Sie schob eine Herzschwäche vor und ließ sich mit einem Taxi wieder nach Hause fahren.

Nach einem zweistündigen Spaziergang durch seine ihm mittlerweile vertraute Landschaft des Vogelreservats hatte Tanner wieder einen freien Kopf. Die Enttäuschung über den heutigen Misserfolg war überwunden, und er wurde zunehmend hungrig. Er stieg ins Auto und fuhr zu Stockers Restaurant.

Er war vor Michel dort und wurde von Frau Stocker empfangen. Das Gasthaus war bereits gut besucht.

Lieber Tanner, heute müssen Sie mit mir Vorlieb nehmen, mein Mann ist an einem Treffen mit anderen Köchen. Sind Sie denn allein?

Nein, nein. Michel kommt auch – und er wird etwas Aufbauendes und Tröstendes brauchen. Es geht alles auf meine Rechnung. Ach ja, liebe Frau Stocker, wenn Sie Michel kommen sehen, bringen Sie doch bitte sofort ein großes Bier für ihn. Und für mich auch.

Sie lachte.

Gut. Ich werde entsprechend Vorsorge treffen.

Bald darauf kam Michel.

Aha, du bist ja schon da, Tanner. Hast du Bier bestellt?

Ja, ja. Und ich sehe es auch schon kommen.

Frau Stocker persönlich brachte die beiden Biere.

Zum Wohl. Also, die Küche macht folgende Vorschläge.

Sie begann all die Köstlichkeiten aufzuzählen, die die beiden der Reihe nach zu sich nehmen könnten.

Tanner winkte mitten in der Aufzählung ab.

Liebe Frau Stocker, machen Sie, machen Sie. Das einzige, was Michel nicht mag, ist Haferbrei. Alles andere ist herzlich willkommen. Wir vertrauen uns Ihnen voll und ganz an.

Sie lachte.

Gut. Sie werden nicht enttäuscht sein. Wir sind heute ganz und gar auf die Mittelmeerküche eingestellt. Auf den Haferbrei werden wir dann also verzichten.

Sie ging lachend in Richtung Küche.

Michel guckte ihr nach.

Sie ist wirklich eine tolle Frau. Ich verstehe Stocker, doch, doch.

Tanner lächelte.

Ich bin froh, dass du deinen Blick für das Schöne und das Wahre nicht verloren hast, lieber Michel. Frau Stocker ist wirklich eine schöne Frau. Prost!

Michel grinste und stieß vehement mit seinem Glas an Tanners Glas.

Du siehst, ich habe auch meinen Kopf noch, obwohl ihn mir mein Chef abreißen wollte.

Sie tranken beide.

Dann ist es ja gut. Ich weiß mittlerweile auch, was wir unterschätzt haben.

Michel wischte sich den Schaum von den Lippen.

Ach ja? Da bin ich aber gespannt.

Rorschachers Tod!

Michel nickte und dachte einen kurzen Moment nach.

Ja. Du hast recht. Jetzt, wo du es sagst, wird es mir sonnenklar. Wegener ist alarmiert worden. Entweder durch Rorschacher persönlich oder durch seinen Tod oder durch beides.

Wie meinst du: durch beides?

Michel stützte sich auf den Tisch.

Stell dir vor, Rorschacher teilt seinem Bruder mit, dass wir über den alten Heinrich Karst recherchieren. Dann hängt er sich auf. Damit unterstreicht er doch seine Warnung, oder nicht?

Tanner wiegte seinen Kopf.

Ja. Da magst du recht haben. Aber was hätten wir denn tun können? Guten Tag, Herr Wegener. Ihr Bruder hat sich aufgehängt. Wir verhaften Sie unter dem Verdacht, Heinrich Karst gemeinsam mit Ihrem Bruder ermordet zu haben.

Nein, nein. Du hast recht.

Michel strich sich über seinen nackten Kopf.

Ich sage es nicht gerne: Wir hätten wahrscheinlich länger warten müssen. Damit Wegener sich wirklich in Sicherheit glaubt.

Tanner lachte ungläubig.

Da hätte ich dich aber sehen wollen.

Michel winkte ab.

Ja, ja, ich weiß. Lassen wir das. Was machen wir jetzt? Nehmen wir uns jetzt den Stucki vor und konfrontieren ihn mit den Tatsachen?

Tanner blickte hoch.

Ich schlage vor, wir essen erstmal die Vorspeise. Du weißt ja: Ein leerer Magen denkt nicht gern.

Michel nickte und lehnte sich zurück, gespannt auf den ersten Teller, den man ihnen gleich servieren würde.

Bald waren sie mit dem ersten Gang beschäftigt. Es gab grillierte Riesencrevetten und Langustinen. Gefolgt von einem kleinen Gratin mit Muscheln. Nach dem dritten Teller, mit Seezungenfilets, kündete Frau Stocker einen kleinen Unterbruch an und brachte den Herren ein Sorbet, das köstlich schmeckte und nach Rosen roch.

Das ist eine Kreation von mir. Ich hoffe, es schmeckt Ihnen. Sie sagen mir, wanns weitergehen soll, ja?

Beide nickten, bestellten noch ein weiteres Bier und warfen ihr synchron einen Kuss zu.

Sie lachte, winkte ab und verbiss sich ein Lächeln.

Dass die beiden keinen Wein tranken, daran hatte man sich hier schon gewöhnt.

Sie löffelten still ihr Sorbet.

Also, Tanner, was machen wir jetzt?

Übermorgen ist Samstag. Dann werde ich meinen neuen Bekannten, den Messmer, wieder aufsuchen.

Was versprichst du dir davon? Und was machen wir mit dem Stucki?

Tanner zuckte mit den Achseln.

Der Stucki läuft uns nicht davon. Nein, nein, lieber Michel, du knöpfst dir die Herrschaften von der Kirche vor. Konfrontiere sie mal mit der Tatsache, dass Rorschacher nicht Rorschacher war. Die sollen dir Zugang zu ihren Personalakten und zu ihren Archiven geben. Drohe mit der Presse und so weiter.

Michel rieb sich die Hände.

Oh ja, worauf du dich verlassen kannst.

Frau Stocker kam, begleitet von zwei jungen Köchen. Sie brachten den Hauptgang. Es war Lammkeule mit einem Arrangement von einheimischen Wintergemüsen.

Als die beiden Köche wieder weg waren, hielt Michel sie am Arm zurück.

Das Sorbet war ausgezeichnet. Aber wir wissen gar nicht, liebe Frau Stocker, wie Sie zum Vornamen heißen? Tanner heisst Simon, und er möchte so gerne Ihren Vornamen wissen. Und ich heisse Serge. Und ich würde Ihren Namen auch gerne wissen.

Sie lachte.

Also gut. Ich heisse Sarah. Ich hole uns was zum Anstoßen.

Sie drehte sich um und ging zum Buffet. Tanner und Michel schauten ihr zu. Sie füllte drei Gläser mit Champagner, brachte sie her und setzte sich.

Nur kurz. Ihr seht ja, was los ist. Das geht aufs Haus. Zum Wohl.

Sie prosteten sich zu.

Dann leerte sie das Glas in einem Zug

So, ich muss leider wieder. Es wäre schön, mit euch zu sitzen und zu plaudern, aber die Pflicht ruft.

Sie lächelte und ging.

Michel stieß Tanner an.

Ist sie nicht toll, Mensch!

Ja, ja, sie ist wirklich …

Weißt du was? Sie hat *sex appeal.* Kennst du das Wort noch?

Sie lachten beide.

Das bringt die Sache auf den Punkt, Michel. Du hast recht.

Dann widmeten sie sich ihren Leckerbissen.

Während des Essens sprachen sie nicht viel. Tanner war als Erster fertig.

Puh, ich kann nicht mehr. Das war großartig, aber wenn ich alles esse, platze ich.

Michel blickte gierig auf Tanners Portion.

Nimm, Michel, nimm. Ich esse es auf keinen Fall.

Als auch Michel fertig war mit seinem Essen, holte Sarah Stocker die Teller vom Tisch.

Und? Hat es geschmeckt?

Michel nickte.

Ja, sehr gut. Und wenn *du* es servierst, schmeckt es gerade noch einmal so gut.

Sarah lachte.

So. So. Was du nicht sagst. Und dir, Simon, hat es dir auch geschmeckt?

Ja, es war ganz wunderbar. Ich danke dir.

Gleich bringe ich euch das Dessert.

Wir freuen uns.

Tanner wandte sich an Michel.

Hör mal, ich habe da noch eine Frage an dich. Wegen unserem weiteren Vorgehen und so.

Tanner wusste aus Erfahrung, dass es manchmal klüger war, wenn Michel selbst auf eine Idee kam.

Schieß los.

Wenn wir wissen wollten, ob denn die Waren auch alle an ihre deklarierten Empfänger geliefert worden sind, wie müssten wir das anstellen?

Michel wiegte seinen Kopf, dann begann er zu grinsen.

Das wäre doch eine gute Aufgabe für unsere Lara.

Und wie macht sie das?

Das ist ganz einfach: Sie besorgt sich über die Grenzstationen sämtliche Dokumente, danach klappert sie alle deklarierten Empfänger ab und fragt nach, ob sie die Ware erhalten haben. Sie kann sich ja als Mitglied der *Gemeinschaft* ausgeben. Soviel ich weiß, spricht Lara sehr gut Französisch und Italienisch. In einem Tag müsste sie das erledigen können.

Mensch Michel, das ist gut.

Michel lehnte sich zufrieden zurück.

Morgen Abend wissen wir Bescheid.

Tanner blickte sich im Restaurant um. Die Tische waren bereits mehrheitlich leer. Einige Gäste warteten noch auf ihre Rechnung.

Sarah brachte das Dessert.

Das ist ein Ensemble aus verschiedenen Mousses. Mousse aus drei verschiedenen Schokoladen und drei fruchtig: Limonen, Mango und Mirabelle. Lasst es euch schmecken. Wollt ihr noch einen Kaffee oder einen Espresso?

Michel winkte ab. Tanner bestellte sich einen Espresso.

Und bringst du uns dann bitte die Rechnung, liebe Sarah.

Eine halbe Stunde später ging Tanner zu seinem Auto. Auf dem Kühler saß die eine honiggelbe Katze. Sie fühlte sich offensichtlich wohl. Es sah aus, als hätte sie das Auto in ihren Besitz genommen.

Tanner kraulte sie hinter den Ohren, dann nahm er sie kurz auf den Arm.

Dann setzte er sie auf den Boden.

So, meine Dame, ich muss nach Hause. Und was gedenken Sie zu machen?

Die Katze blickte ihn einen Moment lang vorwurfsvoll an, wendete sich dann ab, nahm Anlauf, kletterte auf einen Kirschbaum, der direkt am Haus stand, sprang von dort auf die Terrasse und verschwand durch ein Katzentürchen. In diesem Augenblick ging das Licht im Zimmer neben der Terrasse an. Er sah Sarah Stocker, die mit einem kräftigen Schwung die Vorhänge zuzog.

Tanner schaute noch einen Moment zum Zimmer hoch.

Gute Nacht, meine Damen …

VIERUNDZWANZIG

Michel war ziemlich stolz auf sich, denn er hatte recht behalten. Am Abend des folgenden Tages wussten sie Bescheid. Lara hatte gute Arbeit geleistet. Vier der fünf Lastwagen hatten ihre Waren laut Deklaration abgeliefert. Einer nicht. Und zwar der Lastwagen, der nach Frankreich gefahren war. Der deklarierte Bestimmungsort stellte sich als kleines Papeteriegeschäft heraus, tief in der Provinz, und die Besitzerin wusste nichts von einer Bestellung.

Michel meldete es Tanner, der ihm gratulierte, ihn aber sofort mit Fragen und Vorschlägen überhäufte.

Was machen wir jetzt damit? Hast du die Namen der Transportfirma? Du könntest den Fahrer vorladen, dann wüssten wir schnell, wohin die Ladung verschwunden ist, oder du …

Michel unterbrach ihn.

Ich glaube, in diesem speziellen Fall muss ich die Sache meinem Chef vorlegen. Ich finde, er soll entscheiden, ob und wie wir vorgehen.

Gut. Wenn du meinst.

Sie schwiegen beide.

Merkwürdig ist, dass die Zollbehörden auch bei diesem Lastwagen nichts Auffälliges gefunden hatten. Die müssen einen besonders guten Trick gefunden haben. Vielleicht finde ich etwas. Ich besuche ja morgen meinen neuen Freund.

Welchen Freund?

Messmer. Weißt du, der Blinde mit der Wundermaschine.

Ah ja. Dann wünsche ich dir viel Glück. Ich werde mir heute Abend die Herrschaften von der Kirche vorknöpfen.

Michel hatte die Sache mit der Kirchenobrigkeit schon heute Morgen angehen wollen, aber der Herr Bischof hatte den ganzen Tag irgendeine Synode, und so hatte er ihm heute Abend eine Audienz gewährt. Der Polizeichef hatte ihm leider verboten, den Bischof einfach aufs Präsidium zu bestellen, wie Michel es liebend gerne getan hätte.

Michel setzte sich ins Auto und machte sich innerlich ziemlich beschwingt auf den Weg in das fast märchenhaft schöne, sehr historische Städtchen, durch das der träge grüne Fluss fließt, denn dort war der Sitz der Diözeseleitung. Er war früh genug abgefahren, um in dem Ort eines der vielen wunderbaren Gasthäuser aufsuchen zu können, um vor der Audienz beim Bischof noch eine Kleinigkeit zu sich zu nehmen.

Pünktlich mit dem Glockenschlag der großen Kathedrale wurde er vom Generalvikar der Diözese empfangen, einem hageren Mann mit einem ewig langen Gesicht, kahlem Schädel, einer Goldrandbrille und einem genau so ewig langen, adeligen Namen italienischer Herkunft. Mit schnellen Schritten durchschritten sie das historische Gebäude.

Michel, innerlich ganz auf Widerspruchsgeist eingestellt, konnte sich eine Bemerkung nicht verkneifen.

Ich habe mich schon immer gewundert, dass die Kirche, der es doch um innere Werte, um Geistigkeit geht, sich mit solchem Prunk umgibt. Dagegen ist ja unser Kommissariat ein schäbiges Armenhaus.

Das Langgesicht im schwarzen Anzug lachte ansteckend heiter.

Ja, ja, Sie haben im Grundsatz natürlich recht.

Er sprach lachend weiter.

Sage mir, wie du wohnst, und ich sage dir, wie du bist. Unter diesem Aspekt gesehen, wirft es kein besonders gutes Licht auf die Kirche. Das ist aber alles historisch bedingt, wissen Sie. Andererseits sind wir natürlich nach wie vor ein ziemlich altmodischer Verein, entsprechend altmodisch sind unsere Hüllen, äh … Hütten. Waren Sie mal in Rom?

Michel schüttelte den Kopf.

Nein, bis jetzt nicht.

Na, da haben Sie aber was verpasst. Ich meine, in Sachen Prunk und so.

Sie hielten vor einer mächtigen Tür mit Schnitzereien und Intarsien. Er legte sein Ohr horchend an die Tür. Dann wandte er sich flüsternd an Michel.

Hinter dieser Tür sitzt unser Oberdruide. Ich melde uns mal an. Entschuldigen Sie mich einen Moment.

Michel stand grinsend vor der Tür. Mit dieser launigen Art hatte er hier nicht gerechnet. Der Typ war ihm äußerst sympathisch.

Kurz darauf saß er seiner Exzellenz, dem Herrn Bischof, gegenüber, der deutlich reservierter war als sein Generalvikar und sofort zur Sache kommen wollte. Der gutgelaunte Generalvikar hatte die beiden Herren einander vorgestellt und dann sofort den Raum verlassen.

Was verschafft uns die Ehre Ihres Besuches? Ich habe leider nicht viel Zeit.

Michel runzelte die Stirn.

Man kann nie wissen, Hochwürden. Vielleicht haben Sie Zeit, wenn Sie erst wissen, um was es geht.

Der Bischof trommelte ungeduldig auf die eichene Platte seines gigantischen Schreibtischs.

Ich komme wegen Pfarrer Joseph Wegener.

Der Bischof starrte ihn an.

Es gibt keinen Pfarrer Joseph Wegener. Nicht in meinem Bistum.

Kennen Sie sämtliche Pfarrer in Ihrem Bistum?

Sicher. Was glauben Sie denn? Kennen Sie nicht auch alle Ihre Mitarbeiter?

Michel ging nicht auf die Frage ein.

Und Joseph Rorschacher?

Der Bischof richtete sich auf.

Sie kommen wegen Rorschacher? Aber das war doch Selbstmord!

Das bezweifle ich auch nicht. Aber Rorschacher war nicht Rorschacher. Und deswegen bin ich bei Ihnen.

Was wollen Sie damit sagen?

Michel stellte kühl seine Gegenfrage.

Wissen Sie, wer Albin Wegener ist?

Er starrte ihn immer noch an.

Nein. Wer soll das sein?

Michel studierte in aller Ruhe sein Gegenüber. Er konnte sich auf Anhieb nicht erklären, warum ihm dieser Mensch so abgrundtief unsympathisch war.

Haben Sie noch nie von der *Gemeinschaft* gehört. Wegener ist der Gründer und, äh … wie soll ich sagen: der geistige Führer dieser Gruppe.

Ja und?

Rorschacher war in Wirklichkeit der Bruder von Albin Wegener. Die beiden haben eine ziemlich dramatische Vergangenheit in Afrika, möglicherweise im Dienste der Kirche oder auch nicht.

Dem Bischof stieg unübersehbar die Zornesröte ins Gesicht. Michel kümmerte es nicht.

Tatsache ist: Rorschacher ging als Wegener nach Afrika und kehrte als Rorschacher zurück. Welch wunderbare Wandlung! Laut Aussage des Generalvikars wurde er wegen schlechter Kassenführung aus den Missionsdiensten entlassen, dann erst in die kleinste Gemeinde in einem der steilsten Täler dieses Landes strafversetzt, bis er die Pfarrei dort übernehmen konnte, wo er dann den Rest seines Lebens verbracht – übrigens in unmittelbarer Nähe zu seinem Bruder – und sich kürzlich aufgehängt hat, nämlich in seiner Pflanz- und Studierstube, wie er sein Arbeitszimmer zu nennen pflegte.

Der Bischof hatte Mühe, seinen Zorn unter Kontrolle zu halten.

So einen Unsinn habe ich schon lange nicht mehr gehört. Haben Sie denn Beweise?

Ja, sicher.

Michel lehnte sich behaglich zurück.

Wir haben zum Beispiel einen Zeugen, der auch vor Gericht bereit ist zu bezeugen, dass Ihr Mitarbeiter Pfarrer Rorschacher vor vierzig bis fünfundvierzig Jahren mit seinem Bruder Albin sein Unwesen in Westafrika getrieben hat. Albin nannte man dort den weißen Teufel, Joseph den schwarzen. Ihr Rorschacher verfügte über Kampferfahrung und hatte drei ziemlich wüste Schussverletzungen an seinem Körper.

Michel betrachtete demonstrativ seine Hände.

Wie kommt ein Priester zu Schussverletzungen, frage ich Sie?

Der Bischof starrte ihn böse an.

Michel erhob sich.

Gut. Ich will Sie nicht länger aufhalten, denn ich muss morgen sehr früh zu einer Pressekonferenz. Und wie Sie sicher wissen: Da muss man ausgeschlafen sein und vor allem pünktlich, denn Journalisten sollte man nie warten lassen.

Der Bischof hob die Hand.

Eine Pressekonferenz? Zu diesem Thema?

Michel nickte.

Ja, sicher. Glauben Sie, das interessiert die Medien nicht? Zudem hoffen wir, dass sich mit einem Aufruf vielleicht noch andere Zeugen melden. Ich will Sie aber nicht länger aufhalten, Exzellenz.

Der Bischof erhob sich mit hochrotem Kopf.

Bitte, Herr, äh... Kommissar, setzen Sie sich noch einmal und lassen Sie uns in Ruhe darüber reden.

Michel setzte sich.

Der Bischof blickte nervös auf seine goldene Rolex, drückte auf einen Knopf, und das Langgesicht mit Goldbrille erschien umgehend durch eine Tapetentür.

Ich brauche Sie. Nehmen Sie Platz und notieren Sie, was der Herr Kommissar zu berichten hat.

Er wandte sich an Michel. Seine Stimme klang plötzlich etwas heiser.

Macht es Ihnen was aus, die ganze Geschichte meinem Generalvikar zu erzählen? Ich habe tatsächlich noch einen Termin und muss mich entschuldigen ... und – warten Sie bitte mit der Presse, äh ... wir klären das ab. Ich verspreche es Ihnen.

Michel ließ ihn erst ein wenig zappeln.

Gut. Wir warten auf das Resultat Ihrer Abklärung. Ich gebe Ihnen 24 Stunden.

Der Bischof nickte.

Einverstanden.

Er erhob sich und wandte sich an seinen Mitarbeiter.

Morgen früh liegt der Bericht auf meinem Schreibtisch.

Er hob wortlos die Hand zum Gruß und ging mit wehenden Rockschößen aus dem Raum.

Der Generalvikar wartete, bis sich die Tür hinter dem Bischof geschlossen hatte. Dann wandte er sich an Michel.

Er trifft den apostolischen Nuntius. Kein leichter Gang. Die beiden haben zusammen in Rom studiert und hassen sich wie die Pest. Stellen Sie sich eine Viper und eine Kreuzotter in einem engen Gefäß vor, dann haben sie annähernd eine Vorstellung, was bei den beiden so abläuft.

Er kicherte.

Also, was haben *Sie* zu berichten? Ich bin ganz Ohr. Das muss ja was ziemlich Heftiges sein – nach der Reaktion des Bischofs zu schließen.

Michel erzählte die ganze Geschichte schön der Reihe nach. Der Generalvikar machte sich emsig Notizen. Ab und zu schaute er mit Entsetzen in den Augen auf und fragte nach, ob er auch richtig verstanden habe.

Am Ende fragte Michel, ob er denn den Rorschacher persönlich gekannt habe.

Ja, natürlich. Er ist ein unheilbarer Choleriker gewesen, das haben alle gewusst, aber er konnte gut mit den einfachen Leuten umgehen. Und er hat seine Gemeinde sehr gut im Griff gehabt.

Michel konnte es sich nicht verkneifen.

Seine Haushälterinnen auch.

Auf der Stirn des Generalvikars erschien eine steile Falte.

Ach ja. Wie darf ich das verstehen?

Die eine soll er zu Tode gevögelt haben – verzeihen Sie den Ausdruck, aber so wurde es uns übermittelt – und die andere hatte er zwingen wollen, ihm ihr nicht unerhebliches Vermögen zu verschreiben. Sie hat sich aber geweigert, und da hat er sie kurzerhand rausgeschmissen.

Der Generalvikar schwieg, nahm die Brille ab und rieb sich die Stirn.

Wollen Sie mehr Details?

Er hob die Hände.

Nein, nein. Das genügt mir vollkommen.

Er stand entschlossen auf.

Ich werde der Sache sofort nachgehen. Ja, das bedeutet einmal mehr Nachtarbeit. Je nun, auf mich wartet ja keine Ehefrau.

Sie lachten.

Es hat eben alles seine zwei Seiten.

Ja, ja. Da haben Sie natürlich recht.

Der Generalvikar begleitete ihn zur Tür.

Ich gebe Ihnen morgen Bescheid.

Michel gab ihm seine Karte. Sie winkten sich zum Abschied wie alte Freunde.

Beschwingt setzte er sich ins Auto und fuhr zu seiner neuen …

Michel blickte in den Rückspiegel, musterte seinen eigenen Gesichtsausdruck und fühlte sich irgendwie von sich selbst ertappt.

Ja, wie nenn ich dich?

Geliebte? Das Wort schien ihm nicht angebracht. Er liebte Mathilde ja nicht.

Meine *Affäre?*

Er probierte das Wort mehrere Male laut aus. Am Schluss verwarf er es. Es klang ihm zu sehr nach einem Geschäft.

Dann grinste er plötzlich.

Ist auch egal. Ich fahre zu Mathilden, der Wilden.

Er schaute noch einmal in den Spiegel.

Sind Sie schon einmal in Rom gewesen? Ich pfeife auf Rom, Herr Unter- und Herr Oberdruide. Die Frage ist doch: Haben Sie schon einmal zwischen solchen Hügeln Ihr Gesicht vergraben? Oder ihr sündiges Gewicht mit beiden Händen gewogen und mit tiefer Wollust an ihren Zitzen gesogen. Ach, nein? Da haben aber *Sie* etwas verpasst, meine Herren hochwürdigen Exzellenzen. Das Schönste, was Euer Gott in seinem Garten erschaffen hat – und ihr lasst das einfach links liegen, statt danach zu greifen. *Ihr* seid die wahren Sünder. Die Unterlassungssünder, ihr Idioten.

Seine Hände lösten sich für einen Moment vom Steuerrad und griffen imaginär nach ihren Brüsten.

Ach, ihr Brüste ihr. Nur zu euch streben wir, an euch hängen wir, nach euch drängen wir, ach, wir Armen. La la la, dideldideldum …

Mit sich sehr zufrieden, setzte er das Blaulicht aufs Dach, intonierte fröhlich sein Loblied, brauste durch die stillen Dörfer und schreckte mit seiner Sirene alles auf, was nicht bereits tot war.

FÜNFUNDZWANZIG

Kurz nach zehn Uhr stand Tanner vor der verwitterten Tür des Brockenhauses. Die Tür war offen. Er trat ein.

An dem großen Schreibtisch saß nicht der blinde Messmer, sondern seine Frau. Die Frau mit dem bösen Blick.

Guten Morgen, Frau Messmer.

Sie blickte hoch, erkannte ihn offensichtlich, grüßte aber nicht.

Was wollen Sie?

Er ignorierte die Frage.

Ich hoffe, Herr Messmer ist nicht krank.

Doch. Er ist krank.

Oh, das tut mir leid. Hoffentlich nichts Schlimmes?

Wie man's nimmt. Er hat Grippe.

Richten Sie ihm bitte von mir herzliche Grüße und gute Besserung aus.

Danke. Ich werde es ausrichten.

Täuschte er sich, oder wurde ihre Miene etwas weicher?

Wir schließen das Haus, in etwa drei Wochen.

Tanner schaute sie fragend an.

Also, wir schließen das Brockenhaus, meine ich. Es rentiert nicht besonders, und wir brauchen dringend Wohnraum. Aber mein Mann hängt sehr daran.

Sie zuckte mit den Achseln.

Sie meinen, die Schließung nimmt Ihren Mann sehr mit.

Ja, ja. Er hat das Brockenhaus ja aufgebaut. Es ist, wenn man so will, sein Lebenswerk.

Tanner hatte gedacht, die *Maschine* sei sein Lebenswerk. Er behielt den Gedanken aber für sich. Irgendwie hatte er sowieso das Gefühl, dass sie mit der Maschine nichts am Hut hatte. Vielleicht empfand sie diese Technik als Teufelswerk. Oder Sie war eifersüchtig auf die Maschine, weil ihr die ganze Liebe ihres Mannes galt.

Er rieb sich die Hände und hoffte, dass das nicht allzu übertrieben aussehe.

Dann ist es für mich ja gerade gut, wenn ich mich noch einmal schaue, was Sie alles so haben. Ich meine, da ja das Haus kurz vor der Schließung steht.

Ja, ja, schauen Sie nur. Sie wissen ja, wo die Lichtschalter sind.

Tanner tastete sich durch den dunklen Gang.

Kurz bevor er zwanzig Minuten später seinen Aufenthalt im Brockenhaus abbrechen wollte, da er das Gefühl hatte, er habe sich jetzt lange genug aufgehalten, um die Alte nicht misstrauisch zu machen, sah er ihn.

Er hätte ihn beinah übersehen. Er hatte gedacht: Ach, schau mal, ein Mantel, ganz wie meiner. Seine Hand strich wie abwesend über den alten Stoff. Dann sah er den obersten Knopf. Sein Herz stockte. Diesen Knopf hatte er vor Jahren eigenhändig angenäht, weil der originale abgefallen war. Er griff in die rechte Innenbrusttasche und fand sofort das kleine Loch. Es bestand kein Zweifel: Es war *sein* Mantel.

In diesem Moment holte ihn die Trauer über Jeans Tod ein, und er musste sich mit dem Mantel in der Hand auf die Treppe setzen. Der Anblick seines alten Mantels, den er dem verstörten jungen Mann aus Mitleid geschenkt hatte und der hier inmitten anderer Mäntel so etwas wie seine Endstation gefunden hatte, machte ihn betroffener als der Leichnam im Gerichtsmedizinischen Institut.

Nachdem er sich wieder gefasst hatte, ging er zu einem der Fenster und untersuchte den Mantel gründlich im Tageslicht nach etwaigen Spuren. Er fand nichts Brauchbares. Vielleicht konnten sie im Labor mehr entdecken.

Was sollte er jetzt tun? Tanner war ratlos.

Was bewies der Mantel? Nichts. Gar nichts.

Jean hatte sich vor drei Wochen in den Fluss gestürzt oder war von der Brücke gestoßen worden. Ohne Mantel. Und jetzt war der Mantel hier gelandet. Der Schrankschlüssel blieb auch jetzt noch verschwunden.

Aber wie kam der Mantel hierher? Haben die Mörder den Mantel hierher gebracht? Eine absurde Vorstellung.

Hatte Jean – aus Respekt vor dem Geschenk – den Mantel ausgezogen, bevor er gesprungen war? Wenn man Jean erlebt hatte, war diese Vorstellung sogar denkbar. Hatte ein Passant den Mantel gefunden? Und dann? Wie kam er ins Brockenhaus der *Gemeinschaft?*

Tanner wusste, dass er mit dieser Art Spekulationen nicht weiterkam.

Er griff zum Telefon. Nach einer Weile nahm Michel ab.

Stell dir vor, ich habe im Brockenhaus der *Gemeinschaft* meinen eigenen Mantel wieder gefunden. Was würdest du an meiner Stelle machen?

Welchen Mantel?

Michel, ich habs dir doch erzählt. Ich habe Jean D'Arcy meinen alten Fischgratmantel geschenkt, weil der arme Kerl in seinem dünnen Anzug am ganzen Körper gezittert hat.

Aha. Und jetzt?

Michel gähnte ausgiebig ins Telefon hinein.

Mensch, schläfst du? Ich frage dich, was du an meiner Stelle machen würdest?

Ja, also, äh … im Brockenhaus, sagst du? Tja, äh … ich würde ihn bezahlen, ihn, äh … anziehen und nach Hause gehen.

Michel machte eine Pause. Dann fuhr er weiter. Allmählich gewann seine Stimme an Kontur.

Ich würde wissen, dass mir gar nichts anderes übrig bliebe. Mm, ja, also: ich würde also mit meinem wieder gewonnenen Mäntelchen nach Hause gehen.

Michel schwieg einen Moment lang.

Ich merke aber, dass du dich mit dieser Lösung nie und nimmer zufrieden geben wirst, obwohl du selber genau weißt, dass es das Vernünftigste wäre. Hab ich recht? Nein, nein, du willst natürlich mal wieder etwas ganz anderes, nicht wahr? Du hast eine unbändige Lust, stur mit deinem Kopf durch die Wand zu gehen. Ich spürs durchs Telefon. Du musst mir gar nichts erzählen.

Hier stockte Michel.

Und weißt du was, Tanner?

Ich habe keine Ahnung, Michel. Aber ich nehme an, du wirst es mir gleich verraten.

Michel holte geräuschvoll Luft.

Auch ich verspüre eine unbändige Lust dazu. Vernunft? Ha. Weg mit der Vernunft. Warte auf mich. Wir gehen zusammen mit dem Kopf durch die Wand.

Und wenn es mich denselbigen kosten sollte. Ich scheiß drauf. Wir haben genug gewartet und Däumchen gedreht. Es lebe die Aktion.

Bevor Tanner etwas sagen konnte, hatte Michel die Verbindung bereits beendet.

Tanner blickte auf die Uhr. Es war zehn Minuten vor elf. Er pfiff durch die Zähne.

Mein Gott, der ist ja in Fahrt.

Wenn er mit Blaulicht fahren würde, dann wäre Michel in etwa zwanzig Minuten da.

Gut.

Tanner ging die zwei Treppen hinunter. Frau Messmer blickte ihm fragend entgegen. Tanner sagte nichts, packte sich einen Stuhl und setzte sich ihr gegenüber. Sie wollte aufstehen.

Bleiben Sie sitzen, Frau Messmer. Ich habe mit Ihnen zu reden.

Tanner schaute auf die Uhr.

Wir haben ungefähr zwanzig Minuten Zeit.

Sie erstarrte.

Wie meinen Sie das?

In zwanzig Minuten wird die Polizei hier sein.

Sie schreckte hoch.

Wieso die Polizei? Haben Sie sie alarmiert? Was ist denn passiert?

Er beantwortete die Frage nicht. Stattdessen erhob er sich und legte ihr seinen Mantel auf den Schoss.

Was wissen Sie über diesen Mantel?

Sie starrte ihn an.

Wer sind Sie?

Tanner beugte sich vor.

Wer hat Ihnen diesen Mantel ins Brockenhaus gebracht?

Frau Messmer fing an zu zittern. Dann sprach sie sehr leise den Namen aus.

Jetzt war es an Tanner, verblüfft zu sein.

Wie bitte? Haben Sie Jean gesagt?

Tanner starrte sie an.

Jean D'Arcy selbst hat Ihnen diesen Mantel gebracht?

Sie nickte. Ihr Gesicht wurde hart.

Hat er denn hier gewohnt?

Ja, sicher. Die ganze Zeit.

Tanner wunderte sich, dass er sich die ganze Zeit beim Bahnhofhotel nicht abgemeldet hatte.

Was hat er denn die ganze Zeit gemacht?

Nichts. Er war die meiste Zeit auf seinem Zimmer. Das Essen hat er sich bringen lassen.

Und wann ist er denn hier aufgetaucht?

Sie hielt ihren Kopf schief. Offenbar versuchte sie, die Tage zu zählen.

Vor gut drei Wochen. Kurz bevor er …

Sie unterbrach sich.

Kurz bevor er … was meinen Sie, Frau Messmer?

Kurz bevor er wieder verschwunden ist.

Tanner stutzte.

Verschwunden?

Natürlich. Sie konnte ja gar nicht wissen, dass Jean tot war. Niemand wusste, dass Jeans Leichnam aus dem Wasser gezogen wurde.

Was meinen Sie mit verschwunden? Gehörte er denn zur *Gemeinschaft?*

Nein, also … das heißt, irgendwie schon, er hat sogar wieder sein altes Zimmer bezogen, aber er war ja jahrelang in Afrika, hat dort in der Mission gearbeitet.

Sie presste den Mund zusammen.

Aha. Er hat in der Mission gearbeitet? Sind Sie sich da sicher, Frau Messmer?

Sie starrte ihn an.

Wie meinen Sie das?

Woher wissen Sie, dass Jean in Afrika war?

Sie schaute ihn irritiert an.

Wir alle wussten das. Also, man hat uns das so gesagt damals, als er von einem Tag auf den anderen plötzlich verschwunden war. Das ist ja Jahre her.

Tanner stand auf und ging näher zu ihr hin.

Und wohin ist Nastassja verschwunden?

Sie fuhr erschreckt zusammen, als er den Namen aussprach.

Wer … wer sind Sie?

Sie starrte ihn mit ihren kleinen, stechenden Augen an. Plötzlich griff sie mit einer überraschenden Geste zum Telefon. Tanner war näher dran, und so lag seine Hand zuerst auf dem Hörer.

Wen wollen Sie anrufen? Albin Wegener?

Sie schwieg und starrte auf den Boden.

Tanner nahm den Hörer und hielt ihn ihr hin.

Rufen Sie an. Sie können ihrem Chef gleich mitteilen, dass die Polizei in …

Er blickte auf die Uhr.

… in spätestens einer Viertelstunde hier ist.

Sie rührte sich nicht.

Wie Sie wollen.

Er legte den Hörer wieder hin.

Hat Ihnen Jean etwas erzählt aus Afrika?

Nein.

Haben Sie vom ihm mal Post erhalten in all den Jahren?

Nein.

Aha.

Und wenn ich Ihnen sage, dass er gar nicht in Afrika war?

Wo war er denn?

Im Gefängnis. Jean hat fünf Jahre in einem Gefängnis in Spanien verbracht.

Sie schaute ihn entsetzt an.

Das ist nicht wahr.

Warum sollte ich Sie anlügen? Jean hat es mir selbst erzählt. Und wir haben auch nachgeforscht. Es ist leider die Wahrheit.

Sie schwieg und blickte auf den Mantel. Dann stand sie auf, legte den Mantel auf den Schreibtisch, öffnete eine Schublade, suchte etwas.

In dem Mantel habe ich einen Schlüssel gefunden. Ich habe ihn auf die Seite gelegt, weil ich dachte, Jean hat ihn im Mantel vergessen. Ich wollte ihm den Schlüssel bei der nächsten Gelegenheit zurückgeben.

Sie fand den Schlüssel und übergab ihn Tanner. Es war eindeutig der Schlüssel zu seinem Schrank.

Tanner setzte sich wieder auf seinen Stuhl.

War das jetzt der Beweis, dass Jean tatsächlich freiwillig in den Tod gegangen war?

Er schaute zu der alten Frau, die sich wieder gesetzt hatte.

Was hat Jean Ihnen gesagt, als er den Mantel gebracht hat?

Er brauche ihn nicht mehr.

Sie schüttelte den Kopf.

Ich habe ihm noch gesagt, es sei doch noch lange Winter, der habe im Grunde ja erst angefangen. Aber er wollte nichts davon wissen. Er brauche ihn jetzt nicht mehr, hat er gesagt.

Wissen Sie, Frau Messmer, ich habe ihm den Mantel geschenkt. Wenige Tage, bevor Jean – wie Sie sagen – verschwunden ist.

Sie schaute ihn an.

Wissen Sie denn, wo Jean diesmal hingegangen ist?

Ich sage es Ihnen, wenn Sie mir sagen, was Sie von Nastassja Filippowna wissen.

Sie atmete schwer.

Jean hat sie irgendwo aufgegabelt. Sie war aus dem Milieu. So nennt man das, glaube ich. Sie war aber auch schwer krank, drogenabhängig. Jean liebte sie über alles und wollte sie retten, der Gute. Es ging eine Weile gut. Sie lebten und arbeiteten hier. Dann verschwand sie plötzlich. Er fand sie wieder in der Gosse. Sie rappelte sich mit seiner Hilfe wieder auf, dann verschwand sie wieder – und so weiter. Es war ein richtiger Teufelskreis, wissen Sie. Bis sie eines Tages endgültig verschwunden ist. Erst hieß es, sie lebe bei einer Freundin, auch einer Russin. Dann hieß es, sie habe sich ins Ausland abgesetzt. Es gab auch eine Zeitlang ein Gerücht, dass sie entführt worden sei.

Entführt? Vom wem denn?

Sie schaute auf den Boden.

Ach, das ist sicher Blödsinn. Es hieß, ein Ölscheich habe sie in die Wüste in seinen Harem entführt.

Sie wischte den Gedanken mit der Hand weg, als handle es sich um eine lästige Fliege.

Wurde Jean nicht auch irgendwie verdächtigt?

Ja. Er habe sie aus lauter Verzweiflung umgebracht und irgendwo verscharrt. Aber das ist natürlich Unsinn. Er hatte sie wirklich geliebt. Und sowieso: zu so einer Tat wäre Jean gar nicht fähig gewesen. Er konnte ja keiner Fliege etwas zuleide tun.

Sie schaute ihn an.

Sagen Sie mir jetzt, wo Jean ist?

Jean ist tot. Er ist in der Hauptstadt von einer Brücke in den Fluss gesprungen. Er ist ertrunken. Ich habe seinen Leichnam gesehen.

Sie schlug die Hände vor das Gesicht.

Tanner wartete.

Sie schaute ihn wieder an. Jetzt wirkte ihr Gesicht ganz eingefallen, und es war weiß wie ein Leintuch.

Wer sind Sie?

Ich bin ein Freund.

Tanner hob den Kopf. Er hörte draußen ein Auto kommen. Er stand auf und ging nach draußen. Es war Michel. Zum Glück ist er nicht mit Blaulicht gekommen. Tanner winkte ihm, trabte zum Auto und setzte sich neben Michel.

Es tut mir leid. Ich habe dich wahrscheinlich zu früh alarmiert.

Er erzählte in knappen Zügen, was er von der alten Messmer erfahren hatte.

Michel war total frustriert.

Ah, so ein Mist. Ich wäre jetzt gerne zum Oberdruiden Wegener und hätte ihm deinen Mantel um die Ohren geschlagen. Aber so? Jetzt stehen wir ziemlich blöd da. Quasi mit abgesägten Hosen.

Ja, du hast recht.

Tanner zuckte mit der Achsel.

Der Forscher fand nicht selten mehr, als er zu finden wünschte.

Da sind die abgesägten Hosen aber ziemlich vornehm umschrieben, muss ich sagen. Ist der von dir?

Tanner lachte.

Nein, nein. Von Lessing.

Ach ja, der gute alte Lessing. Ich weiß auch einen von ihm.

Aha.

Tanner sah ihn gespannt an.

Die Menschen sind nicht immer, was sie scheinen, aber selten etwas besseres.

Beide lachten.

Auch nicht schlecht, oder? Der Polizeipräsident hat den letzthin bei einer Ansprache verbraten. Also, was machen wir jetzt?

Du könntest Frau Messmer mit aufs Präsidium nehmen und sie ein Protokoll unterschreiben lassen.

Michel guckte kritisch.

Und was bringt uns das?

Vielleicht sollten wir die Strategie ändern und ein bisschen anfangen, Unruhe zu verbreiten.

Michel grinste.

Au ja. Das klingt gut. Heute kriege ich auch noch Bescheid vom Herrn Generalvikar von wegen Rorschacher. Vielleicht können wir dann noch ein bisschen mehr Unruhe verbreiten.

Michel und Tanner stiegen aus und gingen zum Brockenhaus.

Die Alte saß immer noch in der gleichen Haltung auf dem Stuhl.

Frau Messmer, darf ich Ihnen Herrn Kommissar Michel vorstellen.

Michel reichte ihr die Hand.

Liebe Frau Messmer, ich bitte Sie, mich aufs Präsidium zu begleiten. Wir nehmen Ihre Aussage in ein Protokoll auf, Sie unterschreiben, und wir fahren Sie wieder zurück. Dauert eine knappe Stunde. Den Mantel beschlagnahmen wir. Sie kriegen bei mir im Büro eine Quittung.

Die Alte erhob sich stumm und griff zum Telefonhörer.

Ich sage Bescheid, dass jemand anderer das Brockenhaus hütet.

Michel nickte.

Danach begleitete er sie zu seinem Auto. Bevor er einstieg, blickte er fragend zu Tanner.

Ich bleibe noch ein bisschen hier.

Er übergab Michel den Mantel.

Gibst du den ins Labor?

Michel nahm ihn, legte ihn in den Fond, stieg ein und startete den Motor. Frau Messmer wirkte in Michels Auto sehr klein, fast wie ein Kind. Sie schaute starr geradeaus und reagierte nicht auf Tanners Gruß.

Wann sie wohl das letzte Mal das Gelände der *Gemeinschaft* verlassen hatte?

Er ging zwischen den Häusern durch und wandte sich dem Dorf der *Gemeinschaft* zu. Direkt nach dem Birkenwäldchen, durchsetzt mit Tannen und immergrünen Büschen, das wie eine Art natürliche Pufferzone den Blick zum Dorf abschirmte, befand sich rechts von der Straße der Eingang in das unterirdische Tunnelsystem der ehemaligen militärischen Anlage. Er ging ein paar Schritte darauf zu, sah aber bereits aus dieser Distanz, dass die Schließanlage sehr neu, ziemlich massiv und offensichtlich elektronisch gesteuert war, da brauchte er gar nicht erst näher hinzugehen.

Wozu ein elektronisches Schließsystem?

Ein weiteres Indiz, dass in den alten unterirdischen Gängen keine Champignons gezüchtet werden.

Er beschloss, einfach mal aufs geradewohl durchs Dorf zu schlendern und zu schauen, was passierte.

Der geteerte Weg lief jetzt schnurstracks in gerader Linie auf die Häuser zu. Im Zentrum des Dorfes lag ein veritabler kleiner Park mit einer ziemlich großen Villa aus hellem Juragestein. Tanner vermutete in dem Gebäude den Tempel, vom dem Lara erzählt hatte. Rund um den kleinen Park gruppierten sich die Wohnhäuser. Die ersten waren ziemlich alte, zum Teil etwas verlotterte Bauernhäuser, die nur noch als Wohnhäuser genutzt wurden. Offenbar waren die bewirtschafteten Bauernhöfe, die die *Gemeinschaft* besaß, außerhalb des Dorfes gelegen. Eines der Häuser, sehr schmal und auffällig hoch, war offensichtlich ehemals eine Mühle gewesen. Der dazu gehörende Mühlebach war noch zu sehen, aber vollkommen ausgetrocknet. Vielleicht nur im Winter?

Der größere Teil der Häuser war vor dreißig oder mehr Jahren erbaut worden. Rechts vom Dorf, auf einer leichten Anhöhe, standen die Produktionsgebäude der *Gemeinschaft.* Es gab zwei lang gestreckte, doppelstöckige Hallen. Laut Messmer befand sich in der einen die Holz- und in der anderen die Metallverarbeitung. Im Dorf war kein einziger Mensch zu sehen. Vielleicht waren alle Mitglieder der *Gemeinschaft* im Tempel versammelt. Oder lagen im Bett und hörten gemeinsam eine Sendung aus ihrem eigenen Studio. Gearbeitet wurde am Samstag auch hier nicht. Auch hier wurde die alttestamentarische Forderung *Sechs Tage sollt ihr arbeiten* nicht eingehalten. Die Fabrikhallen lagen stumm und verlassen. Eine Schar schwarzer Krähen tummelte sich auf den Dächern. Sie stritten sich lauthals und mit hysterischem Flügelschlag um irgendetwas.

Sonst war im ganzen Dorf nichts zu hören. Außer den Krähen rührte sich nichts. Kein Rauch kam aus den Kaminen. Kein Vorhang wurde sichtbar zur Seite geschoben oder angehoben und wieder fallengelassen. Wäre die ganze *Gemeinschaft* gestern Nacht ausgewandert, das Dorf könnte nicht stiller und verlassener wirken.

Sicher war allerdings, dass irgendwo in einem stillen Kämmerlein ein Mensch vor den Bildschirmen der Videoüberwachung saß. Das heißt, die wussten längst, dass sich ein neugieriger Wanderer auf ihrem Gelände bewegte. Wussten sie auch, wer er war?

Den Zugang zum Park, in dem der Tempel stand, verhinderte ein ziemlich hoher, massiver, dunkelgrün gestrichener Metallzaun.

Entweder haben die alle eine hochneurotische Sicherheitsphobie oder die *Gemeinschaft* hat wirklich etwas sehr Kostbares zu beschützen. Vielleicht sich selbst. Aber gegen wen? Woher droht ihnen Gefahr?

Tanner beschloss, ins Brockenhaus zurückzukehren. Er wollte wissen, wer jetzt an der Stelle der alten Messmer saß. Er schaute auf die Uhr. Es war erst eine knappe halbe Stunde vergangen, seit Michel mit ihr weggefahren war.

Er schlenderte zurück. Immer noch war um ihn herum alles reglos und still.

Plötzlich hatte er die Vision, dass er bereits mitten im Fadenkreuz eines verborgenen Scharfschützen war und dass es sich nur noch um Sekunden handelte, bis er plötzlich einen feurigen Schmerz in seiner Brust spürte und er gerade noch Zeit hätte, das trockene Plop eines schallgedämpften Gewehres zu hören, bevor er zusammenbrechen und sterben würde. Sein Puls raste auf Höchstleistung, und der Schweiß rann seinen Rücken hinab. Er zwang sich, seine Schritte nicht zu beschleunigen. Nach einer schier unendlichen Zeit erreichte er den Schutz des Birkenwaldes. Jetzt konnte er loslassen und sich kurz durchschütteln. Schwer atmend stand er hinter dem Stamm einer Birke, die seinen Körper natürlich nicht abdeckte, dazu war sie viel zu schmal, dennoch fühlte er sich in Sicherheit. Er schloss die Augen und lehnte seine Stirn gegen die feuchtkalte Rinde.

Die Rinde hatte einen überraschend starken Geruch. Er sog den würzigen Duft ein wie ein Ertrinkender. Er fühlte, wie sich sein Puls beruhigte. Seine Hand fuhr über die glatte Rinde der jungen Birke. Er legte die Wange an die glatte Haut. Er liebte Birken und noch mehr ganze Birkenwälder.

Vor seinen geschlossenen Augen sah er plötzlich Nastassja durch einen Birkenwald gehen. Sie trug einem weiten Rock, hohe Pelzstiefel und eine Mütze aus dem gleichen Pelz. Zwei dicke Zöpfe quollen unter der Mütze hervor. Sie hatte große ernste Augen.

Er sah in die Krone der Birke, nahm sich zusammen, holte tief Atem und ging zurück zur Straße in Richtung Brockenhaus.

SECHSUNDZWANZIG

Die Tür war angelehnt. Er trat in den Gang und tastete sich in Richtung des Lichtschimmers.

Das Licht kam von Messmers altertümlicher Schreibtischlampe. Auf dem mächtigen Drehstuhl am Schreibtisch saß, mit dem Rücken zum Eingang, ein Mann. Seine weißen Haare waren ziemlich lang und mähnenartig dicht.

Tanner stockte der Atem. Er hatte Wegener zwar noch nie gesehen, aber er wusste sofort, dass er das war. Und es war ihm auch sofort klar, dass Wegener auf ihn gewartet hatte.

Hast du gesehen, was du sehen wolltest?

Die Stimme klang müde und weich. Er drehte sich schwungvoll auf seinem Drehstuhl um und sah Tanner mit seinen erstaunlich hellblauen Augen an. Im Gegensatz zu seiner Stimme strahlte sein Gesicht eine ungeheure Vitalität und Wachheit aus. Er hatte einen knöchellangen Mantel aus hellbraunem Leinen an, der bis oben zum Hals zugeknöpft war. Das gab ihm etwas Priesterliches.

Wegener musste um die Siebzig sein, wirkte aber auf den ersten Blick und in diesem Licht irgendwie alterslos. Er hatte hohe Wangenknochen und eine schöne, sehr gerade Nase. Ein Gesicht fast wie aus der klassizistischen Bildhauerei. Seine Haarmähne, wenn auch weiß, verlieh ihm etwas Jugendliches. In der Hand hielt er ein in Leder gebundenes Buch. Das Buch war aufgeschlagen.

Tanner lehnte sich an die Wand und hatte vorerst nicht im Sinn, die Frage zu beantworten.

Wegener blickte ins Buch und begann mit seiner müden Stimme leise vorzulesen.

Offensichtlich handelte es sich um ein altmodisches Gedicht, das von einem Kind handelte, dessen Mutter es vor Ausbruch eines Feuers warnte, wenn es die Lampe in dieser stürmischen Nacht auszulöschen vergessen würde. Das Kind löscht die Flamme der Lampe, aber nicht das Licht in seinem Herzen. Am Morgen weckt die Mutter das Kind mit lauten Rufen, aber das Licht in seinem Herzen hat es längst aufgeweckt.

Wegener blickte wieder auf. Hatte er Tränen in den Augen? Es schien so, aber im schummrig diffusen Licht der Tischlampe war das nicht genau festzumachen.

Weißt du, von welchem Licht die Rede ist, das im Herzen des Kindes brannte?

Tanner dachte, dass dieses Gedicht Jean sicher gut gefallen hätte.

Ich denke, es handelt von der Liebe.

Wegener schlug das Buch zu und nickte anerkennend.

Bravo, Tanner. Das Gedicht heißt *Liebesflämmchen* und wurde von einem alten, längst vergessenen Dichter dieses Landes verfasst.

Jean hätte dieses Gedicht bestimmt auch gefallen.

Wegener blickte ihn an.

Jean war ein Idiot. Ein naiver Idiot. Aber du hast recht. Dieses Buch lag im Zimmer von Jean. Er hat wohl darin gelesen. Das Buch lag offen. Aufgeschlagen war dieses Gedicht.

Er schloss das Buch und legte es behutsam auf den Schreibtisch.

Warum gebt ihr seinen Leichnam nicht frei?

Welchen Leichnam?

Wegener schnalzte missbilligend mit der Zunge.

Ich weiß, dass Jean sein Leben selbst beendet hat. Ihr habt seinen Leichnam aus dem Fluss gefischt.

Woher wissen Sie das?

Das erste von Jean selbst und das zweite …?

Er zuckt mit seinen Achseln.

So was spricht sich schnell herum, auch wenn es nicht in den Zeitungen steht.

Wieso von Jean selbst? Wie meinen Sie das?

Er hat es mir selbst gesagt. Er war ja unheilbar krank. Also, noch einmal: Warum gebt ihr seine Leiche nicht frei?

Seine Familie hat ihn immer noch nicht identifiziert.

Wegener grinste:

Seine Familie! Eine Bande von Wölfen und Schakalen. Wieso können *wir* ihn nicht identifizieren? Wir waren seine Familie.

Gehörte Nastassja auch zu der Familie?

Wegener starrte ihn an.

Im Prinzip schon.

Warum nur im Prinzip?

Jean wollte sie unbedingt retten. Aber sie war nicht zu retten.

Er liebte sie.

Liebe?

Wegener schaute ihn spöttisch an.

Wer widersteht dem Anblick des Schönen, wenn es leidet?

Er wies auf das Buch.

Das hat übrigens derselbe Dichter gesagt. Schön war sie, aber rettungslos verloren.

Warum haben Sie sie dann erschossen?

Wie kommst du darauf?

Das rote Kleid mit den Einschusslöchern hinten.

Ach, meinst du das?

Er griff unter den Stuhl.

Tanner erschrak.

Seine Hand kam mit Nastassjas rotem Kleid wieder hoch. Er hielt das Kleid in die Luft. Sein Gesicht zeigte eine Art müden Triumph.

Was beweist das schon?

Dass Nastassja feige von hinten erschossen wurde.

Wegeners Gesicht verfinsterte sich

Sie war geflohen und hatte uns etwas gestohlen. Etwas mit ziemlich viel Wert. Also, insofern war sie selber schuld.

Er ließ das Kleid fallen.

Über den Schützen sagt das allerdings nichts aus. Und beweisen lässt sich damit auch nichts. Ich staune über deine Naivität. Jean war auch so naiv. Wahrscheinlich mochtest du ihn deswegen.

Er lächelte und lehnte sich zurück.

Apropos. Bei der Gelegenheit haben wir auch deine Waffe sichergestellt. In so einem schönen Auto eine so gefährliche Waffe, also wirklich …

Er schnalzte mit der Zunge und schüttelte seinen Kopf.

Sein Gesicht bekam dabei unvermittelt einen ganz hässlichen Ausdruck. Zum ersten Mal sah er in Wegeners Gesicht so etwas wie Wahnsinn.

Tanner begann sich langsam Sorgen über seine Situation zu machen. Hoffentlich brachte Michel die alte Messmer bald wieder zurück.

Tanner griff betont langsam in seine Hosentasche und legte die beiden goldenen Salamander auf den Tisch.

Was bedeutet der Salamander in eurer *Gemeinschaft?*

Wegener lächelte.

Ich könnte es dir erklären, aber du würdest es in deinem Hochmut nur lächerlich finden.

Versuchen Sie es doch mal. Vielleicht überrasche ich Sie.

Wegener seufzte.

Also. Der Salamander soll nach antiken mythologischen Vorstellungen als eines der vier Elementarwesen auch im Feuer leben können. Salamander galten als Geister der Wandlung und sollten den Alchemisten bei ihren Forschungen zu Diensten sein. Alchemisten hatten eine besondere Beziehung zum Feuer, das sie als höchstes, alles beherrschendes Element betrachteten – wodurch Salamander von besonderer Bedeutung waren. In unserer *Gemeinschaft* heißt *im Feuer leben* unter anderem, rein zu sein. Sich befreit zu haben von allen weltlichen Genüssen und sich aufs Geistige und die Bedürfnisse der *Gemeinschaft* zu konzentrieren.

Und was heißt es noch?

Die guten Werke im Dunklen tun. Sich nicht in der Öffentlichkeit damit brüsten.

Das mit der Dunkelheit konnte sich Tanner gut vorstellen, kein Wunder. Er behielt den Gedanken aber für sich. Er wollte Wegener nicht unnötig reizen.

Das klingt sehr schön. Was meinte eigentlich ihr Bruder dazu?

Ich habe schon vor dreißig Jahren die Beziehungen zu meinem Bruder definitiv abgebrochen.

War das vor oder nach dem Mord an Heinrich Karst?

Wegener starrte Tanner belustigt an.

Du denkst, du weißt alles. Aber du irrst dich. Keine Ahnung hast du.

Dann klären Sie mich doch auf.

Gut. Es spielt ja jetzt eh keine Rolle mehr. Ich gebe zu, dass wir allen Grund gehabt hätten, Karst den Mund zu stopfen, denn er hatte uns schamlos erpresst. Vielleicht hätten wir es auch getan. Eines Tages. Aber jemand anderer hat uns diese Last abgenommen. *Wir* brauchten ihm nur den Hinweis zu geben, wo Karst wohnt.

Wegener grinste. Tanner wartete, bis sein Gesicht sich wieder beruhig hatte.

Wer?

Einer, der ziemlich viele Gründe hatte, Karst umzubringen.

Sieben Gründe?

Tanner dachte an die sieben Messerstiche.

Wegener lächelte anerkennend.

Sieh an. Vor dir muss man sich in Acht nehmen. Ja, ja. Die Zahl sieben ist heilig. Aber hier stand für jeden Messerstich ein einzelner Racheakt. Der Ausführende handelte im Auftrag eines …

Hier wurde Wegener unterbrochen.

Man hörte plötzlich eine Polizeisirene, die rasend schnell näher kam, Motorengeräusche, kreischende Bremsen und knallende Autotüren. Hundegebell setzte ein. Befehle wurden erteilt. Unvermittelt setzte auch das ohrenbetäubende Geräusch eines Helikopters ein, der über das Haus brauste.

Wegener blieb ruhig sitzen. Er hatte plötzlich eine Pistole in der Hand. Wahrscheinlich hat er sie gezogen, als Tanner unwillkürlich einen Moment zur Decke geschaut hatte, weil der Helikopter über das Dach brauste.

Ich könnte dich jetzt erschießen.

Wegener stand langsam auf.

Oder ich könnte dich als Geisel nehmen.

Wegener ging langsam auf Tanner zu.

Soll ich dich als Geisel nehmen?

Tanner rührte sich nicht.

Wegeners Gesicht verzog sich zu einem hässlichen Grinsen.

Aber das ist mir alles zu mühsam. Geiseln nützen auf lange Zeit gesehen überhaupt nichts.

Wegener schnellte blitzschnell vor, schlug Tanner mit der Pistole auf den Kopf. Tanner konnte sich zum Glück etwas abdrehen, sodass der Schlag ihn nur mit halber Wucht traf. Er sah Blitze in seinen Augen, schüttelte sich benommen und musste sich einen Augenblick an die Wand lehnen. Er sah gerade noch, wie sich Wegener die Kellertreppe hinunterschwang. Da es stockdunkel war und Tanner vom Schlag benommen war, stolperte er mehr, als er ging, die Treppe hinunter und knallte wenige Meter danach unmittelbar gegen eine massive Metalltür, die vollkommen glatt war. Tanner hielt seine schmerzende Stirn und tastete nach einer Türklinke oder einem Schloss, fand aber nichts.

Von oben kamen laute Rufe und plötzlich wurde er vom Strahl starker Taschenlampen erfasst.

Er sah nichts mehr, so geblendet war er, und hob die Arme. Mehrere Hände packten ihn und pressten ihn brutal an die Metalltür und untersuchten ihn auf Waffen. Als man nichts fand, schleppte man ihn ziemlich unsanft die Treppe hoch und riss ihn ans Tageslicht auf den Platz vor dem Brockenhaus.

Tanner hörte Michel irgendetwas laut rufen.

Sofort wurde er losgelassen, und jetzt sah er die drei schwer maskierten Männer der Einsatzpolizei mit Helmen, Brillen, dunklen Gesichtsmasken, Schutzwesten und Maschinenpistolen im Anschlag.

Er winkte ihnen zu.

Danke, meine Herren, Sie haben mir aus einer brenzligen Situation geholfen.

Tanner hustete und musste sich gegen die Hauswand lehnen.

Der Wegener ist durch die Metalltür im Keller entwischt. Eine Art Fluchtgang wahrscheinlich.

Michel gab seine Anweisungen und schnäuzte sich gerade in eine seiner gewaltigen Windeln. Tanner ging auf ihn zu.

Mensch Michel, woher hast du gewusst, dass ich Hilfe brauche?

Hast du sie denn gebraucht?

Tanner nickte.

Ich glaube nicht, dass der Wegener mich freigelassen hätte. Ich weiß zwar nicht, was er vorhatte, aber er hat mir verdächtig bereitwillig Auskunft erteilt. Das bedeutet im Allgemeinen nichts Gutes. Du verstehst, was ich sagen will. Dann wollte er mich niederschlagen, hat aber nicht gut getroffen.

Du blutest ja.

Tanner griff sich an den Kopf.

Ach, das ist nur eine Platzwunde.

Michel nickte, wühlte in seiner Manteltasche und gab ihm eine saubere Windel.

Die Alte hat mir am Schluss der Protokollaufnahme ganz hämisch mitgeteilt, dass sie mit ihrem Telefonanruf nicht irgendwen benachrichtigt hätte, sondern Wegener persönlich, und da habe ich mir den Rest zusammenreimen können. Da bin ich sofort los und habe mir alles an Einsatzkräften geschnappt, was gerade greifbar war. Viele sind wir nicht, aber es hat auf jeden Fall gereicht, dich loszueisen.

Einen offiziellen Durchsuchungsbefehl habe ich auch nicht. Da aber berechtigter Verdacht auf Menschenraub bestand, äh … besteht, und du ja auch bedroht und niedergeschlagen wurdest, also, äh … das gibt mir einen gewissen Handlungsspielraum. Schauen wir also mal, wo der Wegener hin ist, oder? Weit kann er ja nicht sein.

Ich danke dir, Michel.

Er winkte ab und gab seinen Leuten ein Zeichen. Zwei holten schweres Gerät aus ihrem Mannschaftsbus. Die anderen versuchten, die Ausfallstraßen zu überwachen. Per Funkgerät informierte er die Besatzung des Helikopters.

Gut. Also, ungesehen kommt er hier nicht weg. So. Und wir öffnen jetzt die Fluchttür. Dann schauen wir mal, wo die hinführt.

Sie gingen gemeinsam ins Brockenhaus hinein.

Aus dem Keller hörte man laute, kreischende Maschinengeräusche. Nach einigen Augenblicken kam der Ruf von unten, dass die Tür passierbar sei.

Tanner und Michel stiegen die Treppe hinunter.

Hier, zieh die Weste an. Besser ist besser.

Tanner nickte und nahm die schusssichere Weste entgegen. Michel ging mit einer starken Taschenlampe voraus.

Drei Männer der Einsatztruppe waren bereits vorausgegangen und hatten per Zuruf gemeldet, dass der Durchgang gefahrlos passierbar sei.

Der Durchgang entpuppte sich als schmaler Tunnel, knapp anderthalb Meter breit und zweieinhalb Meter hoch. Die Decke war grob verputzt, die Wände auch. Im Zenit der Decke verlief ein Stromkabel von einer Schildkrötenlampe zur nächsten. Aber entweder war der Strom gekappt, oder die Leute von der Einsatztruppe hatten den Schalter noch nicht gefunden. Der Tunnel selbst stammte sicher aus der Zeit vor dem Zweiten Weltkrieg, schätzte Tanner.

Er war erstaunlich intakt und nur wenig feucht, was ihn am meisten verwunderte. Die Beleuchtung stammte sicher aus neuerer Zeit. Wenn das Gefühl nicht täuschte, so hatte der Tunnel ein leichtes Gefälle. Nach der Kellertreppe schätzte Tanner, dass der Gang etwa vier bis fünf Meter unter der Erde lag, nach etwa achtzig Metern zwischen sechs und sieben, dann machte der Tunnel eine langgestreckte Rechtskurve, nach weiteren fünfzig Metern verlief der Gang um eine Ecke nach links und erweiterte sich zu einem Raum, der durch eine massive Stahlwand mit einer Stahltür abgeschlossen war. Dort warteten die drei Männer von der Einsatztruppe.

Sie blickten fragend zu Michel. Man flüsterte jetzt.

Sollen wir das Türschloss sprengen?

Michel nickte.

Ja. Macht das.

Michel nahm Tanner am Arm.

Komm wir gehen zurück um die Ecke.

Die Männer nickten sich zu.

Tanner und Michel warteten hinter der Ecke auf die Explosion. Die beiden hielten sich die Ohren zu. Bald darauf gab es eine heftige Explosion.

Sie gingen zurück. Die Männer waren bereits damit beschäftigt, die schwere Stahltür aufzustoßen. Sie strahlten mit ihren starken Lampen in den nächsten Raum. Sie traten durch die offene Stahltür. Offensichtlich war der schmale Tunnel, den sie gerade hinter sich gelassen hatten, eine Verbindung zum großen unterirdischen System der ehemaligen militärischen Anlage.

Sie entfalteten einen Lageplan. Einer der Männer zeigte auf die Stelle, wo der schmale Tunnel in das größere Tunnel- und Kellersystem einmündete – also da, wo sie sich gerade befanden. Die Kegel der starken Lampen tasteten sich den Wänden und der Decke entlang. Wände und Decke im neuen Gang waren aus armiertem Beton. Unweit der aufgesprengten Stahltür entdeckte Michel einen Lichtschalter. Er drehte ihn. Helle Deckenlampen gleißten auf.

Laut Plan befanden sie sich jetzt im Haupttunnel, in dem auch Lastwagen ohne Probleme fahren konnte, breite Pneuspuren am Boden zeugten davon. In der Decke waren Entlüftungskanäle angebracht, die die Abgase wieder absaugten. Zu Kriegszeiten wurden hier laut Information von Michel vor allem Medikamente und spezielle Lebensmittel gelagert. Was die *Gemeinschaft* hier produzierte und abtransportierte, würde sich noch herausstellen.

Die Männer der Einsatztruppe gingen nun systematisch von einem Tor zum anderen, die – laut Grundrissplan – längs des Haupttunnels zu den ehemaligen Lagerräumen führten. Sie öffneten die schweren Tore und vergewisserten sich, ob Wegener oder sonst jemand in den Räumen war. Die ersten drei Hallen waren komplett leer. Als Michel zum vierten Tor hineinschaute, pfiff er durch die Zähne.

Tanner, schau dir das mal an.

Diese Halle war etwas kleiner als die anderen, die sie bisher gesehen hatten.

Denkst du auch, was ich denke?

Tanner nickte.

Wenn das kein Drogenlabor ist, fresse ich eine ganze Besenfabrik.

Michel tupfte mit seinem kleinen Finger in das weiße Pulver, das in großen Mengen in verschiedenen Behältern zur Verpackung oder zur Weiterverarbeitung bereitlag, schmeckte das Pulver in seinem Mund, spuckte es postwendend wieder aus und nickte energisch.

Ich werde keinen einzigen Besen fressen müssen. Es ist Koks. Und wenn ich mich nicht irre, vom Feinsten.

Tanner suchte an den anderen Tischen und wurde fündig.

Michel, jetzt weiß ich, warum die Grenzwachen nichts gefunden haben.

Er hielt mit beiden Händen einen rot eingefärbten Bauklotz hoch, etwa in der Größe eines Backsteins. Dann teilte er unvermittelt den Klotz und hatte in jeder Hand je eine Hälfte. Er drehte sie mit den gesägten Stirnseiten zu Michel.

Der schlug sich vor Überraschung auf die Stirn.

Ich werd verrückt, die verstecken das Koks in geschweißten kleinen Plastikbeuteln in den ausgehöhlten Bauklötzen.

Tanner nickte.

Dann kleben sie die Hälften wieder zusammen, und ab die Post. Das riecht mit Garantie kein Drogenhund.

Tanner roch am Holz.

Riech mal, das ist ein stark aromatisches Holz. Riecht gut. Weißt du, was das für ein Holz ist?

Michel roch daran und schüttelte den Kopf.

Keine Ahnung. Aber es ist ziemlich genial.

Einer der Polizisten kam in die Halle.

Kommt schnell. Wir haben etwas entdeckt.

Tanner und Michel folgten ihm in den Haupttunnel. Der Mann lief ihnen im Laufschritt voraus. Der Tunnel verlief jetzt in einer leichten Linkskurve, bis er zu Ende war. Es gab seitlich keine weiteren Türen oder Tore mehr. Zum Ende hin öffnete sich der Tunnel zu einer großen Halle, abgeschlossen durch eine mächtige Betonwand mit schweren Bunkertüren und Verladerampen. Da wurden früher die Vorräte angeliefert, und hinter den schweren Bunkertüren lagen offensichtlich die eigentlichen Lagerräume.

Es gab drei schwere Bunkertüren, die fest verschlossen waren. Eine rasche Sprengung war eindeutig ausgeschlossen. Die Polizisten standen nahe an den Bunkertüren und winkten Tanner und Michel. Die erklommen die Verladerampen. In jede Tür war eine Art großes Guckloch eingelassen. Tanner erinnerte es an die Gucklöcher bei einem Hochofen, den er mal gesehen hatte. Unglaublich dickes Spezialglas, das einen Durchblick zwar erlaubte, aber den Blick merkwürdig verzerrte. Damals beim Hochofen konnte man das Feuer beobachten, das einen an die kindlichen Vorstellungen von Hölle gemahnte. Die Polizisten gaben stumm die Fenster frei.

Tanner guckte durch eines der Fenster. Zuerst sah er gar nichts, nur eine Art schimmernde Helligkeit, wie unter Wasser. Dann schärften sich langsam die Konturen, und er fuhr zusammen. Jetzt sah er sie, die Menschen. Der Raum war voll von ihnen. Die Guckfester erlaubten keine Übersicht über den ganzen Raum, da sich aber die Männer, Frauen und Jugendliche permanent bewegten, hatte er schon den Eindruck, dass im Raum sehr viele Menschen waren. Wahrscheinlich die gesamte *Gemeinschaft.* Kein Wunder, dass er im Dorf keine einzige Seele angetroffen hatte.

Michel kam zu ihm.

Verstehst du, was die da machen?

Tanner schüttelte den Kopf.

Noch nicht.

Michel ging wieder zurück an seine Tür. Die drei Polizisten wechselten sich an der dritten Tür mit Beobachten ab.

Die Personen im Raum bewegten sich wie nach einem bestehenden Muster, dessen Gesetzmäßigkeit sich aber dem Betrachter nicht entschlüsselte. Die Gesichter, egal ob jung oder alt, wirkten bei allen gleichermaßen ausdruckslos, wie abgestellt, aber absolut ruhig. Die ruhige Sicherheit ihrer Bewegungen ließ an Trance denken.

Obwohl viele Personen auf relativ engem Raum ständig in Bewegung waren, konnte Tanner keinen einzigen Körperkontakt oder gar einen Zusammenstoß beobachten. Auch die Augen suchten offenbar kein Gegenüber und schienen eher auf Objekte in einer anderen Welt gerichtet zu sein. Je länger Tanner guckte, desto unheimlicher wurde es ihm. Was am Anfang wie ein esoterisch angehauchtes Aufwärmtraining aussah, wurde immer mehr zum Bild einer Massenhypnose oder gar einer Massenpsychose. Einzelne Personen, vor allem die älteren unter ihnen, verlangsamten jetzt ihre Schritte, einige schwankten sogar, ließen sich nach einer Weile auf den Boden sinken. Soweit Tanner es sehen konnte, hatten sie die Augen aber immer noch geöffnet.

Was ging hier vor? Und wo war Wegener?

Tanner trat zurück und prüfte noch einmal die Lage der Wand und die schweren Bunkertüren. Eines war klar: von dieser Seite gab es keinerlei Möglichkeiten, in den Raum vorzudringen. Tanner ging zu Michel.

Was hältst du davon?

Michel zuckte mit den Schultern.

Mir kommt das Spanisch vor, muss ich sagen. Sind die betäubt oder was? Machen die das freiwillig?

Ich weiß es auch nicht, aber ich habe kein gutes Gefühl.

Ich gehe jetzt mit den drei Männern zurück und suche einen Zugang von der anderen Seite her, denn von der Seite haben wir überhaupt keine Chance. Draußen rufe ich den Polizeipräsidenten an und löse Großalarm aus. Am besten wäre, er käme persönlich her und würde den Staatsanwalt auch gleich mitbringen.

Tanner nickte.

Bestelle auch gleich Sanitätspersonal und Ärzte.

Tanner deutete in den Raum hinein.

Wenn wir da überhaupt rechtzeitig reinkommen, brauchen wir ganz bestimmt medizinische Unterstützung.

Tanner guckte auf sein Telefon.

Hier unten gibt es keinen Empfang. Ich brauche einen Boten, falls etwas Entscheidendes passiert. Ich halte hier vorläufig die Stellung.

Michel ging mit den drei Männern den Weg zurück.

In dem Raum legten sich immer mehr Personen auf den Boden. Soweit Tanner durch den beengten Ausschnitt blicken konnte, legten sich die Frauen und Männer ganz dicht nebeneinander. Ohne dass sie sichtlich miteinander kommunizierten. Es geschah offensichtlich wie in Trance. Oder es gab Anweisungen, die man diesseits durch die dicken Mauern nicht hören konnte. Es waren Personen ganz verschiedenen Alters. Kinder waren keine zu sehen. Tanner ging zu den beiden anderen Guckfenstern, er sah dasselbe. Die Menschen bedeckten mittlerweile im überblickbaren Raum den ganzen Boden. Es waren sicherlich weit über hundert Personen, die er durch die drei Fenster sehen konnte. Sie bildeten jetzt eine Art menschlichen Teppich. Wo waren die Kinder? Er wusste es von Laras Bericht, dass es in der *Gemeinschaft* auch Kinder gab. Den alten Messmer konnte Tanner auch nicht sehen, aber das bedeutete wahrscheinlich nichts, da er nicht den gesamten Raum einsehen konnte. Frau Messmer war ja auf dem Präsidium festgehalten worden.

Plötzlich hörte Tanner aus der Tiefe des Tunnels schnelle Schritte. Es war Lara, die komplett außer Atem bei Tanner ankam.

Michel schickt mich. Mein Gott, was geschieht denn hier?

Sie schaute durch eines der Gucklöcher.

Nach einer Weile wandte sie sich ab.

Mein Gott, mein Gott! Spielen die Weltuntergang?

Tanner blickte sie fragend an.

Wie meinst du das?

Die glauben doch, dass die Welt bald untergeht. Und zwar auf Befehl von Gott, da die Welt ein einziges Sündenbabel ist.

Haben die dir das an der Führung erzählt?

Sie schüttelte energisch den Kopf.

Nein, nein. Das hat mir diese Frau flüsternd erzählt. Sie wusste es von dieser Bekannten, die aus der *Gemeinschaft* ausgetreten war. Und das Ende sei nahe, hätten die behauptet.

Tanner erschrak.

Und Wegener ist in ihren Augen wahrscheinlich der Auserwählte, der die Zeichen empfängt, respektive der, der die Zeichen als einziger deuten kann, wenn der Weltuntergang bevorsteht. Und wenn *er* sagt, dass der Augenblick gekommen ist, dann …

Tanner fuhr sich mit beiden Händen durch die Haare.

Verdammt, du könntest recht haben. Für Wegener geht ja heute irgendwie die Welt unter. Also befiehlt er seiner *Gemeinschaft* den Weltuntergang. Und die …

Er zeigte in Richtung der Guckfenster.

… folgen ihm hörig wie die Schafe.

Lara nickte. Sie war einem Heulkrampf nahe, das war deutlich zu sehen.

Aber was hat er vor? Ich meine, wie werden denn die Leute …?

Lara begann zu zittern.

Du meinst, wie sie sterben werden?

Tanner schaute wieder durch das Fenster.

Ja, wenn ich das wüsste. Irgendeine Teufelei wird Wegener für diese Stunde ganz sicher vorbereitet haben, davon können wir ausgehen.

Siedend heiß durchfuhr es Tanner in diesem Augenblick. Was hatte Wegener ihm über die Salamander erzählt?

… der Salamander soll als eines der vier Elementarwesen auch im Feuer leben können … im Feuer leben heißt, rein zu sein … sich befreit zu haben.

Tanner wurde weiß im Gesicht, lehnte sich schwer an die Wand und sprach tonlos.

Ich glaube, ich weiß, was er vorhat.

Lara blickte an Tanner vorbei durch das Guckfenster und begann zu schreien. Er packte sie an den Schultern und riss sie vom Fenster weg. Sie brach zusammen und fiel auf ihre Knie. Tanner blickte durch das Fenster.

Da sah er ihn.

Er war in eine Art blauen Priesterrock gewandet, bei dem vom unteren Saum her stilisierte Feuerflammen oder Sonnenstrahlen emporzüngelten, und er schritt durch die Reihen der Liegenden und übergoss die am Boden Liegenden aus einem Kanister mit Flüssigkeit. Seine Lippen bewegten sich.

Komm, Lara, wir müssen sofort nach oben.

Er riss sie brutal hoch, nahm ihre Hand und zog sie hinter sich her.

Weißt du, wo Michel ist?

Er war bei seinem Auto und telefonierte mit der Zentrale.

Sie hatten jetzt den schmalen Zugangstunnel erreicht. Tanner nahm ihr die Lampe aus der Hand und ging im Eilschritt voraus.

Als sie aus dem Brockenhaus auf den Platz kamen, sahen sie niemanden. Tanner wählte sofort Michels Nummer.

Michel! Ich weiß jetzt, was Wegener vorhat. Wo bist du? Wir müssen uns sofort treffen, auch mit dem Leiter der Einsatztruppe. Wir brauchen dringend den Plan der Anlage.

Tanner lauschte schwer atmend ins Telefon.

Gut. Beim Wäldchen. Beeilt euch.

Tanner nahm Lara wieder bei der Hand. Sie rannten los.

Als sie fast beim Wäldchen ankamen, sahen sie den Einsatzwagen in höchstem Tempo heranbrausen. Gleichzeitig erreichten sie den Ausgang des Birkenwaldes.

Der Einsatzleiter und Michel kletterten aus dem Auto. Der Einsatzleiter stellte sich knapp als Brunner vor und entfaltete gleich den Plan der Anlage. Tanner erklärte in raschen Worten die Lage.

Wie weit seid ihr mit dem Öffnen von anderen Zugängen?

Es ist schwierig, aber wir haben es wahrscheinlich bald geschafft.

Tanner schüttelte den Kopf und suchte etwas auf der Karte. Als er es gefunden hatte, zeigte er mit dem Finger auf eine bestimmte Stelle.

Vergesst die Eingänge. Brunner, wissen Sie, was das ist?

Brunner beugte sich über den Plan.

Wenn mich nicht alles täuscht, ist das eine Art Löschanlage. Wahrscheinlich eine ziemlich vorsintflutliche.

Tanner winkte ab.

Das ist egal. Diese Anlage ist unsere letzte Hoffnung. Es wird nicht mehr lange dauern, dann nimmt die Katastrophe ihren Lauf. Wo ist die Wassereinspeisung für diese Löschanlage? Wegener wird sie sicher ausgeschaltet oder die Leitung gekappt haben. Davon gehe ich aus. Er hat sicher alles aufs Genaueste vorgeplant. Ihr müsst die Stelle finden und sofort einschalten oder irgendwie überbrücken. Schaffen Sie das mit Ihren Männern?

Brunner nickte. Er zeigte auf den Plan.

Hier ist die Einspeisung, da bei diesem Reservoir. Wir können nur hoffen, dass Wasser drin ist, sonst Gnade uns Gott. Ich gehe sofort mit meinen Männern dahin und versuche das Möglichste. Ich lasse aber einen Teil der Männer weiter an den Eingängen arbeiten, denn vielleicht ist die gekappte Stelle der Löschanlage unterirdisch.

Dann wandte er sich an Michel.

Alarmieren Sie die Feuerwehr. Die sollen sofort mit allem Wasser kommen, das sie gerade haben, ich meine, für den Fall, dass das Reservoir leer ist. Wir müssen auf Nummer sicher gehen.

Dann wandte er sich an Tanner.

Falls wir die Zuleitung öffnen können und falls überhaupt Wasser da ist, sollen wir die Anlage sofort in Betrieb nehmen?

Nein, ich gebe euch ein Zeichen.

Er deutete auf Lara.

Gebt ihr ein Funkgerät. Ich werde in den Tunnel gehen und Lara das Zeichen geben, und sie wird euch alarmieren.

Sie schauten sich an.

Ihr wisst, dass das unsere letzte Chance ist.

Alle nickten entschlossen.

Brunner holte aus dem Fahrzeug ein Funkgerät und überreichte es Laura. Dann gab er über sein Funkgerät seinen Leuten Anweisungen.

Tanner wandte sich an Michel.

Hast du den Polizeipräsident erreicht?

Ja, er ist unterwegs und bringt alle Verstärkung mit, die wir brauchen. Er alarmiert auch die umliegenden Spitäler.

Hoffentlich ist es nicht zu spät. Brunner, machen Sie es gut. Sie sind unsere einzige Chance.

Brunner salutierte, rannte zum Auto und fuhr los.

Michel telefonierte bereits mit der Feuerwehr.

Tanner nahm Lara am Arm und schüttelte sie. Sie war nahe an einem Nervenzusammenbruch.

Lara, nimm dich zusammen. Ich brauche dich. Komm!

Sie nickte, wischte sich die Augen.

Sie stürmten los, zurück ins Brockenhaus, zurück in den Tunnel.

Als sie wieder an den Guckfenstern waren, sahen sie, dass Wegener bald sämtliche Körper mit Benzin übergossen hatte.

Tanner schlug verzweifelt mit der Faust an das Guckfenster.

Hoffentlich schaffen die das.

Brunner schien ein sehr erfahrener Mann zu sein, aber zaubern konnte er auch nicht. Es hing ganz davon ab, wie weit Wegener die Löschanlage zerstört hatte und wie weit Brunner und seine Leute in der Lage waren, sie in kurzer Zeit wieder funktionstüchtig zu machen.

Tanner nahm die schwere Stablampe und schlug gegen das Fenster. Vielleicht hörte Wegener ihn. Vielleicht könnte er so Zeit gewinnen.

Aber Wegener reagierte nicht oder ließ sich nicht in seiner Tätigkeit stören. Tanner legte sein Ohr an die dicke Scheibe. Er lauschte eine Weile. Er glaubte, Musik zu hören.

Ich glaube, da läuft Musik. Vielleicht bilde ich mir das aber auch nur ein.

Lara lauschte auch.

Sie schüttelte den Kopf.

Ich höre nichts. Aber möglich wäre es schon. Ich weiß von meiner Informantin, dass Musik bei allen ihren Veranstaltungen eine ganz wichtige Rolle spielt.

Tanner guckte wieder durch die Scheibe.

Wegener ist verschwunden. Ich kann ihn nicht sehen.

Er schubste Lara.

Geh an die andere Tür.

Er selber ging an die dritte.

Siehst du ihn?

Nein.

Ich auch nicht. Wo steckt er nur?

Lara wechselte wieder an die mittlere Tür und starrte ins Guckloch, mit beiden Händen als seitliche Blenddeckung am Gesicht. Plötzlich schrie sie auf und fiel nach hinten auf den Boden. Sie zeigte mit Entsetzen auf das Guckloch.

Tanner rannte hin und blickte durch das Fenster. Er sah nichts.

Er wandte sich fragend an Lara, die immer noch auf dem Boden saß und mit ausgestrecktem Finger auf das Fenster zeigte. Sie konnte offenbar nicht sprechen. Er wandte sich wieder dem Fenster zu.

Plötzlich schoss auf der anderen Seite des Fensters, von unten her, das Gesicht Wegeners ins Blickfeld. Tanner erschrak. Dieses fast alterslose Gesicht, in dessen Ausdruck Tanner schon einmal in einem kurzen Augenblick einen Anflug von Wahnsinn gesehen hatte, war eigenartig verklärt. Es war nicht etwa zu einer Fratze verzerrt, es war eher eine Art schrecklich anzusehende Glückseligkeit in seinem Gesicht, die in keinem Verhältnis zu der Tat stand, die er offensichtlich in wenigen Augenblicken auszuführen gedachte. Es war der Ausdruck einer verklärten Glückseligkeit, der nicht von dieser Welt war. Unwillkürlich musste Tanner an mittelalterliche Darstellungen von geschundenen Märtyrern denken, die ihn als Kind bis in den Schlaf verfolgt hatten. Tanner hielt mit aller Kraft diesem Blick stand.

Dann fing der Mund an zu sprechen. Offensichtlich formulierte Wegener das, was er sagen wollte, sehr langsam und mit deutlichen Lippenbewegungen, so wie man zu einem Kind oder zu einem Gehörlosen sprach, sodass der eine Chance hatte, die Lippen zu lesen. Aber Tanner konnte nicht Lippen lesen. Er verstand die Botschaft beim besten Willen nicht. Bei *einer* bestimmten Mundbewegung, die Wegener mehrmals wiederholte, glaubte er das Wort «Jean» zu *sehen,* aber sicher war er sich nicht. Er riss sich vom Blick los und legte sein Ohr an die kalte Scheibe, aber er hörte nichts. Dafür glaubte er wieder Musik zu hören. Und diesmal erkannte er sogar eine Melodie, auch wenn er sich nicht sicher war.

Wegener hörte auf zu sprechen. Panisch begann Tanner jetzt selbst auf dieselbe übertriebene Art zu sprechen, in der Hoffung, er könnte Zeit herausschinden. Lebensnotwendige Zeit. Zuerst sprach er aus Not und Aufregung völligen Unsinn, dann begann er, ohne zu überlegen warum, von seiner Begegnung mit Jean zu sprechen. Auch wiederholte er mehrere Male den Namen Jean, das einzige Wort, das er in Wegeners Rede zu verstehen geglaubt hatte.

Wegener hörte ihm auch einen Augenblick zu, dann aber war es, als kapiere er Tanners Absicht, und sein Gesicht verzog sich zu einem schrecklichen Grinsen. Er entfernte sich vom Fenster, winkte mit der Hand wie zu einem fröhlichen Abschied, machte zum Abschluss das Victoryzeichen und wandte sich dann wieder den am Boden Liegenden zu. Er ging von einem zum anderen, als würde er sich von allen persönlich verabschieden.

Tanner lehnte sich erschöpft an die Wand. Lara kroch zu ihm.

Du hast versucht, was du konntest.

Tanner keuchte.

Ich glaube, wir werden verlieren. Es kann sich nur noch um

wenige Minuten handeln. Du gehst jetzt zum Tunnel zurück. Das Zeichen wird sein, wenn ich das Licht im Haupttunnel lösche, dann rennst du los und gibst das Zeichen per Funk weiter. Und dann …

Er unterbrach sich und schaute auf den Boden.

Ja, dann können wir nur noch beten.

Sie umarmten sich heftig, und sie ging los. Er schaute ihr nach, bis ihre schlanke Gestalt verschwunden war.

Er wandte sich wieder zum Fenster. Wegener war aus dem Blickfeld verschwunden. Tanner rannte von einem Fenster zum anderen. Er sah Wegener nicht, nur den mit Benzin durchtränkten menschlichen Teppich, der in wenigen Augenblicken lichterloh brennen würde, wenn nicht ein Wunder geschehen würde.

Tanner überkam ein Gefühl der Einsamkeit und der Hilflosigkeit, wie er es vielleicht noch nie so stark empfunden hatte. Tränen liefen ihm über die Wangen. Er konnte den Blick nicht von den vielen Menschen abwenden, die geduldig und ruhig am Boden liegend den Tod erwarteten, eingehüllt in scharfe Benzindämpfe, der unglaublichen Schmerzen gewiss, die auf sie alle warteten. Man konnte für sie nur hoffen, dass sie schnell erstickten, bevor sie das Verbrennen ihres Fleisches fühlten.

Wo waren die Kinder? Hoffentlich nicht auch im Raum. Hoffentlich nicht die Kinder.

Tanner konnte nur noch diesen Gedanken denken.

Bitte nicht die Kinder.

In diesem Augenblick flammte wie in einem einzigen explosiven Moment der ganze lebende Teppich auf. Tanner musste vor Schreck unwillkürlich die Augen schließen. Dann riss er sie wieder auf und hechtete zum Lichtschalter. Im Tunnel wurde es schlagartig dunkel.

Dann zwang er sich, wieder durch das Fenster zu schauen. In dem Raum herrschte ein flammendes Inferno. Die Luft des Raumes war wahrscheinlich so stark mit Benzindämpfen gesättigt, dass es schien, als brenne die Luft.

Tanner schloss die Augen.

Wenn jetzt in den nächsten Sekunden nichts passierte, waren die Menschen rettungslos verloren.

Tanner holte tief Luft und zwang sich, die Augen zu öffnen.

Er starrte in die Flammen. Und da sah er es. Es begann zu regnen. Und es wurde schnell mehr.

Es gelang dem Wasser tatsächlich, die Flammen sehr schnell niederzuringen. Tanner sah jetzt nichts mehr. Es herrschte dichter Nebel im Raum.

In diesem Moment ging im Tunnel wieder das Licht an und Tanner hörte die schnellen Schritte von Lara. Er drehte sich um, und sie warf sich schluchzend in seine Arme.

Wir haben es geschafft! Wir haben es geschafft! Mein Gott!

Tanner löste sich und blickte durch das Fenster. Der Nebel begann sich zu lösen.

Schau mal.

Tanner und Lara guckten durch dasselbe Fenster. Wange an Wange.

Mitten im Raum stand Wegener wie eine Statue in seinem blauen Priestergewand, sein Gesicht war vor Zorn verzerrt. Hinter ihm tauchte in diesem Augenblick eine schwankende Gestalt auf. Sie hielt einen Arm ausgestreckt, der auf Wegener zeigte. Als die Gestalt noch näher kam, erkannte Tanner den alten Messmer. In seiner Hand hielt er einen großen Revolver.

Oh, Gott, woher kommt denn der alte Messmer?

Tanner keuchte.

Er ist ja blind.

Wegener drehte sich um und sah den Alten. Offensichtlich begann Wegener zu schreien, das konnte man seiner Körpersprache ansehen. Der Alte verschwand für Tanner und Lara hinter der großen Gestalt Wegeners.

In diesem Augenblick überstürzten sich die Ereignisse. Dann war eine mächtige Explosion zu hören, vielmehr zu spüren. Die Erde zitterte und erbebte. Lara klammerte sich an Tanner.

Was geschieht hier, Tanner?

Ich denke, die haben einen Zugang gesprengt und …

In diesem Moment brach Wegener in Zeitlupe zusammen. Gleichzeitig wurde der alte Messmer wieder sichtbar. Er hielt seinen rauchenden Revolver in der Hand. Die Augen hatte er geschlossen. Er hatte offensichtlich nur per Gehör gezielt. Und er hatte getroffen. Die Menschen am Boden bewegten sich zuckend, versuchten sich aufzurichten. Von der Decke regnete es immer noch in Strömen.

Tanner und Lara sahen sich an. Beide hatten Tränen in den Augen.

Komm, wir gehen nach oben.

Sie nickte.

Mitten auf dem Weg durch den Tunnel hielt Lara ihn plötzlich am Arm fest. Tanner drehte sich um.

Was ist?

Sag mir die Wahrheit. Ermittelt ihr gegen Stucki?

Tanner lehnte sich gegen die Wand.

Gegenfrage: Gehörst du eigentlich noch zu Michels Team?

Sie ignorierte die Frage.

Stucki möchte dringend mit dir reden. Von sich aus. Ich glaube, etwas Quälendes belastet seine Seele.

Will er ein Geständnis ablegen?

Sie schlug die Hände vors Gesicht.

Oh Gott. Steht es so schlimm?

Lara, ich sage dir jetzt die Wahrheit. Wir haben seine Fingerabdrücke auf dem Gemeindebuch gefunden, und seine Eintragungen im Buch sind spurlos verschwunden.

Ist das ein Verbrechen?

Nein. Aber warum geht er in derselben Nacht, als sich Rorschacher erhängte, ins Pfarrhaus und lässt seine Eintragung verschwinden? Was steht denn da so Schreckliches? Weißt du etwas davon?

Sie schüttelte energisch den Kopf.

Wirst du fair sein?

Tanner nickte.

Wir gehen jetzt nach oben. Danach gehe ich zu Stucki. Allein.

Oben wurden sie von Michel und Brunner empfangen. Man umarmte sich stürmisch. Das war nicht eigentlich üblich nach solchen Einsätzen, aber hier war es etwas anderes.

Michel berichtete, dass einige Mitglieder der *Gemeinschaft* Verbrennungen erlitten hätten, aber zum Glück nur leichte. Trotzdem würden alle ohne Ausnahme in verschiedene Kliniken zur Beobachtung kommen. Die meisten stünden unter Schock, und es sei nicht klar, ob sie geschockt waren, weil sie noch lebten oder weil sie beinahe gestorben wären. Im Vorfeld hatte Wegener ihnen wohl eine Droge verabreicht, aber es gab bis zum jetzigen Zeitpunkt keine greifbaren Erkenntnisse darüber, ob die Mitglieder der *Gemeinschaft* sie freiwillig eingenommen hatten. Und was heißt schon freiwillig?

Die insgesamt fünfzehn verängstigten Kinder der *Gemeinschaft* seien im Keller des sogenannten Tempels gefunden worden. Sie seien dort ohne Getränke oder Nahrungsmittel eingeschlossen worden. Sie hätten sich alle bei den Händen gehalten. Ihre Notdurft hätten sie in einer Ecke erledigt. Die kleineren Kinder schliefen zum Teil in den Armen der Älteren. Dies berichtete Brunner, der, obwohl ziemlich abgebrüht, ergriffen schien. Auch sie kämen alle gemeinsam in eine Kinderklinik und würden psychologisch betreut. Lara solle sich um die reibungslosen Transporte kümmern, schlug Tanner vor. Michel war einverstanden. Als Lara außer Hörweite war, klärte ihn Tanner über das Gespräch mit Lara auf.

Ich werde jetzt sofort zu Stucki gehen. Das heißt, wenn du einverstanden bist, Michel.

Er nickte.

Der blinde Messmer war natürlich verhaftet worden, kam aber vorerst auch in ein Spital, da er hohes Fieber und eine Lungenentzündung hatte. Bevor ihn die Ambulanz ins Spital fuhr, ging Tanner zu ihm. Messmer fragte ihn, ob Wegener denn auch tot sei.

Ja, Wegener ist tot.

Ganz und gar?

Ja.

Messmer lächelte und schloss die Augen.

Dann ist es ja gut.

Messmers Augen blickten ins Leere, und um seinen Mund spielte ein seliges Lächeln.

Messmer, warum haben Sie das getan?

Irgendjemand musste es doch tun, oder nicht? Ich bin sehr glücklich, dass ich es getan habe.

Tanner drückte ihm die Hand.

SIEBENUNDZWANZIG

Stucki saß allein in der Küche und war scheinbar ganz in die Betrachtung zweier Fliegen vertieft, die sich vor ihm auf dem Tisch niedergelassen hatten. Daneben lagen die beiden herausgetrennten Seiten aus dem Gemeindebuch, das konnte Tanner sofort erkennen.

Stucki bewegte sich auch nicht, als Tanner sich zu ihm an den Tisch setzte. Er fing ohne Einleitung zu reden an.

Ich hätte allen Grund gehabt, ihn zu töten.

Gibt es denn überhaupt einen Grund, einen Menschen zu töten? Du bist doch katholisch, Stucki. Sagt Gott nicht, ER ist die Rache!

Es gibt keinen Gott. Nicht, seit meine Ruth tot ist.

Was hat Rorschacher damit zu tun?

Er hat ihr nachgestellt.

Nachgestellt? Kannst du das etwas präzisieren?

Stucki würgte offenbar an einem Wort herum, das ihm nur schwer über die Lippen wollte.

Er hat sie, äh … verführt.

Tanner war jetzt brutal.

Du meinst, deine Ruth hatte ein Verhältnis mit ihm?

Stucki nickte und verbarg sein Gesicht in seinen Händen.

Dazu braucht es bekanntlich zwei.

Stucki schluchzte auf.

Hat sie sich deswegen umgebracht?

Stucki zuckte mit den Schultern.

Ihr Leben war danach ganz durcheinander, und sie wurde ernsthaft krank. Depressiv. Ihre Depression hat sie in den Tod getrieben. Ich gab damals trotzdem Rorschacher die Schuld. Ich wollte ihn umbringen.

Warum hast du es nicht getan?

Wegen Ruthli. Ich wollte sie nicht allein lassen.

Gut. Das kann ich verstehen. Ruthli braucht dich.

Tanner schwieg eine Weile.

Und warum bist du dann nachts zu Rorschacher?

Das erste Mal blickte Stucki hoch und schaute Tanner direkt in die Augen.

Ich wollte Rorschacher zwingen, die Seiten von Karst herauszurücken. Ich fand, es war an der Zeit, dass die Wahrheit ans Licht kommt.

Die Wahrheit. So, so. Hast du nicht eher gedacht: Jetzt ist die Gelegenheit günstig. Jetzt könnte ich ihn umbringen und es als Selbstmord tarnen?

Stucki schaute ihn an.

Wie stellst du dir das bei einem Kaliber wie dem Rorschacher vor? Habt ihr Kampfspuren gefunden? Glaubst du, ein Rorschacher lässt sich einfach so aufhängen?

Vielleicht hast du ihn vorher irgendwie betäubt? Es gibt Methoden, so was zu tun, ohne Spuren zu hinterlassen.

Also stehe ich unter Mordverdacht?

Sie schwiegen beide eine Weile.

Wie bist du denn ins Pfarrhaus gekommen?

Rorschacher hat nie abgeschlossen gehabt. Das wusste jeder.

Wie spät war es, als du ins Pfarrhaus gegangen bist?

Es war gerade vier Uhr morgens vorbei. Ich hatte die ganze Nacht wach gelegen. Ich habe die ganze, lange Nacht die Kirchenuhr schlagen hören, und als sie vier Uhr geschlagen hat, habe ich mich entschlossen zu gehen. Ich habe Ruthli noch zugedeckt und bin gegangen.

Tanner musste kurz an die große Uhr der Kathedrale denken, die er an diesem Tag so eindrücklich hatte schlagen hören.

Du hast natürlich keinen Zeugen, nehme ich an?

Nein. Ich glaube nicht, dass mich jemand um die Uhrzeit gesehen hatte.

Und. Hatte er sich da bereits erhängt?

Ja. Da hing er schon.

Lebte er noch?

Nein.

Sie schwiegen wieder.

Warum hast du ihm die Kleider ausgezogen?

Stucki schreckte hoch.

Woher weißt du …?

Ich wusste es nicht. Also? Warum hast du es getan?

Stucki stockte.

Ich wollte ihn … beschämen … lächerlich machen.

Tanner schwieg.

Dann habe ich die Seiten über Karst gesucht, aber nicht gefunden, wie du weißt.

Und wieso hast du deine eigenen herausgerissen? Was war so schlimm, dass wir es nicht erfahren sollten?

Stucki stockte wieder.

Deine Vergangenheit in Afrika?

Stucki starrte Tanner verzweifelt an.

Das weißt du auch?

Jetzt wurde Tanner wütend.

Weil ich zwei und zwei zusammenzählen kann. Du verdammter Idiot. Es gab eine Nacht, in der du mit den beiden Wegeners warst. Ihr habt gestritten. Es gab einen Zeugen.

Stucki schnaubte.

Die verfluchte Hexe.

Tanner musste Stucki insgeheim recht geben, ließ sich aber nicht beirren.

Ich wusste also, dass es einen Zusammenhang zwischen euch dreien gab. Zumal ich in Ruthlis Schatzkiste das Hochzeitsgeschenk für deine Frau gesehen habe. Da war mir klar, dass du diese kostbare Spange sicher nicht in einer Boutique gekauft hast. Eine kleine Recherche hat dann den Rest ergeben. Ich fass es mal so zusammen: Du hattest keine besonders schöne Jugendzeit gehabt und dich in deiner Ausweglosigkeit in die französische Fremdenlegion geflüchtet. Stimmts?

Stucki nickte.

Ja, so kann man es zusammenfassen.

Er lachte bitter.

Du hast in Afrika gekämpft und bist den Gebrüdern Wegener begegnet. Und dann? Den Rest musst du jetzt schon selbst erzählen.

Das ist schnell erzählt. Sie haben mich aus der Legion freigekauft.

Tanner runzelte die Stirn.

Geht das? So was habe ich noch nie gehört.

Die Wegeners konnten das. Die waren große Nummern dort.

Und was war der Preis? Ich meine für dich?

Ich habe noch drei Jahre für sie gearbeitet.

Tanner schaute ihn an.

Und? Was hast du für sie gemacht?

Ich habe für die gekocht, denn ich hatte geschworen, nie mehr eine Waffe in die Hand zu nehmen.

Willst du mich hochnehmen?

Nein. Ich schwör es dir. Ich hatte in der Legion kochen gelernt. Ich war ja erst mal zu jung zum Kämpfen, verstehst du?

Tanner deutete auf die handschriftlichen Seiten, die auf dem Tisch lagen.

Und das alles steht hier drin?

Ungefähr. Vor allem über die Legion und Afrika.

Und warum durften wir das nicht wissen?

Ich wollte nicht, dass ihr von meiner Vergangenheit mit den Wegeners erfahrt.

Um was ging es denn in der Nacht, als du mit den beiden in der Studierstube warst?

Da ging es um Ruth. Ich hatte Rorschacher gedroht, ihn umzubringen, wenn er meine Ruth nicht in Ruhe lassen würde.

Und was hatte der Wegener damit zu tun?

Er versuchte zu vermitteln.

Wie bitte? Machst du Witze?

Tanner schaute ganz ungläubig.

Nein, sicher nicht. Wegener wollte nicht, dass das Gleichgewicht unter den Mitwissern ins Wanken kam. Verstehst du? Es gab zu viele am Ort, die Bescheid wussten. Das Ganze funktionierte nur, wenn jeder ruhig seinen Geschäften nachging. Es war eine Art Gleichgewicht des Wissens und Schweigens.

Tanner nickte.

Wusstest du denn von Wegeners Drogengeschäften?

Drogen? Die verfluchte Saubande! Nein, davon hatte ich keine Ahnung. Es gab Gerüchte über Waffengeschäfte, aber mehr wusste ich nicht. Das Geschäft mit den Kinderspielsachen und Kindergarteneinrichtungen lief ja ganz ausgezeichnet. Die hatten schon allein deswegen volle Kassen. Der ganze religiöse Krimskrams interessierte mich überhaupt nicht, und das mit dieser Maschine habe ich immer schon für eine freche Augenwischerei gehalten. Darüber haben wir hier nur gelacht. Ansonsten haben die ihr Leben gelebt und wir hier unseres. Es gab keine Verbindung. Man hat sich nicht einmal im Alltag gesehen. Die *Gemeinschaft* lebte vollkommen autark. Sie kamen nie ins Dorf, und von hier ging niemand zu ihnen. Die hätten auf einem anderen Planeten leben können, es hätte nichts geändert.

Tanner schwieg.

Stucki wischte mit einer Handbewegung die Fliegen vom Tisch.

Tanner stand auf.

Ein Letztes noch: Warum wurde der alte Karst umgebracht? Wegener wollte es mir sagen, aber dann kam die Polizei.

Karst war ein ausgemachter Feigling und Sauhund. Er hatte damals in Afrika unter dem Schutz der beiden Wegeners nacheinander sieben junge Frauen aus dem gleichen Dorf geschwängert. Die Männer des Dorfes hatten einen auserwählt, der die Rache vollziehen sollte. Aber Karst war längst aus Afrika heraus, und die wussten nicht, wo sie ihn suchen sollten. Als die Wegeners genug von den Erpressungsversuchen Karsts hatten, gab der Wegener dann über seine Kanäle in Afrika Bescheid. Der Mann ist angereist, hat eine Weile in der *Gemeinschaft* gelebt und in einer Nacht- und Nebelaktion die Rache vollzogen. Wahrscheinlich haben sie ihn sogar hingefahren.

Stucki lachte bitter.

Dann wurde er schleunigst wieder außer Landes gebracht. Und die Wegeners waren ihr Problem elegant los. Keiner kannte die Zusammenhänge, die Polizei stocherte im Dunkeln und stolperte in der Irre herum und legte den Fall schließlich ad acta. Es war absolut lächerlich. So einfach ist das, wenn man Macht hat.

Tanner nickte.

Und du? Wusstest du das die ganze Zeit?

Wissen? Nein. Aber ich wusste einiges, und auch ich kann zwei und zwei zusammenzählen, nicht nur du.

Tanner nickte immer noch.

Gut, Stucki. Ich gehe jetzt. Du wirst das alles unserem Michel zu Protokoll geben. Vielleicht glaubt er dir. Vielleicht wird dir der Prozess gemacht. Ich weiß es nicht.

Tanner wandte sich noch einmal um.

Ach ja, wahrscheinlich wird er dich dann auch noch fragen, was du mit den Kleidern vom Rorschacher gemacht hast …

Und du, Tanner, was glaubst du?

Ich glaube auch an keinen Gott. Aber ich möchte gerne an eine gute Zukunft für dein Ruthli glauben. Gute Nacht.

Tanner ging raus und ließ die Tür gleich offen, denn wenn ihn nicht alles täuschte, hatte er Lara hinter ein Gebüsch huschen sehen. Wahrscheinlich hatte sie gelauscht.

Tanner lächelte.

Auch gut.

Plötzlich war ihm ganz fröhlich zumute. Die letzten Schritte zu seinem Auto verwandelten sich geradezu in übermütige Tanzschritte.

EPILOG

Am anderen Morgen – es war Sonntag, und es schneite schon wieder – blieb Tanner ungewöhnlich lange im Bett. Hätte gegen elf Uhr nicht Michel seinen Besuch telefonisch angekündet, wäre er den ganzen Tag nicht aufgestanden. Er fühlte sich am ganzen Körper zerschlagen und ausgelaugt. Zu heftig waren gestern während eines langen Tages die nervlichen Berg- und Talfahrten gewesen, bis im Dorf der *Gemeinschaft* alles unter Kontrolle gewesen war. Nach dem Besuch bei Stucki war er wieder dorthin zurück gefahren und hatte Michel berichtet. Er würde Stucki tags darauf zum Verhör bestellen und dem Untersuchungsrichter vorführen. Fluchtgefahr bestand ja nicht, da waren sich alle einig.

Der Polizeipräsident und der Staatsanwalt hatten noch in der Nacht gemeinsam mit Michel und Brunner eine Pressekonferenz abgehalten, dass heißt, dass sich die Medien ab heute überschlagen würden. Tanner war froh, dass er in dem ganzen Zirkus, der nun unweigerlich folgte, keine offizielle Rolle zu spielen hatte. Der Polizeipräsident hatte ihm die Hand gedrückt und gemeint, man würde später auf ihn zukommen.

Tanner drehte sich im Bett.

Das nächste, was er hörte, war das Telefon. Es war Michel, der ihm mitteilte, dass er in exakt fünfzehn Minuten bei ihm sein werde und dringend, aber wirklich dringend, ein zweites Frühstück brauche.

Widerwillig quälte er sich aus dem Bett und bereitete riesige Mengen Kaffee, Toastbrot, Speck und Eier vor. Er wusste, was Michel zu vertilgen imstande war, wenn er in diesem Ton anrief. Es klang dann sehr nach hungrigem Raubtier. Als der Speck munter brutzelte, trudelte er denn auch ein, setzte sich an seinen Stammplatz und begann, ohne groß Worte zu verlieren, die vorbereiteten Speisen wegzuputzen. Tanner blieb am Herd und sorgte für Nachschub. Als Michel den ganzen Kaffeetopf leer getrunken hatte, grunzte er.

Tanner blickte ihn an.

Hast du was gesagt?

Ja. Ich habe gefragt, ob ich vielleicht noch ein Bier haben könnte?

Tanner seufzte.

Ja, sicher. Auch ein Bier kannst du haben.

Ich danke dir. Und wenn du dich dann auch endlich mal an den Tisch setzen könntest, wäre ja ein ruhiges Gespräch möglich. Oder hast du Wespen im Arsch?

Tanner spielte den Beleidigten.

Pass auf, ich brat dir gleich noch ein paar. Stänkert hier rum! Von wegen! Ich stehe am Herd, um den Herrn in seiner maßlosen Verfressenheit zu befriedigen, und dann kriegt man noch Vorwürfe. Ich glaub, ich spinne.

Michel hob besänftigend die Hände.

Ist ja gut. War nicht so gemeint. Ich bin dir ja dankbar. Willst du ein paar interessante Neuigkeiten hören?

Tanner stöhnte.

Wenn es unbedingt sein muss.

Er setzte sich Michel gegenüber und schenkte ihm ein großes Glas Bier ein.

Ich habe heute einen Anruf vom Generalvikar der römisch-katholischen Diözese erhalten.

Michel nahm einen Schluck Bier, fing dann an zu lachen und verschluckte sich prompt.

Apropos Wespen. Da haben wir voll in eins getroffen, also in ein Wespennest, meine ich.

Tanner lehnte sich zurück.

Aha.

Also, der richtige Rorschacher war tatsächlich ein katholischer Priester gewesen. Er stammte aus ärmlichen, bäuerlichen Verhältnissen, war Verdingbub gewesen, wurde dann auf Kosten irgendeines gemeinnützigen Ordens Priester. Laut Generalvikar kein untypischer Werdegang eines Priesters zu jener Zeit. Nicht ganz unwichtig für die ganze Sache war, dass er bereits in den frühen Fünfzigern keinen einzigen Familienangehörigen mehr hatte und über lange Zeit im Auftrag der katholischen Kirche eine Mission in Westafrika geleitet hatte. Den Namen der Ortschaft kann ich leider nicht aussprechen. In den Sechzigern muss dort das große Chaos ausgebrochen sein. Bürger- und Bandenkriege der übelsten Art, Volksstämme massakrierten sich gegenseitig, westliche Geschäftsleute lieferten Waffen, machten Geschäfte und so weiter. Ein heilloses Durcheinander. Der echte Rorschacher war plötzlich verschollen, hatte sich über ein Jahr nicht mehr bei seinen Vorgesetzten in Europa gemeldet. Er wurde bereits als vermisst geführt, und da tauchte er eines Tages plötzlich wieder auf. War das nun der echte oder bereits sein Nachfolger? Das weiß niemand. Auf jeden Fall muss es Wegener etwa in der Zeit gelungen sein, sich die Identität von Rorschacher anzueignen. Wo der echte verscharrt wurde, weiß natürlich niemand. Der Monsignore meinte, das gebe innerbetrieblich noch einen regelrechten Wirbel. Und den würde er höchstpersönlich veranstalten. Dass das Geburtsdatum des echten Rorschacher mit dem Alter des zurückkehrenden neuen Rorschacher nicht übereinstimmen konnte, ist offenbar niemandem aufgefallen. Soweit zur sorgfältigen Administration der katholischen Kirche. Von Angesicht zu Angesicht hatte ihn offenbar niemand mehr gekannt, so war es ein Leichtes für Joseph Wegener gewesen, als Joseph Rorschacher wieder aufzutauchen.

Tanner beugte sich vor.

Weiß man etwas über das Motiv dieses Identitätswechsels?

Nein.

Michel wiegte seinen Kopf

Wir können uns aufgrund der Berichte deines Freundes Baumann vorstellen, wie viel Dreck am Stecken die beiden Brüder Wegener hatten. Der Joseph war ja dabei sicher definitiv der Gröbere von beiden. Denk an seine Schusswunden.

Michel spielte demonstrativ mit seinem leeren Bierglas. Tanner erhob sich und holte eine neue Flasche.

Der Generalvikar meinte, dass sich hinter der offiziellen Begründung seiner Versetzung hierher – du erinnerst dich: Veruntreuung der Missionskasse … sicher etwas anderes verberge.

Hatte dein Generalvikar denn auch eine Idee, um welches Vergehen es sich handeln könnte?

Erst wollte er nicht so recht mit der Sprache herausrücken. Ich habe ihn dann ganz direkt gefragt, ob es vielleicht um eine andere Variante von Missbrauch ginge.

Wie? Andere Variante?

Nicht Missbrauch von Geld, sondern von Menschen.

Du meinst sexuellen Missbrauch?

Michel nickte.

Er gab dann schließlich zu, dass es sich wahrscheinlich eher um so etwas gehandelt habe als um die Veruntreuung einer Missionskasse. Deswegen sei noch nie ein Priester zurückgeholt worden.

Tanner nickte.

Ja, das würde ziemlich gut in sein Profil passen. Was ist wohl mit dem echten Rorschacher passiert?

Michel hob die Hände.

Das werden wir wahrscheinlich nie erfahren.

Michel blickte nach draußen ins Schneegestöber.

Wenn es hier so weitergeht, sollten wir dringend nach Afrika und vor Ort recherchieren, was meinst du?

Tanner grinste.

Keine schlechte Idee. Wir können es deinem Chef vorschlagen. So als eine Art Bonus.

Michel klatschte in die Hände.

Ja, das machen wir. Wir gehen nach Afrika. Vielleicht finden wir dann auch noch Karsts Mörder.

Wir haben übrigens die mutmaßliche Mordwaffe gefunden. Und zwar in Wegeners Haus. Es ist ein afrikanischer Dolch. Die ungewöhnliche Breite der Klinge passt perfekt. Der Dolch ist jetzt im Labor. Aber das wird auch nichts bringen.

Beide schwiegen einen Moment.

Ich wüsste nur allzu gerne, warum es zwischen den beiden

Brüdern zum Bruch gekommen ist. Baumann hat sie ja praktisch als unzertrennlich geschildert, also damals in Afrika, meine ich. Da waren sie offenbar ein perfektes Team, eine Art *Duo infernal.*

Michel zuckte mit den Achseln.

Im Zweifelsfall ging es um Geld. Vielleicht wollte Wegener nicht teilen. Ach ja, von wegen Geld – der Polizeipräsident nimmt mit den französischen Behörden Kontakt auf. Vielleicht können wir bei der Gelegenheit einen großen europäischen Rauschgiftring trockenlegen. Wegener soll mit den horrenden Erlösen Waffen gekauft und sie an verschiedene Gruppierungen in Afrika abgegeben haben. Aber das wird noch lange dauern, bis alle verworrenen Wege und Zusammenhänge geklärt worden sind. Mich betrifft das zum Glück nicht mehr. Das machen andere Abteilungen.

Er lachte.

Außer wir gehen zusammen nach Afrika.

Er winkte ab und leerte sein Glas.

Na ja, vielleicht doch lieber endlich nach Indien. Was meinst du? Indische Frauen sind sanfter als Afrikanerinnen. Und weißt du, was?

Tanner stand abrupt auf und unterbrach ihn.

Ich schmeiße dich jetzt raus, lieber Michel. Ich bin müde und will endlich wieder ins Bett.

Ja, ja. Ich geh ja schon. Ich geh auch ins Bett, aber nicht mit dir. Und wenn du dich bis heute Abend ausgeschlafen hast, findest du mich beim Stocker. Ich würde mich sehr freuen, wenn du auch kommst. Heute würde ich dich sogar einladen. Zum großen Programm, wenn du willst, das wäre doch was, oder?

Und was passiert mit Stucki? Traust du ihm einen Mord an Rorschacher zu?

Michel wiegte seinen Kopf.

Zutrauen? Darum geht es ja nicht. Ich traue ihm im Prinzip alles zu.

Er zuckte mit den Schultern.

Solange wir keine Kampfspuren oder Spuren von eventuellen

Betäubungsmitteln finden, können wir ihm nichts nachweisen. Zeugen gibt es nicht. Also, ich meine, die Sache ist eindeutig.

Nämlich?

Wir werden weiter seine guten Braten essen können.

Michel lachte.

Tanner nickte und schwieg.

Also, was ist jetzt? Kommst du oder kommst du nicht?

Ich weiß es wirklich noch nicht, Michel.

Auch gut. Ich geh auf jeden Fall. Ich muss Stocker noch berichten. Er hat ja den ganzen Stein ins Rollen gebracht …

Michel zog seinen schweren Mantel an und polterte die Treppe hinunter. Tanner guckte ihm durchs Küchenfenster nach, wie er durch das dichte Schneegestöber zu seinem Auto stapfte.

Dieser Michel …

Den Stein ins Rollen?

Er musste an Jean denken, an den höflichen, altmodischen jungen Mann mit den traurigen Augen, der nun seine Ruhe gefunden hatte.

Es wird um schonendes Anhalten gebeten …

Wenn er ihn weniger schonend angehalten hätte, würde er vielleicht noch leben. Er suchte in seinen Hosentaschen die beiden goldenen Salamander, betrachtete sie eine Weile, polierte beide, bis sie glänzten, und legte sie in das schmale Büchlein, in das Jean seine Lieblingsgedichte geschrieben hatte – neben das Foto von Nastassja Filippowna, der Unerreichbaren.

Es wäre schön, er könnte naiv glauben, dass die beiden irgendwo – Irgendwo? Als Kind nannte man dieses Irgendwo Himmel! –, also gut: Dass die beiden im Himmel wieder vereinigt sind. Milde belächelt von einem algerischen Uhrmachermeister, der gerade damit beschäftigt ist, die große Himmelsuhr abzuhorchen, denn die braucht dringend eine Revision. Aber erst musste er durch *Hören* herausfinden, was ihr fehlte.

Tanner starrte ein Loch in die Luft.

Und was fehlt mir?

Du bist ein Idiot!

Seine Stimme klang merkwürdig hohl und fremd.

Er ging in sein Schlafzimmer. Sein Blick streifte das Bett. Auf dem Boden lag das ungelesene Buch, das er von seiner Reise mitgebracht hatte. Das würde er lesen, nach dem er lange, lange geschlafen hätte. Er hatte das Gefühl, dass er eine Woche schlafen müsste, um wieder zu sich zu kommen. Und dann? Dann würde er das ganze dicke Buch lesen. Und dann? Dann würde er sicher einige Dinge mehr verstehen, denn dazu sind sie ja da, die Bücher. Wenn er Glück hatte, vielleicht auch über sein Leben.

Er öffnete das Fenster und betrachtete die verschwenderische Fülle der Schneeflocken, die lautlos auf die Erde hinunter schwebten, und es schien ihm plötzlich, als sei dies ein Sinnbild. Alles, was in den letzten Wochen aufgebrochen war und ihn und so viele Menschen in Aufruhr versetzt hatte, kam mit dem heutigen Tag zur Ruhe. Es würde viel Zeit brauchen, alles zu sortieren und zu klären. Verstehen würde er vielleicht nie ganz. In diesem Sinne war es gut, dass der Himmel heute diesen winzigen Teil der Erde mit Schnee beschenkte, die Luft reinigte und alles mit einer weißen Decke verhüllte. Alle offenen Wunden, alle Hässlichkeiten, alle bohrenden Fragen.

Er legte sich ins Bett und zog die Decke über sich. Er atmete tief durch, und mit einem Mal löste sich etwas in seinem Körper und raste mit großer Geschwindigkeit durch die verschlungen Wege seines Inneren. Es war wie bei den berühmten Dominosteinen, die man in zeitraubender Arbeit tausendfach zu einer ewigen Reihe aufgestellt hatte und die sich in nicht mehr zu bremsendem Tempo selbst – ein Stein nach dem anderen – zu Fall brachten. Es war ein schwindelerregendes, ein herrliches Gefühl.

Wenn Sterben so wäre? Bräuchte man dann noch Angst zu haben?

Heute war Sonntag. Sonntag? Wann hatte er das letzte Mal so bewusst in vollen Zügen genossen, dass es Sonntag war? Es schien ihm fast, als habe er seit seiner Kindheit dieses Gefühl nie mehr erlebt. Es war Sonntag, und man musste nichts machen, gar nichts. Man durfte einfach *sein.* Welch ein Luxus!

Er lächelte und dachte gleichzeitig an das selige Lächeln Messmers. Wann hatte er, Tanner, jemals jemanden so selig lächeln sehen, nachdem er einen anderen Menschen getötet hatte? Er konnte sich an keinen Fall erinnern.

Und was bedeutete das jetzt?

Er atmete die hereinströmende klare Kälte und lauschte auf das Fallen der Schneeflocken. Stellte nicht ein berühmtes Koan die (scheinbar) unlösbare Frage nach dem Geräusch des fallenden Schnees?

Tanner schloss die Augen und konzentrierte sich ganz aufs Hören. Lange hörte er nichts, dann vernahm er plötzlich in der Ferne ein großes Rauschen, das schnell näher kam. Oder näherte *er* sich? Die unendlich großen gläsernen Räder der Messmer'schen Maschine drehten sich, erst langsam, dann immer schneller, sie sprühten Funken, wurden größer und mächtiger, verdrängten die Welt, wurden schließlich zum Weltall selbst, und die Funken füllten als Sterne den unendlichen Raum. Und dann konnte man ihn hören – den großen Gesang.

Aber da schlief er bereits.

Foto Yvonne Böhler

Urs Schaub, geboren 1951, arbeitete lange als Schauspielregisseur und war Schauspieldirektor in Darmstadt und Bern. Als Dozent arbeitete er an Theaterhochschulen in Zürich, Berlin und Salzburg. 2003–2008 leitete er das Theater- und Musikhaus Kaserne in Basel, 2006–2010 war er Kritiker im «Literaturclub» des Schweizer Fernsehens. Nach «Tanner», «Das Gesetz des Wassers» und «Wintertauber Tod» ist «Der Salamander» der vierte Kriminalroman mit dem Ermittler Simon Tanner. Urs Schaub lebt in Basel.